故乡的呼唤

章云天

著

作家出版社

向你们致敬:

千方百计带领乡亲脱贫致富的先进英模!

楔子

　　一只小鸟飞过来落在雪地上，留下来两个梅花般的爪子印儿又飞走了。等冰雪融化之后，小鸟和爪子印儿都不见了。但是，小鸟确实来过，也留下过爪子印儿，这应该是不争的事实。

　　人们经常说：耳听是虚，眼见是实。这话实际上并不准确。谁见过自己八辈子祖宗？你能说他们是虚的不存在吗？

　　这番话的意思，就是说岁月如流水，奔腾永不息。不管你是伟人，还是平民百姓，它肯定啬啬得不会为任何人停留哪怕是一刻半会儿的瞬间。过去的就过去了，已成为永久的历史。那些人，那些事，那些生活环境和细节，现在的年轻人没见过、没听说过，不了解不理解也情有可原。但是，他或她确实来过这个世界上，也有过自己悲欢离合的奋斗史。他们在那个年代留下的痕迹就像是刀刻在石板上的印记，永远也不可能泯灭！

　　谁说过？男人用力的线，女人用情的丝，交织成了这爱恨情仇、光怪陆离的世界。

一

金丝儿爷爷的爷爷的爷爷……讲过一个传奇故事。说是在远古时期，神州中原偏北的大地上便横亘着座大山，后来人们把它叫作"太行"，称为中华民族的脊梁。

太行山脚下往东便是一望无际的千里平原，中华民族的子孙就在这片土地上繁衍生息，后来人把它称为华北平原。谁也说不清为什么，从太行往东偏北一百多里地的平原上，突兀地冒出来一座孤山，因其形状特殊，被人称为"太极"。

这座山面积不大却高耸入云，而且草木阴森、怪石嶙峋。当地百姓一个人可不敢上山砍草打柴什么的。或许是阴气太重，久而久之，便有一班子妖魔鬼怪飞来盘踞在此，经常吃牛羊、逮小孩、抢女人，骚扰四周百姓。面对这种情况谁不害怕？人们携家带口，纷纷逃离此地，使得这片土地很快便荒凉了起来。

"土地爷"把此事汇报给"太白金星"，他又上奏天庭。"玉皇大帝"闻报非常生气，便派出天兵天将，在"托塔天王"带领下欲去凡间消灭这些妖魔鬼怪。但是，因为路途太难走，到处都是泥水淋漓的沼泽地，让这些天兵天将很是遭难。

"王母娘娘"知道后，玉手一挥便从银河中调集了大量黄沙，瞬间铺平了降妖除怪的道路。"托塔天王"他们驾着祥云，很快便来到人间消灭了那伙子妖魔鬼怪。后来，据说是女皇武则天因此山而命名，把这片土地钦赐为"太极县",而且一直沿用到如今。

天兵天将在"托塔天王"带领下回天庭复命。但"王母娘娘"从银河里调集来的那么多黄沙却留了下来,从太极县的西北到中部,形成了一道平坦的黄沙带。人们感念她老人家的功德,便把此带称为"神道滩"。

金丝儿便是从这片土地上走出来的闺女。但她怎么也想不明白,自己这是怎么了?刚步入社会没多久,就好像不知道前边的路该咋着走了。先不要说幸福美满和快乐什么的,就连活下去的希望,也似乎变得十分渺茫。

她丈夫邢文凯,已经半个多月没回家了。刚刚一岁多的孩子邢佩哲,高烧三十九度多,药吃过针也打了,还是没退下来,现在是睡着了,但小脸儿烧得通红,摸一摸都烫手。还有一个不到一岁的孩子,哭够了也哭累了,这会儿躺在她的怀里睡着了。她不是自己的孩子,是从小的闺密柳玉洁的。现在,柳玉洁像是从人间蒸发了,已经有一个多月不见人影,电话打不通,不知道去了哪里。就在前天,她丈夫赵孟海气哼哼地把孩子往这儿一扔就走了。文凯就是嫌俩孩子哭闹休息不好,拍屁股摔门子,一走就没再回来。她一个人带着两个有嘴不会说话、有腿不会走路的吃屎孩子,累得一天天腰都直不起来了。

更让金丝儿感到悲催无助的,是她大学毕业参加工作的食品加工厂,因为改制被一个老板花一块钱买走了。她一下子成为下岗女人,完全失去了经济来源,就连吃饭都有今儿没明儿,不知道该去哪里讨要了。当然,她可以找母亲去借点儿,但母亲李香改已经跟着爷爷奶奶回老家了,不知道什么时候才能回来。

唉——怪不得老人们常说"管闲事落闲事"。看自己这闲事管的,就差把命搭进去了!

夜静了,更深了。白天喧嚣的城市变得冷冷清清,昏黄的路灯下,除了一条瘦骨嶙峋的流浪狗东跑西颠找垃圾吃,已看不到人的影子。也是，现在正是十冬腊月，外面寒风呼啸，干冷干冷的，谁没事吃饱了撑的还在街上闲逛悠啊！

金丝儿把孩子放下，打着哈欠伸了伸酸痛的腰身，站在窗前往外看了一会儿，便开始收拾像遭到抢劫般凌乱的房间……她这个月满二十四，刚开始吃二十五岁的饭了，人长得……用她自己的话说：是不丑不俊，一般人呗。实际上，她属于那种小巧玲珑的类型，个子不高，但身材很好，真是该凸的地方凸，该凹的地方凹，该粗的地方粗，该细的地方细。最显眼的是她那一对乳房，也许是奶孩子的原因，看上去格外丰满而坚挺，走起路来都晃晃悠悠的。她最大的长处是皮肤白净细腻，浑身上下连颗雀斑也找不见。另外就是她那双眼睛，黑得透亮白得纯净，说话的时候又喜欢和人对视。你要是心胸不够坦荡，会被她盯得心里发慌，却又躲没地儿躲，藏没地儿藏。她生性柔弱，但却喜欢和强势的人合作共事。一般情况下，她会听你的，那是因为还没拿定主意，一旦她拿定主意，你就是用八匹马也休想拉回来。

人们都说是"隔代遗传"，从科学上不知能不能解释得通。不管怎么样她长得确实像奶奶——孙文娟。直到她开始上学的时候，不少人仍叫她"小文娟"，连老师也经常叫错。

金丝儿上大学学的是食品制作和管理专业，毕业后被分配在省城一家食品厂当质检员。这不，她刚上了两年班就因为改制下岗了。她在这个城市里现在是举目无亲，唯一的亲人就是孩子和丈夫。可孩子小屁事不懂，丈夫又因为她管闲事落闲事离家出走了。

这座城市说是省城，但却小得可怜，人口不过三百多万，和全国其他的省城相比，说是三类都勉强，其实也就是个大县城。有限的几条街道，东西走向的叫"中山路""解放路"；南北走向的叫"北大街""南大街"。

金丝儿的爷爷和奶奶离休后，便和病退的母亲回老家颐养天年了。她们老家是暂时属于太极县最北边儿上的一个叫金沙湾的小村庄，总共不过二十几户一百多号人口。说暂时是因为以前几次行政区域划分，它有时划归新乐，有时划归定县，有时又划了回来。她之所以知道这些，是因为十五岁那年秋天跟着爷爷奶奶回家，亲眼见过爷爷脸红脖子粗地和县里来催征购的干部吵架说："以前我们村归新乐，交征购用粪筐背就够了。自从归你们太极后，用大马车还得拉两趟，有说理的地方不？！"

这两名干部开始不了解他的身份，正想开口教训他，旁边的村主任忙冲他们眨了眨眼，并在其中一个耳边说了句什么……那位干部急忙拉住同伙，点头哈腰赔着笑说："老爷子、老爷子，您先要发火，听我跟您解释……"

最后的结果是，村子里只交了一大马车的征购，剩下的一车匀给了公社别的大队。

爷爷叫金铁钢，是个远近出了名的"倔老头"，不信你看他那张脸，长得就是"倔"样。他个头不高，脸却又瘦又长，而且上大下小，形状像人们盖房子用的"瓦刀"，尤其是下巴高高翘了起来，差不多和鼻子平起平坐。他敢和县里来的干部吵架，当然是因为"打铁自身硬"，软件硬件都是杠杠的！他十三岁就当"地下党"的小交通员，十五岁参加县大队，十七岁便跟着八路军走了。几十年过去，他打过日本鬼子，消灭过国民党，尤其在朝鲜战场上，是让敌人闻风丧胆的"铁血团长"。

金铁钢在战场上受过多少次伤，自己已经记不清了。人们能看到的是他的一条胳膊被敌人的炮弹炸飞了，一条腿同样被炮弹皮子撕去老虎嘴那么大块肉，走起路来一瘸一拐的，那都是在朝鲜长津湖水门桥战役中留下的纪念。他的军功章能挂满半边墙，退休的时候享受副军级待遇，在老家一带是个响当当的传奇人物。县里的历届书记县长见他都敬三分，更甭说这些催征购的一般干部了。

老人家退休后被安置在军区的干休所，可他死活不愿意在那儿住，说是那些高楼大厦、钢筋水泥压得人喘不上气来。因此上，他不顾亲朋好友和部队领导的劝阻，硬是带着老伴回了那个屁股大的金沙湾。而且，一踏上家乡的土地他就高兴，逢人都会"哈哈"笑着说："回来好，回来真好！你看这蓝蓝的天、白白的云、金灿灿的沙土地……乡里乡亲的，就是看到个吃屎的娃娃心里都热乎。哈哈……就连出气都匀实多了！"

金丝儿的母亲李香改，多少年都是跟着爷爷奶奶过来的。她因为身体不怎么好，病退后本想留在城市里帮着闺女带孩子，可爷爷不同意，对金丝儿说道："俺娘养活了俺们弟兄姐妹七八个，还不是她一个人带大的？你就这一个孩子，还能老累着你娘？"而且，他还一再告诫孙女说："等孩子会叫人了，仍要和你一样，叫娘不能叫妈……叫娘多亲热？妈、马，还驴呢，多难听啊！"

至于母亲这些年为什么总跟着爷爷奶奶过，大人们没告诉金丝儿。她也从没见过父亲的面，只知道他叫金忠石，自己十岁那年牺牲在了越南战场上。

至于父亲为什么看不上母亲不愿意回家，金丝儿并不是十分清楚。但是，这么多年从爷爷奶奶的言谈话语中，她也大概知道了几分。

大概意思是……爷爷当年有个生死战友叫李拴柱，是爷爷团的参谋长。在他们参加的最后一次水门桥战役中，被炸瘸了一条腿的他曾把血葫芦般的、已经不省人事的爷爷背了下来……两人回国养伤差不多好了时，有一次酒喝到"二八干"曾为没出生的孩子指腹为婚，而且还喝血酒发了毒誓。没想到两个孩子生下来就不对眼，尤其是金忠石，看到儿时的娘，就像见了鬼一样，立马就跑得没影儿了。

也难怪，李拴柱的闺女确实长得……有点儿困难。她大高个，四方脸，一双眼睛像是被刀划的，怎么使劲也睁不大。尤其是她的身材，像平板一样该凸的地方不凸，该凹的地方不凹，看上去整个人就像个大汉子。她比金忠石高半头，两人站在一起别人还以为是娘儿俩哩！

开始两战友都没当回事，以为等他们长大就好了。谁知道根本不是那么回事，俩孩子越大越别扭，等到了谈婚论嫁的年龄，更让爷爷遭了大难。儿子明确告诉他说自己有对象了，是个从赞皇农村转来的插班同学。爷爷一听暴跳如雷，拿起根棍子就想揍他……儿子却一溜烟逃跑了，而且好几天都没进家。爷爷傻眼了，一时不知该怎么办。因为人家战友那边根本就没有退婚的意思，自己要首先说出来，明显就违背了当年发的毒誓，这可不是他做人的原则。奶奶急得像猴跳圈，便说："我去把他找回来，你们父子俩坐下来好好谈谈，甭管怎么样，这事总得解决吧？"

爷爷鼻子里"哼"了一声，说："回来我先敲断他的腿，看他还跑不跑！"

奶奶也不高兴了，赌气说："那我也不去找了，你就在家这么死等着吧。"

当天晚上，两口子气得连晚饭都没做。接下来的几天，爷爷发动了自己所有的亲戚朋友，尤其是战友，在全市拉网般搜索了一遍，最后终于在长安公园的一条石头凳子上找到了儿子。只见他浑身污脏，饿得连说话的力气都没了。爷爷脱下鞋底要打……奶奶却先扑在了儿子身上说："老东西，要打你先打死我吧！"

三个人回到家里，奶奶忙着去给儿子煮挂面卧荷包鸡蛋。父子俩也很快达成了协议，就是：甭管儿子将来怎么样，这个婚必须先结了。等媳妇怀上孕那天，儿子愿去哪儿去哪儿，父亲绝对不再干涉。两人还三击掌，算把这事定了。爷爷原本想，等小两口钻进一个被窝里，嘛嘛事也就没有了。

要说，他到底没上过学文化浅，头脑不复杂考虑问题也简单。实际上根本不是那么回事，强扭的瓜怎么能甜呢？儿子结婚后没几个月就去当兵了，数年后已成为排长的他便牺牲在越南战场上。奶奶又哭又闹，说儿子是被爷爷逼走的，故意牺牲在战场上也是被他逼的。她几次寻死上吊地折腾，爷爷眼瞅着心里那个痛啊，就差把肠子悔青了。儿媳妇却安之若素，怀胎十个月生下了金丝儿。等孩子长到一岁多，奶奶也曾劝过她"往前走一步"。可她只摇头不吭声，大概是觉得自己长得丑，往前走也找不到什么好人家。就这样她守着闺女，跟着婆婆公公生活了下来。

爷爷的战友和几任领导都找上门了，纷纷批评他犯糊涂办了件瞎心事。他只能一声不吭地闷头抽烟，心里却是哑巴吃黄连——有苦说不出来。

接下来，咱们该说说金丝儿管的那件让她有苦没法说、落到今天这地步的闲事了。

她有个非常要好的同学叫柳玉洁。两人从中学到大学关系都很好，尤其是到大学成了室友，就更无话不谈了。到大学快毕业的时候，玉洁谈了个对象，而且是爱得死去活来。两人本来说好毕业后就结婚，而且提前就尝了"禁果"。谁知道画龙画虎难画骨，人心更难测，那个叫岳勇的男人竟然是个"花花公子"。他长得当然是一表人才，风度翩翩，在大学里还是篮球队长，几年来出尽了风头，是多少美女心中的"白马王子"。而且，他的家庭也不是一般的家庭，是改革开放后第一批富起来的那拨儿。柳玉洁不知道费了多少心思、耍了多少手腕，才打败那么多明里暗里的竞争对手追上人家的。

正赶上那两年出国圆梦的风头如火如荼刚刚兴起，多少胸怀大志的青年男女钻洞撬门跃跃欲试，就连金丝儿的母亲李香改也曾提出过这种想法，奶奶也表示同意。最后却被她那个倔老头爷爷一票否决道："去美国？干吗？用热脸去贴高鼻子蓝眼睛、长得像鬼一样的家伙们的凉屁股啊？！"

岳勇最喜欢赶时髦，在父母的撺掇下，竟一声没吭就登上了去美国的飞机。

柳玉洁从别人口中听说后，那真是茶不思饭不想，脸不洗发不整，在金丝儿面前哭得是死去活来，就差上吊了。金丝儿偏偏又是个天生的热心肠，那几天陪着她哭，陪着她饿，说不清陪着她掉了多少眼泪。也许是人有旦夕祸福吧，好姐妹俩的泪水终于感动了老天爷。就在这当口，金丝儿的一个发小从北大毕业回来看她了。他叫赵孟海，也是个农家的寒门子弟，长相虽说不怎么样，但却是个"书虫子"，从小学到大学，总是稳稳地把着全年级的第一把交椅。更让人佩服的是他父母都是

"残疾人"，下面的一个弟弟一个妹妹，基本上是靠他养大的。全村人只要提到他，没一个不伸大拇指夸奖道："看人家那孩子，怎么就那么有出息啊！"

金丝儿和丈夫邢文凯当然是热情接待，并把柳玉洁也请来作陪，顺便安慰一下她那颗受伤的小心脏。大家在交谈中，才知道赵孟海这个高才生，已经被分配到燕赵市委秘书处做秘书工作。而且还知道他长这么大，竟然还不晓得女儿家身上是个什么味道。四个人都是大学生，老家又是同一个县不同村庄的，所以就在当场、就在金丝儿的撺掇下，孟海和玉洁便确定了恋爱关系。当然，刚开始两人都有点儿不好意思，但架不住金丝儿口吐莲花、巧舌如簧地连连劝说，他们才红着脸点了头。

作为柳玉洁，当然是倾慕赵孟海的才学，更放心他那份稳定的工作。

赵孟海开始有点儿迟疑，是因为心里有个"结"，就是……他多少年来一直怀疑女孩儿家身上的味道。那是一次班级的集体活动，跳完舞蹈后他和文艺委员近距离交换意见。那位女孩儿边说边用手绢扇着风……突然，他闻到一种酸臭的汗味扑面而来，一时间被顶得差点儿背过气儿去。他当时就想，要是成天价生活在这种味道中，自己什么事也干不成，真不知道能活多久！就为这，他一直没谈对象，身体里面那种原始需求，只能等厕所里没人的时候，靠自己用手匆忙解决。后来，看同学们一个个都已经结婚成家，有的还生了孩子，心里才有点儿着急。正在这时候，金丝儿找到了他……就这样，在金丝儿两口子的极力撺掇和张罗下，赵孟海和柳玉洁才匆忙结了婚，并很快有了自己的孩子。

让所有人没想到的是，那个"多金海归男"走了不到两年，却又打道回府并很快找到了玉洁。原因是和他一块出国的那个信誓旦旦的女同学，没多久便投入了一个比他更富有的千万富翁怀抱里。他这才想起柳玉洁的好处，想起她多年来对自己的忠诚和无微不至的照顾，一赌气便回国来找她。

人说，初恋是深刻而浓烈的，就像刻在石板上的字迹，风吹日晒、雪侵霜打，岁月再怎么沧桑也不会褪色。柳玉洁一见到岳勇，心里马上就没了主意。她梨花带雨般在他的怀里痛哭了一场，两人又滚了一夜"床单"，才毫不犹豫地抛下孩子，一句话没说就再也没有了任何消息。

金丝儿因为自己的孩子发高烧，着急上火家里已经乱成了一锅粥。她丈夫白天工作劳累，晚上又不能好好休息，没几天便烦透了。他唠唠叨叨、没完没了地埋怨她管闲事落闲事，两口子为此大吵了一架……最后，他不顾妻子的道歉和劝阻，赌气地离开了这个家就再也没回来。这才造成金丝儿目前的处境，让母子二人和玉洁的孩子陷入了走投无路的绝望地步。

不是吗？甭管是谁，只要生活在城市里，没钱的日子一天也不能过。吃喝拉撒睡，哪一样能离开钱？金丝儿原本工资就不高，没存下几个钱，下岗后便断绝了经济来源。她现在所面临的状况是……孩子看病、水电费和房租都需要交，更急需的是孩子大人得吃饭买粮买菜买油盐酱醋吧？可哪一样不需要钱？她现在真成了农村人说的那样，被"磨扇子压住手了"！

正在这紧要关头，爷爷和奶奶来到了这个凌乱而窄巴的家里。他是接到军区通知，来参加一个关于国际形势紧张的什么会议。因为他毕竟已是快六十多的人了，奶奶不放心才跟着来的。这老两口儿想看看重孙子，趁休会期间要了辆吉普车就过来了。

可是，吉普车在离金丝儿家还有一段距离的时候就没法往前开了。因为她租住的是原来造纸厂的家属院，就是那种一排排低矮的红砖房，互相之间留有一条仅供两个人擦肩而过的通道。造纸厂倒闭后，这儿的物业就彻底没人管了。所以房子破旧不堪，多数已开始漏雨，几乎快没法住了。通道更是泥泞坎坷，垃圾成山又脏又乱，谁要是骑自行车回来，到这儿只能搬起来才能进家。因此上，司机冲老爷子苦笑着，把车停在了家属院大门外的马路上。

老两口腿脚都不怎么好，来看重孙子总不能空着手吧？给孩子买的衣服、玩具、奶粉和零七八碎的大包小包，四只手都拎不过来。好在小司机还算机灵有眼力见儿，忙接过去一大部分送他们走到了金丝儿家的大门口……只见她用手牵着一个，怀里抱着一个，正站在院子里冲他们笑呢。奶奶忙上前接过一个，惊讶地问道："你怎么……弄着俩孩子呀？"

"奶奶，"金丝儿忙回答说，"这个……是朋友家的。她爹娘都走、走了，让我暂时看几天。"

爷爷喘息着点着了自己卷的"喇叭筒"旱烟，边打量着仅有一大间的屋子说："闺女，你住的这是嘛房子呀？真是……还不如咱家的茅子哩！"

也是。金丝儿她们租的这个小家，屋子总共不过十多平方米，院子更是屁股蛋般小得可怜。所以，屋子里来的人如果超过三四个，就有点儿转不开了，只能把家三伙四、包括做饭的锅碗瓢盆什么的全摆到院子里。这样一来，人要想进屋，必须用脚试探着慢慢往里走，稍不注意，就有可能踩在饭碗里。金丝儿听爷爷问，忙笑着说："爷爷，城市里住房紧张，不都是这样吗？"

"我怎么不知道啊？"爷爷也许是心疼孙女，脸拉得像驴一样长说道，"除了打日本鬼子的工夫……我在这座城市里生活了好几十年，从没见过这么窄巴的地方。"

"爷爷，你是高干，"金丝儿红着脸说道，"怎么会知道老百姓的日子有多艰难啊！"

"唉——"爷爷长叹了一口气，没再说什么。大家挑拣着地儿落脚，好不容易才进了屋。司机一看屋里连坐的地方都没有，忙懂事地告辞一句，回车上去等着了。金丝儿把孩子放到床上，正想为爷爷奶奶倒水时，俩孩子却同时"哇哇"大哭了起来。她忙又回转身，紧着来哄他们……奶奶也过来帮忙，拿着玩具和零食，半天总算把两个小家伙哄得不哭了。金丝儿忙回身拿起暖壶想倒水，里面却是空的。她愣了片刻，说："爷爷，你们等会儿，我这就去烧水。"

"算了。"爷爷仍是不高兴地说，"我不渴。"少顷，他问道："怎么就你一个人呀？你女婿呢？他去哪儿了？"

"他……"金丝儿迟疑一下，说，"他走、走了。"

"走了？"奶奶也问道，"他去哪儿了？再怎么也不该把这俩孩子扔

II

给你一个人呀？"

"他说……"金丝儿仍是迟疑地说，"是下海经商，不知道去哪儿了。"她这样说着，泪水就不由得流了出来，忙转身冲外看着窗口才勉强忍住了。爷爷并没看到她的表情，站起身生气地说："这个兔崽子！他去哪儿了？我这就去把他找回来！"

"看你……"奶奶忙说，"一辈子都是听风就是雨的。世界这么大，你去哪儿找啊？"女人到底细心，老太太已经看出孙女肚子里有委屈，便追问道："好闺女，你实话实说，孩子他爹到底是去哪儿了？"

"他没、没说去哪儿……"金丝儿回避着奶奶的眼睛说，"只是说出去做生意了。"

"我不信。"奶奶用犀利的目光盯着她的眼睛说，"闺女，奶奶我早就看出来了，你们之间肯定是有什么事吧？"

"……"金丝儿仍回避着她的目光，坚持说，"奶奶，是真、真的，他就是去下海经商了。"

"真是……"奶奶不无责怪地说道，"这闺女，奶奶我眼里有水，一进屋就看出来你们俩肯定是生气打架了。你说是不是啊？"

金丝儿都快把嘴唇咬破了，还是瞅着窗外没吭声。爷爷更不高兴了，干脆走到她面前用目光逼视着说："这闺女，你傻呀？俺们可是你亲爷爷奶奶，有嘛话不能实说呀？"稍停，他又不无愧疚地说："也怪爷爷没本事，硬是没能把你爹留在这个家里。"老人家说着，双眸中也显得有点儿泪光闪烁了。

奶奶忙阻拦道："都是多少年前的糠事了，你提这个干、干吗呀？"

"不是吗？"爷爷瞪着眼说，"那个混蛋要在，还用得着咱们当爷爷奶奶的瞎操心呀？"

此时此刻，金丝儿终于忍耐不住了。她一头扑进奶奶怀中，痛哭流涕地把这个家里发生的一切，像竹筒倒豆子般吐了个痛快。爷爷总算听明白了，感慨地说："闺女，这些乱七八糟的事怎么都被你赶上了？"

金丝儿擦了擦眼睛，低眉顺眼地说："爷爷，是俺不好呗，不该管闲事落闲事。"

"那么……"爷爷迟疑一下，问道，"你这会儿有什么想法呀？"

"俺不、不知道。"金丝儿轻声说，"这两天孩子发高烧，俺吃不下睡不着，就是想不明白往后的路该怎么走？"

"要让我说……"爷爷看了奶奶一眼，说，"此处不养人，自有养人处。干脆，跟爷爷奶奶回家吧？"

"回、回家？"金丝儿稍愣了一下，接着说，"爷爷，你是说让俺跟你们回老家吗？"

"就是。"爷爷口气坚定地说，"回咱那金沙湾。"稍停，他又说："甭管怎么样，那里有咱的根啊。我这辈子不管走到哪儿，不管多么苦和累，就是身受重伤，只要想起那个小村庄就浑身热血沸腾，好像有使不完的劲！"

金丝儿思索着他的话，一时没吭声。奶奶说："你出的这是嘛主意呀？咱丝丝可是城市户口，吃的是商品粮，咋能说回去就回去呀？"

"就是。"金丝儿也说，"爷爷，你想想……我上小学、上中学、考大学，十几年好不容易来到这城市里，怎么能说回去就回去啊？"少顷，她又补充道："那我的书不是白念了？"

"闺女啊，"爷爷耐心地说，"甭管你上多少学、念多少书，也甭管你现在吃的什么粮，可面对现实，你想怎么办呀？"

"……"金丝儿看着奶奶，一时不知该说什么。奶奶思索着也没吭声。爷爷咳嗽了两声，接着说："在这城市里，你要是没工作没工资，怕是连饭都吃不上。"他缓了口气，又说："当然，你可以去拾破烂，去酒店里刷盘子洗碗。可那是咱一个大学生该干的活吗？"

金丝儿和奶奶思索着，仍然没说什么。爷爷目光灼灼地说："我一个高、高干，让孙女去拾破烂去给人家刷盘子洗碗？被人呵斥、被人瞧不起？哼哼……你们不嫌丢人我还嫌哩！"

这时候，奶奶终于说："闺女啊，你爷爷说得也有道理，你是该好好想想。"

"当然了。"爷爷说，"要是在咱农村里就不一样了。地里刨个坑就能长庄稼，有庄稼就不愁粮食；河里一年四季长流水，你想喝多少就喝多少，还一分钱不用花。"他停顿了一下，又说："在咱家那里，只要勤快就不会饿肚子……就说'自然灾害'那几年，那真是遍地饥荒，死的人可老鼻子了，咱村里就没饿死过一个人。因为那一带虽说是沙薄漏土，但适合种长果和山药。乡亲们没饭吃的时候，就去地里捡拾去年丢下的长果……那种东西最有营养，所以就没饿死人。"他说的"长果"就是花生，"山药"就是红薯。在那一带，祖祖辈辈都是这么叫的，谁要是叫"花生"和"红薯"，反倒被乡亲们笑话。

真是一句话点醒梦中人。金丝儿终于决定要跟爷爷奶奶回老家了！

但是，说着容易做着难。爷爷吩咐她好好准备一下，就和奶奶坐吉普车去会场了。金丝儿却好一会儿没动手收拾，干坐着发愣。也是，这个家虽说破旧、窄巴得可怜，但毕竟承载着她多少深沉厚重的情感和数不清的酸甜苦辣啊！她和丈夫邢文凯是大学同学，恋爱三年毕业后刚参加工作就结了婚。开始他们住的是单位的集体宿舍，一个房间睡着四五个人，两口子只能到星期天找家旅馆开房间亲热亲热。后来，有个分配在造纸厂的同学帮他们介绍了这个小家，说是这家人都调回老家邯郸了，刚刚把屋子腾出来。小夫妻二人仔细算了笔账，觉得他们的工资还能支持这点儿租金，就找了两个同学，趁星期天欢天喜地地把被褥搬了进来。

但是，接下来的几个星期天，那添置东西流水般花钱却让他们心里直发慌。没办法啊，要过日子你什么能不买呀？锅碗瓢盆、家三伙四、粮食蔬菜、油盐酱醋……少了哪一样沾呀？小两口儿又非常自觉，实在不想再张口跟爷爷奶奶伸手。可不是，从小学到大学毕业，她花了多少他们的血汗钱呀？现在自己已经挣钱了，还好意思跟他们要啊？

甭管怎么遭难受罪吧，两人总算把小日子过起来了。可是，那些让人哭笑不得的小事也接踵而来。他们从小到大，基本上是衣来伸手饭来张口，谁知道这饭该怎么做呀？当然，早饭和午饭可以在单位吃，晚饭你总得自己做吧？可好，不是金丝儿把菜炒煳了，就是文凯把饭熬干锅了……好在此时的两人心情都很喜悦，"哈哈"一笑凑合着吃呗。多数时候是吃完了饭顾不上刷锅洗碗，两口子便上床去，没完没了地做着那种好事。

等金丝儿怀了孕，他们的日子就完全乱了套，简直有点儿狼狈不堪了！金丝儿属于那种敏感性体质，有任何一点儿不舒服反应就非常强烈。比方说，文凯烧到三十七八度也没什么感觉。她只要过了三十七度，就会浑身发冷，哆嗦着连饭碗都端不起来。所以，她现在怀了孕，不到一个月妊娠反应就格外强烈，首先是不能吃饭，只要一闻见油腥味儿那个干哕吐啊，蹲在尿盆前没完没了、没完没了，让人看着真担心她会把心脏都吐出来！但是，甭管怎么吐和吃不了饭，你总得上班吧？国家规定的产假就那么几十天，你总不能提前休吧？要不，等把孩子生下来，你还休不休啊？没办法，金丝儿只能坚持上班，眼瞅着人就瘦了一圈儿。

邢文凯迟疑着提议想让金丝儿娘过来帮忙，她想了想就拒绝了。也是，现在让娘过来，等孩子生下来以后怎么办？你总不能让人家在这儿住一两年吧？文凯想了想觉得也是那么回事，就没再吭声。实际上，他心里还有个想法没说出口，那就是……这个家就这么一间小屋，要是丈母娘来了，夫妻之间那件"正经事"就只能免谈，那他可受不了。虽说女人怀孕期间避免做那种事，但年轻人谁不知道，该做还是做，无非是注意动作轻点儿而已。再说了，人家还不到五十岁也在上班，总不能让她把工作辞了吧？金丝儿思索片刻，说："要不，让你娘过来住一段时间？"

邢文凯一听，头摇得像拨浪鼓说："我姐姐刚生完孩子，她忙得脚不沾地儿，怎么过来？"

"那咱们就坚持吧。"金丝儿说，"是个女人就得生孩子，人家都行，我怎么就不行啊。"

就这样，金丝儿不管怎么"闹口"难受，也不管风霜雨雪仍坚持着上班，直到孩子生下来一天假也没请过。

等孩子"呱呱"落了地，小两口像是如释重负，一直提到嗓子眼儿的那颗心，也"咚"一声落到了实处。他们可是没想到，接下来的日子更让人手忙脚乱、狼狈不堪，别说做饭吃饭和玩耍，就连上厕所也得小跑儿。可不是，年轻轻的，谁伺候过孩子啊？在怀孕期间，金丝儿虽说看了好多本有关"育婴"方面的书籍。但纸上得来终觉浅，绝知此事要躬行，实际操作起来完全不是那么回事。

首先面临的问题是孩子吃奶。按说这不算什么事，娘怀里就有，把奶头攃进他的小嘴里就行了。可别的女人行，换成金丝儿就成了问题。因为她怀孕期间吃不下东西，营养不足身体又瘦又弱，开始几天根本就下不来奶。这时候孩子的奶奶也就是文凯的娘赶来伺候月子了。她急得挓挲着双手说："这是咋了？放在别的女人身上自然而然的事，换成你怎么就不沾呀？"她是邢台人，说话随冀中一带，习惯把"行"说成"沾"。要是再往南走几十公里，邯郸人说话就随河南那边了，习惯把"行"说成"中"。

常言说：母大子肥。因为金丝儿瘦弱，孩子个头也偏小，生下来才四斤八两，而且非常好哭，有时候哭得脸色由红变紫气都喘不上来，让人看着心疼着急可又没办法。奶奶急忙让儿子去买了奶瓶和奶粉回来，用开水冲好凉得不凉不烫塞进孩子张开的粉色小嘴里。小家伙也是饿急了，一只手抓着妈妈的奶头闭着眼睛拼命地"嗞嗞"吮吸……金丝儿不错眼珠儿地低头看着，伸出一根手指轻轻抹去他脸上残留的泪痕，没想到自己心疼的泪水又滴落在了孩子那粉嫩的小脸上。

接下来的几天，奶奶命令儿子去刚开放的自由市场上买来老母鸡和猪肘子，说是这些东西能催奶。她忙活着又是洗又是煮又是炖，做好了端到儿媳妇面前，还硬逼她吃下去。金丝儿本来食量就不大，更不喜欢吃忒油腻的东西，所以强吃了几口便放下了。而且，婆婆再怎么劝说剩下的大部分她也没吃，倒是便宜了文凯，接连好几顿才吃完。可好，他上边吃着得劲儿，下边可就憋得难受了，裤裆里时不时就支起"小帐篷"，自己都不好意思。

两天后，金丝儿的奶倒是下来了，尽管量不大，孩子也能吃个半饱，然后奶奶再喂奶粉。这时的文凯却不能看到她的乳房，更不能触摸到她的身体，只要稍有接触，他的下边便会膨胀得难受。但他难受也白难受，媳妇现在的状况，要干那种事不就是要她的命了吗？没办法，他只能急颠颠跑进厕所或是公园小树林里，四下看看趁着没人自己用手解决问题。

要说婆婆和儿媳妇，应该属于全世界最难处的关系。女人天性心眼儿就小，多数又喜欢猜忌。她们屎一把尿一把，好不容易才把儿子养大，等他们娶了媳妇，往往会有一种自己的宝贝被人抢走的微妙感觉。她们心里不舒服，行动不由得就显了出来。有的婆婆因为素质低，不能看到儿子和媳妇过于亲近，否则就插在他们中间搬弄是非，甚至直到把这婚姻搅黄了为止。金丝儿的婆婆也是如此，许是伺候这个月子忒累，得空儿就在儿子耳旁叨唠："你可真是娶了个奶奶……我伺候你姐姐，跟玩儿一样半点儿都不累，伺候她？哼哼，成天价累得腰酸腿疼的，出气都喘不匀实！"

农村人有句话，叫作"猴不上竿就怕敲锣"，意思是……早些年经常有耍猴的走乡串村混生活。他们把一根大竹竿埋在村街的三岔口，然后敲着锣让猴子爬上爬下做表演。围观的人们看着很滑稽，便会开心地"哈哈"笑。耍猴的就趁机端着破碗，在圈子里转悠着挨个讨钱……有大方者便会扔个钢镚或是三毛五毛的纸币。有时候猴子累了，也许是心情不好，任凭主人怎么吆喝就是不肯爬竿。但只要耍猴的用力敲锣带威胁地吆喝，它们害怕就会没命地顺竿爬了。

还有一点儿说起来挺有意思，就是看耍猴的大都是孩子和大汉们，女人一般不去看。人们常说"骚猴子骚猴子"，没错，所有的公猴子果然都很"骚"。它们看到女的，就会坐下来玩弄自己胯下那红红的"小鸡鸡"，让人好不尴尬。

邢文凯就像那只猴子，母亲在他耳旁数落媳妇的不是。刚开始他或许只是听听而已，这个耳朵进那个耳朵出，并没往心里去。但她要是叨唠得多了，便会无形中在他的心里留下阴影，为他最后的离家出走埋下了伏笔。当然，表面上是因为金丝儿管闲事。

柳玉洁狠心扔下不到一岁的孩子，跟着那个爱得死去活来的男人去了美国，她明媒正娶的丈夫可就遭了难。那么点儿的孩子懂什么？没奶吃也找不到温暖的怀抱，她除了哭还能有什么办法？赵孟海本来就是个"理工男"，对家务一知半解也没兴趣，现在面对这个哭闹不停的孩子，那真是热年糕掉在灰里——吹不得也拍不得。脑袋涨得像笆斗那么大的他，一气之下才把孩子扔到金丝儿这个"媒人"家里，气呼呼什么也没说，还没等她回过神来扭头便走……金丝儿忙把孩子抱起来，边"嗨嗨"地喊叫着边往外追，赶到胡同口时人早没影了。

真是屋漏偏遭连阴雨，船破又遇顶头风啊！金丝儿这个屁股蛋儿大的家，原本就已经风雨飘摇了，哪儿经得起这雪上加霜呀？说是风雨飘摇，是因为婆婆说腰疼走了以后，两口子就经常为一些小事生气闹口角，而且差不多每次都是为孩子。也是，他家这个小不点儿是个"夜哭郎"——白天睡大觉，一到晚上就精神，精神了睡不着就哭、哭……甭管金丝儿怎么哄也白搭。邢文凯原本就患有神经衰弱症，也跟着成宿成宿睡不着，身心再怎么俱疲白天还得坚持上班，换谁能有好心情？这次孩子发高烧，他陪着跑了好几趟医院也不见轻，心情已经沮丧到了极点。

也就在这个"节骨眼儿"上，家里又多了个吃屎的孩子，那"套"可不就乱得撕扯不开了？俩"屎娃娃"这个哭那个叫，这个要吃奶、那个要睡觉……这个家简直就成了"吵蛤蟆坑"。连邻居也不知道他家出了什么事，纷纷过来想看看情况，当然，也有来看热闹的……终于有一天大早起，一宿没睡、心情烦透了的文凯冲金丝儿大吼一声道："都是你当媒人管闲事惹的祸，你自个儿收拾吧！"喊罢，他穿上衣服气冲冲冲出去并"砰"一声摔上了屋门。

"……"金丝儿一下子就傻眼了，瞪眼瞅着不知道他为什么发这么大的火。她怔怔地愣了片刻，忙爬起来披上外衣喊叫着丈夫的名字就往外追……可是，她到屋门口又返回来，急匆匆地把所有的被褥和枕头都挡在了床沿上……等她追到胡同口时，静悄悄的长街上除了几个打扫卫生的工人，已经看不到任何人的身影了。她冷静下来思索片刻，想找个能打公用电话的商店，但看了看四周的商店都还没开门。她迟疑了一会儿，想着家里的孩子，只得万般无奈、垂头丧气地往回走……等她推开屋门，却差点儿被眼前的境况吓死——她家那个带"把儿"的不知怎地爬过枕头摔在了地上，正边咧着嘴哭边挣扎着想起来；另一个躺在床上，脚蹬手挠哭得都快断气了！她叫了声"老天爷"冲进屋，抱起自家的小不点儿，一屁股坐在地上"哇哇"大哭了起来。

哭归哭，但日子还得过，俩孩子还得管。接下来的两天，连金丝儿自己都不知道是怎么熬过来的。她手里就那么不到十块的零钱，家里缺粮没菜了，她不敢、也不能出去买；奶粉不多了，她只能打扫缸底儿，把面搅成稀稀的糊糊、煮熟了掺在奶粉里，边掉眼泪边喂孩子。他们许是吃着不对味儿，吃两口就会咧着嘴哭……那个年代孩子们都好哭。多少年后她才听人说，他们是因为营养不良，身体里缺钙不舒服又说不出来，可不就只剩下哭了？

至于金丝儿自己的惨状，就更让人心疼了。她一天吃不上二两粮食，只能把孩子们喝剩下的糊糊倒进嘴里，第二天就饿得头昏眼花了。她手里的那点儿钱，全部用来给丈夫打电话了。每当俩孩子好不容易睡着后，她便用丈夫留下的那条长"围脖"把他们的小腿捆在床框上，自己出去找公用电话给他打。但是，眼看钱快用完了，他的电话里传来的永远是一个女人温柔的声音："你拨打的电话无人接听，请稍后再拨。"

到最后，金丝儿简直是上天无路入地无门了。她的肚子饿瘪了，声音喊哑了，眼泪流干了，眼看钱也快用完了……当她彻底绝望、恨不能用最后的几毛钱买包老鼠药和孩子们同归于尽时，爷爷的吉普车停在了胡同口。

金丝儿要回家了，带着俩孩子回生她养她的老家——太极县金沙湾村了。

一路上，她哭得像个泪人，把自己这几天是怎么熬过来的叙述了一遍。爷爷再次被激怒了，红着脸拍着大腿发脾气，恨不能上天入地也要把那个混蛋小子邢文凯抓回来，不管脑袋屁股揍他个半死出出恶气！奶奶也被气得说不出话来，只能抱着个孩子陪着孙女掉眼泪。

那是个秋高气爽、风和日丽的日子。千里平原上，满眼的庄稼快要成熟了。玉米、玉米……望不到边看不到沿的玉米叶子和穗缨子都已变得干黄，在灿灿的日光照射下，像是给大地铺上了一层富丽的金色地毯。看那些满怀丰收在望喜悦心情的庄稼主子，一个个恨不能躺在上面打滚儿撒欢儿、美美地睡一大觉！

田间公路上，大小车辆和骑自行车的男女们来往穿梭……偶尔也有一两辆崭新的小拖拉机"轰隆隆"驶过。你看那年轻的小机手，脸上写满着自豪，旁若无人地掌握着方向盘，好像自己是这个世界上最牛的人了！也是。在那个年代，农村都比较穷，能买得起拖拉机的生产大队，自然是高人一头大人一膀了。

不过，小机手也有分心的时候。你看，当拖拉机超过一位身穿碎花小褂、两条麻花辫在屁股上甩来甩去、正扭动着柔美的腰肢蹬车向前的女孩儿时，他就会扭回头看个没完没了，直到车头眼看就要撞上前面的马车了，才手忙脚乱地猛踩刹车……结果，小拖拉机差点儿没翻进公路旁的深沟里去。

那时候，汽车并不少见，但大都是长途公交或大卡车，像"屋子"一样的小汽车倒很稀罕。所以，吉普车自然就引起人们的好奇，那些在公路旁干活的男女，不由得都停住了手，指指点点地议论纷纷。直到吉普车消失不见，一个个才忙着弯腰干活。

爷爷是个纯粹的农民孩子，从会走路就会拾柴火砍草，直到十五岁参加了八路军。因此上，他这辈子一看到庄稼，甚至是路边的花花草草，心情就会马上好起来。他自己就说：刚进城的时候，看到花池子里的草心里就痒痒，恨不能找把镰刀砍下来！也是，那时候谁家都是穷得穿不起裤子。庄稼主子看着草亲，弄回家可以喂猪喂牲口，晒干了能背到集上卖钱，一年的油盐酱醋就靠它和"鸡屁股"了。因此上，爷爷他们小时候砍草也不容易，背着筐在密不透风的庄稼地里转悠一天，汗水湿透了衣服，玉米叶子划破了胳膊，也不一定能砍满筐，闹不好回家还得被当爹的揍一顿，甚至连饭都不让吃。当娘的心疼儿子又不敢多说什么，只能偷偷地拿个山药干掺棒子糁饼子，用刀一片两半，抹上香油撒点儿盐，趁爹不注意塞进孩子手里。

现在，爷爷看着满眼的秋庄稼心情格外舒畅，不由得哼起河北梆子《红灯记》中李玉和的唱段：

> 临行喝妈一碗酒，
> 浑身是胆雄赳赳。
> ……

"老金呀，你就别唱了。"奶奶打断他问道，"咱丝丝回家去能干吗呀？"

"干、干吗？"爷爷像是被问住了，思索片刻才犹豫地说，"回家再、再商量呗。"

"有什么好商量的呀？"奶奶说，"她的户口没在村里，生产队里又没有她的地。"她停顿一下接着说："横不能靠喝西北风过日子？"

"真是，瞧你说的这叫什么话呀？"爷爷不高兴地皱着眉头说，"咱们也没户口也没地，哪天饿着你了？"

"咱们有粮票有钱，"奶奶说，"可以去粮店买着吃……"

"丝丝也有粮票啊，"爷爷打断她说，"怎么就不能买着吃了？"稍停，他忽然想起地说："再说了，咱们走的时候，村里不正在嚷嚷着分田到户？说不定现在已经开始分了。"

"分了也没咱们的呀？"金丝儿一直迷迷糊糊没开口，这时忽然说，"咱的户口没在这儿，人家也肯定不会分给咱们啊。"

"到时候再说呗。"爷爷说，"一个大活人，还能让尿憋死？"

吉普车整整开了一天，当沿着沙土路要进金沙湾村的工夫，天色已近傍晚。

村头竟然像赶大集一样，乱哄哄好不热闹，正好挡住了他们的去路。只见，打麦场上一头摆满大小车辆，堆着犁、耙、杈把扫帚等大大小小的农具；另一头的小树林中，拴着骡马驴牛所有的大牲口；而且，像是村里的男女老少都聚集在这里，正等待着分这些集体财产。村支书靳存根和大队会计金书章守着个大纸箱子忙忙活活，正准备让乡亲们排队"抓阄"哩。

据老辈子人传说，自从宋朝灭亡后，近百年的元朝统治期间，因种族不同，朝廷对农民的盘剥是异常残酷的。所以，到元末明初，不堪忍受残酷剥削和压迫的农民终于揭竿而起，官方镇压农民起义给百姓带来了极大的灾难。

当时，中原地区又是祸不单行，连续几年发生水、旱、蝗、疫四大灾难。天灾和人祸折磨得河南、河北、山东等地"道路皆堵塞，人烟断绝"。为了生存，这一带的农民起义更是此起彼伏。元军派出精锐的骑兵队伍，对起义军进行了更加残酷的镇压和屠杀。

明朝建立初期，中原地区遍野萧条，村庄城邑多成废墟。但是，这场天灾人祸很少波及山西，那里的大部分地区风调雨顺，连年丰收。当地自然是社会稳定，经济繁荣，人丁兴旺。再加上成千上万的难民纷纷逃来，致使这里人满为患，村村寨寨的街头巷尾都有人搭棚居住。弄得当地百姓也是苦不堪言，为了争取生活资源，人群纠纷之事时有发生。

因此上，从明洪武初至永乐十五年这五十余年间，政府组织了八次中华历史上前所未有的大规模移民活动，涉及十八个省四百九十个县市的八百八十九个姓氏。而当时的洪洞县又是晋南人口最稠密之地，担负民众外移自然是首当其冲了。

金沙湾村的祖宗就是从山西洪桐县贾村西"老鸹窝"迁来的，那时候就是一大家人，当然也都姓金。后来，由于人越来越多，老当家的嫌记不清楚，就按照血缘关系的远近，自作决定把一部分人改姓了靳。正因为这个原因，多少年过去后，本村的男女青年都不知道此事了，互相之间相爱做亲事的也不少，但姓金的不能娶本姓，姓靳的也不能嫁本姓。不管怎么说，他们或是她们的血缘仍然是比较近。所以，这个村子里生出的孩子智商大都偏低，自古至今除了金丝儿外，从没出过一个大学生，反倒是辈辈都出一两个傻子。也正因为如此，村子里的人们祖祖辈辈就知道守在家里，"脸朝黄土背朝天"地种地，从没有一个出门做买卖的。再后来实行集体化，才分成了"金"姓和"靳"姓两个生产队。

由于这个村子一直是"特困"，人们又少灵性，一个个傻乎乎的只知道干庄稼活。所以，外村的姑娘们谁都不愿意嫁到这个"穷坑"里来，尽管本村是男多女少，女的还是尽量往外嫁，就剩下老老少少的光棍汉一抓一大把了。就连县里和公社的干部，也很少有人愿意来这儿下乡包队。

再加上几次划分区域，把这个小村子有时划归新乐，有时划归定县……给人的感觉好像是整个社会把这个二百多人的村子遗忘了，任凭它自生自灭而已。

金铁钢一辈子走南闯北、经多见广，当然知道近亲结婚的危害，也知道血缘越远，生下的孩子越聪明漂亮。他曾经跟村干部们讲过一段历史，但大家也就是当故事听，没人往心里去。他讲的是俄国"十月革命"时期，有八百多万名富豪从莫斯科携家带口逃到了中国的哈尔滨和黑河一带，而且一直生活了六七十年。随着岁月的流逝，这些"老毛子"已经和当地人融成了一片。他们的姑娘嫁给当地的小伙子；当地的闺女嫁给他们的小子已是寻常事，人们都见多不怪了。

因此上，那一带人的后代个个长得漂亮英俊，而且特聪明好学多才多艺。所以，从这里走出去的年轻人，在全国演艺界的明星大腕中比比皆是。而且，那里的民风民俗剽悍开放，和内地也大有不同。在哈尔滨的饭馆里，人们经常会看到两三个漂亮姑娘要几十个"羊肉串"和一两箱子"哈啤"，嘴上叼着烟卷旁若无人地高谈阔论。这种现象，你在河北河南山东山西安徽陕西等省份是绝对看不到的。

而且，这种游民文化，也促使了当地人的自尊和虚荣心。女孩儿一个月挣几十块钱，甭管家里多困难，不吃不喝也要花一两万买件"貂"，穿上坐公交车去上班，为的就是吸引人们的注意。也有的小伙子，赶上偶然的机会挣了几十万，哪怕家里没房子，也要先买台车开上大街显摆显摆。也是，人家有没有房子住哪儿没人知道，开着辆好车却人人都能看见。

金铁钢费唾沫讲这么多，人们权当是听稀罕，并没往自己身上想。

再说这次"分田到户"，土地和小农具都好分，大牲口和车辆因为忒少，分起来可就难了。给谁家不给谁家，没人敢自作主张，只能把各家各户分成十几个小组，靠"抓阄"听天由命吧。

前面说过，那时候"房子"般的小车还很少，如果有一辆进了村，肯定会吸引来男女老少的围观和纷纷议论。但今天吉普车的到来并没引起人们的好奇，因为金铁钢断不了来来去去，乡亲们都已经见多不怪了。靳存根和金书章看见汽车，忙放下手中的活计，急颠颠跑过来点头哈腰地进行问候。爷爷"哈哈"笑着问道："你们这是……分田单干呀？"

"可不是。"靳存根说，"县里和公社领导一次次来催，不分不沾了。"这小子比金丝儿大三岁，长得不高却"横宽"，属于那种"抓地虎"身

25

材。从他的身后看，脖子和脑袋连在一起，似乎让人分不清哪个在上哪个在下了。

"就是，"金书章也说，"顶不住了。"稍停，他带着明显的不满又说："真是……瞎折腾。咱们从互助组到初级社，从初级社到高级社，再从高级社到人民公社，这么多年走集体化道路，现在可好，被一风吹了……这不就是走回头路吗？"他已经快六十岁，满头的白发已经掉得没剩几根，满嘴的牙齿也没剩几颗了。他长得和金铁钢差不多，也是瘦高个儿、瓦刀脸、眯眯眼和超过鼻子的翘下巴，一看就是个"认死理"的倔老头。他从一九四八年土改就当干部，先是贫协主任后是支部书记。一直到前两年县里来了个三十出头的小书记，因"改革开放"推行不下去，大力提倡换了一大批年轻的基层干部上来，他才把支书交给了靳存根。这时，他又说："老辈子你评评这个理，咱们这么多年黑汗白流大干社会主义，哪一步不是紧跟共产党过来的？哪一天不是端着集体的饭碗？莫非这都错了吗？"

"就是。"旁边的村主任也说，"真是，辛辛苦苦大干多少年，今儿可好，一步又退到了解放前，你说咱找谁说理去？"他和金书章差不多，也已经快六十岁了，估计思想意识也在同一条水平线上。金铁钢是老干部，当然不想蹚这浑水，便"哈哈"笑着说："咱们都是老党员，上级让咋干就咋干吧，再说多少也是白搭。"

"就是。"旁边的一位老汉说，"咱是磨道里的驴，听吆喝就沾了，说多少也等于放屁！"

金铁钢想改变话题，忙冲靳存根问道："小根子，这回分地，能给我留几亩不？"

"这个……"靳存根没想到他会问这个问题，一时回答不上来。旁边的金书章忙替他回答道："老辈子……按说你的户口没在家，分地应当是没你嘛事。"

"政策是死的人是活的嘛！"金铁钢微笑着，用不无教训的口气说，"你们当干部要学会变通，变通，知道不？"稍停，他又说："你们都知道，我从小到大都是个种庄稼迷，闲着浑身难受……村里就给我挤个三亩两亩的呗。"

"当然，也不是完全不沾。"靳存根忙说，"村里在册的耕地确实不能给你，但村南河滩里的荒地不是种着果树吗？反正也快不怎么结果了，老爷子你承包了怎么样？"

"那当然好了，"金铁钢说，"可我也不能白种。咱们先签好合同，按一定比例该交村里多少就交多少。"

"也沾。"靳存根思索片刻，忙说，"我看头三年就不用交了，你们投工投料的，肯定要花不少钱……三年后咱按五五分成，你看沾不？"

"沾！沾！"金铁钢急忙回答着，开心地"哈哈"大笑了起来。

回到老家里，金丝儿的一颗心彻底落了地，浑身都变得轻松了起来。

这是个典型的、中国北方最常见的庄稼院，三间正房坐北朝南，两间厢房坐东朝西。大门口有棵老槐树，枝繁叶茂冠盖如云，几乎把整个院子都揽进了它的怀中。爷爷说他小时候就这样，谁都说不清它有多少年了。小梢门看样子也有年头了，油漆脱落已不知当初是什么颜色。门筒子进去就是东屋的南山墙，上面有幅模模糊糊的山水画权作"影壁"了。门筒子西边并排着的是猪圈，猪窝南北各有个茅房，西墙上留着个用木板挡住的小窗口，是用来起圈出粪的地方。猪窝紧挨着的是鸡窝，上边有两个铺着花秸的小屋，那是留着让鸡下蛋的地方。

正房和厢房之间有条夹道，夹道中靠着把木梯子，那是为着上房晒粮食和娘儿们登到顶上吆喝孩子回家吃饭用的。梯子下面放着权把扫帚和镰刀锄头什么的，显得十分凌乱。

正房东头的一间是睡觉的地方，除了一盘靠南墙的大炕、一个靠北墙的立柜和一张桌子外，就剩不下多大地方了。金丝儿听爷爷说过，立柜和桌子都是土改那年分地主家的"浮财"，尽管多少年过去了，因为当年人家打制这些家具时是用"大漆"漆了好多遍，所以到现在仍然是油光发亮，和新的差不多。

炕上的被褥和枕头都是用农村人织的红绿格子粗布做的，因为不知已经多少年，油脂麻花已经没办法洗干净了。枕头里面装的是荞麦皮，这两样东西是爷爷永远的钟爱。金丝儿不知多少次听他说："闺女啊，这被子和枕头可都是宝哇，我这一辈子走南闯北，到哪儿也想它们，有时候想得睡不着觉！"

金丝儿不明白他的意思，几次问他为什么。爷爷自然讲出来一番道理说："这粗布被褥冬暖夏凉，不像后来的洋布被褥，十冬腊月钻进去冰凉冰凉，睡半宿了脚才能暖和过来。枕头里装荞麦皮软硬正好，再怎么翻身它也跟脑袋贴合，不会把头发弄乱了。"

他说的这些，金丝儿体会并不深刻，就没吭声。爷爷接着说："睡觉枕这种枕头最香，连个梦都不会做，能一觉睡到日头晒屁股。当年，我在朝鲜战场上躺在雪地里被冻得睡不着，想着家里的荞麦皮枕头就能入睡。哈哈……"

这间屋子和中间的堂屋有墙隔开来。墙只有下半截，上半截是用秫秸扎框糊上旧报纸，中间还留出来个格子专门放油灯，能把里外间都照得亮堂堂的。

堂屋是全家人最主要的活动场所，用来做饭和吃饭。靠近南墙和门口是灶台，前后有大锅和小锅，底下还有条火道通着里屋的大炕。火道上竖着块砖，冬天拉开做饭时能把炕烧热，一到夏天就扎上了。堂屋的北墙上贴着张毛主席的大头像，多少年的烟熏火燎，已经褪掉了原有的色彩。画像下面放着张长长的条案，上边摆放着油盐酱醋和盆盆罐罐，还有爷爷一天也离不开的茶壶茶碗。条案下面放着盛盐的坛子，里边常年埋着过年时腌下的猪肉，这也是他老人家的最爱。按说，就他们家的条件随时都可买新鲜肉吃，可他就是喜欢吃这一口，说那是过年的味道。

那时候，庄稼主子的日子穷，但多少代留下来的习惯仍然在坚持着。那就是不管生活多么艰难拮据，一年下来总要买头猪养在圈里。因为他们喂猪不用买饲料，吃饭剩下的山药皮和刷锅水，掺上麦麸谷糠就够它们吃了。等到了头年里，甭管大小都要杀掉，日子再怎么困难，大年初一也得吃顿肉饺子啊。这其中还有层意思，就是杀不杀猪和自家的小子长大后能不能娶上媳妇关系重大。谁家要是不杀猪，媒人就会说："他家？哼，穷得连猪都杀不起，谁家的闺女愿意跳那穷坑啊？"

当然，杀猪有大有小。人少劳力多的人家，日子较富裕，圈里的猪可能长到一百多斤。人多劳力少的人家，到年根底下圈里的猪也许只长成个五六十斤的半架子，也要杀了好等初一吃那顿肉饺子。但是，不管猪大还是小，谁家也舍不得全吃掉，差不多都是留半扇，扛到集上去卖半扇，好给孩子们买过年穿的新衣服和鞭炮什么的。就是留下的半扇，谁家也不会在过年期间都吃完，顶多吃两顿肉饺子、熬两顿大锅菜和几顿肉卤面，剩下的都煮熟了埋进盐罐子里腌着。等来年过"五月端午""八月十五"，或是来了亲戚朋友好招待用。因为腌的时间长了，这种肉有股子"艮气"味儿，但切成肉末炒鸡蛋，要是赶上春天能再加上几根香椿，那味道真是香极了！庄稼孩子一辈子不管什么时候，就是长到七老八十，想起来都会馋得咽唾沫，这也就是爷爷说的那种"过年"的味道。

嘿嘿……咱们扯得好像有点儿远了，还是回来接着说堂屋里的摆设吧。

条案前摆着张大方桌，也就是文化人们说的那种八仙桌，两边各放着把太师椅。这也是土改时分得地主家的"浮财"，是一家人吃饭和金铁钢坐着喝茶抽烟的地方。他这辈子尽管在外闯荡多年，但从没改变吸旱烟的习惯。就是别人有求或是尊重敬根香烟他也摆手拒绝，说那玩意儿抽着没劲白花钱。在十多年的战争岁月里，他不管在哪儿一直是自己卷"喇叭筒"子抽。尤其是在朝鲜战场上，由于供应不上，他带的旱烟末子都抽完了，实在熬渴急了就抓把树叶子接烂了，随便撕张什么纸卷起来抽，结果被呛得差点儿把心肝都吐出来，还惊动了敌人。战后他连连做检查，到底还是被军部给了个警告处分。他离休后执意回到老家来，就拿起他爷爷当年用来敲过他脑袋的、有着二尺多长杆子的旱烟锅，坐在那把太师椅上，甭管白天黑夜抽个没完没了。奶奶惹不起也躲不起，再怎么叨唠也是白费唾沫，气得几天几宿不理他，连睡觉都滚到炕旮旯里，他想够都够不着。

他们俩结婚的时候还有段笑话，被战友们传说了很久。爷爷身高马大，奶奶却是小巧玲珑。两个人站在一起，他整比她高出半个多脑袋。战友们偷着笑，有人小声说："俩人差这么多，怎么干那种事啊？"

没想到爷爷却听见了，便笑着说："你们懂个屁呀？差再多也没事，中间取齐不就行了？"

战友们"哈哈"笑，后来给他起了个外号叫"老齐"。他也不计较，谁叫都答应。有好事者把这事传回村子里，乡亲们以为这是他的名号，也都跟着叫。就为这个，奶奶和他生了多少次闲气，说他是"没脸没皮，天下无敌"。

堂屋最西头那间一年四季挂着条蓝粗布门帘，是这个家里的储藏室，里面放着粮食囤、山药干篓子、米缸面袋和一些家三伙四，挤得满满当当下不去脚。

两间厢房是金丝儿娘住的屋子，里面倒是收拾得干干净净，有条不紊。

前面说过，金丝儿娘名叫李香改，年纪还不到五十岁。她性格内向，沉默寡言，一天到晚就知道埋头干活，很少开口说话。实际上，她是个外不惠内却秀的女人，但年轻人谈对象，有几个能看到对方的"内秀"啊？谁第一眼看到的不是她的"惠外"呀？她原来在市里第三棉纺厂当挡车工，也是因为改制下岗了。

当年，金丝儿爹牺牲后，金铁钢就觉得坑了人家，心里着实过意不去，所以才和老伴劝她把孩子留下再往前走一步。她却眼含泪花一个劲摇头，执意留了下来。老两口子没办法，只能把她当亲闺女对待，下岗后带了回来。现在，李香改就像个保姆，几乎承包了这个家里的全部家务，洗衣做饭、扫院子挑水……一天到晚牛一样诚心实意地伺候着两位老人和孩子。

虽说是"儿不嫌母丑"，但金丝儿对娘的感情一时半会儿却说不清楚，多少有点儿复杂甚至嫌弃。也许是因为缺少了男人的滋润，当娘的心情长期压抑，从小对女儿就没个好脸色，稍有不高兴不是开口骂就是动手打。金丝儿十三四岁叛逆那几年，还曾经因此离家出走过。爷爷和奶奶发动了全部亲戚朋友，找了三天才把脏兮兮的她从"小混混"群里拉回家中。

真是"不养儿不知道父母恩"。现在，金丝儿长大后，自己也有了孩子，对娘的理解就多几分，几乎完全摒弃了当年的怨恨。也许是"隔辈亲"吧，李香改一看到俩孩子，高兴得什么似的，一下子抱在怀里就没再松手。她事少，也没问那个丫头是谁家的，从此把两个孩子的吃喝拉撒睡都包圆了，成天价忙得像陀螺般手脚不沾地儿。

金丝儿倒落了个清闲，没事就去村里村外到处转悠转悠。她也有好多年没回来过了，所以看到什么都觉得新鲜。那蓝天白云、那小桥流水、那阳光下金色的沙滩、那叫不出名字的闲花野草……一切都让她陶醉。但是，她也发现个大问题，就是这些年来村子里所有人家的房舍不但没什么改变，反倒破败了许多。有的甚至已经是坦椽露檩，眼看就不能住人了。而且，家家的主食依旧以"山药干面"加糠菜为主，和她小时候回来时没嘛改变。这所有的一切就透露着一个字——"穷"！

要说穷是真穷，都什么年代了，这个村子里竟然连"电"都还没用上！人们都还过着"推碾子拉磨点煤油灯"的原始生活。许是"习惯成自然"吧，村里人并没觉得这有什么不可以。金丝儿却有一百个不理解，就找到了在自家刚分到的玉米地里除草的村支书靳存根。

要说起来，靳存根还算是金丝儿的救命恩人呢。她小时候也跟着爷爷奶奶在村里住，七八岁那年，跟着一群孩子去河边玩耍，不小心滑进了深水中。她惊恐万状，脚蹬手挠连喝了几口浑水，眼瞅着就要沉下去……在孩子们的惊叫声中，比她大三岁的存根打着"狗刨"游过来，拽着一绺头发把她拉回了沙滩上。这孩子虽说也不大，但因为经常打

"扑腾"，这方面的经验学了不少。他知道在这种情况下救人，千万不可离落水者距离太近，因为在这生死关头，他或是她肯定是想抓住身边能碰触到的任何东西，要是不小心被对方抱住了，很有可能两个人同归于尽。

在河边长大的男孩子差不多都有过这样的经历，就是每天只要吃过午饭，说是去"砍草"背上柴火筐就走了。但是，他们肯定是先去河里打"扑腾"，等玩够了才去庄稼地里转悠着找草砍。因此上，好像每年六七月河里的汛期，都有孩子被淹死。大人们当然清楚这点儿，所以每天孩子们背筐出门，他们会十分严厉地嘱咐道："可不能去河里玩水，要不看我揍你！"

孩子们嘴上答应着，该玩还是去玩。大人们也有办法，等孩子回来在他身上抓一把，只要留下道道白印子，就知道他肯定玩水了。家长们大都是训斥一顿，象征性地在孩子的屁股上拍打几下子，再说几句吓唬吓唬就算了。也有脾气暴躁的家长，那是真打呀，脱下自己的一只鞋便会扑过去……要是当娘的拦得不及时，一顿鞋底子能把孩子的屁股打肿了。

靳存根在小伙伴们帮助下把金丝儿拖上岸，便把她脸朝下放在一块大石头上，拍打着后背让她"哇哇"吐了好几口脏水，才终于慢慢苏醒了过来。

现在，听金丝儿问起村里为什么不办电，他擦抹着满脑袋的淋漓汗水说："这事……你爷爷曾找过县委书记，人家告诉他一时半会儿解决不了。"

原来，因为金沙湾处于太极、新乐和定州三县的交界点儿上，距离哪座县城都不近。所以，在当年全县各生产大队陆陆续续办电的时候，人家电力部门明明白白告诉村里说因为距离忒远，高压电输送到这儿电压会低得连灯都点不亮，更不要说电动机了。当时的村支书是金书章，忙问怎么样才能解决。电管所所长告诉他，说是只能再增加台变压器才能解决。

金书章愣了片刻，忙说："那就再增加一台呗。"

所长摇着头回答道："这变压器挺贵的，不是仨钱俩钱的东西……在哪儿安装要按国家的计划。"稍停，他又接着说："你们这儿没在国家计划之内，要想安装在村里必须掏钱买才行。"

"……"金书章一听就傻眼了。因为他听说过，买一台变压器得好几万，村子里砸锅卖铁也买不起呀。因此上，金沙湾至今仍然是白天热热闹闹，一到晚上只要没月亮就黑咕隆咚了。

金丝儿听到这里，百思不解又没办法，只能"啧啧"地咂舌头。她一句话也没说，扭头便往回走，心里琢磨着都什么年代了，村子里竟然连电都还没用上，不穷不破才活见鬼呢！

金丝儿回到家里时，奶奶正在把晚饭一样样往桌上摆。娘也把俩孩子哄得睡着了，正抡着大扫帚一下下清理着院落，结果弄得家里狼烟地动的。爷爷看不下去，不由得皱着眉头喊道："你先泼点儿水再扫不沾呀？看弄得能把洞里的老鼠都呛死！"

娘不好意思地笑了笑，忙扔下扫帚去压水机旁接水……这也是她让人不待见的一个方面，干活傻实在，就是不怎么动脑筋。金丝儿忙上前去帮她压水泼院子……她这次回来，唯一看到村子里就是这点儿进步——以前乡亲们都是去村三岔口的井台上打水，现在差不多家家都用上压水机了。因为这里离河近，水浅，打上一丈多深就见水了。

她还记得在家时头一次去井台上打水，担着两只木筲到了井台上，学着别人的样子把其中的一只挂在井绳末端的木钩子上，然后拧着辘轳系进了井里，却不知道怎么做才能把水弄进筲里去……正当她发愣时，一位当家堂叔也挑着担子走来了。他看了金丝儿一眼，问道："丝丝，怎么了？不会摆筲啊？"

金丝儿答应着，不好意思得脸都红了。只见，堂叔接过井绳，眼看着井里稍微摆动了几下，"咚"一声便把木筲放进了水中……紧接着，他拧动辘轳，很快就把满满的一筲水打了上来。她看着很简单，就接过辘轳把另一只筲放进井里，然后学着堂叔那样，轻轻把井绳摆动几下，也"咚"一声把筲放进了水中……可好，因为她的动作不连贯，结果是木筲脱钩掉进井底看不见了。她一下子就傻眼了。堂叔忙笑着说："没事，去找你爷爷想办法吧。"

后来，还是爷爷借了几家杀猪用的铁钩子，绑在绳子上在井里搅动了半天才把筲捞上来。她心里想着这件事，不由得偷偷地笑了。奶奶看着她问道："你笑嘛呀？跌了个跟头捡到钱了？"稍停，她又问道："一大后晌儿看不见人影，去哪儿了？"

"我有几年没回来，到村里村外转了转。"金丝儿说着，忙帮她把饭菜都摆上了桌——山药骨碌菜饭、玉米糁贴饼子、豆腐炒白菜外带一盘萝卜咸菜。这是冀中一带老百姓常年吃的饭菜，不过因为她家条件较好，炒白菜加上了豆腐，饼子是玉米糁做的。一般的人家都是葱花炒白菜，饼子也是山药干面掺上点儿玉米糁。

"爷爷，"金丝儿边吃边说，"你没看出来？这么多年了，咱村咋就没什么变化呀？到这会儿连电都没用上，也忒落后了吧？！"

"嘛落后不落后啊？"爷爷不在意地说，"你回来得少，农村一代代不都是这样吗？"稍停，他又说："你多住些日子，自然就习惯了。"

"别的不说，"金丝儿坚持说，"再怎么也该把电用上吧？要不，连电视都看不成。"

"这确实是点儿事。"爷爷点着头说，"我找过县委书记，他也没办法解决。"

"不能解决不就因为穷吗？"金丝儿说，"要是有了钱，什么事解决不了哇？"

爷爷"呵呵"笑了，说道："怎么着？莫非我孙女有什么高见，能让村子里富起来呀？"

听他这样问，金丝儿不由得愣住了。也是，她自己现在可以说是穷困潦倒，能有什么脱贫致富的良方啊？奶奶见她不吭声，便说："丝丝啊，再怎么说你也是个大学生，等过些日子，孩子长大点儿了，你把他留在家里，交给你娘和我，自己还是进城去找份工作吧。"

"工作那么好找哇？"很少说话的李香改这时却说，"到处都是下岗工人，你能找什么工作？除非是去拾破烂，或是去给人家当保姆。"

"咱是什么家庭？"奶奶一贯听不惯她的话，用筷子敲打着碗边子不高兴地说，"能去干那种事？还不够丢人现眼呢！"

实际上，李香改并不是随便说说。她下岗后，确实曾有过这种想法，也私下里和爷爷商量过，不过被他一票否决了。也是，在城市里捡破烂，时间久了捡出个"万元户"也不少见。

一家人边吃饭边这么随便说着，谁都没往心里去。只有金丝儿，因为白天所见所闻受刺激触动很大，心里不由得萌生出一种想改变这一切的冲动，但到底应该干什么和怎么干，目前还没半点儿想法。就在此时此刻，她是多么思念自己的丈夫啊！他是家里的顶梁柱，也是她的主心骨，要是他在身边，一定能想出办法来。

许是"心有灵犀一点通"吧，此时的邢文凯坐在深圳小梅沙的沙滩上，心潮澎湃得和大海一样波涛翻滚。他想老婆、想孩子，也想那个像屁股蛋儿大小的家了！

两个多月前，他因一时冲动离开了家，只身来到深圳闯天下。当时，正是"一位老人画了个圈"、深圳大开发的黄金时刻，形形色色的企业像雨后春笋般蓬勃发展。他上大学学的就是企业管理，参加工作后又实践了两三年，现在可以说是"英雄有了用武之地"，因此，轻而易举便找了一份待遇很好的工作。

邢文凯和金丝儿是高中同学，在高三时两人就已经心心相印了。他们去学校取录取通知书那天，回来时正赶上下大雨。金丝儿没带雨伞，又急着回家，结果被淋成了落汤鸡。他忙追了上去，把自己的衣服脱下来披在她身上。趁在公交站牌下躲雨的工夫，两人终于捅破了那层窗户纸，紧紧搂抱在一起。激情澎湃之下，也顾不上旁边等车人好奇或是鄙弃的目光，他们火热的嘴唇便黏在了一起，久久不愿分开……后来，他把金丝儿送到了家门口，本想进去见见爷爷奶奶和娘，却被她拦住了。因为这件事她从没对家里人说过，更担心爷爷那臭脾气，就没敢让他往里走。

一直到快要上学走时，金丝儿才把他带回家认识了两位老人和娘。爷爷奶奶十分高兴，自然是热情招待。金铁钢还现场发挥，趁着酒劲儿讲了一番做人的大道理。

邢文凯对这个家里的每个人都很尊敬，尤其是那个默默无闻、埋头干活的金丝儿娘，让他尊敬之外还多了份质疑，心里不由得在想：她真的是金丝儿的亲娘吗？

也是。生活中有一种现象，有时确实是让人不理解。比如，有的两口子长得都很周正，也可以说是出类拔萃，男的是帅哥女的是靓妹，但生下的孩子却奇丑无比，再怎么打量谁都不像，让人怀疑是不是在医院里生产时抱错了。可也有的两口子长得歪瓜裂枣，甚至缺胳膊少腿或双目失明，生下的孩子却个个都是金童玉女般的俏人儿，眼睛还格外明亮！有人自作聪明，解释说这是遗传基因起的作用，漂亮的孩子是因为继承了父母身上各部位的长处；难看的是遗传了双方的短处。不知道这种理论能不能成立。

邢文凯暗暗打量着未来丈母娘的尊容，怎么看也和金丝儿沾不上边。不说浑身的皮肤，丈母娘是又黑又粗，金丝儿却是白嫩细腻，尤其是脸上，那可真是吹弹可破。再看那一双眼睛，丈母娘是长了两只"眯眯眼"，又细又长像是用刀拉的。金丝儿的眼睛虽说也不大，但却很耐看，明亮、干净，像倒扣的月牙儿般透出来一股子"媚"儿气，让谁看一眼就会一辈子忘不掉。他只能猜测她是继承了父亲的基因，巧妙地躲过了母亲的遗传。可惜，父亲长得什么样，金丝儿都没印象，他就更不必说了。

出门在外的流浪汉，最难挨的就是每天傍晚了。因为白天忙忙碌碌，他们一个个没工夫想家。等天近傍晚，鸡上架鸟入林、干了一天活的老牛急匆匆往家赶的时候，也正是他们格外想家的工夫。邢文凯望着西天际那舒卷的愁云，还有身边那弥漫的暮霭，想家的思绪丝丝缕缕，真是"剪不断，理还乱"了。在这种情绪影响下，他一度也曾有过辞职回家的想法，但又觉得男子汉大丈夫，总得要个脸面吧？既然已经出来了，就必须干出个样子来，要不怎么能够回去进那个家的门子呀？面对媳妇和她的一家人，自己的这张脸往哪儿搁？还能让人家，尤其是那个倔老头一把把往下撕啊？

他就职的是一家专门负责食品进出口的公司，每到秋天就忙得脚不沾地儿。他再怎么想家也没空儿回去，除非是辞职不干。找份合适的工作不容易，他可不愿意那么做。所以，一直到国庆节放假，他又和同事换了两天班，带着给媳妇和孩子准备的大包小包，费了好大劲才登上了北去的列车。

深圳开放初期，交通很不方便。因为那时候还没高铁，只有那种像蜗牛爬般的绿皮火车，而且人特别多。邢文凯心疼钱，舍不得买卧铺票，只买了张硬座。实际上，他就是想买卧铺也没有，人多票紧张，想买必须提前十多天，他哪儿有那么多时间排队呀。等他好不容易登上车厢，一下子就傻眼了，里面早已人满为患！不要说座位上，连座位下边、厕所里，甚至货架子上都挤着人。通道就更不必说了，小商小贩的行李和货物堆得像山一样，要想过去连下脚的地方都找不到！而且，里面的空气也非常不好，汗酸味、臭脚丫子味、口腔不洁的腐尸味……呛得人只能尽量屏住呼吸少喘气。

邢文凯买的是坐票，却没办法挤过去，就是勉强挤过去，估计早被人占了。因为他看了一眼，所有座位上都挤满了人，甚至两个人的座位坐三个、三个人的座位上能挤五个人。他懒得往前挤，只得站在车厢门口。就是这样也不容易，因为人多，地上的脚也就多。他只能一只脚挨地，另一只脚就找不到地儿了。不过也好，等火车开动，空气一流通，所有的臭味怪味就都闻不见了。他长长地吐了一大口气，连连擦抹着头脸上的淋漓汗水。

　　尽管已经是秋收季节，人们却一点儿也感觉不到秋高气爽，天气仍然热得难受。庄稼主子把这种天气叫作"秋老虎"，就是说稍不注意，仍有中暑伤身的危险。

　　金铁钢一家人吃过晚饭，就去房顶上乘凉。正是仲秋季节，月亮像个银盘子般挂在当空，星星当然不敢和它争光，大都隐到银河里偷懒去了。只有北斗七星，像只倒挂的勺子一样，羞涩地隐隐可见。如水的月色泼洒在这个小村子上，映照出家家户户在房顶上乘凉的男男女女大人孩子，也毫不客气地揭示出来这里的贫穷。你看，这几十户人家，只有金丝儿家是用洋灰和炉渣打了房顶，其他人家还多是抹的花秸泥。

　　前年打房顶的时候金丝儿正好在家，所以知道这整个过程。水泥刚时兴到这里时，人们都叫它洋灰，至今都改不过来。要打房顶，首先必须把料准备好。洋灰好说，只要有钱就可以买了，炉渣可就不好找了。庄稼主子一年四季做饭都烧柴火，剩下来的都是草木灰，只有十冬腊月才生炉子。想打房顶的人家就会把炉渣一点儿一点儿攒下来，要好几年才能攒够用。金丝儿家用的炉渣，是爷爷从十多里地外的砖窑上买回来的。

　　打房顶前，必须用碾子把炉渣粉碎了。这活还只能在深更半夜干，因为这个村子小，只有村头大槐树下的一盘碾子，白天碾糁子碾米的人家不断头，根本闲不下来。半夜碾完了炉渣，奶奶和娘还得打水把碾子洗干净，要不乡亲们会背后骂大街。

等到了打房顶那天，还要请十多个壮汉来家里攒忙。大家把水泥和炉渣加水和好了，再一兜兜提到房顶上去。接下来，壮汉们就光着脚踩、踩……等踩实了再抹上水泥，盖上层布让它慢慢阴干。如果要是干得太快，水泥会裂缝隙，下雨时漏水。那就完全失去了打房顶的意义，甚至打还不如不打。

这天也是奶奶和娘最忙活的一天。可不是，请那么多人来攒忙，你总得管人家的饭吧？所以，头天晚上她们就得把卷子蒸出来，把去太极集上买回来的猪肉煮熟了。第二天半前晌儿，她们便开始准备午饭——茄子冬瓜肉片子、粉条蘑菇加豆腐熬成的大锅菜就卷子。这是庄稼主子在来人多的情况下所做的标准饭菜，好吃极了还顶时候，吃一顿整天不饿！

十多个庄稼汉子，要是放开了吃你估计能吃多少？家里的饭锅就那么大，一锅菜根本不够吃。奶奶和娘熬好一锅掏进小瓮子里，再熬、再熬……能不累得满头大汗吗？

一家人躺在凉席上，享受着这夜晚些许的凉意。但是，天越热蚊子越多，连"嗡嗡"带咬，惹得两个孩子大哭着脚蹬手挠。娘只得不停地挥动着芭蕉扇，边为他们扇风边赶蚊子。

金丝儿也用扇子帮爷爷奶奶扇风，心里仍在思索着白天所想的问题。她不由得问道："爷爷，咱们这儿怎么都是沙土地呀？人家县城以南可都是黏土地。"

"就是。"奶奶说，"这沙薄露土的，除了长果和山药，什么庄稼都不好好长。"

爷爷"嘿嘿"一笑，说道："咱这儿的沙土地，还真有点儿……来头哩。"稍停，他反问道："你们听说过咱家这一带叫'神道滩'不？"

"听说过呀。"金丝儿说，"我小时候就听德昌爷讲过，不就是个神话故事吗？"她说的这个德昌爷在村子里辈分最高，是金铁钢在县大队时的战友，也是个笑话"篓子"。他因为在清风店战役中打日本鬼子受了重伤，很早就退役了。金丝儿十来岁时，每天晚上都会有一群孩子围在三岔口的老槐树下，坐在碌碡上听他讲笑话。他叼着烟袋，不停地抽着讲了一个又一个。有时候讲鬼怪笑话，吓得孩子们不敢回家。他"哈哈"笑着，还得一个一个送回去。可惜，这位深受孩子们欢迎的老人，两年前就走了。

"什么故事啊？"奶奶问道，"我怎么没听说过呀？"

爷爷阴沉片刻笑着说："不知道就算了，等回头我再给你讲。"稍停，他又补充道："你看看咱这儿的土地，不就明摆着和别处不一样吗？"

也是。这里的沙土又白又干净，在灿烂的阳光照耀下，似乎还能够闪闪发光呢。也正像奶奶说的，这一带的花生和红薯不但产量高，而且特别干净，好像不用洗，吹一吹就能下锅煮着吃。尤其是红薯又甜又面，运到市场上非常抢手，价格也比别处长得高出好多。但是，要在这一带种别的庄稼就不行了。比如小麦玉米什么的，甭管这里的人们怎么折腾，那产量总是低得惊人，人家别处一亩地能打七八百斤，这儿长的顶多也就是二三百斤。

但是，红薯这种东西，要就是囫囵个儿蒸着煮着吃还行，要就是晒成干磨成粉贴饼子，还得掺上榆皮面——就是把榆树皮撕下来，晒干了在碾子上轧、用细罗把粉罗下来，然后掺在红薯面中。因为红薯干面没黏性，榆树皮粉加水却特别黏，两样掺在一起才能蒸成饼子。你也掺、我也掺，家家都得掺，所以，那些年这一带的榆树死了不少。就是这样，蒸出来的饼子甜囊囊的也不好吃。金铁钢他们从小就吃腻了，但又没别的能够充饥，只能边吃边喝水冲着往下咽。可红薯又不能常年保存，只能切成片晒成干，所以，吃这种饼子就成家常便饭了。

当天晚上，不，差不多是回来这几天的每个晚上，金丝儿都没能睡好觉。

因为她一直在思索一个重要问题：自己这算咋回事，唱的是哪出戏呀？从小上小学、上中学、上高中，最后总算是大学毕业了，却兜兜转转又回到了原点。仔细想想，说是原点也不对。自己小时候没有生存能力，靠娘和爷爷奶奶养着别人说不出什么来。现在这样不就成"啃老族"了吗？个把月二十天没事，要是时间长了，乡亲们的唾沫星子还不把自个儿淹死？再说了，这也不是自己想要的生活呀？尽管爷爷奶奶一直在宽慰和劝解，说是养她个三年五载没问题。可自己能那么心安理得让他们养着？别说是三年五载，就是一年半载，自己就该嫌弃自己了，要是那样，还不如趁早找个地缝钻进去死了算了哩！

金丝儿正胡思乱想间，奶奶拍了拍她的肩头说："夜深了，该回屋里去睡了。"

"……"金丝儿像是没回过神来，怔怔地看着她没吭声。爷爷好像是猜透了她的心思，边站起身边惯性地拍打着并没沾上任何东西的屁股说："闺女啊，你就要成天价胡想八想了……人这辈子，谁还不碰上个沟沟坎坎的？谁能没个三灾六难？"

"就是啊。"奶奶接过话头说，"那韩信不得势时还曾受过胯下之辱，姜子牙卖面也曾经被大风吹个干净，红军还走过万里长征呢，后来不都成就了大事？你目前这点儿困难算什么呀？"她嫁给爷爷前曾当过中学的历史老师，说起话来总喜欢将古比今。

金丝儿什么也没说，抱起玉洁家的女孩就蹬着梯子下来了。李香改抱着自家那个"夜哭郎"紧跟在后面。两人回到厢房里，冲奶粉喂孩子的工夫，她就打起了轻轻的鼾声。金丝儿看了她一眼，想说什么又打住了。等俩孩子松开奶嘴睡着后，她却怎么也睡不着，浑身燥热躺在炕头上翻来覆去烙大饼。也是，常言说"心静自然凉"，她心里像翻江倒海，天气又闷又热，怎么能睡得着啊？她也曾想过，等俩孩子长大点儿能离手了就扔给娘和奶奶，自己回城去好歹找份工作。但是，这个念头一冒出来她自己就先否掉了，想想城里人互相之间的那种冷漠，真让人不寒而栗。

前面说过，金沙湾这个小村里的所有人原本都属于一个大家族，尽管后来改成了两个姓，但血脉还是相通的。所以，乡亲们互相之间都很亲切和谐，多少年连个吵包子的都没有，更要说打架了。甭管谁走在街上，见人就会亲热地寒暄打招呼，头句话肯定是问："吃了吗？"

这句话也反映出这个小村里的贫穷，人们不管好歹吃饱了就是幸福，所以这样问也就在情理之中了。但要放在城市里，哪怕是对门合户住多少年互相之间也不认识，你上楼我下楼，走个对脸谁也不会理谁。

金丝儿想到这里，完全打消了回城的念头。但是，自己往后的路该怎么走，在村里能干点儿什么呢？总不能伸着手老吃闲饭"啃老"吧？再说了，爷爷奶奶也不可能长生不老，自己能依靠到哪一天……她百思不得其解，觉得前途像漫天大雾般迷茫。

邢文凯没吃没喝在火车上蹲了两天一宿，才回到了自家所在的那座城市。

说到底他还是没经验，上车前没想到自己这一路上吃什么喝什么。看人家那些小商小贩，上车时身后背着沉甸甸成包成捆的衣服或是别的货物，手上拎着的塑料袋里都是面包点心和瓶装水，最起码也是罐头瓶改成的杯子里盛满着茶水。每当饿了的时候，他们一个个打开塑料袋，旁若无人般说笑着大口马牙地又吃又喝。馋得邢文凯一个劲咽唾沫，恨不能从人家手里抢过来吃。当然，他有贼心没贼胆，也就是想想而已，能做的就是尽量把自己那贪婪的目光移开来罢了。他也想过去餐车吃饭，但他所在的是第十二车厢，餐车在五车厢，看着那挤不动夯不动的人疙瘩，想想人们被惊动时讨厌的目光，心里打怵一下子就丧失了勇气。所以，到第二天傍晚下车时，他已被饿得头昏眼花腿发软，一步蹬空坐在了地上。男男女女下车后急匆匆往出站口走，路过旁边时顶多冷漠地看一眼，没人肯为他停住脚步。

华灯初上，车站前的广场上人流如潮熙熙攘攘。人群中有十多个中年妇女，拿着写有"住店"的纸牌见人就问："住店不？不远，从中山路上拐个弯就到。"

更有的看看旁边没人注意，便会神秘地轻声说："有小姐。便宜，一回五十，包夜一百。"

邢文凯就被四五个妇女拦住问过。他很讨厌这些人，横眉冷对地急匆匆走过去。但凡是干这个的妇女脸皮子都挺厚，跟在他屁股后面边走边说："先生，我家的小姐个顶个儿漂亮，你去看看就走不动……多便宜呀？包一宿才一百块钱。"

邢文凯懒得理她们，鼻子里"哼"一声，逃跑般离开了广场……他拐弯在中山路旁找了家小饭店，要盘炒饼风卷残云般吃了下去。此时的他，心里想的只有媳妇和孩子，恨不能一步迈回家去。可是，当他打车赶到造纸厂家属宿舍时，却被眼前的景象惊呆了。只见明亮的灯光下，四五台推土机在一个戴安全帽的工头指挥下，正轰鸣着开来碾去……什么老婆孩子，连那一片低矮的小平房都不见了，家的位置在哪儿都看不出来了。他呆立了好一会儿，忙过去问那个工头说："同、同志，请问，在这里住家的人们都去哪儿了？"

工头看他一眼，说道："我们只管开发，其他的事你去问政府吧。"

邢文凯又愣住了，蒙茬茬地一时间不知道该去找哪级政府和什么部门。正当他像根木头桩子一样在那儿戳着时，忽然看到一个比较熟悉的身影骑着自行车来到近前，而且也像他一样，瞅着现场傻乎乎地愣住了。他仔细看了看，才知道来人正是柳玉洁的丈夫赵孟海。他们两人见过面，两家人也曾坐在一起吃过饭。在那种场合，客气话虽然说了不少但并没什么深交，算不上怎么熟悉。邢文凯知道他是来看孩子的，心里不由得就有了种同病相怜的感觉。少顷，他走过去问道："你、你也是来找孩子的吧？"

"……"赵孟海愣怔了一下，忙笑着说，"可、可不是。"他停顿一下又说："我听说这一带要开发，就紧着赶来了，谁知道……"他在石家庄地委办公室工作，消息当然比平头百姓灵通得多，但也来晚了。邢文凯从旁打量着他，又想起柳玉洁离家出走之事，心里不由得十分感慨。也是。怎么说呢？这个人长得实在是对不住观众，个头又矮又胖，像个地地磨一样两条腿还罗圈，脸上除了那对厚墩墩、像两个饼子般摞在一起的嘴唇，别的似乎什么也没有了。他正胡思乱想间，就听赵孟海问道："你这是……从哪儿刚回来呀？"

"我……"邢文凯迟疑一下，忙说，"我去了趟深圳，没想到回来就成这、这样了。"

"是。"赵孟海点点头，说，"这阵子城市发展特别快，到处都在搞开发。"片刻，他又说："要不……你给丝丝打个电话？"

邢文凯又迟疑了一下，说道："村里才通的电话，她家里没有电话。"那时候，大哥大刚刚出现，他去深圳在大街上见过几次，也没办法或是没想告诉媳妇。

"那……"赵孟海问道，"她们家邻居没有电话呀？咱们得想办法找到她娘儿几个啊！"

"……"邢文凯仍是迟疑着没吭声。实际上，他知道金铁钢的电话号，但从没打过。因为他知道那个老家伙脾气倔，说话难听，过去不想和他多打交道，现在，金丝儿肯定告诉他自己离家出走的事了，所以就更不敢打了。赵孟海并没想那么多，便说："估计她们肯定是回老家了，要不，咱们去找一趟？"

"找一趟？"邢文凯思索着他的话，一时没吭声。也是，要回去他肯定、也必须面对那个奶奶嘴里的"活阎王"，难听话不把你说死也得顶个大跟头！他想到这里，不由得浑身冰冷，一颗心直哆嗦，便说："我没、没去过她家，不认识路。"

他说的当然不是实话，因为每年春节他和金丝儿都要回去住几天。赵孟海不死心，又问道："那……你知道她家是什么村不？"

邢文凯当然知道那个又穷又破的小村叫"金沙湾"，便说："好像是叫金沙湾。"

"知道村名就好说。"赵孟海高兴地说，"太极县才多大个地方啊？鼻子底下有嘴，咱们边走边问呗。"稍停，他又说："你就在这儿等着，我回去找辆车，咱说走就走！"他说着，调转车头就想离去……邢文凯稍迟疑，忙说："我、我没时间，还急着回深圳呢。"他说的不完全是实话，回深圳是真，不敢面对金丝儿全家尤其是那个"活阎王"也是真。

赵孟海看着他叹了口气，说："那……回头我自己去一趟吧。"

这天，金铁钢家的小院儿里充满着欢声笑语，原因很简单，就是金丝儿那个叫"臭蛋"的孩子突然一下子就会走了。

"臭蛋"这个小名还是他老爷爷给叫起来的。金丝儿两口子报户口时给孩子起的名字叫邢佩哲，金铁钢却从没这么叫过。他按照农村人的习惯，说是名字越不起眼孩子越好养大成人，便随口给起了个"臭蛋"。在村子里，这种现象很普遍，男孩子叫"臭娃""破碗""破锅"，女孩子叫"脏妮儿""丑妮儿"什么的比比皆是。甚至有的时间长了叫顺嘴了，人们反倒把他们的大名忘了，一辈子叫这些"破"名字的人有的是。

常言说母大子肥，金丝怀孕时口闹得厉害，身体瘦弱，所以孩子一直是瘦马拉筋不好好长。这次回来后，奶奶和娘精心尽意地照顾着，像喂小猪仔似的使劲往他的肚里擩，这小子眼瞅着就像气吹一样胖壮了起来。

在大人眼里，孩子的一点儿成长都让他们惊喜过望。这天，李香改抱着邢佩哲在院子里玩耍。她急着去茅房，便把他放在了猪圈墙上，并一再嘱咐他不要动。没想到，她边系着腰带从茅房出来，却看到小家伙正蹒跚地试探着往屋里走……她愣了片刻，不由得惊喜地喊道："快看啊，咱臭蛋会走了！"

她这一嗓子，把大家都从屋里惊动了出来。佩哲也受了惊吓，一个屁股蹲坐在地上咧开嫩红的小嘴想哭……金丝儿忙把怀中的小女孩塞进奶奶手里，赶过去拽他起来。接下来，一家人可是有活干了。他们一次次把佩哲靠在墙上，然后逐渐拉开距离，两米、三米、五米……伸出手来召唤："臭蛋，过来，快过来……真棒！再来一次。"

邢佩哲也来了兴趣，不厌其烦地一次次蹒跚着，就是摔个跟头也不哭不闹。奶奶怀里的小女孩可能是觉得受了冷落，毫无来由地哭个不停。对了，这个孩子还没来得及报户口起名，就被狠心的柳玉洁扔在了金丝儿家里。这次回来后，爷爷说："这孩子总得有个名字啊，就叫她赵小扔吧。"他说罢，自己先"哈哈"地笑了起来。

大家谁也没当回事，因为他们都觉得总有一天她家里人会来抱走的。果然，几天后赵孟海便骑着自行车找到了这个家里。人们常说孩子是"三翻六坐七爬爬"。当时，小扔儿正在院子里的凉席上坐着玩自己的手指头，小嘴里还"咿咿呀呀"说着谁也听不懂的话。当她看到赵孟海时，黑白分明的眼珠儿定了一下，便"哇哇"地大哭了起来。他忙扔下自行车，把孩子抱起来边轻轻拍打着她的后背边"噢噢"地哄着。小扔儿把脑袋扎进他的怀中，怎么哄也哭个没完。直哭得孟海心发颤，嗓子眼儿发酸，硬撑着没让泪水掉下来。奶奶从旁看着说："看看，小人儿这是带着感情哭呢。"

"你真逗……她才多大？"爷爷说，"知道个屁呀？还带着感情？"

"就是。"金丝儿附和着，上前想把小扔儿接过来。没想到，这个平时黏在她身上不肯下来的小屁孩儿，此时竟然使劲往爸爸的怀里钻，还用小手一个劲地扒拉她。金丝儿忍不住笑了，说："看来奶奶说得对，她还真是带着感情哩！"

赵孟海"嘿嘿"笑着，用一只手抹了把泪光闪烁的眼睛，忙又从车子兜里拿出来两个花里胡哨的拨浪鼓，一个给了站在旁边的邢佩哲，一个塞进了自家孩子手中。小扔儿立马就不哭了，学着佩哲的样子摇了起来……金丝儿这才有空问道："你怎么这工夫来了？没上班啊？"

"我来两天了，"赵孟海说，"跟着我们书记去县委了解点儿……情况，明天就该回去了。"

"是啊？"金丝儿又问道，"了解什么情况啊？大家都说我们县挺落后的。"

"确实是。"赵孟海说，"你们县的改革开放推不动，到现在包产到户还没全部落实……省委书记在大会上都点名好几回了。我们书记也很着急，才亲自带队来了。"

"真的。"金丝儿又说，"就说我们村吧，到现在连电都还没用上，到黑价还得点煤油灯，给人的感觉好像还在旧社会呢！"

"什么什么？"赵孟海意外而惊讶地问道，"你们村到现在连电都没有？！"

"可不是。"金丝儿说，"不信你去问问县委书记，我爷爷还为这事找过他哩。"

"这事我真得问问。"赵孟海说，"在我的印象中，咱们全地区没一个村没电了，怎么就单单剩下你们一个村啊？"稍停，他又说："没有电，可不就晚了一个时代？我也是农村孩子，家就在你们村往北十多里地，属于定县，也处在神道滩流域。在我的记忆中，十多年前就已经有电了，磨糁子磨面，早就不用推碾子推磨了。"

这时，李香改过来伸手想从他怀里把孩子接过去，没想到小扔儿已在孟海的胳膊弯里睡着了，便说："看这孩子，可算是找到亲人了。"

奶奶孙文娟也说："可不是。真想不到才几个月的孩子就认人。"稍停，她看了金丝儿一眼，问道："丝丝，这就是小扔儿她爹呀？"

"是。"金丝儿回答道，"他叫赵孟海，老家是定县，我们是高中同学。"而后，她又对孟海介绍道："这是我奶奶。"

"奶奶好！"赵孟海忙冲奶奶点头致意。奶奶笑了笑，说道："这孩子，有句话我说出来你可耍……嗔着。"她说着又看了孙女一眼，却把话头打住了。赵孟海忙说："奶奶。有话您老就说吧。我和金丝儿像亲兄妹一样，您说什么都没事。"

"那我可就说了。"文娟迟疑了一下，问道，"我听丝丝说了，扔儿她娘……还没回来？"

"没、没有。"赵孟海说着，脸色微微地发红了。他是个聪明人，当然听得出她话中的意思，忙解释道："这阵子，可是给丝丝添麻烦了。这不，我正在找保姆，等找好了就把孩子接过去。"稍停，他又补充道："现在，想找个合适的保姆也不容易。"

"没事。"金丝儿忙说，"小扔儿跟我已经习惯了，有时候还跟着佩哲叫妈呢。你再换个别人，她着急上火，该闹毛病了。"

"还要找保姆？"奶奶不解地问道，"她爷爷奶奶，或是你家的亲人们都帮不上忙啊？"

"可、可不是。"赵孟海说道，"我爹前年就走、走了，娘身子骨也不壮实，像药篓子一样离不开药，尤其是'窝冬'，一到冬天就经常闹哮喘，连出气都费劲。"

"没事。"金丝儿忙说，"反正我现在没嘛事，也喜欢带孩子……你不知道，小扔儿跟我可亲了，每到天色晚了，和佩哲抢着往我怀里钻。哈哈……"

"也是。"奶奶说，"你要是当保姆，肯定比别人挣钱多……价低了咱还不干哩。"

"那肯定是。"赵孟海说罢，像开玩笑似的又说，"要不……我给你出份保姆费？"

金丝儿"哈哈"笑着说："你就别恶心我了。当保姆我也不会给你家当，不好意思要钱啊。"

"就是。"赵孟海也笑着说，"你这么贵的保姆我可用不起，还是算了吧。"稍停，他又问道："你是怎么想的？一个大学生，就这么废、废了？不想干点儿什么？"

"能不想吗？"金丝儿长叹了口气，说道，"这些日子我一直在瞎琢磨，就是想不明白该干点儿什么。"稍停，她开口问他："你也替我想想，在村子里我能干点儿什么呀？"

"这事……我一时半会儿可想不好。"赵孟海迟疑地说罢又补充道，"反正你不是个等闲之辈，要是想好了，肯定能干出一番大事业来！"

"咱俩谁和谁呀，"金丝儿笑着说，"你就耍瞎忽悠了。"少顷，她又说："你在上边掌握的信息比较多，看有什么合适的机会多想着我点儿。"

这时，李香改说："天不早了……我这就做饭，你吃了再走吧？"

"不了，不了。"赵孟海说着，把仍在熟睡的小扔儿递给金丝儿，推起自行车便往外走……金丝儿忙跟在后面送他。到了门外,他忽然想起地说:"对了。你们家那块地方已经开发了……我去找你,正好碰上邢文凯了。"

金丝儿听罢一下子愣住了……少顷,她强忍住狂跳的心脏,装作淡淡地问道:"你没问他去哪儿了?在干什么工作?"

"你知道……我和他不怎么熟悉,"赵孟海说,"就没好意思多问。可我想让他和我一块来找你,他说急着回深圳呢,肯定是在那边找到工作了呗。"

金丝儿点点头,思索地问道:"你没问问他的新电话号?原来的那个早打不通了。"

"这事我想过,但没好意思问。"赵孟海说,"他回来,肯定是来找你们娘儿俩的。"

"无、无所谓。"金丝儿仍是淡淡地说,"是我的,谁都抢不走;不是我的,走了也没什么可惜……天要下雨,娘要嫁人,随、随他去吧。"

"你倒能想得开。"赵孟海说,"话是这么说,你们俩,总不能这样……就算一拍两散没事了吧?还是想想办法,让他回来大家都放心。"

他说罢,蹬车子离去……其实,金丝儿也就是嘴上硬撑着,那刀扎斧砍般的心疼,只有她自己知道。她心里不由得埋怨了一句:还不是都怪你那不要脸的老婆?但又想,那老婆也是自己给介绍的呀,就什么也没说。

当天晚上,她搂着两个孩子,泪水一直滴到了小鸡子叫,一直到天头明,才迷迷糊糊睡了一会儿。早上起来,她忽然想起忘了是谁写的两句诗:"可怜多少相思泪,点点滴滴到天明",心里不由得又是一阵凄楚。等孩子们醒了过来,她和娘忙着冲奶、换尿布……就把什么烦恼都忘了。

村委会说话算数,真把村南河滩里那十多亩荒废了的果园让金丝儿家承包下来。

那天头晌午,金丝儿领着俩孩子在大树凉里玩耍。奶奶和娘正忙着

49

做饭——抻面带。这是庄稼主子最喜欢也经常吃的午饭。就是把白面先用盐水和得不软不硬，用揽布盖好放在灶台上饧着。等锅里的水烧开之后，把面放在案板上擀成张大饼，然后用擀面杖逼着用刀划成一条一条的，再拎起一根边摔打边抻……如果喜欢吃硬的，就抻短点儿；要是喜欢吃软的，就可以抻得又长又薄。不过，能不能抻长和饧面的时间长短有很大关系，要想抻得长，饧的工夫越久越好。据说，西安那边一碗一根的"裤带面"就是这么做的。厨师们一大早就把面和好了，一直饧到中午，等上了客人才抻好放进锅里煮。

面带子在锅里滚俩滚儿就熟了。然后挑进大海碗里，再浇上事先做好放在后锅里温着的卤子就可以吃了。卤子看个人的爱好，鸡蛋西红柿、肉丁茄子……放嘛都好吃。这种饭做起来简单，不光好吃还顶时候，吃上一顿一天都不饿。人们干苦活累活，比方说挖井、打坯、拔麦子什么的，一般都喜欢做这种饭。金铁钢更是从小吃惯了，三天不做他就会嚷嚷："还不抻面带呀？我都馋坏了！"

就在奶奶和娘正在忙着抻面时，村支书靳存根进门来了。金丝儿忙迎上去说："存根哥，你怎么这会儿来了？正好，吃面带子吧！"

"我刚刚吃过了。"靳存根笑笑地冲坐在孩子旁边抽烟的金铁钢说，"铁钢爷，村里把你家的承包地划出来了，你什么时候有空儿，我带你去河滩里看看。"

"好，好啊。"金铁钢高兴地说，"你等等，吃过饭咱们就去！"他说着，从口袋里掏出一盒"大前门"香烟，抽出来一根递给存根："来。先吸锅子等会儿吧。"这是他多年的习惯，自己虽然很少抽烟卷，但口袋里总是装着一盒半盒的，见了对眼的乡亲就敬一根。为这点儿小事，他围网了一些人也得罪了一些人。那些抽过他烟的，当然说他好；那些他不待见、舍不得给烟的，背后说话就不好听了："这老家伙，真是见人下菜碟。""就是。属狗鸡巴的——用着了靠前，用不着靠后。哼哼……"

为这事，奶奶说过他好几回："你啊，要给就都给，不给就谁也不给。这么着花了钱还得罪人，你图嘛呀？"

"图我愿意呗。"爷爷梗着脖子说，"背后还有骂朝廷的呢，你吃饱了撑的呀，理他们干吗？"

"好烟！"靳存根高兴地说，"来，吸一根。"他把烟点着了，舍不得似的小口小口抽着……也是，那时候村子里穷，乡亲们大都吸旱烟，顶多是家里有事需要找人攒忙的工夫，花个毛儿八七买一盒，吸不完还要放在抽屉里省起来，等过年过节拿出来招待来串门的亲戚朋友。

那时候，这一带上班的机关干部，大都买一毛六的"岗南"烟。各局的局长都吸两毛五的"荷花"烟。只有县长书记才吸"大前门"，好吸不好吸是个脸面和身份的象征。金铁钢是副军级，吸"大前门"已经是够委屈的了。可在当时这是能买到的最好的烟，据说还有什么"大熊猫""小熊猫"，那是特供省级以上大领导吸的，下边根本买不到。

大歇晌儿，河滩里阳光灿烂。细细的河水像根线一样，似断似续懒洋洋地流淌着。

这条河当地人叫它"木刀沟"，传说是大宋朝的女英雄穆桂英有一回打仗，倒提着绣花宝刀，骑着胭脂马从西山上跑下来……山中的水顺着她的刀印儿往下流，年深日久便冲刷成了一条河，人们叫它"穆刀沟"。后来，大家许是觉得"穆"字忒难写，就改成"木刀沟"了。

银色的沙滩被日头晒得烫脚，人踩在上边，像进了蒸笼般没多大工夫就浑身冒汗了。金丝儿和爷爷跟在存根身后，囊囊地走着，脚下便扬起来阵阵细沙尘。她看着存根那厚实横宽的身子，不由得想起人们给他起的外号——抓地虎。金丝儿知道这家伙劲特别大，小时候和村里的孩子们在沙滩上玩耍摔跤，好几个比他岁数大个头高的都不是对手，三下两下便会被他扔在地上，"哈哧哈哧"喘息着爬不起来。她笑了笑，又想起他当年救自己溺水的情景，心里不由得又多了一份感激和温馨，便开口问道："存根哥，你家的孩子几岁了？我记得他是叫'臭娃'吧？"

"已经上小学了。"靳存根笑着说，"现在可没人敢叫他'臭娃'了，人家叫'金铁林'，还是个大名人哩。嘿嘿……"稍停，他又说："农村里的孩子成家早，十五六岁时当老人的就着急忙慌地给张罗对象了……我十八岁结婚，所以孩子比你家的大多了。"而后，他又问："文凯怎么没回来，就剩下你这个好哭的林妹妹了？哈哈……"

"他有、有点儿事，去深圳了。"金丝儿说着，一颗心突然变得沉甸甸的，再也打不起说话的精神来了。好在他们已经进了果园的破栅栏门，看着面前的残状一时谁也没开口。

这个果树园是"大跃进"那年建起来的。当时的口号是："鼓足干劲，力争上游，多快好省地建设社会主义！"金沙湾举全村之力，建成了这个足有一百亩地的果园。里面种着苹果、梨、桃、杏等多种果树，号称"百果园"。当年挂果兴盛时，是周围村子里的人们偷水果解馋的主要目标。据说，那时候偷水果，各村的生产队长都会派老娘儿们来下手。因为她们有对付看果园的年轻人的绝招——就是一旦被他们追赶，她们跑不脱，便会褪下裤子就地圪蹴着尿泡……一见这种情况，再二百五的小伙子也会"知难"而退了。

可惜的是，眼前的果园已是一片荒凉，让人看着心里不是个滋味了。可不是，已经过去了二十多年，再加上管理不善，好多树已经老得都不挂果了。这次"分田到户"，没人愿意接手这个烂摊子。因为庄稼主子们一个个虽然憨厚但并不傻，谁心里没个小九九？知道要想让果园重新兴盛起来，前期投入太多不上算了。金铁钢偏偏就是一辈子不服输的老硬子脾气，当场就和存根签下了承包协议。要说农村人办事也方便，大红公章一年四季就在村支书的口袋里揣着哩。果园的办公室里正好还有几张破纸，他随便划拉几条，让金铁钢签上名字，又把手指在公章上抹了抹，摁上个红手印就算行了。而且，承包期定的还是二十年！金铁钢这个老家伙也不想想，二十年后你就八十多了，还能干得动啊？没办法，他天生就是这牛拉不回、马拽不动、气死老子一条道走到黑的臭脾气！

也许是吉人自有天相吧，就在当天后半晌儿，赵孟海骑着车子又来了。

金丝儿和爷爷正在家里做计划，商量下一步怎么着改造果园，看到他不由得含笑问道："你怎么这时候来了，又想闺女了？"

"是，也不是。"赵孟海边放自行车边笑着说，"我这回要长住'沙家浜'不走了。"稍停，他又补充道："调你们县委工作了。"

"是啊？"金丝儿意外而惊喜地说，"调我们县委做什么工作？担任嘛职务呀？"

"县委副书记。"赵孟海不无自豪地说，"可不就不走了。"

"那挺好。"金铁钢说，"一下子就提了个副处级呀？"

"就是。"金丝儿也说，"你比我大不了几岁，已经当这么大官了？"

"应该说是时代需要吧。"赵孟海坐下来，拉住正在沉睡的扔儿那胖乎乎的小手说，"'文化大革命'后干部断代，组织上提倡提拔年轻干部。我正好赶上这拨了。"

"那正好。"金丝儿说，"我和爷爷承包了村里的果园，这不，刚签了协议。"她说着，把那张破纸递给他又说："这回，俺们有什么困难就可以找你解决了。哈哈……"

"这没说的。"赵孟海说，"只要能帮上忙，我肯定会全力以赴！"少顷，他抚摸着小扔儿红扑扑的小脸又说："就冲我闺女这小面子，我也是责无旁贷啊！哈哈……"

"那……"金铁钢从小就懂得"会哭的孩子有奶吃"的道理，便说，"我听丝丝说过，你在地委已经工作多年了，还当过书记的秘书，能不能想办法给我们村解决一台变压器呀？"

"这事……"赵孟海迟疑地说，"我得先调查一下，问问情况再说。"

"就是啊。"金丝儿趁机激将，"大家都说你手眼通天，能力强办法多，你就使出浑身解数呗，要是办成了，那对我们村可是功德无量啊！"

"我尽力，肯定尽力！"赵孟海诚心实意地做着保证。这时候，小扔儿惺忪地睁开了眼睛……她愣怔片刻，刚想咧嘴哭看到父亲又笑了。他忙把女儿抱起来，情不自禁地一次次亲吻着她那粉嘟嘟的小脸蛋……没想到，她一泡尿撒下来，把他的裤子褂子全尿湿了。

"老天爷！"金丝儿惊叫着，忙拿毛巾帮他擦，"看看，你可怎么走啊？"

"没事。"奶奶笑着说，"那说明他们父女俩有缘。哈哈……"

"就是。"正在哄孩子的李香改也说，"孩子的尿不脏，还能做药引子哩！"

金丝儿忙进屋去，找出来两身文凯的旧衣服……可惜，因为赵孟海和邢文凯的身高差别太大，他一件也不能穿。没办法，赵孟海只能等吃了晚饭、衣服快干了才回了县城。

至于变压器的事，金丝儿和爷爷不过是随口那么一说，知道他这个副书记没多大权力，办成这么大的事可能性很小，所以谁都没往心里去。

接下来的一段日子，金丝儿深刻体会到"农民"这两个字厚重的真正含义，并且让她一辈子都忘不了！前面说过，她小时候生活在村里，直到上初中才进了城，虽说每年天最冷和最热的时候也回来住些日子，可那是歇寒暑假。她和小伙伴们也就是走走看看，见村里人一年到头面朝黄土背朝天，黑汗白流地苦苦挣扎，只为了挣口饭吃，多数情况下还吃不饱，就知道他们的艰难和困苦了。但这次亲自"躬身"，她的感受和以前就完全不一样，甚至大大超出了自己的心理准备。

当时正是"秋头子"上，田间一眼看不见边的山药展叶伸枝丰茂葳蕤，正处在生长旺期。自从"分田"后，一家家的男男女女，主要农活就是翻山药蔓。因为山药这种农作物，是边伸蔓边扎根，扎了根就长小山药。要是不及时翻过来，扎根处就会长一堆小山药，但最应该长大山药的基础根部就不会长了。那么，到了收获的季节，你只能刨出来一堆蒂蒂把把，人根本不能吃就只能喂猪。你看，庄稼男女一天到晚蹲在茂密的山药叶子间，再加上日头像火一样烤着，天气又闷又热，谁不是浑身汗水湿了干干了湿？因为双手都是泥，捂出来满身痱子又不能抓，两条腿圪蹴得又酸又疼，傍晚想回家时站都站不起来，那种难受和艰辛，不是亲自"躬身者"绝对体会不到！

金丝儿一家人当然没山药蔓可翻，当前主要任务就是把那些早就已经不结果的树刨掉，好腾出地来种庄稼。刨树这活可不轻松，又是铁锹铲又是镐头刨，再加上用斧子砍或拿锯锯，要是没把子力气可真干不了。金丝儿没干多会儿手就开始疼了，但看到爷爷和娘汗流浃背地都在埋头干，实在没好意思张口说歇一会儿，只得咬着牙坚持。直到快吃午饭时，她的两只手掌里和指头尖儿上打了好几个血泡。

当奶奶挑着担杖来送饭时，大家不由得都笑了。可不是，担子一头是用床单遮阳的柴火筐，里面是那俩觉得颤悠悠好玩笑得像两朵花般美滋滋的孩子；一头是大竹篮，里面装着饭罐子、菜盆子和暄腾腾的白面卷子。金丝儿边笑边说："奶奶，我怎么看你们都像逃难的！哈哈……"

"可不是。"奶奶也笑着说，"出村的时候，在老槐树底下吃饭的那么多人都冲着我笑，说你爷爷是吃饱了撑的。"

"听他们胡说八道。"爷爷说，"他们是眼红了，好几个人都想承包果园，因为开出的条件忒低，村里就没让他们干。"稍停，他又说："要听他们瞎咧咧，蝲蝲蛄再怎么叫，咱照样种谷子！"

说话间，一家人进了那两间破办公室准备吃饭。邢佩哲却伸出双手喊道："妈妈抱。"

没想到，金铁钢把眼一瞪，大声呵斥道："谁教给你的？不许叫妈，叫娘，娘！"

邢佩哲被吓着了，小嘴一撇想哭没敢哭出来。奶奶忙说："叫妈怎么了？如今，庄稼主子家的孩子叫妈妈的也有的是。就你，死脑筋！"

"谁叫咱也不许叫。"爷爷说，"叫娘多亲，马马，多难听，还驴驴呢！"

金丝儿和娘听着老两口抬杠，不由得都抿着嘴笑了。她弯腰抱孩子时，手指头不小心碰在了筐沿儿上，瞬间疼得"咝哈咝哈"吸凉气。奶奶看出有什么不对头，便说："你的手怎么了？快伸出来让奶奶看看。"

"没、没事。"金丝儿忙掩饰地把孩子抱了起来。奶奶不放心，硬是掰开她的手看了看，不由得大声惊叫道："看看，这手都磨烂了！真是……走，咱回家，不干了！"

"没事，奶奶。"金丝儿忙笑着说，"我能坚持，你就放心吧。"她说的是心里话，因为她知道自己目前的处境，并且性格中也多少遗传了爷爷身上那股子不服输的拧劲儿。

"就是，"爷爷说，"这点儿苦都吃不了，怎么能创业干大事啊。"

一家人正要吃饭时，靳存根进来了。他笑着说："铁钢爷，在村头我也看见奶奶来送饭了……大家说她像个逃难的，我看也差不多。哈哈……"他笑罢，又问道："爷爷，你是差钱啊还是想松动松动筋骨？这么苦的活，哪儿是你们这些老弱残兵干的？你去村子里喊两嗓子，肯定有年轻人来帮你干。"

"那我也不能让人白干呀。"爷爷说，"前期投入这么多，我是有点儿压、压力。"

"就是啊。"奶奶也说，"吃不穷穿不穷，盘算不到就受穷，能省就省点儿呗。

"不用给他们钱。"靳存根摇着头说，"反正这些刨下来的果树你也不稀罕，你就告诉他们，谁刨的归谁就沾了。"

"那样……"爷爷迟疑地说，"真沾吗？"

"肯定沾。"靳存根说，"你也知道，庄稼主子看着东西亲，一星半点儿都舍不得浪费。"少顷，他又补充道："我也听人讲过，你老人家小时候不也是拾柴火砍草长大的？"

他说得没错。庄稼孩子长到七八岁，只要不上学，一年到头主要的活计就是拾柴砍草拾山药了。那时候比现在还穷，人们看着任何东西都亲。就说这柏子、野麦子、灰灰菜、谷纽子、线草马生菜等各种草吧，春天伴随着莺飞破土而出，长到春末夏初，正是葳蕤丰肥之时，砍回来交到生产队里可以换工分；背回家里能喂猪喂鸡，爹娘当然高兴。眼下的草太嫩，晒不出斤秤来没法背集上去卖。等到了秋天，草长老了晒干了也压秤。你看吧，男男女女收了工抽空儿挤空儿也要拔两筐草回来，摊在院子里晒干了，背到集上换个油盐钱。当然，并不是所有的草都能喂猪喂牲口，像蒺藜蔓、苍苍棵，因它们的果实扎嘴，猪和牲口都不吃。但据说这两种果实都是药材，能用来治病。而且，要拿它们沤粪，却好得出奇，那真是又黑又亮，肥得流油，养任何庄稼都比别的地块一亩多收个二三十斤。

在这种情况下，孩子们砍草可就难了。一个个背着柴火筐、顶着大日头在野地里转来转去，河滩里、河堤上、山药田间……尤其是棒子地里密不透风，又闷又热，汗水出了一身又一身，可谁也不敢脱光膀子。因为那棒子叶像带齿的锯条，能把你的肉皮划得青一道红一道的，再加上汗水洇渍，真比马蜂蜇还难受！

去野外砍草的大都是小子们，闺女们很少有去砍草的。她们一般都在家帮大人收拾家务或带弟弟妹妹。那时候还不讲计划生育，穷生穷生，真是越穷越生，两口子养活五六七八个一点儿都不稀罕。所以，家里就永远有忙不完的家务活了。

小子们汗流浃背地在野外转悠一大上午，也不一定能砍满筐。要是碰上那脾气暴躁的老子，闹不好还会挨两鞋底甚至不让吃午饭。只有等当爹的下地干活了，当娘的才会做贼般拿出锅里煏着的山药干饼子……小子们就着饼子喝凉水，吃饱喝足就又背起柴火筐去地里了。

前面说过，这时候的他们不会马上去砍草，而是先去河里打"扑腾"。那也是小子们一天当中最欢乐的时刻，一个个光着屁股尽情玩耍，踩水、狗刨、仰泳……真是满河筒子欢声笑语！这时候学会的游泳技巧，就和骑自行车一样，到老也忘不掉。

当然，孩子们玩水的事一般不敢让大人知道，怕挨揍。可大人多贼呀？自有他们的识别办法——就是在他们身上抓两把……也是，当爹娘的担心也很正常，因为每年发大水的时候，差不多总有孩子被淹死。当地流传着条民谣：发不发，全看六月二十八。"木刀沟"是条季节河，每年的六月二十八西山上便有洪水奔腾而下，甚至大到能把河滩里的庄稼都淹没了。更大时，两岸村庄的房屋都会受到威胁，汉子们无论老少都得光着屁股去河堤上抢险。

河水越流越小，一个多月后便归了槽，但却阻断了两岸的交通，人们想去对岸收拾庄稼，还得靠船摆渡。再往后的半年多，那水就更小了，直到第二年春天彻底断流。等多年后上游修了水库，就再也没发过大水，到现在，只留下了白花花的沙滩，除了山药和长果，种什么庄稼都不好好长。

说完了砍草，咱再说说拾柴火。连金丝儿都知道，柴火可是庄稼主子一年到头必不能少的生活用品。不是吗？做饭一天三顿、冬天里烧炕、年根底下煮肉做豆腐，哪一样能离开柴火？一家家甭说没钱，就是有钱也舍不得用来买煤炭，可不就离不开柴火了？

所以，每到秋天，孩子们差不多天天长在野地里拾柴火。放在别的村子，棒子秸和棉花柴是一年到头的主要烧柴。金沙湾却不行，棒子种得少，棉花基本上不种，种了也不好好长，长果和山药藤不能烧，碾成粉是喂猪喂牲口的好饲料，所以，拾柴火就成了孩子们的重要任务。他们背着用柳条子或是荆条子编成的、比自个儿身子还宽大的筐子，又像砍草那样满世界转悠了，什么棒子茬、豆茬、树根子……逮着嘛都扔进筐里。要是谁运气好，能看到大杨树上有个老鸹窝，那可算是中头彩了。再笨的家伙也会拼尽全力爬上去，豁上小命儿攀上颤巍巍的细树梢，不管三七二十一拆那些枝枝杈杈……被老鸹夫妇一次次俯冲攻击、甚至跌下来划破层皮也值。因为这一个老鸹窝建成所用的枝杈和茅草，足够装满一大筐，顶这小子一天的任务，完全能应付家里的那个爹，剩下的时间就可以满世界疯跑傻玩了！

等到了深秋，孩子们抢树叶就像冲锋打仗一样。尤其是本地的大叶杨树，巴掌那么大的叶子每天晚上都落一层，能把刚出土的麦苗都盖住了。他们头天一擦黑儿就侦察好了，第二天头明，便会背上柴火筐，拿上筢子，冒着割耳朵的冷风急匆匆地赶到现场，却看到有小伙伴正把搂好了的树叶往筐里装。碰上这种情况，两个人抓挠起来也是常事。

但树叶子是不能当柴做饭用的，因为那种火不实着，只能用来天头黑时炕炕。那时候的天气比现在冷多了，能把道路或是打麦场上冻出宽宽的裂缝来。要是不炕炕，孩子们钻被窝时冰冷冰冷，会被冻得浑身哆嗦，睡到半夜三更，下炕撒尿那小脚丫还是凉的。当娘的要把他搂在怀里，暖半天才能睡着。要是炕了炕就不一样了，且不说钻被窝时得劲儿，睡到第二天早晨整个屋子都是暖烘烘的。

靳存根说得没错。他回村在街上喊了两嗓子，果然就有十多个壮汉从家里冲出来询问是怎么回事。当他们听说谁刨了树就归谁，一个个简直是欣喜若狂，回家去拿上铁锨镐头什么的，鬼赶着似的往果园奔跑而去……在金铁钢好烟好茶招待下，别说是树，他们连扎在地下好几米深的树根都刨干净了！

这可是上等的好柴火，一般人家做饭都舍不得烧，专门留下来等年根儿底下煮肉才用。果树柴火再加上大铁锅，煮出来的肉那味道香极了，要是用煤炭或是现在的天然气，绝对煮不出那种味道来。就是现在，有家在农村的工作人员，过年过节也要回老家去，专门用木柴和大铁锅煮肉，无非是为了寻找当年的那种味道。可是，毕竟已是时过境迁，再怎么用心也是徒劳，一个个感叹着只能把那种香味留在记忆中了。也是，用掺杂着各种饲料喂出来的猪，那肉怎么能和家养的猪相比啊！

甭管怎么样吧，反正果园里的地是腾出来了二十几亩。当时，秋庄稼已经快成熟了，这些地干什么用呢？金铁钢这老家伙却遭了难。要是等明年春天再种庄稼，那只能白扔好几个月，忒可惜了的。他思来想去，决定试种荞麦和绿豆，因为这两种作物生长期短，说不定多少还能有点儿收获。他仍然保持着部队作风，雷厉风行，说干就干……结果，到头入冬，这两种作物没辜负全家人的希望，打了二百多斤荞麦和几十斤绿豆。一家子用小拉车推到太极大集上，竟然卖了好几百块钱，让他们很是高兴了一阵子。

这几百块钱也让金丝儿和爷爷信心大增。为了明年大干方便和节省时间，爷儿俩商量着把果园里那几间破房子翻修改造一下，等开春全家干脆就搬过来住了。也是说干就干，他们请来了几个泥瓦匠和几个小工，没几天就让房子焕然一新，还用白灰把里外刷得亮亮堂堂，并且用荆条子编起篱笆墙、树枝子扎了栅栏门，成了一个方方正正的小院。乡亲们见了"哈哈"笑着议论纷纷，有的说："看样子这倔老头是王八吃秤砣——铁心了。"也有的说："这老家伙是给他重外孙子准备娶媳妇用的。哈哈……"

眼瞅着就到了年根儿底下，就在家家户户忙着杀猪做豆腐蒸年糕的时候，又一个爆炸性新闻轰动了乡亲们——上级决定要为村子里办电了！

赵孟海这小子长得丑，但情商比较高，嘴也特别好使，有相当的活动能力。也正好赶上他在地委办公室工作时曾经当过书记的秘书，这位书记已经升迁上去当上省长了。他和谁都没商量，利用星期天跑了几趟，把金沙湾的穷困状况添油加醋描述了一番。省长也是个一心为民的好官，还趁下乡的机会亲自到这个小村子里看了看，回去就把省电力局局长找了去，当面训斥了一顿。局长当然坐不住，第二天就带着相关人员下来考察，并在现场拍了板。

局长坐不住了，着急忙慌地安排布置，下死命令施工队连夜进行施工。要说施工队的队员们也不容易，十冬腊月地冻得梆梆硬，你立电杆总得先挖坑吧？可抡圆了镐头刨下去，只能在地上留下条白印儿，几个人轮流干也得要一大上午……他们从没有在这个季节施过工，一个个由不得就牢骚满腹、怨气冲天。但甭管满腹还是冲天，谁都不敢偷懒，因为局长就在现场指挥督战，你再二百五也不会拿脑袋碰石头啊！常言说：不打勤的不打懒的，就打不长眼的。谁能那么自找倒霉背兴，敢拿自己的前途和公职开玩笑呀？

大年三十黑价，应该是农村里三百六十五天最热闹的时候。再不和美的家庭，也不会在这工夫闹别扭。据说在这时候要是闹矛盾，接下来的一年都好过不了，谁愿意找这腻歪呀？尤其是今年刚分了地，男女老少铆足劲总算有了个不愁吃不愁喝的好收成，一家家聚在火炉子旁尽情地吃喝着，欢声笑语从每个庄稼院里传出了。那时候为图个喜庆，差不多家家过年都挂起了天灯——就是把一根绿油油的柏树枝插在大竹竿上，然后挂上点着蜡烛的红灯笼绑在梯子尖上，等天一黑，整个村子便笼罩在一片温馨的红彤彤之中了。

就在人们吃喝谈笑间，村街上的路灯突然就大放光明，一下子把男女老少连同猪狗牲口都惊呆了。片刻之后，整个小村瞬间便像是开了锅，除了几个瘫在炕上动不了的，凡是能迈步的都扔下筷子或是酒杯，急颠颠从家里跑了出来！

你看吧，小小的村、短短的街，也不过四五盏灯，便被照得像白天一样明亮。这些闭塞了多少辈子的庄稼主子，一个个简直是欣喜若狂，张着大嘴傻笑着议论纷纷。更有喝高了的年轻人，大冬天祖胸敞怀丑态百出，高谈阔论、天南地北，好像这世界上的事都在他的掌控之中。有一个二百五，竟然爬上十米的电杆，想去摸摸那烫手的灯泡……要不是靳存根及时拦住了，还不知道发生什么事哩。他现在是双重身份，既是村支书又是电工。因为村子小且穷得叮当响，能省就省吧，多一个人就多一份开支不是？

在办电这件事上，金铁钢是跟赵孟海说过几次，但自己确实没起多大作用。但乡亲们却不那么认为，有的说省长是他当年的战友，也有的说赵孟海是他战友的儿子……真是，人们这嘴两张皮，舌头可以扎出腮帮子来满地乱跑，说日头是从西山出来也有人信。甭管怎么样吧，他老人家在村里的威望更加牛烘烘的了。

金铁钢什么岁数了？一辈子走南闯北经多见广，知道自己几斤几两，当然不会轻狂。但他从此对赵孟海另眼相看，甚至萌生出一个自认为高明的念头，后来却碰了一鼻子灰。

四

那时候人们不知道"污染"这个词是什么东西，不管过年还是过节，就是上坟给先人烧纸也少不了放鞭炮。今年"包产到户"多收了点儿粮食，庄稼主子们就开始"烧包"了。

在以前，每到了年根儿底下，再穷的家长也会勒紧裤腰带赶集给孩子们买几挂鞭炮。也有手巧者，干脆自己做"山东鞭"和"二踢脚"，拿到集上卖了换点儿年货回来。

太极大集上，光卖鞭炮的就占了一条街。那么多卖家站在炮车子或是床上，用大竹竿挑着上百响的鞭炮，边放边高声叫卖着。来赶集的人走不动夯不动，脚下踩着花花绿绿的碎纸屑，像走在地毯上似的软绵绵。有些实在穷人家的孩子，因为大人舍不得给买，只得自己来炮市抢那些没燃着的鞭炮，为此炸伤小手儿的也不在少数。

金铁钢和孙女也来赶集买鞭炮了。他们头来前，奶奶还唠叨："你买什么鞭炮啊？在咱们家谁放呀？花那个闲钱干吗呀？"

"我放。"老家伙说，"小时候家里穷买不起……我看人家孩子们放那个馋啊，一直馋到如今就想过过瘾，不沾呀？"

"爹。"傻儿媳妇李香改说，"你打了那么多年的仗，嘛大炮没见过呀，还稀罕这小炮啊？"

"那是两码事。"金铁钢说着，气哼哼拉着金丝儿便出门去了……鞭炮买得多，自然就放得多，从大年三十到正月十五，人们的耳朵根子就没清净过。有几个神经衰弱、原本就睡不着的男女，被气得姥姥妗子地骂。也不知道那些放鞭炮的耳朵根子发热没有，该放照放不误。

今儿是大年三十晚上，又赶上村里头一回通了电，乡亲们那股子喜庆劲儿难以表达，那就放炮呗。你听吧，从初夜到深更，村子里像开了锅，"噼里啪啦"的鞭炮声此起彼伏，让人感觉像是进了炮市一般，就连邻村的人们也赶来看热闹，并讥笑小村人真是见识短。

过年期间赵孟海没回家，一直在机关里值班。因为他老家里已经没人了，老娘都被姐姐接走了。金铁钢念他为村里办电有功，几次打电话催他来家里吃饺子。他也是光着屁股串门——没拿自己当外人，好几次饭前开着吉普车就赶来了。那时候，县委和政府就这么一辆车，平常轮不到他开。这不是过年嘛，领导们都回家了，他便成了唯一的领导。

有一回吃饺子，他边吃边疑惑地瞅着饺子皮打量个不停……金丝儿奇怪地问："怎么了？这饺子不好吃呀？"

"不、不是。"赵孟海说，"我怎么吃着这饺子这么香啊？"

"这话说的……"奶奶说，"我看你是馋坏了，饺子不香还吃嘛呀？"

"就是啊。"金丝儿说，"爷爷剁馅用的是猪脖子上的肉，又放了许多肋板油，萝卜皮加蒜黄，能不香啊？"

"不、不是。"赵孟海还在打量饺子皮说，"我说的是这饺子皮，那种面香味儿，好像在任何地方都没吃到过。"稍停，他又补充一句："真、真的，格外香！"

"香嘛呀香。"爷爷说，"俺们这儿沙薄露土的，种几亩麦子也是靠天收，那产量低得让人脸红。"少顷，他接着说："人家别处的麦子一亩打好几百斤，这儿的麦子，一亩能打两三百斤就算高产了。"

"也许你们这儿的麦子……"赵孟海思索地说，"里面多了某种化学成分，吃着才更香。"

"我看你就是馋坏了，"李香改也说，"甭瞎琢磨，快吃吧。要不等凉了就不好吃了。"

赵孟海没再说什么，埋头吃起来……当时，就连他自己也没料到，这个偶然的突发奇想，后来却为一方百姓致富起到了至关重要的作用！

赵孟海来家里这么勤，让奶奶起了疑心。一天头睡觉，她边脱衣服边对爷爷说："这小子……莫非看上咱丝丝了？"

"真是……你这老娘儿们就爱瞎琢磨。"金铁钢不无训斥地说，"他是我请来的，要不咱村嘛工夫才能用上电呀？"少顷，他又说："再说了，人家来多看看自家闺女不沾呀？"

奶奶"嘿嘿"笑着，没再说什么。爷爷又说："丝丝现在又没离婚，怎么能嫁给他呀？"

老两口躺下后，好半天都没睡着。天都快半夜了，金铁钢却嘟囔了一句："丝丝要真离了婚，嫁给他倒也没嘛不好。"

"净瞎说。"奶奶笑着说，"他长得那么丑，比文凯可差老鼻子了。"

"丑怎么了？"爷爷不服气地说，"他心眼儿好，人能干比嘛都强。"稍停，他接着说："长得俊能当饭吃还是能当水喝？顶饥还是解渴？"

"就是。"奶奶笑着说，"人们不是常说：小白脸儿，沙利秆儿，没有一个好心眼儿。"

"行了行了。"爷爷不耐烦地打断她说，"甭胡咧咧了，快睡吧。"

奶奶怕爷爷，这是所有认识他们的乡亲和朋友都知道的。前面说过，奶奶是个中学历史老师。年轻时人长得小巧白净，一双丹凤眼格外漂亮。她和当时的所有年轻人一样，从小受的教育就是崇拜英雄。金铁钢在朝鲜水门桥战役中立下赫赫战功，被授予"铁血团长"称号，因身受重伤被送回国内疗养。

在一次报告会上，刚参加工作的孙文娟带领学生们去参加，一眼就看上了拄着拐杖上台的金铁钢。她不顾父母和亲朋好友的一致反对，执意嫁给了比自己大七八岁的爷爷。这么多年，两口子除了为那个牺牲了的儿子着急外，在一起生活还算和谐。爷爷脾气暴躁，说话难听，有时候甚至一句话能把人噎死。奶奶却从不和他抬杠，不吭声掉两滴泪水也就过去了。

孙文娟是个聪明灵秀的女人，她在说话上永远让着丈夫，但在实际生活中却拐弯抹角想办法，总能让他在不知不觉中按照自己的意图往前走。比方说，天眼瞅着就要下雨了，爷爷并没多大事却急着要出去看朋友……奶奶知道拦不住，便会帮他穿好雨衣，自己也把雨伞拿在手中。他便会停下来，瞪着大眼问："这鸣雷闪电的，你去干吗呀？"

"陪你去呀。"奶奶边打开雨伞边说，"你腿脚不好，一个人出去我不放心。"

"那就算了吧。"爷爷心疼她，只得边脱雨衣边说，"咱等好天再去得了。"

再比如，爷爷从小喜欢吃甜食，就是喝牛奶也要放一勺子白砂糖，而且谁劝也不听。奶奶便会用商量的口气说："咱换成蜂蜜沾不？蜂蜜的营养成分可比白糖强多了。"

爷爷没吭声，算是默认了。奶奶就每次在牛奶中加上一点儿蜂蜜，甜不甜他稀里糊涂也就喝下去了。就这样，奶奶靠这些小计谋哄了爷爷半辈子。但是，接下来发生的一件让全村人瞠目结舌的事，她绞尽脑汁也没能拦住。

那年的天气格外冷，正月初五一头明，有勤快人起来放鞭炮"崩穷"的时候，却纷纷扬扬下起大雪，而且静悄悄一直下到了天头午。

按照当地的风俗，一过初五就可以下地干活了。今年可好，一家家不用下地，先清理房顶、院子和街道上的足有二尺多厚的积雪吧。

人上了岁数觉少。金铁钢早就睡醒了，趴在被窝头上连抽了两锅子烟才起来。他边伸懒腰打哈欠边拉开屋门，看到河滩里白茫茫一片稍愣神，不由得喊了一句："瑞雪兆丰年啊！"

孙文娟许是有点儿神经衰弱，每天入睡都比较困难。她昨晚快半夜了才睡着，没想到这么早就被老头子惊醒了，不由得嘟囔了道："你发什么神经啊？还不快把门关上，想冻病了哇？"

金铁钢没吭声，换上特意准备的新毡鞋，关上屋门出去了。刚下的雪踩上去没声音，软绵绵的，只留下一个大深坑。他拉开栅栏门，正好看到不远处有只兔子艰难地跑来跑去，应该是在找食吃。这一来可好，突然就唤醒了他童年时做的、一个到如今还没能实现的梦想。

金铁钢从小就像是个患多动症般的孩子，长着一颗不安分的心。每到冬天下了大雪的时候，他总看到富家子弟扛着打兔子枪，带着跑得飞快的"细狗子"，在雪地里转悠着赶兔子的情景。他羡慕人家，更眼气他们回家后吃兔子肉时的那种香飘满村的味道，但自己除了被馋得咽唾沫什么办法也没有。他回家后又哭又叫，撒泼打滚闹着要打兔子枪，结果除了挨爹两鞋底什么也得不到。也是，他家穷得连裤子都快穿不起了，哪儿有钱给他买打兔子枪啊！但是，此事却像根刺，深深扎在了他的心里。

这么多年过去了，金铁钢当兵后也曾用"三八大盖"打过兔子，全班的战友也吃过兔子肉，但好像是感觉不一样，那根刺仍扎在他的心里。这人啊，手里有钱就任性。他这个六十多岁的"老夫聊发少年狂"了，十多天后便去了太极大集上，买了把打兔子枪和一条狗。

接下来的一段日子，因为天寒地冻反正也没活干。他便扛着枪带着狗，满世界转悠着找兔子打。结果是一只兔子没见着，却吸引来全村的孩子跟在他屁股后面，像看疯子一样跑来跑去。他心里也挺纳闷：小时候看到兔子遍地跑，怎么现在一只也看不到了？

乡亲们对金铁钢还是比较宽容的，开始的时候，一个个看他觉得稀罕并没说什么。等孩子们忘了吃饭，或是从学校里跑出来跟在他身后便有了意见。但是，并没有人敢当面对他说什么，也有的老娘儿们来找孙文娟说："管管你们家老头子呗，看让他弄得，全村的孩子上学都不安生了。"稍停，她还会补充一句："俺们可不敢跟他说。"

孙文娟当然也不敢正面阻拦，只能旁敲侧击地说："咱们都老了，身子骨可是第一位的。看你这么……"

"你什么意思？"金铁钢没等她说出口便不高兴了，瞪着大眼珠子说，"老子壮得像头牛，怎么就算老了？！"

"……"孙文娟张了张嘴，没敢再说什么。金铁钢吃了口饭，又说："我小时候，看到兔子遍地跑，怎么现在就看不着了？真是……"

"世界上不就是这样吗？"孙文娟趁机说，"万事万物都是相辅相成的。你小时候人少，兔子就多；现在，人比过去多多了，再加上用农药，兔子可不就少了呗。"

金铁钢琢磨着她的话，闷头吃饭没吭声，等放下饭碗，便又扛上打兔子枪、带上狗出去了。他在铺满雪的野地里转悠到天头午，正脱了裤子蹲在地上拉屎时，却看到在不远处有只兔子突然跑过去。他着急忙慌，一只手提着裤子，一只手便扣动了扳机……只听"嘣"的一声，兔子便倒在了雪地上。他由于枪的后坐力，一屁股蹲下去，正好坐自己拉的屎上，而且，很快就冻住了。他觉得十分晦气和无奈，拎着死兔子回到家里。孙文娟倒没说什么，帮着他又用棍子敲又用刀子刮地清洗了半天，才算弄干净。但他从此再也没穿过这条裤子，也不出去打兔子了。这件事传出去，被乡亲们添油加醋当笑话讲到了如今。

年过完了，转眼便已到"立春"，但天气还是干冷干冷的，地冻得嘎嘎硬，什么农活也没法干。金铁钢到底耐不住寂寞，便把打兔子改成了"夹鸽子"。这事比打兔子简单多了，只要在河滩里的雪地上清理出一片沙土，把夹老鼠的夹子支好机关埋上层浮土，再抓把棒子粒或是小米什么的撒在上面，回屋里等着就沾了。

由于大雪封地好多天了，鸽子们找不到食儿吃，早就饿急眼了。它们看到沙土地上的粮食，便会不管不顾地飞扑下来，急切地抢着吃。很快就会有一只踩在机关上，只听"啪"的一声，便会被死死夹住了。但是，这些小东西是记吃不记打，没多会儿就会再次飞回来……这样下来，一上午能夹住好几只哩！那时候又没《动物保护法》，除了被养鸽子的主家登到自家梯子尖上，姥姥妗子地骂几句胡街，对谁都没什么影响。

甭管天冷也好，寒风呼啸也罢，除了老天爷，谁能阻挡住春天的脚步呢？

阳春三月，河开流了，地开化了，柳树枝头刚绽出毛茸茸的嫩芽儿时，迎春花已经怒放得一片灿烂了！就连那遍地的苦菜花，也不甘落后，从地下拱出来点点羞涩的嫩黄。

金铁钢一家和乡亲们一样，带着一颗盼望粮食丰收的心，全力投入了春耕春播。头年里，他去集上买回来的一条毛驴，现在就真有用了。你看吧，一天到晚他掌着犁把，奶奶牵着毛驴，在刨掉树的空地上拐来拐去，努力想把地先耕出来。那时候，有钱的人家已经有买小拖拉机的了。他一是交了承包款手头不怎么宽裕；二来又觉得金丝儿学开拖拉机要耽误时间，所以只买了条毛驴回来。

"谷雨前后，种瓜点豆"。至于这十几亩地上种什么，一家人还没商量好，甭管咋着也得把地先准备好啊。

实际上，他们家去年秋收的时候已经种上了三四亩小麦，因担心长不好没敢多种。也是，这里条件不好，过去种庄稼主要是"靠天收"，小麦经常是"种一葫芦打一瓢"，产量特别低。但过年过节总要吃顿饺子吧？没白面怎么行啊？所以，金铁钢还是坚持种了这几亩。没想到今年有电了，赵孟海还格外关照，专门让电业局给果园架了条线。可以用电滚子浇地了，所以小麦长得很茂盛，一垄垄像马鬃一样已经盖满地了。他很后悔没多种几亩，但后悔也没用，只能等今年秋天再种了。要说麦子这作物也怪，种上必须得经过冬天冷冻，要是春天种它也长，而且还特别茂盛，但就是不长穗儿，长了也不结粒儿，到夏天只能收一把柴火。

按照祖祖辈辈的经验，这村里人们对山药和长果情有独钟，是每年必种的。所以，开春以来金丝儿家已经炕了一炕山药芽子，这也是老祖宗留下来的办法——就是要盘一个火炕，把山药一块块码放整齐，上面盖上被子，下面烧着柴火保持温度。差不多有个月二十天，那些山药上便会长出一丛丛的嫩芽。等到了"谷雨"，芽子已经长到拃来高，掰下来就可以掩到地里了。待到山药蔓长到一定长度，就又可以剪成一段一段的再掩到更大面积的田间。

人们习惯把先掩上的叫"火芽子"山药，后掩上的叫"条子"山药。"火芽子"山药长得块特大，圆溜骨碌的像孩子脑袋，吃起又干又面，噎人；"条子"山药长得细溜溜长，吃起来更甜一点儿。所以，这一带的老百姓大面积种的多数是"条子"山药。

这不，一家人连明带夜忙活了两天，总算把一亩多地都掩上了"火芽子"山药。"条子"山药要等麦子收割后才种。这时候，他们先前种上的两亩长果长势非常好，一丛丛嫩绿嫩绿该浇水了。他们拔了麦子，把地整理成一条条高垄，剪下"火芽子"山药已经长得长长的蔓子，铰成尺来长的段子，掩上了十多亩"条子"山药。

实际上，所有庄稼种上后，管理都不怎么费劲，无非是锄锄草，山药还要翻翻蔓，都不像种棉花那样还得"打杈""掐尖"。这儿的人们从不种棉花，天气又闷又热，棉花叶子又稠又密，蹲下来就是一身汗还不能光膀子，因为棉花要打药治蚜虫，谁不怕中毒啊？不管是什么庄稼，费劲主要是在浇水上，以前没有电，只能靠人拉水车或是浇园。要是赶上天旱，人们没办法，只得歇人不歇马，黑天白日连轴转了。把人累得要死要活的还忙不过来，就只有"靠天收"，"种一葫芦打一瓢"便成了经常事。

现在有了电，庄稼主子省劲多了，只要把电闸合上，"电滚子"隆隆转，看好畦子不跑水就行了。这时候，全村就数靳存根最忙了。他白天挨门挨户催交征购，晚上还得转遍所有的水井，看看各处的"电滚子"运转是否正常。

这天，金铁钢和孙女一块看畦子。他忽然想起自己心里酝酿了很久的那件事，便试探地问道："丝丝，有点儿事……爷爷琢磨很、很长时间了，说出来你可要不高兴。"

金丝儿觉得奇怪，看看他说："什么事啊？爷爷你说吧。"

"就是……"金铁钢迟疑了一下，反问道，"你觉得……孟海这人怎么样啊?"

"孟海?"金丝儿不解地眨巴着好看的眼睛说,"他挺好的呀。我们是高中三年的同学,关系一直不错。"稍停,她又补充道:"他两口子还是我介绍的呢。"

"可是……"金铁钢又说,"他媳妇不是跟人跑了吗?"

"是。"金丝儿说,"柳玉洁我们是大学同学,小模样长得挺俊,谁知道她会那么……不要脸,竟然丢下孟海和孩子跟人跑了。真是,画龙画虎难画骨,知人知面不知心啊!"

"我看人家孟海挺好的,"爷爷说,"人实在还挺能干,活动能量又很不一般。要不是他,咱村也许猴年马月都用不上电。"

"也许是吧。"金丝儿笑着说,"他就是长得有点儿……对不住观众,实在拿不到人、人前。"

"男人嘛,"金铁钢忙说,"丑点儿俊点儿不算毛病,不能当饭吃也不能当水喝,关键是厚道实在,能让人靠得住才行。"少顷,他又抬眼看着孙女问:"好闺女,你说是不是?"

金丝儿何等聪明,早就从他的言谈话语中听出了"话外音"来,不由得和他对视着问道:"爷爷,您老人家有话就直说吧,用不着拐弯抹角的。"

金铁钢一听,反倒有点儿不好开口了。他迟疑片刻,才吞吞吐吐地说:"你看看,那个……邢文凯走半年多了吧?一点儿消息都没有,不知道还能不能回来?"

"他要是不回来怎么办?"金丝儿干脆把话挑明了说,"爷爷,实话说吧,你是不是想把我……扔给赵孟海?"

"这、这闺女……"金铁钢"嘿嘿"笑着说,"怎么叫扔给呀?我是说……"

"你什么也别说了,"金丝儿打断他,口气坚定地说,"还是省着唾沫暖暖心吧。"稍停,她接着说:"他不回来是不到时候,我相信他该回来的时候肯定会回来!"

这时，抱着佩哲来吃奶的孙文娟插嘴道："就是。他就算是不想丝丝，难不成连他这大小子也不想？"稍停，她又补充道："那孩子有志气，肯定是想混出个人样儿再回来。"

"我看这事……"金铁钢不高兴地说，"是三眼铳打兔子——没准头。"

"爷爷，你就放心吧。"金丝儿背转身，边解开怀给孩子喂奶边说，"是我的就是我的，谁也抢不走。再说了，到现在赵孟海我俩都没办离婚手续，你想让俺们犯重婚罪呀？"

金铁钢一听这话，才哑巴着嘴不吭声了。金丝儿忙又说："实话说吧，孟海人确实挺好，我们早就是铁哥们儿，但要嫁给他……真找不到那种感觉。"

"那是，"孙文娟笑着说，"人和人相处得讲缘分。你和孟海可能是只有朋友缘没有夫妻缘，要真硬摽在一起，怕是连朋友缘也没了。"

邢文凯确实想媳妇想儿子，想得晚上睡下就老做梦。他何尝不想回来，却不能回，因为一时失手伤人进了监狱。

那位老人在"南海边画了一个圈"后，深圳市强行上马，强行开发，全国各地的各色人等如潮水般滚滚涌来，难免鱼龙混杂、泥沙俱下。

短时间内，这个城市政府的各项功能很难齐全，所以，社会治安比较混乱。形形色色的小混混形成团伙打架斗殴，一时间乌烟瘴气；只要天色向晚，花枝招展的"野鸡"就会遍地游走，甚至强行拉客进所谓的"洗头房"或"洗脚房"。这些店铺一般都开在城乡接合地带或是阴暗的角落里。来这种地方的，通常都是从全国各地来的农民工，因为这里干什么都便宜，尤其是能解决"荷尔蒙"偾张问题。那些"歌舞厅""茶社"什么的，也是方兴未艾，正大光明地开设在城市的中心地带。这些地方，是上流社会或有一定身份的工作人员经常光顾之处。

这儿的女招待不叫"野鸡"叫"小姐"。她们同样打扮得花枝招展，一个个袒脐露背在大厅里坐成一排，期待着客人挑选。她们名义上是陪吃陪喝陪唱陪跳，但不陪睡。至于吃多了喝高了，她们跟客人去了哪里就不得而知了。邢文凯偏偏就栽在了这种地方。

那天，也说不好是谁组织的，他的几个来深圳闯天下大学同学聚在了一起。"他乡遇故知"，当然是件高兴事。几个人吃过晚饭，一商量便来到"凤凰歌厅"消遣，在大厅里挑选了几位"小姐"，便进了霓虹灯扑朔迷离的包房里。一位来深圳较早、事业有成挣了大钱的同学不无显摆地大包大揽了来这里的所有消费，又要了水果、瓜子和啤酒什么的，满满当当摆了一茶几。

他们因为在吃晚饭的时候已经讲完了当年的奇闻异趣或是"糗事"，也议论了不少谁和谁终于走到一起、谁和谁结婚两年后又离了等等，所以来这里就剩下放浪形骸，把"光棍汉"身体里积攒的过盛精力挥洒出来。

那些"小姐"用农村话说都是"哄汉子精"，一个个多才多艺能唱能跳还能揣摩男人的心思，可以说伺候得客人每个"汗毛眼儿"都舒坦，最终目的无非是想让你多给点儿"小费"。当然，这是可以理解的。如果你肯仔细了解，或许她们背后都有自己的悲惨故事，出来挣钱是为了供在老家的弟弟妹妹上学；为了给自己的父母看病；为给哥哥挣彩礼娶媳妇……总之，大家说说笑笑、唱唱跳跳，玩得都很开心尽兴。

其中有一位"小姐"，人长得最漂亮，嘴甜，唱得也最棒，只要一开口，那宽厚圆润而高亢的声音就是满满的马玉涛范儿。人们惊讶之下，开始都怀疑那声音是从这小巧的身体里发出来吗？待弄明白后，一个个不由得热烈鼓掌，喊她叫"小马玉涛"。她自报家门说叫杨艺茹，老家是河北。实际上，这些做"小姐"的不知出于什么心理，一般不会报真姓名，都会给自己起个所谓的"艺名"，大概是担心时间久了被熟人碰上好有个周旋吧。杨艺茹本名叫杨月茹，老家就是河北太极县银沙湾，距离金丝儿家不过十多里地。她和金丝儿是高中同学但不同班，不过谁都知道谁。她高中毕业考上了大学，因家里穷拿不出学费没能去上，就在庄稼地里挥汗如雨地干了两年多。后来，因为父母做主给她找了个婆家她死活不愿意，几经反抗无果后便从家里逃了出来。在几个命运相似的姐妹帮助下，一块来深圳闯天下。

她们原来在一个私人开的电子厂里打工，一干就是三四年。后来，她实在忍受不了老板一次次的过分"热情"，也为了多挣些钱，便咬牙横心做了"小姐"。但事情就是这么矛盾，女孩子长得漂亮是好事也是坏事。她在这"凤凰歌厅"里干了不到俩月，就被当地一个"流氓团伙"的老大看上并多次骚扰。

这不，当大家正玩得高兴时，一伙子拿刀持棒的小混混便五马长枪地闯了进来。邢文凯他们正在吃惊地发愣时，就看到一个留着黄绿头发的"阿飞"一把抓住月茹便往外拖……她又哭又喊拼命挣扎，眼瞅着就要被拖出去……邢文凯实在看不下去，便上前挡在门口说："你们干、干什么？有话好好说不行？干吗这么……"

"滚一边去！这儿没你事！"那家伙说着，一把推开他继续往外拖……

邢文凯是有心理准备的，便又说："怎么就没我们的事？她是我请来唱歌……"

"唱你娘的歌呀？""阿飞"瞪着大眼珠子说，"她是我老婆！"

"你胡说八道！"杨月茹挣扎着大声说，"哪个是你老婆呀？我是你姑奶奶！"

"甭管叫什么，跟我走就行。"那小子说着，一把又揪住了她的头发。杨月茹疼痛难忍，再次哭喊着拼命挣扎。

邢文凯实在看不下去，便上前一步想阻拦并说什么……没想到，那家伙一个重拳打在他的胸口上。和他一块来的几个同学见状也上前来，一个个边劝说边阻拦……跟那小子一起来的几个小混混也都围了过来……现场的气氛一下子变得十分紧张。少顷，"阿飞"放开杨月茹，像头狗熊般向邢文凯扑过来……文凯十多岁上曾跟着一位师傅学过几年武术，所以心中有底气。只见他不慌不忙，轻轻闪身便躲过了对方的攻击并顺势揣了那小子一把。他可是万万没想到，这一揣就把自己送进了监狱。原来，因为他的手劲太大，自己没觉得用多大力气，对方往前一扑摔倒在地上。那家伙也许是命该绝，脑袋磕在门槛上，突出的插销底座在他的太阳穴处正好插了个洞，眼看着血水飞溅如箭，白花花的脑浆子都流了出来……现场的所有人都惊呆了。

那些小混混见状作鸟兽散。邢文凯和同学们忙拨打120，等送到医院人已经没救了。虽说那位"大款"同学为他聘请了律师，但毕竟是一条人命，他最终被判了一年半实刑。

也许，生灵间真存在着人们常说的"第六感应"，要不，"心有灵犀一点通"诗句从何而来？

这几天，金丝儿毫无来由地心烦意乱，老感觉有什么大事要发生，仔细想想，又不知其所以然，反正就是干什么也定不下心来。而且，她们那个刚刚咿呀学语的儿子，突然"爸爸爸爸"叫个不停。金丝儿心里没底了，午饭后趁爷爷睡觉，偷偷跑出去给邢文凯打电话。铃声响了好一会儿，却一直无人接听。

金丝儿不死心，等头吃晚饭就又瞒着爷爷拨打了一次，这回电话仍是无人接听，直到传出盲音。她万万没想到的是，第一次拨打时，邢文凯正在法庭上接受审判；第二次拨打，他已经进监狱服刑，人都被狱警关押去了，根本不可能接听。接下来的几天，她只要腾出空来，便会一次次地拨打，听到的永远是一阵忙音。她猜不出丈夫发生了什么事，但仍然坚信他肯定不会背叛自己和儿子。

金铁钢从没发现外孙女偷打电话的事。孙文娟却撞上了两次，不由得叹息着劝金丝儿说："丝丝啊，现在的年轻人有什么准呀，我看你还是早做打算吧。"

金丝儿没吭声，把这刻骨的思念埋在心里，全力以赴投入了山药地的中期管理。这时的山药蔓正在疯长，而且又正是雨季，差不多一两天就要下一场，每下一场就必须把山药蔓翻一遍。她们家种的山药有十来亩，就是全出动翻一遍也要两三天，可老天爷偏偏喜欢恶作剧，每隔一天就要下场雨，那翻山药蔓的任务可就大多了。全家人只能长在地里，一天到晚没完没了地翻啊翻。李香改把两个孩子放在大树荫里的凉席上，用布带子绑住他们的一条腿拴在树干上，任凭他们怎么挣扎，也休想离开半步。

翻山药蔓这活看上去并不累，无非就是圪蹴在地上，把那些疯长的蔓子翻到另一边。但是，路远没轻担，蹲的时间长了，谁的腿不是又疼又酸？再加上天气闷热，被浓密而不透气的山药叶子包裹着，那汗水还不是干了一身又一身？此时，金丝儿那被日光晒得又黑又红的脸上汗水淋漓，心里更是百感交集，"农民"这两个字的真实含义，再次像石头般深深地刻在她的身上和心里。

好在靳存根是个负责的干部，心里记挂着村里的所有乡亲。他看到这一家人实在辛苦，便发动十多个壮小伙，只用了半天就帮着把山药蔓翻完了。金铁钢很是感激，执意要给他们发点儿辛苦费。小伙子们就纷纷说："老爷子，你这是给俺们弄难堪呀？""就是。你老人家抛头颅洒热血打下来的天下，俺们帮着干这点活算什么呀？""再说了，乡亲老乡亲，打断骨头连着筋。你是咱金沙湾的光荣啊！"……

金铁钢没话说，让老伴熬了锅大锅菜，蒸了两屉白面大卷子，好好招待了大家一顿，算是还了这份人情。

杨月茹不光温柔漂亮、多才多艺，而且是个有情有义、知恩图报的好姑娘。

邢文凯接受审判期间，他的同学们跑前跑后托关系找门子，还专门为他请了律师。但是，那个小流氓却是个"坐地虎"，加上当时深圳的相关部门还不健全，他最后还是被判了刑。

入狱后第一个接待日，同学们都来了，一个个好言好语说了不少废话，无非是劝他既来之且安之，好好改造争取早点儿出去云云。人家也算是尽了当年的同学情谊，以后就再也没来过。杨月茹却是每逢接待日准到，而且绝不空手，给他带些好吃的零食或是书籍什么的。

邢文凯在监狱中自然是孤独寂寞，而且伙食又不好，时刻都有饿肚子的感觉。她带来的饼干点心什么的，他平时是不喜欢吃的，但现在却像饿虎扑食，吃起来非常香甜。他很是感动，几乎每次快到日期都盼着她来。两人在交谈中，他才知道月茹也是河北太极银沙湾村人。他自己家虽说不在太极，但也曾几次跟金丝儿回去过，知道两个村离得不远，想回金沙湾，银沙湾是必经之路。他还知道这俩村都坐落在"神道滩"上。

还有一点儿让邢文凯感到很惊讶，就是中原地区的庄稼主子观念大都偏保守，肯让女孩子独身出来闯天下的几乎没有，更甭说当"小姐"了。也是，当年，"洗头房""歌舞厅"等类似的消费场所兴盛时期，在里面的"按摩女"或是"小姐"，大都是黑龙江和四川人，其他省份的少之又少，也可以说是凤毛麟角。但是，这个问题他并没好意思问出口。

杨月茹何等聪明，在闲聊中便为他解除了疑惑。原来，她也曾有过一个幸福的家庭。母亲虽然是个"盲人"，除了不能下地干活，但做饭洗衣什么家务都能干。父亲一个壮劳力在生产队里挣工分，加上村里的照顾一年到头倒也衣食无忧。她下边还有个弟弟，比她小五六岁。自从那年村里实行了"分田到户"，村里的特殊照顾随着也取消了。父亲一个人种着几亩地，虽说非常辛苦日子困难些倒也过得去。她"中考"那年，弟弟出了点儿意外让这个家庭陷入了万劫不复之中。

弟弟叫杨月河，是个浓眉大眼、好说好笑更好动的、挺讨人喜欢的英俊男孩儿。那天，放学后他背着书包蹦蹦跳跳地往家走，半路上碰上了一个同班同学。那家伙比他大两岁，是个全村出了名的"淘气包"，逃课打架是经常事。因此上，每次考试月河和他都排在全年级的头一名和最后一名。他由妒生恨，有事没事经常找碴和月河过不去。

这天，两个人在半路上不期而遇。月河本想躲着走，便拐进了一条小胡同。没想到那家伙根本不想放过他，趁其不注意，从后面狠狠揉了他一下子便逃跑了。月河没防备，脚下一滑跌进了路旁一个刚淋完的石灰坑里。石灰石遇水会炸裂开来，并冒出腾腾热气，所以，石灰水的温度是很高的。月河在里面折腾了半天，才被路过的一位妇女拉上来。他的头发和眉毛被烧掉了，从此再也没长出来，更要命的是眼睛被烧瞎了，一时间什么也看不见。

月河爹当然非常生气，暴跳着要去那小子家里讲理并让他们包赔损失。娘却拦住他说："那家人是出了名的'滚刀肉'，你去又怎么样？能说出个里表来？"

月河爹想了想，只得去找村支书告状。村支书倒是痛快地答应着一定管管这事，但把他打发走后迟疑着并没去。因为他也知道那家人是远近闻名的不讲理，一个个都是打架不要命，动刀动枪的没人敢惹。不光是男的，女的也是这样，真是"不是一家人，不进一家门"。

接下来的一段时间，杨月茹的爹娘忙着给儿子看眼睛，请中医跑医院，很快就把这个穷家花得掉了底儿。在这种情况下，月茹考上大学了也没办法去上呀！她一咬牙一跺脚，便和几个小姐妹跟着一个"包工头"来到了深圳。刚开始，她是在一家电子厂上班，因为挣钱太少，家里"催钱"的信又是一封紧接着一封，再加上她实在不堪忍受老板的多次骚扰，便蹚这浑水当上了"小姐"。前天她刚接到家里的一封信，说是弟弟的眼睛有所好转，已经能模模糊糊看清楚书上的字了。

听着她的讲述，邢文凯连连叹息感慨万千。因为他也是从农村考出来的，深知庄稼主子所经受的极度贫穷和逆来顺受的无奈。趁月茹擦眼泪的工夫，他忙改变了话题。两人说到金丝儿，月茹却笑着说："金丝儿姐啊，俺们认识。"

邢文凯感到很意外，忙问她们是怎么认识的。月茹止不住笑着说道："俺们是小学的同学。她比我高两届，但因为都是学校宣传队成员，当然认识了。"

原来，因为她们家乡那一带大都是小村，孩子少得不够一个班，所以一般村子里都没有学校，而是好几个村合开一所小学。金丝儿和月茹虽然不属于一个乡，但确实是在一所学校里读过书。这样一来，两个人的话题就更多了。恍惚间，邢文凯觉得她俩长得很像，似乎她就是金丝儿的妹妹。他正愣怔间，杨月茹问起金丝儿的情况。他迟疑片刻，便把自己负气离家出走的过程简单说了一遍。月茹马上正色道："你这样做可不对……金丝儿姐一个人带着两个孩子，该有多难呀！你怎么能把她娘儿仨扔在家里，说走就走了？！"

"是。"邢文凯点头承认道，"怪我这臭脾气，脑瓜子一热，什么事也干得出来。"

"可不就怪你。"杨月茹又说，"两口子闹别扭不能一走了之。你走出来容易，再回去可就难了。"稍停，她又问道："后来，你回去过没有？"

"回去过。"邢文凯老实说，"可我们家那一带开发了，别说家，连房子都找不到了。"

"是、是吗？"杨月茹吃惊地问道，"那他们娘儿仨能去哪儿啊？"

"她们能去哪儿？"邢文凯说，"我估计应该是回老家了。"

"那你没回去看看？"杨月茹说，"不就一百多里路吗，公共汽车又那么方便？"

"我想过，"邢文凯老实承认，"可没敢回去，怕她爷爷拿大棍子敲我。"

"你可真是……"杨月茹一时不知该说什么。邢文凯的眼圈都红了，喃喃地说："我现在就想回去，立刻、马上……"

当然，就他目前的处境，那不过是做白日梦而已。杨月茹一时也不知道该说什么……两人沉默了好一会儿，她便有意改变了话题。后来，在他的劝说下，杨月茹辞去了"歌舞厅"的工作，又找了一家女老板的电子厂去上班了。就这样，他们两人这种近似患难兄妹般的感情，一直持续了后半辈子。

在农村，"三夏"和"三秋"是一年当中人们最喜庆也最忙乱的季节，村里村外，到处飘荡着欢声笑语，挥洒着喜悦的汗水。

秋收一时麦收一晌，"三夏"讲究的是一个"抢"字。小麦泛了黄，南风吹到镰刀刃上，人们必须尽快收割。因为夏天的天气像孩子的脸，一天不知变几遍。如果赶上下雨，抢收要不及时，麦子的成色会受到很大影响。要是那种时下时晴的天气，问题还不大；要是赶上"连阴雨"，可就有大麻烦了。因为麦子割下来必须运到禾场上晾晒，如果晾晒不及时，很可能被捂了。捂了的麦子磨出面来，颜色发黑不说，甭管擀面条还是蒸卷子，吃在嘴里发黏粘牙，交公粮人家不会收，拿到集市上去卖也不值钱。

"三秋"就从容多了。因为那个季节一般很少有"连阴雨"，秋高气爽天气晴朗，秋庄稼又不像小麦一样，说成熟一块成熟，人们完全可以放慢节奏，悠着劲儿收割。

金铁钢家的山药大丰收了，全村人看在眼里都替他家高兴。刨山药比收棒子晚一些，要等到过了霜降、山药叶子被霜侵染成了黑褐色才能收获。

在所有农活当中，刨山药不算太累，而且还有种能看在眼里的丰收喜人。这里的人们习惯用"起粪叉"刨山药，沙土地原本就松软，一叉下去，起出来的山药像香蕉一样成嘟噜成串地露出地面，那种欣喜真的让人很开心。

金铁钢家是既开心也发愁。可不是，那十多亩山药，就他家这些老弱残兵，什么时候才能收完呀？不过，这回老家伙没犯倔，花钱雇了十来个棒小伙儿帮着收。要是放在过去，你忙人家也忙，想雇人都雇不着。现在分了地，那些人多地少的家庭有的是闲人，你想雇多少就能雇多少。

只见，在金灿灿的阳光下，铁钢和金丝儿负责钩山药蔓。他们用长镰刀把蔓子齐根割下来，边卷成一团边倒退着往后走……等实在拖不动时便齐心合力甩到地边子上。这些东西并不是废物，等晒干了可以直接喂牲口，也可磨成粉，掺在泔水里喂猪。

在他们爷儿俩身后一段距离，十多个棒小伙边刨山药边欢笑着你追我赶，只用了两天的时间便刨完了。他们还不辞辛苦，连背带扛地把山药全部送进了金丝儿家院里。

全家人看着那堆比房子还高的、山也似的山药又发了愁。可不是，这么多的山药可往哪儿搁呀？山药窖倒是事先挖好了，但多大的窖才能盛下这么多山药啊？没办法，只能按照传统习惯，把山药擦成片晒成干吧。

农村擦山药片有种特殊工具，叫作"擦床"，就是把一块长方形、一寸多厚的木板打磨光滑，在中间偏一端凿个一拃宽的方孔，再用一微微上翘的铁板钉在孔上就行了。人可以把擦床放在长板凳上，然后坐住底部，拿起山药从铁板上反复推过去，一片片的就会掉在地上，放在阳光下晒几天，就成山药干能长期保存了。

金铁钢家头一次干这活，家里根本就没擦床，想跟左邻右舍借也不是时候，因为在这个季节，家家都在擦山药片，哪有闲擦床借给他家呀？他赶了个太极大集也没卖的，回来后干脆自己动手做吧。这老家伙的倔劲又上来了，一宿没睡又锛又凿，到天明还真做出来两张擦床，虽说歪歪扭扭，倒也能凑合着用。

就这样，全家人歇人不歇马，没日没夜地忙着擦山药片。那么一大堆山药，擦出片来院子里都盛不下，怎么晒呀？一般的人家，都是把山药片散摆在房顶上。他家把房顶都摆满了，那堆山药才下去不过五分之一，剩下的只能散扔在院子里和篱笆墙外的沙土地上。你看那一片霜雪似的白色，把他家包围得像一座孤岛。

好在老天爷也很给面子，接下来"秋老虎"的连日暴晒，山药片很快就成干了。全家人把山药干收回来，整整塞满了两间厢房。眼瞅着这丰收的成果，一个个喜欢不上来反倒很发愁。可不是，这么多的山药干又怎么处理呀？吃肯定吃不完，卖又卖不了，等放到明年，就只能喂猪喂牲口了。

正当金铁钢急得满嘴起燎泡、牙疼吃不下饭、半边脸肿得像个大卷子时，赵孟海来了。

这小子现在是太极县的县长，可以说仕途一帆风顺，年轻有为、前途无量。金丝儿看见他就想笑：真是海水不可斗量，人不可貌相，这家伙长得这么丑，当官倒有两把刷子！

赵孟海放下自行车，看着她家那堆到房顶的一屋子山药干，不由得仰天大笑起来。金铁钢正没好气，便开口训斥道："笑什么笑？你这个当县长的，能不能为百姓排忧解难呀？"

"爷爷，你老先甭发脾气。"赵孟海仍然笑着说，"这么多山药和山药干，你们怎么不漏成粉丝或是粉条啊？"

"漏成粉丝粉条？"金铁钢意外地问道，"那、那怎么漏呀？"

"就是。"奶奶也说，"在俺们村，吃粉丝粉条都是掏钱买或是用山药干换，没谁家会漏粉。"

"这就奇怪了。"赵孟海疑惑地说，"在我们老家，几乎家家都会漏粉。这才离着几十里地，你们这儿怎么就没人会呀？"

这个问题，金铁钢他们谁都回答不上来，只能张着嘴发愣。要不说这个小村里的人们由于多是近亲结婚，智商和情商大都偏低，再加上封闭保守，祖祖辈辈只知道买或换着吃粉丝粉条，从没人动过这份脑筋。所以，一辈辈一家家吃苦受穷岂不是活该？

赵孟海思索片刻，说："爷爷，在俺们那儿，几乎家家都会漏粉……要不我回头开着车过来，拉您和金丝儿去我们那儿看看，或是学习学习，争取能在你们村建起一座粉房来。"

"那当然好了。"金丝儿忙说，"我一定要学会。"稍停，她又问道："那些设备复杂不复杂？你们那儿有没有卖现成的？"

"不怎么复杂。但是你不行，因为干这种事是力气活，一般都是棒小伙儿。"赵孟海说，"这种设备都是自己加工的，估计你想买也找不到专卖店。"稍停，他又掰着手指给大家算了笔成本账："生产一斤粉丝粉条大概用十斤山药或是五斤山药干……一斤粉丝能卖到四块钱，十斤山药或是五斤山药干，顶多也就是一块钱。你们看，这样升值就已经翻倍了。再说了，粉丝或是粉条多好保存呀？你放多久也不会贬值不是？"

全家人听得一愣一愣的，张嘴瞪眼好像是在听故事。金丝儿却是热血沸腾，恨不能马上跟着他去看看学学，回来好大干一场！

赵孟海是来看闺女的，讲完后便从车子兜里掏出来两身小衣裳，让金丝儿给俩孩子换上了。小扔儿也正是"咿呀"学说话的时候，不知是有意还是无意，接连叫了好几声"爸爸爸爸"。他激动得热泪盈眶，在孩子粉嫩的小脸蛋上亲了又亲，连泪水都流下来了。金丝儿从旁看着心里很不是个滋味，深怪自己看错了人，把一个毫无信用的"拜金女"介绍并坑了人家。

实际上，赵孟海的性格和金铁钢好有一比，用奶奶的话说：都是"火镰苗子"脾气，点火就着！第二天一大早，他便亲自开着辆吉普车赶来了。爷爷奶奶和两个孩子都还没起床。李香改正在用大扫帚清理着院落，隔着栅栏门看到他也没打招呼，就急忙喊家里人起床。随后，她扔下扫帚，忙不迭地生火做饭。

为了赶时间，庄稼主子在这种情况下一般都是烙饼摊鸡蛋，白水煮挂面撒上点儿芫荽末，再倒上醋，点几滴香油就行了。做这种饭，前后不过二十分钟，而且还挺好吃也顶时候。

赵孟海更是不拿自己当外人，趁爷爷奶奶还在洗脸的工夫，他就大口马牙地吃上了。金铁钢之所以喜欢他，也和这种洒脱随意有关。

等大家都吃了饭，东方天际的日头才懒洋洋地露出脑袋来。金铁钢、金丝儿和李香改上了吉普车，还没坐稳赵孟海便急不可待地驾驶着冲了出去。爷爷的烟袋锅掉在了地上，紧叫着他也没停，而是把一包"荷花烟"放在旁边说："爷爷，今儿咱换换口味，出门在外的，你就抽这个吧。"没等金铁钢说什么，他又补充道："要不，显得我们这当孙子的忒不孝顺了。"

深秋时节，早晨的空气格外清新，吸上一大口，就好像把人的五脏六腑都冲洗了一遍，一个个顿时觉得格外精神。原野上一片翠绿，那是刚出土的麦苗儿顶着晶莹的露珠在微风中轻轻摇曳。小鸟们也起来了，在杨柳枝头蹦蹦跳跳，"啁啾"地唱着催懒汉起床的晨曲。

那时候虽然还没有"村村通"，但道路并不难走。吉普车在沙石路上"唰唰"奔驰，迸溅出的小石子不时摔在车窗上吓人一跳。因为是场光地净的季节，也是庄稼主子忙完"三秋"喘口气的工夫，所有田野上很少看到人影。偶尔有一个，也是勤快的老汉背着粪筐在拾粪。

一路无话，但路过银沙湾时却看到一个让人感动的场面。

在一户人家的大门外，上百名男男女女聚在一起，把道路都堵住了。

赵孟海本来就是好管闲事的性格，再加上路被堵死了，想过也过不去啊。他停下车，忙上前去询问情况。这时候，在一个干部模样的中年人主持下，人们开始往一只纸箱子里放钱。那时候，家家穷得叮当响，人们几毛几分、三块两块地扔进箱子里。

金丝儿也从车上下来了。她看着那家破旧的小门楼，恍惚间觉得自己好像在哪儿看见过。她思索片刻，猛一下子就想起来了：这不是杨月茹家吗？在一起上小学的时候，有一次参加县里组织的汇演，他们的宣传队得了个第一。回来后，杨月茹高兴地把大家请到家里来吃凉粉来着。想到此，她也急忙从人缝中往前走去……

这时，赵孟海已经问明了情况，便说："这家里有个小男孩，因为眼睛不好需要动个手术。说是如果不动，他将来只能双目失明。"稍停，他接着说："说是做这种手术要用四五千块钱……你看他家这穷样，哪儿值那么多钱呀？乡亲们心疼这孩子，正为他捐款哩。"

金丝儿听罢又退了回去，把这情况告诉了爷爷。金铁钢更是个热心肠，当时就把自己身上带的几十块钱拿了出来。金丝儿也把自己带的十多块交给了赵孟海。他更热心，把自己刚发的一个月的工资全部拿了出来。当他挤上前把三人凑的钱放进纸箱子里时，全场响起了热烈的掌声。

杨月茹的瞎娘和苍老的爹，更是眼泪"哗哗"的。两人拉住赵孟海的手，一起跪在地上，一声声说着"救命恩人活菩萨"，弄得他也止不住泪水往下流。

这时，金丝儿也上前来问道："大娘，月茹没在家呀？"稍停，忙又补充道："我们是小学同学，她没在家呀？"

"她去南边打工了，"月茹爹说，"以前每个月都给家里打钱……也不知道为嘛，已经有俩月没打了。谁知道她是怎么了啊。"

金丝儿安慰了两位老人几句，便和赵孟海回到了车上。这时，乡亲们已经把道路闪了出来，当吉普车慢慢驶过时，一个个列着队鼓掌欢送……老铁钢不由得感慨道："看这老百姓的穷日子，什么时候才算到头啊！"

实际上，家里的事和弟弟做手术急需用钱，杨月茹知道得最清楚。可她原先挣的钱都已经寄回去了，这俩月刚换了工作挣得本来就少，而且还要重新租房子添置生活必需品，根本就挤不出钱来往家里寄。她最疼弟弟乡亲们都知道，从小还不会走的时候就长在了她的背上。等他会跑了，便像条小尾巴天整天跟在她屁股后头，就连她上学也哭闹着非得跟着去。学校领导知道她家的情况，也很通情达理，便特别批准了此事。

杨月河又是个很懂事的孩子。他原本话就不多，坐在姐姐身边从来没在课堂上闹过任何动静。而且，他和姐姐一样，该写就写，该记就记，还特别认真。因此上，几年下来，他的成绩竟然排在了全班的中上游，让教书多年的老师都感到惊讶，纷纷夸他是个"天才少年"。

自从弟弟被人推进灰坑里烧坏眼睛后，杨月茹为给他治病才出来打工的。现在，她明知道弟弟的眼睛急需做手术，自己却无钱可寄，那像火烧火燎的心情是可以想得到的。许是心里着急，也许是没把邢文凯当外人，在一次探视时，她说着此事便哭开了。她当时绝没有任何想法，更没想让他帮忙，只是性情所致，哭一哭减轻点儿心理压力。

杨月茹万万没想到，邢文凯听完后便直接要了她的电话，像是向旁边的狱警解释了几句什么。狱警点头后，他便用座机连打了几个电话，然后，又在一张纸上写了几个人名和电话号，再次让狱警审查后交给了月茹，并且三番五次跟她做了解释。

俗话说：上山擒虎易，开口求人难。杨月茹拿着那张纸，思虑再三

84

才分头打了电话。没想到，当天晚上便有人敲开了她的屋门，把邢文凯几个同学捐献的两千多块钱塞进了她的手中。月茹感动得热泪直流，连连道谢，并在第二天把钱汇了出去。

千难万难吧，月河治疗眼睛的钱总算是凑够了，也及时做了手术。他的视力彻底恢复，心里也憋上了一口气，学习像拼命般努力。几年后，他以全县理科状元的成绩考上了清华大学。再几年后，他又读了个研究生，最后成了全国食品制作与管理方面的顶尖专家。当然，这些都是后话。

五

　　因路上耽误了时间，三十多里的路程，吉普车赶到赵孟海家中时天已经过午了。

　　孟海爹早已把鸡蛋西红柿卤子打好温在后锅里，面粉也和好揉成了团，就等着人来烧开水抻面带子了。听到汽车刹车声，老汉忙满面带笑地迎了出去问道："你们怎么这么晚呀？"

　　"路上出了点儿事。"赵孟海说着，忙把金铁钢扶下车和大家一块进了家门。他爹忙点火烧水，准备抻面带……金丝儿却急忙把他拉了起来，说道："大伯，您歇着，干这活我是专业！"

　　孟海爹"嘿嘿"笑着站起身，忙准备擀面……李香改又把他推开说道："大哥，你歇着，干这活我更专业！"

　　老汉说着客气话，只得退到方桌旁，陪着金铁钢说起来"漏粉"的事。他先是算了笔账，扳着手指头说道："一百斤山药能出二十六斤半粉，一百斤山药干能出三十斤粉……可山药多便宜？就按当下一斤山药卖五毛钱，一百斤就是五十块钱。可一斤粉条能卖四块钱，二十六斤半就是……二四八十，四六二十四，再加上半斤两块钱……总共就是一百零六块钱，这就赚了五十六块钱。"

　　金铁钢连连点头，并把赵孟海给的那盒"荷花烟"打开，先递给他一支，说："来尝尝你儿子给我的好烟，荷花牌，两毛五一盒哩！"

　　孟海爹点上烟，边抽边继续算账："再说一百斤山药干，能卖到六十多块就算不错了，可三十斤粉丝，能卖到一百二十块。这不就是翻倍的利润吗？傻子也能算出来！"

"俺们那儿可不全是傻子，"金铁钢"嘿嘿"笑着说，"一家家只会煮山药蒸山药，吃山药干饼子喝山药骨碌菜饭。祖祖辈辈都不会漏粉可咋办？"

"你们早来不就对了？"孟海爹说，"这会儿，山药刚入窖，俺们村里好几家都在漏粉。咱们先吃饭……"

"爹，"赵孟海从门外回来打断他的话说，"我去旁边堂爷家看了看。他家在吃饭，粉房里正磨着山药哩，说是吃了饭就开始干。"

"那正好。"老汉高兴地说，"咱们也快点儿吃，吃了就过去看看。"稍停，他接着说："你堂爷是咱村里出了名的大把式，不光能干，还能讲出门道来！"

这是个前后两出两进的宽屋大院，一看就知道在当时是个日子殷实富足的人家。

粉房设在后院里。一头毛驴戴着"捂眼"，正转着圈子闷头拉磨。赵孟海和父亲引着金铁钢他们进来时，一位和孟海爹岁数差不多的壮汉，正在清理着那流进大瓮里的山药汤汁。看到他们进来，忙放下手中的笤帚，热情地说着客气话。金铁钢忙说："亲家，给你添麻烦了。"

"哪里，哪里。"壮汉笑着说，"天下农民是一家，来了就是自家人，不客气。"

赵孟海忙介绍道："山根爷，这是金铁钢爷爷……他可不是一般人，当年的战斗英雄，当过大军区的参谋长，离休后……"

"不用你介绍。"赵山根打断他，紧紧拉住铁钢的手激动地说，"老首长，你不认识我了？"

赵山根这一问，倒把金铁钢问蒙了。他仔细打量着对方，一时竟说不出话来。赵山根"哈哈"笑着说："我是赵山根呀！解放石家庄时，我是你手下三团一连的连长，因为受了重伤需要去后方医院治疗……还是你拉着我的手送上汽车的哩！"

"想起来了！想起来了！"金铁钢猛地把他搂进怀里，十分激动地说，"你就是那个打仗不要命的根、根子啊？！"

"没错。就是我！"赵山根"哈哈"大笑着说，"养好伤后，因为已不适合在部队工作，我就回老家来了。"

"我堂爷当过多年的村支书，"赵孟海介绍道，"快六十才不干了。"

"我们部队培养出来的干部个个都是杠杠的，"金铁钢拍打着山根的肩头说，"干什么都不是孬种！"稍停，他又问道："你怎么学会漏粉这活了？"

"我十岁上就给地主家扛长活，"赵山根说，"主要任务就是没黑天没白日地看着毛驴拉磨，解放后就自己干上了。"少顷，他接着说："这都快五十年了，傻子也能学会呀！哈哈……"

在大家的笑声中，赵山根又问："老首长，你不是离休后留在石家庄了么？怎么又回来种地了？"

"唉——"金铁钢叹息着说，"咱就是这庄稼命，在城市里住着，浑身都不得劲儿。"

"可不是。"孟海爹深有同感地说，"在那钢筋水泥的堆子里，连出气都不匀实，再说了，在那里连个熟人都没有。要不是后来有了电视，真能把人憋死！"

"没错，没错。"金铁钢说，"哪儿如在村子里呀，谁家嘛屋子嘛炕都门儿清，甭管大人孩子，谁见了都赶着打招呼说话。"

大家听着都"哈哈"大笑了起来……孟海爹忙说："叔，你还是把这漏粉的技术给讲一遍吧。咱们不能光扯闲篇呀！"

接下来，赵山根指着那些大大小小的家三伙四，仔细地讲解了一遍各自的用处，最后说："老首长，这套家具已经用好多年了，我正想换一套新式的呢。你要不嫌弃，我全部送给你。"

"那可不沾。"金铁钢忙推辞道，"买卖要公平，这可是咱部队的一条纪律。"

"不说那个。"孟海爹忙说,"咱现在都是庄稼主儿,就说庄稼话吧。"

"就是。"赵山根也说,"老首长,你要再推辞,就是看不起我了,给点儿面子吧。"

大家各自说着客气话……最后的结果是:除了毛驴和磨子,其余家具都白送。而且,赵山根还借了辆马车,亲自把这些东西送了回去。为传授技术,他还答应在金沙湾住两天,说是指挥着安装那些用具并介绍各自的使用方法,最后亲自操刀漏一锅粉条让大家看看。

金铁钢和金丝儿自然是十分感谢。赵孟海却说:"爹,山根爷已经这么大岁数了……你看是不是请个人来帮忙?"

孟海爹想了想,便走到电话机旁要打电话。赵孟海奇怪地问:"爹要给谁打电话?"

老人说:"给你大姐啊,快把电话号码说一下,省得我再去查了。"

"你不是都背过来了嘛,还用问我。"赵孟海说。

孟海爹说:"这不是一着急就又忘了。"

"你真是……"赵孟海没再说什么,自己拨通了电话,说,"姐,我说……你还是过来一趟吧。咱爹是总指挥,真要干还得你下手。"

孟海爹没再说什么,开始指挥大家安装那些用具并介绍各自的功能……赵孟海说:"铁钢爷,你们先忙着,我回县里看看,没事再回来。"

金铁钢和金丝儿客气着把他送上车,没多大工夫,就看到一个胖胖壮壮的中年妇女风风火火地骑车赶来了。孟海爹忙给大家做介绍道:"这是我的大闺女赵孟珍。实际上,这些年我家的粉房主要靠她管理经营。"

金丝儿忙迎上前拉住她的手说:"大姐,给你添麻烦了。"

"不客气。"赵孟珍大大咧咧地说,"一家人不说两家话。孟海早就跟我说过了……应该的。"

"她婆家就是银沙湾,"孟海爹说,"十几里地,过来很方便。"

有句话叫作说着容易做着难,尤其是万事开头更难。

那些大大小小、形形色色的用具，一个后晌儿就都安置到位了，金丝儿家本来就有头毛驴，唯一缺的就是磨子。要说磨子和碾子，农村最不缺的就是这两种生活必需品，磨面磨糁、碾米碾山药干，一家家哪天能离得开呀？要不除非是你能把脖子扎起来。

如果放在从前，那碾子旁的大树上，不是经常靠着十来根推碾棍排队占地儿吗？闺女小子们为了争个先来后到，由先讲理到后犯浑，抓挠几下子也不稀罕。就连金沙湾这小村，也少不了有十多盘磨子。问题是用上电后，人们就不把磨子当回事了，有的被砸坏了，也有爱占小便宜者，干脆把磨盘弄回家里去，放在猪圈旁当垫脚石。

金铁钢开始并没想到这事，现在急手下霜到哪儿找去？你总不能把赵山根家的磨子也拉回来吧？一是不现实，二是人家也还要用，你好意思张这嘴吗？

好在金铁钢家要开粉房是件大事，早就在村子里轰动了。不信你看看，似乎是全村的男女老少都赶来看热闹，把他家围了个水泄不通。还得说是金铁钢这老家伙人强，在村子里威望很高。人们听说要用磨子，一个个争抢着积极想办法，把那些磨扇子磨盘子从各个角落里翻找出来。十多个小伙子连扛抬带骨碌，到天一擦黑儿的工夫，终于把盘磨子支架在了粉房屋的角落里。

金丝儿一家当然是感激不尽，非常热情地把大家留下了。奶奶和李香改想蒸卷子来不及发面，就连忙烙了十多张大饼，熬了锅绿豆小米粥，把萝卜咸菜用香油炒熟了招待大家。乡亲们见状，大都推说家里有事抽身走了。也有几个爱占小便宜的留下来，和那十多个出了力的小伙子一起吃了个肚儿圆。

吃过晚饭后，孟海爹说去看看外孙儿，便坐在自行车后架子上跟着闺女走了。金铁钢到底是上了年岁，折腾了一天觉得浑身疲惫，早早便睡下了。金丝儿催着奶奶和娘早点儿睡，自己带着两个孩子刷锅洗碗收拾家务……俩孩子也跑来跑去跟着动手，不过是越帮越忙地添乱而已。等把一切收拾干净，她觉得浑身酸痛像是要散架子，连眼睛都睁不开了。她强挣扎着把孩子们哄着了，躺在炕上眼皮子直打架却怎么也睡不着……她可以糊弄别人说不想不想，但却糊弄不了自己想丈夫。她不光是心里想，而且还伴随着那种刻骨铭心、从身体深处爆发出来的、所有生灵最原始的冲动和焦渴！

人托人能够着天了。这句话不知道在中国的传统文化中流传多少年了。就算经过司法机关判了徒刑的犯人，也能从中受益。

邢文凯从七八个人挤在一起、又脏又乱根本睡不好觉的集体监舍搬出来，一个人住进了单间里，这应该归功于杨月茹。自那次文凯的几个同学为她弟弟捐款后，她便和这几个人熟悉起来。常言说：人熟是一宝。她又是个极其聪明、心思缜密的女孩儿，知道在什么情况下怎样充分利用自己的天赋和条件。当然，她也很讲义气，总想为邢文凯做点儿什么。

杨月茹选中的是文凯那个干得最成功、在社会上影响最大的同学。他叫郑永祥，山东人，个子不高但长得很帅气。他属于那种最早来深圳闯天下的一批人，靠研究软件起家，奋斗几年下来便有了自己的公司，而且还当上了深圳市的政协委员。他是从清华大学下属的一个什么研究单位过来的，老婆孩子仍留在北京。

那次捐款，他也是掏得最多的一个。杨月茹动了心思后，便以此为借口，买点儿刚上市的新鲜水果，三天两头去公司找他表示感谢。前面说过，她长得漂亮，嘴甜，又腿勤脚快，去了后便为他收拾屋子洗衣服什么的忙个不停。把个郑永祥哄得拿她当亲妹妹，还把她调过来，安排成专管行政的办公室副主任。这样一来，杨月茹跟永祥提出的第一件事，就是帮邢文凯改善生存环境。因为她去监狱探视时，他几次说过休息不好，都快被熬得神经衰弱了。

帮邢文凯改善生存环境，对郑永祥来说也是义不容辞的事，毕竟他们也是好朋友，能帮就帮一把呗。现在月茹提出来了，他便利用自己政协委员的身份，直接找了监狱长。就这样，邢文凯才从集体监舍里搬了出来。他让杨月茹转达了感谢，并让她借来几本书，终于静下心来休养生息了。

杨月茹心细如发，知道监狱里伙食不怎么好，还接长不短给他送些肉类的零食或是水果进来。邢文凯当然是感激不尽，和郑永祥一样从心里把她当成了亲妹妹。

磨子是有了，但按照漏粉的要求，还必须进行改造才能用。

赵山根一直关心着这件事，几次从家里跑来观察进度。为改造石磨，他又从阜平县请来石匠，用了一天的时间专门把磨扇进行了处理，才算凑合着能用了。赵孟珍也是个急脾气，当天晚上便开始指挥并和父亲演示了漏粉的全过程……她让金丝儿和娘把山药从窖里掏出来，洗干净剁成了黄豆那么大的小块，然后放在磨扇顶上。

只见，随着毛驴拉动磨子，雪白的山药粉汁便从两扇间流出来，滴落在下面接着的大盆里。一盆满了之后，赵孟珍便倒进旁边的大瓮里……就这样直到大瓮也满了，毛驴就算完成今天的任务，被奶奶牵了出来。

农村人都知道，所有的马和驴等大牲口都有个习惯，就是干完活后必须要在地上翻来覆去打几个滚，也许是为了解除疲劳或是赶跑身上的跳蚤螨虫什么的吧，然后才肯回圈里吃草休息。它是休息了，赵孟珍却还不能休息。她喘了口气，把瓮里的山药汁又淘进架在大缸上的甑箅子中，让它一点儿一点儿往下滴落。她边干边告诉金丝儿说："这漏下去的山药汁，就是咱们做粉条的原料，剩在箅子里的叫黑面子，能吃，就是牙碜点儿。"

这时候天都快半夜了，村里的小鸡子此起彼落地叫成了一片，大家也就分头休息了。孟海爹有个怪脾气，说是在别人家死活睡不着，没办法，只得让大闺女孟珍把他驮回家去了。

第二天一扑明，这父女俩就回来了。大家吃过简单的早饭，漏粉才正式开始了。这工夫，昨天晚上磨出的一大瓮里的山药粉已经沉淀，变得硬邦邦的。赵孟珍把上面沥出来的清水用瓢轻轻舀出来，弄干净后用刀子把粉剜出来孩子脑袋那么一块，然后稍加了点儿水，便在大案板上反复摔打起来。金丝儿不明白地问："姐，你这是干什么呀？"

"这是做起头。"赵孟珍边摔边说，"就像蒸卷子，没有起头没办法发面一样。"

金丝儿没再说什么，只是全神贯注地瞅着她。赵孟珍终于把那坨粉摔成了不再黏手的稀糊糊状，便把大瓮里的山药粉全部取了出来。她把两种粉掺和在一起，又加了点儿水，继续摔打起来。这时候，金丝儿也上了手。等她们把所有的粉都摔成了稀糊糊状，李香改已经把大锅里的水烧开了。接下来的一步就是漏粉的关键了。

农村最原始的漏粉用的是葫芦瓢——就是秋天圆葫芦成熟之后再彻底晒干，然后用锯一分两半，等把里面的籽和瓤什么的清理干净，一半可以当水瓢用。它的好处是永远不会沉底，使用起来非常方便。另一半就可以做漏勺用了。同样是先把里面的东西清理干净，如果漏粉条，就在瓢底部打上个长方形的小洞；要是漏粉丝，就在瓢底上打两三个筷子般粗细的眼儿。

漏粉实际上是个力气活，在农村一般都是成熟的壮汉来操刀。赵孟珍从小就不服别人，偏偏就选了漏粉这活。只见，她让金丝儿把摔好的粉装进漏瓢中，自己一只手端着，另一只手轻轻磕打着瓢沿——只见，那些滑溜溜的水粉便顺着瓢底的方洞流了下去，直接落进了沸腾的大锅里。一瓢漏完了再接着一瓢……直到锅里粉条转不开了，她才放下漏瓢，用筷子夹出来一根粉条头，过完凉水后便成了长长的一根。她把粉条像老太太拐线子一样，缠在一根木棍上，估计够一大拃之后，把粉条的底部用剪刀铰开，晾到日光下晒干就行了。

就这样，赵孟珍用了一个上午，便把一大缸粉漏完了。她问金丝儿道："妹子，你看明白了没有？"稍停，她又说："庄稼活，没什么难的。你是头等人，看看就会。嘿嘿……"

"就是。"赵山根也在旁边打趣说，"多简单呀，头等人看看就会；

二等人学学就会；三等人学也不会。哈哈……"

"叔，你算是说对了，"金丝儿故意说，"我就是三等人，怕是学也不会。咯咯……"

说话间，孙文娟已经把午饭做好了。她为了犒劳大家，专门蒸了大米饭，炒了几个菜——无非是腌肉炒鸡蛋、白菜炒豆腐、芹菜炒肉丝什么的。那时候，庄稼主子很少吃大米饭，因为华北一带当时不种水稻，买点儿大米回来只是为了熬粥喝。大米绿豆粥是这里人们的最爱，但只有过年过节或是来了客人才舍得做。金丝儿刚帮着娘把饭菜摆上桌，赵孟海开着吉普车停在了门口外。金铁钢"哈哈"笑着说："你小子，这真是闻着味儿来的呀？"

"可不是。"赵孟海也笑着说，"估计你们今天要招待客人，伙食肯定错不了。"

大家说说笑笑，高高兴兴地吃饭。金铁钢还把保存了十几年的"丛台"酒拿出来，他和山根都喝了几盅。孟海爹因为有气喘的病根，从来不喝酒。吃过午饭，赵孟海开车把父亲和姐姐送了回去。山根有自行车，虽然喝了酒也没事，骑上去侧侧歪歪就走了。

这时候，赵孟海已经当上了县长，而且是全省最年轻的，上升的势头有点儿势不可挡。金铁钢老觉得他是在打金丝儿的主意，而且乐见其成。但自从那次被孙女撑了后，他便没敢再说出口。要说赵孟海不喜欢金丝儿，那是骗人，但他有心理障碍。自打他认识金丝儿那天起，就把她摆在了高不可攀的位置上。也许是习惯成自然吧，就是现在，在他心目中仍觉得她简直就是天上的仙女，瞅着都晃眼，哪敢有任何非分之想啊。他只要有空儿就来这里，理由是来看闺女，捎带着看金丝儿两眼也高兴。

邢佩哲四岁了，正是男孩子疯跑傻玩的年龄段。小扔儿不到三岁，睁开眼就像条小尾巴一样牢牢黏在他屁股后头。村子里、河滩上、庄稼地头……到处都是他们开心玩耍的自由天地。而且，佩哲这么小就显示出来领导天赋，村子里十多个孩子，有的比他大好几岁，却全部听他指挥。他们不是拿着秫秸当枪，分成两拨在河滩里"打仗"，就是在大土堆上玩耍。一个个头冲下一溜跟头打下来，看谁打得多滚得远就算赢家。所以一个个成天价就像泥猴一样，分不出眉眼看不清本来面目，当娘的有时都认不出自家的孩子来。

等到晚上睡觉前，李香改和奶奶摁着他们洗澡，肯定洗下来一堆沙子。就这样甭管洗多么干净，第二天睡醒了，每个人的脑袋下仍能扫出一层沙子来。

赵孟海见闺女吃得又胖又壮，心里当然十分高兴。但是，他觉得自己的孩子被人家养着，总不是个长远之计。所以，他几次提出来想让姐姐把小扔儿接走。可小扔儿死活不干，撒泼打滚就是不走，实在没办法，只得把她继续留在这里。

第二天吃过早饭，金丝儿便亲自下手，开始了自己漏粉把式的历史。

整个过程就不再多说，无非是毛驴拉磨磨粉、沉淀、摔起子……当李香改把大锅里的水烧开后，金丝儿让爷爷把稀溜溜的粉芡装进了漏瓢中。她学着孟珍的样子，一只手端着瓢，另一只手轻轻磕打着瓢沿儿……成形的粉条便落进了锅里。

一瓢漏完了再接一瓢，直到锅里的粉条已经转不开的时候，金丝儿才放下了漏瓢。这时候的她，除了端瓢的手腕子有点儿酸疼外，并没别的不适。爷爷负责把粉条捞出来上架，等捞完后金丝儿又开始漏第二锅……就这样反复进行，一个上午就漏了四坨粉。等放下漏瓢，金丝儿就觉得浑身疲惫，端漏瓢的手腕子又酸又疼还不要紧，更难受的是磕打漏瓢的那只手，小拇指处的手掌是又红又肿，端起饭碗来都打哆嗦。

奶奶心疼金丝儿，决定改变原计划，每天漏一大锅就行了。金铁钢倒没说什么，李香改却说："要不咱俩换换？你负责烧开水，我来漏粉试试。"

全家人同意后，下午金丝儿和娘就变换了角色。没想到李香改漏粉比闺女还在行。而且，因为她老干粗活，身上有的是力气，端起漏瓢来竟然轻飘飘的。就这样，等吃过午饭，她就又漏了一大缸粉芡。

粉条漏好了需要晒干，这也是很占地方的。金铁钢便用木棍在房顶上和院子里支架起来，再抻上铁丝，然后把粉条一排排挂在了上边。

这样一来，他家的房顶和院子里，垂垂吊吊都是粉条，谁要想进他家，还得绕着才能走过去。偏偏人人都有好奇心，当天下午，来他家瞧稀罕的人是来了一拨又一拨。还真有人不长眼，把粉条架子碰落在地上。金铁钢心里不高兴又不好说什么，所以，谁来他都不吭声，叼着烟袋抽了一锅又一锅。

第二天起来，金丝儿的手仍是又红又肿像半块卷子。但她觉得自己就此罢手实在不甘心，便用布条子随便缠了缠，吃过早饭就又端起了漏瓢……这样十几天下来，她们娘儿俩轮换着烧水和漏粉，竟然把满满一窖山药漏得只剩个底儿了。

金铁钢忙阻止她们说："剩下这点儿吧，还有一个大冬天，哪能没山药吃啊？"

也是，这一带的庄稼主子，冬春两季是把山药当主食的。煮着吃、蒸着吃，或是做山药骨碌菜饭，男女老少都喜欢吃。尤其是山药骨碌菜饭，早晚两顿必做。就是把洗好的山药切成段，扔进锅里煮个半熟，再加上一勺子小米，半盆子白菜和一把杂面，条件好的人家，还要放上两把豆糁（就是在碾子上把黄豆碾成几半），吃起来又甜又香。在大冬天里，一早一晚就着咸菜丝"呼噜呼噜"喝两碗，出上一身汗，浑身通泰，心情也变得舒畅起来。

初冬的天气格外晴朗，阳光也很有劲。金丝儿家的粉条先后都晾干了，收回来又垛了半屋子。一家人高兴之余又有点儿发愁：这么多的粉条虽说好保存，可嘛时候才能吃完啊？

金丝儿和娘说要拉到集上去卖一部分，金铁钢却不同意。他说："卖什么卖，咱漏粉乡亲们帮了不少忙，给大家分分呗。"

奶奶也同意这么做。于是，金丝儿和娘用小车拉着粉条，挨家挨户送上门去。乡亲们非常感激，一定要坚持拿钱买。金丝儿说："爷爷说了，就是让大家尝尝鲜儿，一分钱都不收。"

庄稼主子有自己做人的原则，谁都不愿意随便占别人的便宜。一家家说着感谢的话，热情地把她们送出大门。一两天之后，金铁钢家就热闹了。男男女女都来他家串门，谁都不会空着手，一把韭菜、几根大葱、两个鸡蛋……至于对等不对等没法计算，是那么个意思就行了。这种人与人之间亲切温馨的人情味，再次让老铁钢感慨万千。他逢人便说：这种现象在城市里是绝对看不到的。那里人与人之间的冷漠，甚至明争暗斗，让人想起来就浑身发冷。

金丝儿的手终于结下老茧，再怎么用力也不疼了。她又开始琢磨另一件事情，就是把全村人家多余的山药收上来，从今冬到明春不停地漏粉，然后拉到集上去卖掉赚个差价。

邢文凯刑满释放了。杨月茹和他的那几个同学都等在了监狱的大门口。他觉得脸上无光，抱着大家眼里转着泪花说不出话来。

实际上，他所犯的"罪"不同于那些偷鸡摸狗、强奸放火，人们并没有看轻他。大家把他拉到个大饭店里，又说又笑又喝酒地给他接风。一番招待后，他的情绪才正常下来。而后，郑永祥邀请他去自己的公司上班。他迟疑片刻，说："谢谢您！但我还是想……先回家去看看。"

"也对。"郑永祥说，"两年多了，你是该先回去看看。工作的事，你回来随时可以上班。"

"哥，我陪你回去吧。"杨月茹说，"我出来快四年了，早就想家了。"

"好，好啊。"郑永祥迟疑一下说，"你送文凯回去算出公差，工资照发！"

事情就这么定了，但到临头文凯又迟疑了。正是应了月茹的那句话：如果你不想离婚，两口子生气千万不能一走了之。你走着好走，回来可就难了。

邢文凯觉得没脸啊，自己当时赌气出来了，如今混成了这个样子，回去怎么面对老婆孩子呀？更不用说那个倔老头爷爷，会不会拿大棍子把自己赶出来都难说。他这样想着，磨磨蹭蹭一整天窝在郑永祥给他租的房间，眼珠子瞅着天花板发愣。

杨月茹是个小精灵，早就看透了人的心思。她也没去催他，而是上街买了一些孩子的小衣服、玩具、零食什么的，大包小包地拎回来。文凯很感动，看着她不知道说什么。月茹把东西放下，喘了口气说："哥，车票我买好了，今天晚上八点出发，明天下午四点到石家庄。你看看给嫂子买点什么呀？"

"算、算了吧。"邢文凯忙说，"东西已经不少了。"

"那多不好啊。"杨月茹说，"走，咱们去给嫂子买件衣服。"稍停，她又说："我想买来着，可不知道金丝儿姐的身材现在有没有变化，就没敢下手。"

"这快三年了，我也不知道她胖了没有。"邢文凯忙说，"看看，给你添这么多麻烦。真、真不好意思。"

"我是你妹子。"杨月茹笑着说，"当年在歌舞厅，要不是你出手相救，我现在不知道沦落到什么地步，或许早就不在这人世间了。"

两人说话间，郑永祥进来开口问道："你们准备好了没有？已经不早了。咱们去吃口饭，然后送你们上车。"

冬天黑得早。等他们从饭店里吃完饭出来，街上已经是华灯初上、车水马龙了。

现在的深圳，早已是今非昔比了。随着各职能部门逐渐完善，社会秩序等各个方面全部进入了正轨，刚开始的"脏乱差"已不见了踪影。甚至连人们的精神面貌也显得振奋了许多，一个个步履匆匆，心无旁骛地忙活着自己的事。

新修建的火车站气势雄伟，人流如织却到处干干净净。车厢里也比过去舒服多了，人虽然也很多，却并不显得拥挤。服务员一个个和蔼可亲，面带标准的微笑忙来忙去。

郑永祥让杨月茹买的是卧铺票，邢文凯不由得又一阵感慨，对好朋友的真诚实在唏嘘不已。两人找到自己的铺位，是同车厢的上下铺。他说好自己睡上铺，等去了趟厕所回来，月茹已经像小猫一样在上铺睡着了。他张了张嘴却没出声惊动她。也是，她这两天跑来跑去，给孩子和自己的父母买东西，张罗着这一路的吃喝又买车票，早就累晕了。

　　邢文凯躺在下铺上，随着"隆隆"的车声眼皮子开始打架却怎么也睡不着。因为他心里精神啊，也可以说是翻江倒海思绪难平。他在想象着孩子现在变成什么样了；金丝儿会怎样对待自己；还有那个倔老头，会不会用大棍子把他赶出来？一直到过了武汉，他才迷迷糊糊睡着了。等天光大亮，他睁开眼却看到月茹已经把面包、香肠、牛奶什么的摆在了小桌上。他愣了片刻，不好意思地笑了笑，忙起身去厕所旁的水池子简单洗漱了一下。

　　等车到石家庄，已经是第二天下午六点多。这时候，去太极的末班车早已经开走了。他们找了个小饭店，随便吃了碗打卤面，就在汽车站附近的一家小旅馆里住了下来。

　　邢文凯躺在床上却怎么也睡不着，心里又在反复思索着自己将面对一个什么样的局面。他了解金丝儿，知道她好脾气，当着别人不会让自家下不了台，顶多是在人后大哭一场。他连哄带劝，就是磕头下跪，有把握能让她高兴起来。但面对那个倔老头金铁钢，他想想心里就打怵，不知道他会不会真用大棍子把自己赶出来。要真是那样该怎么办呢？自己心里一点儿底都没有。难堪是肯定的，甭管怎么着能过去就行啊。他胡思乱想着，突然灵机一动，何不先打个电话，试试他的口风？他看看手表，觉得天气还不算很晚，迟疑了好一会儿，终于下定决心、忐忑不安地双手哆嗦着拨通了那个刻在心里的电话号码……

　　"嘟——嘟——"两声过后，里面传来金铁钢那淡定的声音，"哪位？"

　　"爷、爷爷，是我。"邢文凯连忙回答着，感觉自己一颗心"咚咚"跳，似乎连气都喘不上来了。少顷，又听对方问道："是你？你是谁呀？"

　　邢文凯听口气，猜不透对方是故意还是真没听出来，便急忙回答道："爷爷，您听不出来了？我是……文凯呀。"

"文、文凯？"老家伙反问了一句，紧接着说，"不认识！"而后，便"咔"一声挂断了电话。他一下子就傻眼了，呆呆地举着电话久久不语，浑身的汗水都冒出来了。

此时的金铁钢正脱衣服准备睡觉，挂断电话脸色立刻阴沉得像要下雨。旁边正为他整理外套的孙文娟，见状不由得问了一声："谁、谁呀？"

"打、打错了。"金铁钢说着，忙钻进了被窝。他不想把实情告诉老伴，怕她又叨唠个没完没了，当然更不会告诉孙女。因为他从来就看不上这个孙女婿，见到邢文凯的头一眼，就觉得人长得太……英俊，小白脸子、沙利秆子，没有一个好心眼子。文凯一气之下，不管不顾扔下金丝儿娘儿仨拍屁股就走了，他更认为自己的判断是正确的。

孙文娟也没再问什么，忙着捅炉子封火……又把一杯开水放在他旁边的炕桌上。因为她知道老伴有个一辈子的习惯，睡醒一觉必须喝杯凉白开才能再睡着。

邢文凯一夜无眠，烙大饼似的翻来覆去，趴在被窝头上整整抽了一盒子烟。

杨月茹归心似箭，一大早便起来了。她喊文凯一块去吃早饭，他却磨磨蹭蹭，好半天才出来了。她见对方双眸又红又肿神色疲惫，便问道："哥，你怎么了？看上去一点儿精神也没有，没睡好啊？"

邢文凯迟疑片刻，却说："我琢磨着……还是不去了吧？"

"不去了？"月茹意外地看看他，挑动着精致的柳叶眉惊讶地问道，"你怎么……又要打退堂鼓？出嘛事了？"

邢文凯却哼哼唧唧，好一会儿才含糊不清地说："也、也……没嘛事。"

"没嘛事？你开什么玩笑？"杨月茹当然不相信，便问道，"咱们千里万里地跑回来……怎么事到临头你又变卦了？"

邢文凯显得很无奈，这才把给金铁钢打电话的事说了出来。月茹一听就笑着，而后说道："你也是，给她爷爷打什么电话呀，这是你和金丝儿姐的事，和别人有什么相干？再说了，反正咱们也回来了，是死是活，你总得见金丝儿姐一面呀！"

邢文凯思索片刻，大概觉得她说得有道理，便跟着月茹去了长途汽车站。两人在地摊上吃过油条豆浆和茶叶蛋，便买票登上了去太极的汽车。

那时候的路况不怎么好，汽车颠颠簸簸要三四个钟头才能到太极县城。两个人有一搭没一搭地闲聊天，月茹便随口说了和爹爹通电话时，提到县长赵孟海去她家的事。邢文凯脑袋里灵光一闪，随口说道："这个赵孟海我认识，要能请他和咱们去金丝儿家一趟，估计事情更好、好办一些。"稍停，他又补充道："有个外人在场，金丝儿她爷爷总得给个面子，说出口的话不应该忒难听吧？"

杨月茹想了想，觉得他说得有道理，便说："要不，咱们去县政府找他一趟？"

邢文凯迟疑一下，说道："人家一个大县长肯定很忙，一天到晚不知道有多少事哩，能有空儿陪咱们去、去呀？"

"你这人真是……"月茹不无埋怨地说，"不怕一万就怕万一，万一他要是能抽出空儿来呢？"少顷，她又说："反正你不找人家，人家不会找你。"

两人说话间，正好走到了县委和政府大门口，便决定去试一试。身边有个漂亮姑娘，不管办什么事，只要对方是男的，一般都会是一路绿灯。没办法，这是人的天性。文凯和门岗上的小伙子说明了来意。那家伙看了月茹好几眼，转身便回屋去打了个电话，返回来说："我们赵书记正在开会，说是后晌儿有点儿时间。"

"赵书记？"月茹意外地看着他问道，"他不是县长吗？"

"原来是县长，"小伙子含笑说，"两天前刚提的县委书记。"稍停，他又补充一句："他人挺好的，也非常能干。"

邢文凯和月茹商量了一下，决定等一等，便去不远处的一家小饭店吃饭了。

赵孟海原本就是个热心肠，等散了会就问秘书是谁在找他。秘书告诉他说是两个人，男的叫邢文凯，还有一个女的门岗没说叫什么。他"噢"一声迟疑了片刻，忙对秘书说："是个老朋友……快去请他们进来一块吃饭。"

　　秘书连忙答应着，忙急颠颠往外走去……文凯和月茹要的饭菜还没上桌，门岗那个小伙子便"呼呼"喘息着找来了，说道："快去吧。我们书记找你们哩！"

　　邢文凯和月茹稍愣神，起身便往外走……服务员却挡住去路说："饭菜都已经做好了，你们不能拍屁股就走哇！这损失总不能让我承担吧？"

　　杨月茹迟疑了一下，边掏口袋忙笑着说："多少钱？我来付。"

　　"总共是……"服务员算账的工夫，门岗那个家伙瞪着眼说："算什么算！这是我们书记的客人，急着等他们回去呢！"

　　杨月茹还是坚持着把账算清了。她和文凯跟着那个小伙子进了赵孟海的办公室。正在低头看什么文件的他抬起头来，迟疑一下忙起身热情地拉住文凯的手问道："你老兄不是在深圳吗，什么风把你吹回来了？"他边说边看了月茹一眼，稍迟疑又看了一眼。

　　"这个……"邢文凯不知怎的脸有点儿红，忙说道，"我是无事不登'三宝殿'，有点儿事来求你帮忙呗。"

　　"好哇。走吧，咱们边吃饭边说。"他说着，又看了月茹一眼。文凯忙介绍道："这是……我表妹，也在深圳工作。"

　　"我叫杨月茹。"月茹忙说，"书记，我知道你。"

　　"是吗？"赵孟海不无意外地问道，"你怎么会知道我呀？"

　　"俺爹在电话里告诉我了，"月茹解释道，"您不是为我弟弟治疗眼睛捐款了？"

　　"噢。"赵孟海意外地说，"你就是那个……月河的姐姐呀？"

　　"是啊。"杨月茹说着，忙伸出手来……赵孟海迟疑了一下，忙握住了她那绵软的小手。他做人的原则是……如果女同志不主动，他不会和人家握手的。文凯却从旁说了一句："真是……缘分啊！"这句话，倒把赵孟海说得脸有点儿红了。

　　三人吃过午饭，便坐着孟海的吉普车往金沙湾驶去……因为有司机开车，一路上，月茹对孟海说着感谢的话，并把弟弟的情况向他做了汇报。他心里高兴，也有点儿喜欢这位机灵漂亮的姑娘，便仔细询问着她家的详细情况……文凯看他俩很谈得来，心里突然闪过一个念头，但往深处想了想，自己都觉得有点儿匪夷所思，不由得暗自笑了起来。

这时候，金丝儿正在和金铁钢商量买下全村人家的山药漏成粉的事。她说："爷爷，这么做一来帮乡亲们解决了难题，咱们还能靠卖苦力从中挣点儿钱。"

"挣钱不挣钱是小事，"金铁钢思索着说，"能帮着乡亲们解决难题倒是好事。可要是那样，咱全家今冬明春都不得闲了。"

"闲着有什么意思啊。"金丝儿说，"你不是常说干活干活，不干怎么活？闲着浑身像猫抓一样难受吗？咱们有活干不就不难受了？"

"我认为丝丝这主意挺好，"孙文娟说，"一举两得，何乐而不为呢？"

这时候，李香改已经把饭菜摆上了桌，说道："爹，先吃饭吧，有嘛事回头再说不沾？"

金铁钢答应着，一家人便围在低桌旁开始吃饭……两个孩子已经自己动手了。他们还不会用筷子，李香改只能把面条剪成小段，让他们用勺子舀着吃。即便这样，俩小家伙也是把面条和卤子弄得满鼻子满脸，吃一半撒一半。李香改想像以前那样喂他们，却被金铁钢制止道："没事，就让他们自己吃吧，弄脏了洗洗不就行了。"

有孩子的家庭都是这样，因为小家伙们吃得慢，耽误工夫，会把吃饭的时间拖得很长。等全家都吃完了，李香改忙着刷锅洗碗、金铁钢装上一袋烟正要抽的时候，一辆吉普车停在了大门外。金丝儿正在院子里为俩孩子擦脸洗手，看到车停不由得愣住了。

只见，赵孟海笑呵呵地头一个跳下车，她忙站起身想迎过去……紧接着，邢文凯和杨月茹也下了车。她看了一眼，像是不相信自己眼睛似的又看了一眼，从身体最深处突然涌上来一股热流，冲得她站立不稳，把手中的毛巾也掉在了地上，秀脸一下子变通红。月茹忙笑笑地和她打招呼："姐，是我呀……杨月茹。"

金丝儿像是没听见，仍是傻傻地盯着丈夫……邢文凯的一颗心"咚咚"狂跳着，慌乱间咧嘴一笑，那样子比哭还难看。金丝儿实在把持不住，也没响应月茹的招呼，突然回转身，脚步不稳地冲回屋里去了……刚下车的三个人不由得有点儿尴尬，一下子都愣住了。

这时，金铁钢和孙文娟也从屋里出来了。他叼着烟袋，脸上刚堆上笑容想和赵孟海打招呼，看到邢文凯却又猛地拉了下来，张着大嘴什么也没说出口。你瞧，一瞬间这气氛有多尴尬。幸亏孙文娟在旁边笑着打圆场说："哟，大书记你们来了？快，进屋坐吧！"

金丝儿冲进厢房里，扑倒在炕上用被子捂住嘴，压抑着号啕大哭了起来……片刻，两个孩子也跟进来，看到她哭不由得都愣住了。少顷，他们都爬上炕，一边一个围着她着急地问："娘，娘，你怎么啦？是谁欺负你了？"

金丝儿也不回答，只是抱住他们哭、哭……哭得有点儿上气不接下气了。俩孩子见状，也跟着哭起来。这时，李香改进屋来，惊讶地问道："你们娘儿仨这是哭什么呀？"

金丝儿已经哭得浑身瘫软了，哪儿顾得上回答呀。李香改还想问什么……孙文娟在外面喊道："香改，来客人了，暖壶里有水，快去泡茶吧！"

李香改答应着，急忙出去了。孙文娟进屋来愣了一下，坐在炕沿儿上低声劝说道："你这么大闺女了，怎么这么不懂事啊？人家县委书记都来了，更甭说还有个客人，你这是跟谁弄难堪呀？你这么折腾，让我和你爷爷这老脸往哪儿搁呀？"

金丝儿也哭够了、哭累了，声音低下来但仍没吭声。孙文娟又说道："文凯是有错，但人家主动登门，还不是来给你赔礼道歉呀？杀人不过头点地，你还想怎么着？离婚？"

上房屋里的气氛也不和谐。金铁钢净顾和赵孟海说闲话，看都不看文凯一眼。月茹坐在炕沿儿上，只有听的份。文凯可就尴尬了，低头抠着指甲，脸上是红一阵白一阵。幸亏有李香改从中搅和着泡茶倒水，一杯杯递到每个人手中……赵孟海瞅准机会，打断金铁钢说："老爷子，俗话说：有理不打上门客。文凯是专门来赔礼道歉的，你看这事……"

"谁？文凯？"金铁钢佯装没看见，问道，"他是哪个，我怎么不认识啊？"

"……"赵孟海张着嘴愣住了。月茹忙笑着说："老爷子，您怎么了？文凯哥就坐在你旁边呀。他是从深圳回来，专门来给你和金丝儿姐赔礼道歉的。"

"这闺女，冤有头债有主。"金铁钢说，"他该找谁找谁去，和我没一毛钱关系。"

"对对对。"赵孟海忙冲文凯说，"打酒冲提壶的要钱，你该找谁就去找谁吧。"

邢文凯从进来就是一脸沮丧和尴尬，这时忙站起身来说："爷爷，你大人不计小人过……我这就去找丝丝。"他说罢，红着脸出去了。

厢房里已经风平浪静。金丝儿仍躺在炕上，搂着两个孩子不哭也不闹地发愣。

"行了，丝丝。"孙文娟低声说道，"事大事小，总有个了。你又不想离婚，见台阶就下吧，千万别拧过劲了，大家都不好下台。"

这时，邢文凯闷着头进来了。孙文娟忙从炕沿儿上站起身来说："正好，你们小两口说说吧。"而后，她拉起邢佩哲和小扔儿，起身出去了。

金丝儿好像没看到丈夫进来，仍然瞪眼瞅着房顶躺着没动。邢文凯小心翼翼地坐在炕沿儿上，一时也不知该怎么说和说什么。屋里的气氛瞬间像凝住了般沉闷压抑，让人喘不上气来。少顷，文凯轻轻叫了一声："丝丝，是我混蛋，我错了。你从来就是好脾气，好温、温柔，就别和我一般见识了，行、行不？"

金丝儿没吭也没动，不争气的泪水却又开始在眼里打转转。文凯见状，叫着"丝丝"想伸手去抱她……金丝儿却低声怒吼道："滚一边去，要碰、碰我！"

邢文凯伸出的手停在了半空，一时间傻愣着不知该怎么办。金丝儿委屈的泪水像发了河，止不住"哗啦啦"往下流。她忙别转身，拉过被子把脸和身子都捂住了。文凯怔了好一会儿，突然下炕"咚"一声跪在了地上说："丝丝，千错万错是我的错……我什么也不说了。你不开口理我，我就不起来，哪怕跪死在这儿也心甘情愿！"

金丝儿似乎愣了片刻，偷偷掀开被子看了他一眼，一时也不知该说什么……这时，赵孟海在门外喊道："丝丝，月茹我们要走了。你……没事吧？"

金丝儿闻听，忙坐起身来冲外说："孟海，你和月茹等等，我这就出去！"她说着忙跳下炕，低声对文凯说："还不快起来，要在这儿给我丢人了！"

邢文凯这才站起身来，慌忙拍了拍膝盖上沾的土。金丝儿往外走的工夫，赵孟海和月茹已经迈进了门槛。他红着脸不好意思地"嘿嘿"一笑，忙说："你们……快坐、坐吧。"

此时的金丝儿已经换上了笑模样，冲月茹问道："你们怎么碰到一块了？"

"这事……"杨月茹感慨地说，"李奶奶讲话，说来话长啊！"她说的李奶奶是指《红灯记》中李玉和的娘。老太太在诉说革命家史的头一句话就是"说来话长啊……"。在那个年代，这句话风行全国，差不多已经成了人们的"口头语"。

"月茹，"赵孟海忙打断她说，"要不你在这儿住一宿？我下午还有事，得急着赶回去。"

"我也好几年没回过家了，"月茹说，"想早点儿回去看看。"稍停，她冲金丝儿说："姐，我和文凯哥的事，回头让他告诉你吧。我先走了。"

"那也行。"金丝儿说着，和丈夫忙送他们往外走……金铁钢和孙文娟也从上房里出来，一起送两位客人出门上了车。

赵孟海让司机先把自己送回县城，又命令他把月茹送回银沙湾去。两人分手的时候，似乎都有点儿恋恋不舍的意思。至于他们俩后来有没有发展，咱们一时半会儿也说不清楚。

真是天上下雨地上流，小两口打架不记仇，白天吃的一锅饭，晚上睡的一个枕头。夫妻之间，甭管闹多大别扭生多大气，只要干一回那种事，一切便冰消雪化了。当天晚上，金丝儿和丈夫是哭了笑笑了哭，一宿都没怎么睡。他们一次次干着男女之间最原始的、过来人都明白的那件事。喘息的空间，文凯还讲述了自己去深圳的遭遇，以及他因何入狱、和月茹认识交往的全过程。金丝儿虽然没多想，但心里也多少有点儿酸溜溜的意思。没办法，这就是雄雌之间最原始的天性，普天下的生灵无不如此。

第二天早上一起来，篱笆院儿里便充满了欢声笑语。除了金铁钢心里不痛快拉着老驴脸外，一家人都高高兴兴、精神抖擞地各自干着自己该干的事。

邢文凯好像把昨天的尴尬狼狈全忘光了，精神焕发地拿出月茹给孩子们买的小衣服、玩具和各种零食，很快就和儿子、小扔儿玩疯了。金丝儿也显得容光焕发，边打扫院落边瞅着他们笑个不停。只有金铁钢怎么看怎么别扭，干脆出门去，脱下自己的一只鞋坐在刚出土的小麦地头上……他久久地抽着烟，看着顶着晶莹露珠儿在微风中摇曳的麦苗，心里才平静了下来。直到邢佩哲和小扔儿来叫老爷爷回家吃饭，他才穿上鞋、拍了拍屁股回家去了。

吃过早饭后，金丝儿带着文凯参观了粉房，并向他介绍了整个漏粉的全过程。他看着那杂七杂八的各种工具，懵懂得不知所云。而后，他一脸疑惑地问媳妇道："咱们都是大学生，难道从此就在这一亩三分地里游遍天下了？"

"……"金丝儿稍愣神，反问道，"现在不比过去，大学生一抓一大把，毕了业找不到工作有的是……那你说该怎么办？"

邢文凯迟疑了一下，不无自豪地介绍了他入狱前，在深圳"光华"食品进出口公司工作时的成绩和如鱼得水。金丝儿显得有点儿不高兴，便不无赌气地说："你想走还可以回去呀！我保证不拉你的后腿。咱们各干各的也挺好。"

"我不是那个意思，"文凯忙解释道，"只是随便说说……你千万别不高兴。"

"我没有不高兴啊。"金丝儿说，"我只是说，人生什么时候都要面对现实、脚踏实地地干好每一件事，对得起自己的良心，也对得起社会，就算是不虚此生了。"

邢文凯刚想说什么，就听村头大杨树挂的喇叭里传来靳存根的声音："父老乡亲们听清楚了……老辈子金铁钢家大量收购山药和山药干，价格肯定高于市价。谁家想卖请到村委会登记……条件是先付定金，等卖了粉条再付全款。父老乡亲们听清楚了……"

农村人讲究的是"不见兔子不撒鹰"。要是别人收购山药，他们不一定会那么痛快，但因为是金铁钢要收购，一个个很是放心，没多会儿人们便从四面八方聚集到了村委会里。

金铁钢别看脾气操蛋，见了乡亲们却是和蔼可亲，笑呵呵地和每个人打着招呼。不到吃顿饭的工夫，靳存根就帮他登记了数万斤山药和几千斤山药干，他也如数付了定金。等大家高兴地走了后，存根却用试探的口气说："老爷子，和您商量件事呗。"

"怎么了？"金铁钢看着他问，"你有什么事啊？"

"是这样……"靳存根迟疑一下，断续地说道，"自从分了地，乡亲们各干各的。我这个村支书也没多少事可干了……一年下来，也就是催征购忙那么几天。这个……"

"怎么？"金铁钢打断他说，"听话听音……你的意思，是对'改革开放'有意见呗?"

"瞧您说的，"靳存根脑袋摇得像拨浪鼓，说道，"您借个脑袋我也不敢啊。我的意思是说……"他停顿一下，接着说："您看，这么多山药和山药干，就你们那个小粉房，什么时候才能漏完呀，您说是不?"

金铁钢想了想，说："那我们就黑天白日连轴转，歇人不歇马，干它一年又怎么了?"

"老爷子，您多大岁数了?"靳存根忙说，"还要拼着老命干、干呀?"

金铁钢"嘿嘿"一笑，说："人生能有几回搏? 该拼就拼呗! 你说是不?"稍停，他又补充一句："再说了，我天生就是气死牛的脾气，从来就没服过老!"

靳存根不由得佩服地伸了伸大拇指，说道："这点，村里没人不服。我的意思，是想以集体的名义，和你们联合办一个比较大的粉坊。"

金铁钢听到这里，思索着一时没吭声。靳存根接着说："现在，乡亲们一家家是富了起来。可村子里却穷得叮当响，就连'五保户'每年的照顾款都拿不出来，更甭说干别的事了。咱村不是和银沙湾等几个村联合办的小学吗? 那校舍都快塌了，教育局给了点儿钱根本不够用。几个村书记商量着想凑点儿资金修一修，就是拿不出钱来。我这个当书记的，想想就脸红，真是对不住孩子们啊!"

"是、是啊?"金铁钢意外地说，"这我可是真没想到。"少顷，他点着头说："要是为这个，我同意和村子里联合，办一座大粉厂干几年。"

"村子里可是拿不出钱来。"靳存根说，"但村委会的房子你们可以用，还有那匹当年您带回来、为村里立下汗马功劳的大红马，我一直舍不得卖，现在它可以拉磨子啊。至于其他的家三伙四还有技术就靠你们了。"

"这没问题。"金铁钢说，"置办下来也花不了几个钱，你就甭管了。"

"还有哩。"靳存根又说，"您也知道，咱村里的人们就是……邪行。自打分了地，人家外村里的年轻人，大都出去打工或是跟着盖房子班挣钱去了。咱村可好，那些'儿马蛋子'，守着家谁也舍不得出去，一个个闲得蛋根子疼，不打麻将就惹是生非。"

金铁钢思索地点了点头，也说："你说的这些我也看到了。这个问题不及时解决，说不定会出事呢。"

"就是啊。"靳存根说，"咱们要是开了大粉坊，他们不就可以去学徒当小工了？也省得一个个成天价吊儿郎当的，招猫递狗不安生了。"

"你说得对！"金铁钢点着头大声说，"就冲这个，咱的大粉坊非开不可！"

"您老同意就好办。"靳存根说，"至于粉坊开办后怎么分成，咱爷儿俩再商量吧。"

"行。"金铁钢高兴地说，"回去我和丝丝商量商量……肉烂在锅里，便宜不出咱村，咱说怎么干就怎么干！"

李香改从牲口圈里牵出毛驴饮了饮水，便套上了磨子。金丝儿把头天晚上粉碎好、沥干净水的山药块放上去，随着白色的粉浆流进大瓮里，开始了漏粉的全过程。邢文凯一时半会儿插不上手，只能在旁边聚精会神地瞅着。

常言说习惯成自然。人们不管做什么事，成了习惯就会觉得一切就应该是这样的。但作为一个初次接触的局外人，往往会从中发现不合理或能改进之处。

邢文凯毕竟接受过高等教育，遇事喜欢动脑筋。他观察着漏粉的全过程，觉得其中端漏瓢带磕打是最累人的活计，心里就琢磨着能不能改进一下？但他并没说出来，而是自己回屋去坐在桌旁，拿出张纸边想边在上边画着什么……金丝儿漏完了一大瓮粉条，想起丈夫觉得奇怪，便来厢房里看到他问："你不在旁认真学习，跑这儿干吗来了？"

邢文凯笑了笑，指着自己画的草纸说："你看看，这个办法行不行？"

金丝儿瞅着那张纸，一时没看出门道来，便问道："这是什么呀？"

"是这样……"文凯边比画边说，"整个漏粉的过程，端瓢带磕打最累人了。咱能不能把瓢固定下来，用钉上胶皮的木棒轻轻敲打？"稍停，他又补充道："我是瞎琢磨，要是这样能行，比端瓢漏粉就轻松多了。"

金丝儿仔细观察了一会儿，觉得他想得有道理，便说："看样子估计能行。要不咱们现在试试？"而后，她又笑着说："爷爷正好不在家，省得他说三道四的。"

小两口说干就干。他们比好高度，用三根铁丝把漏瓢固定在房梁上，添上粉浆一只手扶着用胶皮木棒轻轻敲打，漏出粉来效果真的和用手端着一样。李香改在旁边看着，高兴地说："这办法真不赖，省劲多了！"

这时，金铁钢回来了，见此情况笑着大加夸奖说："丝丝没白上大学，想出的办法真好！"

"不是……爷爷，"金丝儿忙说，"这办法是文凯琢磨出来的！"

金铁钢大概觉得意外，冷冷地瞟了文凯一眼，鼻子里"哼"一声甩手出去了。等吃过午饭，他把金丝儿叫到屋里，详细地把准备和村里联合办漏粉厂的初步设想说了一遍。金丝儿马上表态说："这办法很好！咱们的生意越做越大，还能为乡亲们致富做点儿贡献。挺好的！"

"那就面临着一个问题。"金铁钢说，"漏粉厂干大了，几盘磨子一起上，咱们现存的山药和山药干根本就不够用，得想别的办法。"

"那还不容易呀。"金丝儿说，"把周围几个村里的山药和山药干都收购进来，有多少咱都能消化得了！"

"要是那样……"金铁钢说，"只付定金怕就不行了，得用全款才能买回来。咱手里也没那么多钱呀。"

"这……"金丝儿思索片刻，说，"找孟海，问问从银行里贷点儿款行不行？"

正在这时，靳存根赶来想问问铁钢和金丝儿商量得怎么样了，听他们爷儿俩的话便问道："爷爷，你们贷款干吗？"

"你真是个急嘴子，"金铁钢笑着说，"饭还没熟就想揭锅呀？"

靳存根"嘿嘿"笑着说："这么大事，我能不着急呀？"

"存根哥，"金丝儿说，"要想扩大粉房，光咱村的山药肯定不够用，要收购附近几个村里的存货，只付定金怕不行。"

"没事，"靳存根说，"我找这几个村里的书记商量商量，估计同样付定金就沾。"

"要是那样应该没问题。"金丝儿看着爷爷说，"一家一块钱，咱们还能拿出来。"

"没问题，"金铁钢说，"一家两块也能拿出来。"

有的读者可能会问：给人家一两块钱就算付定金呀？朋友们别忘了，那是上世纪八十年代，县城里一般干部，每月的工资才四五十块钱，现在涨到了四五千，相当于翻了一百倍。所以，当时的一块钱，就等于现在的一百块钱哩！

再说了，付定金就是象征性的一种承诺，你情我愿，庄稼主子实在，就相信这个。

接下来的一个多月，最忙碌的就数金铁钢、靳存根和邢文凯了。

邢文凯跟着靳存根参加了附近几个村书记的研讨会，接下来便在这几个人的带领下，村挨村一家家去征集能卖多少山药和山药干，然后就是付定金，让对方打收条、记账，写了满满两大本子。到晚上回家来，他还得重新整理一遍，生怕出了什么纰漏不好交代。

金铁钢作为技术指导，也是每天长在村委会开办大粉坊的现场。好在村子里不缺各种能人，木匠铁匠都有。靳存根组织他们，按照金铁钢的意思，加工粉坊所用的各种工具，到处找当年的磨盘磨扇。乡亲们像是看到了致富的希望，一个个都非常热情，无论谁家有什么，只要用得着二话不说就会奉献出来。全村那欢乐的气氛，真跟过年差不多。

这天，赵孟海带着县里五大班子来检查工作，看到这种情况非常高兴，大加赞扬他们是带领群众致富的模范典型。过了几天，他还带领全县的乡党委书记和村支书，专门来这里召开了现场会，号召大家向他们学习。这样一来，金铁钢他们像是被架在了火上烤，大粉坊要是办不好，一个个丢人现眼没面子，简直没脸活在这个世界上了。

金丝儿和娘两耳不闻窗外事，一心一意地每天忙着漏粉。到冬月尾腊月初，晒好的粉条粉丝已经垛满了一屋子。这时候，忙活了一年的庄稼主子赶集上庙、开始准备年货了。金丝儿和爷爷商量着，把漏粉也暂时停了下来。她和娘用小拉车拉着粉条，转磨一样连连赶集卖货。那时候农村的集市也多，差不多天天都有。比方说，太极县城是"一六"，就是每个月逢"一"和逢"六"……初一、十一、二十一，初六、十六、二十六都是集。定州县城是"二七"；大陈镇是"三八"；郭庄镇是"四九"……也就是说，金丝儿娘儿俩是天天赶集，到年根底下，一屋子粉条全部卖完了。一家人那个高兴自不必说，置办足了年货，准备痛痛快快过个喜庆的春节！

　　可是，一家人到了年根底下才想起来，因为忙着卖货，豆腐没顾上做，年糕也没蒸，只有奶奶抽空儿蒸了几锅卷子。金丝儿和娘赶集的时候，倒是没忘记给两个孩子买好了过年的小衣服。金铁钢很不高兴，训斥老伴："我们一个个忙得脚不沾地，你整天在家里待着，怎么什么也不干呀？大过年的，要豆腐没豆腐，要年糕没年糕，这年可怎么过啊？！"

　　孙文娟当然也不高兴，不由得撑他说："你忙，我也没闲着啊。俩孩子和你们的吃喝拉撒睡，哪一样你管过呀，不都是我一个人忙活？"

　　"你们别吵了！"金丝儿忙制止道，"年三十太极不是还有个小集吗，去买呗。"

　　这事不知怎的被靳存根知道了，那就等于乡亲们都听说了。除夕那天，金铁钢家像赶集一样人来人往，送豆腐的、送年糕的、给孩子们送鞭炮的，一直到天快黑了都络绎不绝。感动得全家人都不知道说什么好了。金铁钢感慨万千，对金丝儿说："看见了没有？这就是农村、就是老乡亲，要在城市里，谁能管别人的死活啊？！"

　　金丝儿和邢文凯深有同感地连连点头时，外面的鞭炮声已经响成了一锅粥。"二踢脚"在空中炸出来的朵朵金花，瞬间照亮了村子里的各个角落。

整个春节期间，冀中平原一带的人家是少不了粉条和粉丝的。

那时候家家都穷，"除夕"夜舍不得吃肉饺子，只能用萝卜条加上泡软后切碎了的粉丝，放上熬猪油剩下的"梭子"调馅儿也挺好吃。萝卜条也是先煮熟了，在开水中泡一天才能用。

这个夜晚，年轻人基本上都不怎么睡觉。他们端着猪杂碎拌好的凉菜拿上酒，成群打伙地聚集到宽屋大院的人家，说说笑笑吃吃喝喝，兴趣上来猜拳行令能折腾多半宿，吵得左邻右舍睡不成觉。但是，这时候再刻薄的老人也不会来干涉他们，因为三百六十天就这么一个夜晚，谁愿意来充这个"坏人"呀？

大年初一天不明人们就都起来了。男人们在本族当家老大的带领下，去给那些长辈拜年。他们叫着"爷爷奶奶大伯大娘"什么的，门挨门呼啦啦跪下一大片。有的人家院子小盛不下，好多人只能跪在大街上。

这天早起吃的饺子是头天黑间就包好了的，所有的人家都是用白菜和肉调馅儿，多加上点儿蒜末当然更好吃。有好喝的还要来几盅，说什么"饺子就酒，越喝越有"嘛。

吃过早饭后，该去坟上烧纸放炮祭奠先人了。你看吧，人们穿上新衣服，一家家的男女老少全都聚集在老坟上，磕头烧纸放鞭炮。妇女们跪在坟前，按照祖传的规矩，给女先人坟前画个留着口子的圆圈、男先人坟前画十字杠，然后边在上面烧纸边念叨："爹、娘收钱来……今年日子好过，钱送得多。你们千万覅省着，该花就花吧。""爷爷奶奶，你们也是一样，喜欢什么就多买点儿……"

到中午做饭的时候，所有的人家都是熬大锅菜吃卷子，当然更离不开粉条了。因为大锅菜的主要成分，就是白菜、豆腐、蘑菇、黄花菜、猪肉片和粉条，几乎家家都一样。卷子和年糕什么的，都是年前就蒸好了，放在冷屋子里冻着哩。那时候，年糕一年就蒸一次，也算稀罕东西，孩子们趁大人不注意，也不管凉硬经常偷着吃。等到了该吃的工夫，已经不剩几块了。当娘的一生气，巴掌落在孩子们的脑袋上也是常事。

大年初二，是外甥男女看姥姥姥爷和舅舅妗子的工夫。家里来人多了，吃大锅菜是不二的选择。初三是嫁出去的闺女们回来看爹娘的日子，同样因为人多吃大锅菜。初四是新媳妇回门的日子，那就外甥打灯笼——照舅（旧）吧。初五放鞭炮"崩"了穷，初六勤快的庄稼汉就开始下地干活了。

金铁钢和靳存根早已经急不可待，因为大粉坊的一切设备年前就已准备就绪，单等着初六开工了。也是图个吉利，他们大操大办，敲锣打鼓放鞭炮，几乎把全村人都吸引来了！

只见，三盘磨子同时开始磨粉浆。一盘是大红马拉着，另外两盘是十多个棒小伙儿轮流上阵，推起磨子来比红马快多了。他们主动提出来不要工钱，大家凑在粉坊里占了个小小的股份。在这之前，金铁钢和村委会已经盖章签字订好了协议，大粉坊的收入按"五五"分成，每天一清，每个月结一次账。

过了几天，赵孟海趁着星期天休息骑着自行车又来了。他主要是想看看闺女，顺便带着俩孩子来大粉坊里玩儿。他看到在办公室翻账本子的邢文凯，心里突然想起件事来，便凑过去问道："让你当这个账房先生，是不是……有点儿忒委屈？我看他们这是高射炮打蚊子——大材小用了！"

邢文凯抬头看看他，不好意思地笑了笑没吭声。赵孟海坐下来掏出烟盒递给他一颗……他边摆手边说："谢谢！我没学会。"

赵孟海自己点燃了，边抽着坐在他身旁说："我听月茹说，你在深圳一家食品外贸公司当副总，干得挺不错的？"

"是、是啊。"文凯不无感慨地说，"要不是犯了事，我也许不会回来。"稍停，他又补充道："从监狱里出来后，那家公司的老总还专门找我问能不能接着干呢。"

"那你怎么还是回来了？"赵孟海说，"现在国家对外大力开放，外贸公司应该是大有可为、前途光明啊。"

"唉——"邢文凯长叹了口气，说，"当时心情不好，又急着回来……"他停顿了一下，接着说："金丝儿我们的情况你也知道，也确实应该回来一趟。"

赵孟海点着头沉吟片刻，说："咱们不管做什么事也应该有……前瞻性，至少要往前多看个十年二十年。你说是不是？"

邢文凯赞同地点了点头，说道："确实应该。现在和从前不一样，社会发展特别快，稍不注意就可能被甩到二股道上去，远远落在人后了。"

"没错。"赵孟海也点了点头，说道，"我在想咱们粉坊这事……"他迟疑一下，接着说："据我掌握的情况，咱们县年前年后开粉坊的就有十多家……这样一来，粉条粉丝总有一天会滞销。"

"是、是啊？"文凯不无意外地说，"要真那样，可就是大麻烦了。"

"我担心的就是这点。"赵孟海皱着眉头说，"到时候如果能通过外贸公司卖到国外去，那不光能彻底解决问题，而且能赚大钱。你说是不？"

邢文凯点了点头，说："那是肯定的……外国人的钱好赚多了。"

"所以我就想……"赵孟海迟疑地说，"你能不能还回深圳那家公司，为咱们县的发展和老百姓致富留条后路？"

"这……"邢文凯思索着，一时没吭声。赵孟海又说："当然，必须要和金丝儿商量好才行。"

"这个工作，只有你去做了。"邢文凯笑着说，"为了你的信任和咱县的发展，我没问题。"

两人沉默了片刻。赵孟海起身想走时，邢文凯突然问道："你和……月茹，一直保持着联系呀？"

"也、也说不上。"赵孟海的神色显得多少有点儿迟疑，忙说，"前几天她去县委了，意思是跟我商量着想从深圳回来，但又不知道该干点儿什么。"

邢文凯"噢"了一声，没再说什么。

杨月茹确实没办法再回深圳，因为她家里的情况越来越艰难了。

弟弟月河倒没什么，通过自己的努力考上了太极县最好的一中，这在银沙湾的历史上还是头一名。她娘也没什么，还是那样摸索着做家务。主要是她爹的身体每况愈下，腿疼，哮喘，甭说下地干活，连走路都费劲了。家里那三亩多地，还得靠月河放假和星期天操持。

这天，金丝儿和娘正忙着漏粉，月茹骑着辆除了铃铛不响每个零件都"咣当"的自行车来了。金丝儿很高兴，忙放下手上的漏瓢迎出来说："你怎么这么稀罕，什么风把你吹来了？"

"姐。想你了呗。"月茹亲热地拉住她的手，说，"早就想过来，家里有事走不开，这不是刚过完年吗，又怕你忒忙。哈哈……"

"再忙，你来了我也得给你倒杯茶呀。"金丝儿说着，把她拉到堂屋里，边倒茶边说，"你不是在深圳那边上班吗？还没走哇？"

"我也正为这事着急哩。"月茹叹息着说，"在那边，挣钱确实是多，但俺家里现在的情况……忒艰难，我真不知道该怎么办了。"

"你家里又怎么了？"金丝儿忙问，"是月河的眼睛……"

"那倒不是。"月茹长叹了一声，把家里的情况对她说了一遍。金丝儿同情地叹息着说："真是……屋漏偏偏赶上连阴雨。要是这样，你还真不能一走了之。"

"可不是。"月茹皱着眉头说，"这一大摊子，我不管扔给谁呀？可要是真回来，我真不知道该干点儿什么。"稍停，她又补充道："总不能光指望着那几亩地过日子吧？"

"这倒是。"金丝儿沉吟片刻，说，"听文凯说，你在那边一直在什么电子加工厂上班？"

"是啊。"月茹说，"我过去了四五年，在两家电子厂工作过。"稍停，她又补充道："这次回来前，我在一家电子厂是技术科科长呢。"

"是、是啊？"金丝儿思索片刻，问道，"这么说，你对电子厂的业务都非常熟悉？"

"那没问题。"月茹说，"我是从基层干起的，当过工人、班长、车间主任……"

"要是这样……"金丝儿试探地说，"你能不能在咱这边办个电子厂的分厂？"

"办个分厂？"月茹思索地问，"在咱们这边？"

"是啊。"金丝儿说，"就是让那边的工厂提供原材料和技术，在这边加工好了再发回去……当然，人家那边必须信任你才行。"

"这应该没问题。"月茹说，"我和最后这个女厂长混得很好，和亲姐妹差不多。"

"那就好。"金丝儿又解释道，"在咱们这边占地不用掏钱，用工也便宜多了……这中间应该有利润空间。"

"这样……"月茹沉吟片刻，有点儿为难地说，"办工厂需要占地，要盖厂房、购置设备……前期投资要不少钱呢。"

"钱不是问题。"金丝儿说，"我可以借给你一部分，要是不够，咱还可以找孟海贷点款呀。"

"贷款？"月茹拿不准地反问了一句。金丝儿又说："是啊。现在讲发展商品经济，各级政府都非常支持，找孟海贷款应该没问题。"她停顿片刻，眨巴着眼睛话外有音地又说："你们俩……不是关系处得挺好吗？"

"姐。"月茹的脸腾一下子全红了，说道，"你这是说、说嘛呀？"

"我没说嘛呀。"金丝儿佯装无辜地笑着说，"听文凯说，你们俩一直保持着联系……这挺好啊。"

"不是……姐。"月茹忙辩解道，"我是去过县委两趟……就是想跟他讨个主意，要是从深圳回来，在这边能干点儿什么。"

"也是。赵孟海人挺好的。"金丝儿说，"能干、讲义气，还是个热心肠。"

"那是。"月茹说，"要不人家是大书记，咱一个庄稼闺女能够得着说话呀！"

"人和人不一样。"金丝儿说，"凡是能当大官的，一般都没架子。倒是那些小科长，一个个牛烘烘的，眼只会朝天上看。"

"是。孟海书记人强！"月茹连连点着头说。金丝儿亲切地拍拍她说："月茹，自打改革开放后，人们的有些观念发生了改变，不知道你注意过没有？"

"什、什么观念呀？"月茹抬眼看着她问。金丝儿沉吟片刻，说："比方说谈对象……过去讲门当户对，现在虽然也讲，但没过去那么……严格。尤其是再婚，只要两个人对眼，或是说缘分到了，就不在乎地位高低了。"

杨月茹思索着她的话，久久不语。金丝儿又拍了拍她，推心置腹地说："傻闺女，天赐良机，稍纵即逝！呵呵……"

杨月茹双颊飞红，仍是低头不语。金丝儿笑罢又说："回头，姐帮你探探他的口风。"

"姐！"月茹惊慌地说，"你千万可戛说，看让人家笑话俺。"

"笑话？"金丝儿意外地说，"男大当婚，女大当嫁，有什么好笑话的？"

杨月茹迟疑一下，红着脸说："姐，咱俩也不是一年两年了，我什么也不瞒你。"她停顿了片刻，接着说："在深圳，我毕竟是在'歌舞厅'待、待过，虽然只是陪人喝酒唱歌，但总算是当过'小姐'，这名声好说不好听……"

"这事文凯跟我说过，"金丝儿打断她说，"估计孟海也知道。你当时还不是为了给你弟弟治眼睛吗，生活所迫，应该算是……义举，他也应该理解。"

杨月茹没再说什么，但泪水已经在眼眶里打转转了。金丝儿又说："这事你甭管了，放心吧，我自有办法。"

又是一个星期天的傍晚，赵孟海骑着自行车，抽空儿来看闺女了。

金丝儿高兴地说："我正想找你呢……咱们出去走走，跟你说件事。"

"什么事啊？"赵孟海说，"我也正想和你商量件事哩。"

两人牵着各自的孩子，对正在做饭的李香改说了一声，便出门去在静悄悄的河滩里漫步走着……春打六九头，现在已经是七九了，虽然仍是寒风料峭，但小河封冻的冰已经开化，河水像一条细细的银链，毫无声息地慢慢流淌。河边的杨柳，枝条刚刚开始泛绿，鹅黄色毛茸茸的嫩芽，像小鸟儿的脑袋般一点儿一点儿往外拱动、拱动……在无声地向大地和人们传递着春天来临的信息。

金丝儿看看赵孟海，问道："说吧，你找我有什么事？"

"你不是也正想找我吗？"赵孟海笑着说，"你先说有嘛事吧。"

"我想说的是小事，"金丝儿也笑着说，"你说的一定是大事。那就先说大事呗。"

"也行、行吧。"赵孟海迟疑一下，看着她问道，"咱实话实说……你不觉得文凯干现在这点儿事有点儿屈才吗？"

"屈才？"金丝儿不无奇怪地问道，"他屈什么才呀？和你说什么了？"

"他倒没说什么。"赵孟海说，"是我觉得人家有点儿屈才。"稍停，他接着说："文凯在深圳的时候，可是一家外贸公司的副总经理……现在干这点儿事，还不是高射炮打蚊子——实在是大材小用了。"接下来，他又把开导邢文凯的那番话说了一遍。金丝儿听着，觉得他讲得很有道理，尤其是说到为了粉厂产品将来的销路，确实也是她一直考虑的问题。她迟疑了片刻，说道："你讲的这些非常重要也很有道理……你直接和他商量吧。他要想走，我绝对不阻拦。"

"我就知道金丝儿是个深明大义的好……闺女。"赵孟海笑着说，"这事就这么定了。"少顷，他又问道："你找我有什么事，说吧。"

"我找你也是件终身大事。"金丝儿也笑着问道，"你觉得……月茹这闺女怎么样？"

"月、月茹？"赵孟海眨巴着眼睛反问，"她怎么了？"

"她没怎么样。"金丝儿说，"我是问你觉得她怎么样？"

"她挺好的呀。"赵孟海真诚地说，"她人很善良，活泼开朗也挺懂事，长得和你有一拼。"

"你怎么和我比呀？"金丝儿笑着说，"人家比我小两三岁哩。"少顷，她又说："我是想……把你俩往一块凑凑。"

"凑凑？"赵孟海不解地问，"凑什么？怎么凑啊？"

"你是真傻还是装傻呀？"金丝儿问罢又说，"就是把她介绍给你呗。"

"……"赵孟海听罢，一下子愣住了。金丝儿忙问道："怎么啦？你还不愿意呀？"

"不、不是。"赵孟海忙说，"我是觉得这事有点儿忒突然，没思想准备。"

"你现在想也不晚呀。"金丝儿说，"人家比你小五六岁，又是个黄花闺女……而且，我看你俩挺谈得来的。"

"……"赵孟海沉吟着，一时没吭声。金丝儿又问道："怎么了？你看不起人家呀？觉得自己是个官，高人一头大人一膀啊？你不也是个庄稼孩子？骑上马就嫌街窄了？"

"不、不是。"赵孟海被她一连串的质问弄得脸都红了，着急地说，"我是那种人啊？只是……你也知道，那个柳玉洁一声没吭，扔下孩子和我拍屁股就走了。我俩连离婚手续都没办，再结婚是违法的。"

"这还不简单？"金丝儿说，"婚姻法有规定，只要两人有半年不在一起生活，就可以在报纸上发表声明，再起诉到法院，人家有权缺席判决。"

赵孟海深深地思索着她的话，久久不语。这时，李香改站在篱笆大门口喊道："丝丝，你们回来吧，该让客人吃饭了。"

两人答应着往回走……他们当时可是谁也没想到，孟海出的这个主意，却把金丝儿两口子推向了彻底分手的境地。当然，这是后话。

自从大粉坊开张后，邢文凯因为工作忙，中午一直在那儿吃饭，有时候晚上也不回来，所以，两口子白天很少见面。当天晚上，金丝儿把佩哲哄着后，和他进行了一场谈话。她坐在被窝头上问道："最近，你和孟海……说什么来？"

"我和孟海？"文凯已经脱衣服钻进了被窝，不解地看着她说，"没、没有哇。我有……快俩月没见他了。"

"是吗？"金丝儿又问，"你没和他说过回深圳的事？"

"这个……"邢文凯心虚地显得有点儿慌乱，忙解释道，"是他主动提出来的。我可是没答应他什么。"

"甭管是谁先提出来的。"金丝儿说，"你实话实说，是想……还回去吗？"

"没有、没有。"文凯回避着她的目光说，"在家守着你和孩子，不愁吃不愁喝多好啊。"

金丝儿笑了笑，又问道："是心里话吗？我怎么听着口不应心的，那么虚伪？"

"不是。不是。"文凯急得汗都快出来了，忙下意识地擦了把脸说，"你也知道，我什么时候说过瞎话呀？更没敢骗过你！"

金丝儿没说什么，只是"哼哼"地冷笑了两声。文凯更慌了，急切地发誓赌咒说："我要是说瞎话，天打五雷轰！"

金丝儿忙笑了笑，说："我没说你骗人……只是觉得他说得也有一定道理，主要是为粉坊的前途着想。"稍停，她又问道："那你想不想回去呀？"

邢文凯迟疑片刻，说："我听你的，怎么着都行。"

金丝儿点了点头说："回头，我和爷爷商量商量再说吧。"

邢文凯躺进被窝里，又说："深圳的那家贸易公司老总是山东人，姓陈，人很实在，我们俩也很对脾气。从监狱出来后，我去找过人家。他也答应我可以回公司，仍然当副总。"

"看看……"金丝儿故意说，"你还是想回去呀？"

"……"文凯愣了一下，不无生气地说："你这个人怎么不让人说话呀！我只是把情况介绍一下，回去不回去你定。我怎么着都行。"

"逗你玩儿呢。"金丝儿说着，在丈夫的脸上"叭"地亲了一口，也脱衣服钻进了他的被窝……

第二天吃过早饭，邢文凯便急忙去大粉坊了。金铁钢抽了锅子烟，起身想走时被孙女叫住了。他一只脚在门外一只脚在门里问道："怎么了？有事？"

金丝儿忙说："昨天赵孟海来了，提出来想让文凯重回深圳那家公司的事……"接着，她把孟海的想法重复了一遍。金铁钢一听忙又退回来，坐在太师椅上说："这小子说得有道理。我有时候睡不着，也想过这事。"他又装上锅子烟边抽边说："咱们的粉条厂越开越大，再加上周围的厂子越开越多，时间长了，产品的销路肯定是个大问题。要是不早做打算，迟早是个……危机，等到那时候，再想办法就正月十五贴门神——晚半月了。"

"我也是这么想。"金丝儿说，"所以才和你商量，咱们是不是给自己留条后路啊？"

"应该。"金铁钢点着头说，"你要是愿意，爷爷支持让他回去。"这老家伙反正是看不上文凯，恨不能让他滚得越远越好。金丝儿站起身来说："我想想吧。"

当天下午，杨月茹又骑着那辆破车子来了。她进了粉坊，高兴地说："姐，我去了深圳一趟，和我们老板谈得挺好！"

"是啊？"金丝儿也替她高兴，忙说，"走，咱出去说说。"

两人来到厢房里。月茹从包里掏出张纸递给金丝儿说："姐，你看看，这是我和电子厂老板签的合同。"

金丝儿接过来看了看，说："这不挺好的吗？看来你们老板也是个实在人。"

"没错。"月茹说，"山东人和咱河北人一样，大都非常实在。"少顷，她又说："建厂占地的事，我和村委会说好了，前期投资应该也没问题。"

"是吗？"金丝儿不无意外地问，"你不是说没钱吗？前期投资怎么解决？"

"贷款啊。"月茹高兴地说，"我找了孟海哥，他说不是什么大钱，完全可以贷款!"稍停,她又补充道:"他还说,现在的政策就是发展商品经济,提高人民生活水平,我当然应该全力支持!"说罢,她又补充道:"当着我的面,他就给银行行长打了个电话。"

"是啊?孟海确实是个热心肠。"金丝儿笑了笑,又半开玩笑地问,"你们就说贷款了,没说别的……什么事?"

"别的什、什么事啊?"月茹实际上已经明白了她的意思,却红着脸装傻般地反问了一句。金丝儿"嘿嘿"笑着说:"你说什么事啊?就是你们俩的终身大事呗。"

"姐,"月茹的脸"唰"一下子更红了,不无嗔责地说道,"你就爱拿妹子我穷开心了。"

"真是个傻闺女。"金丝儿说,"我这是为你好,不是说了:天赐良机,稍纵即逝。要换成我,肯定会把脸一抹,穷追不舍了!哈哈……"

"人贵有自知之明。"月茹说,"俺知道自己有几斤几两,可不敢瞎说八道。"

"那……好吧。"金丝儿佯装无奈地说,"反正我这个媒人是当定了,回头我再催催他。"

七

    岁月好比东逝水，老天爷也没办法止住它匆匆前进的脚步，转眼间，半年多就过去了。

    杨月茹他们的电子加工厂敲锣打鼓放鞭炮，高调开张。金丝儿、金铁钢、孙文娟等被尊为最重要的客人，一本正经地端坐在主席台上。邢文凯两个月前已去了深圳，所以没能够参加。赵孟海作为县里的主要领导，做了简短、精彩、表示大力支持的讲话，迎来阵阵热烈的掌声。他能亲自来参加这种活动，当然是金丝儿从中做了工作。

    电子厂虽说规模不大，也招了一百多个女工，为当地百姓致富提供机会做出了贡献，使这些祖祖辈辈"面朝黄土背朝天""一个汗珠子摔八瓣"的庄稼闺女，转眼间就变成了产业工人。别说她们村，就是附近的几个村庄也跟着沾了光。

    仪式结束后，客人们纷纷告辞离去。金丝儿把赵孟海和杨月茹叫到了办公室里。她什么也不说，只是意味深长地看着他们二人。月茹何等聪明，马上从口袋里掏出来个小红本本，一声不吭地递到她手中。金丝儿瞟了一眼，马上被上面金光闪闪的"结婚证"三个字惊呆了。

    杨月茹看着她，和孟海交流着幸福的目光偷笑。片刻，金丝儿大声问："你们……什么时候办的呀？怎么我这个媒人一点儿也不知道？"

    "因为办结婚证不需要媒人。"赵孟海一本正经地说，"我们前天下午去县民政局办的。"

"真不够意思。"金丝儿佯装生气地把小红本本往桌上一摔，起身便往外走……月茹忙拽住她，连声叫着："姐！姐！姐……"

赵孟海也忙拦住去路说："姑奶奶不必生气，等我们办婚宴那天，让您多喝几杯行不？"

金丝儿这才含笑问："你们准备什么时候办呀？我先把礼物准备好。"

"俺们也没想大操大办。"月茹说，"过几天不就是十一吗，我们原计划请你出去一块玩两三天就算了。"

"是吗？"金丝儿说，"我可不去当电灯泡，还是你们自个儿去吧。"

"现在看来又不行了。"赵孟海看看手表说，"今儿开会前刚接到地委组织部的电话，通知我马上去报到呢。"

"去地委报到？"金丝儿马上意识到什么，忙问道，"是不是……你又要升官了？"

赵孟海点了点头，说："省委已经研究决定，让我去担任石家庄地区行署副专员。"

"是啊？"金丝儿吃惊地瞪圆了眼睛，大喜过望地说，"这么大的好事……你可真沉得住气。"

"这不是没来得及吗？"赵孟海说，"我连月茹还没告诉呢！"

"就是。"月茹说，"你们俩说的这些，我怎么听着像做梦啊？"

"这时候你可不能做梦，"金丝儿说，"必须保持清醒的头脑抓紧了。孟海去地区上班前咱一定要把事办了，要不他肉包子打狗—— 一去不回头怎么办？"

"你真是门缝里看人——把我瞧扁了。"赵孟海笑嘻嘻地说，"姓赵的是那样的人吗？"

"什么也不说了。"金丝儿一拍桌子站起身来说，"咱紧锣密鼓，尽快办理！"

天有不测风云，人有瞬间悲喜。就在赵孟海和月茹举行结婚仪式那天，柳玉洁打扮得花枝招展找上门来。众目睽睽之下，这娘儿们差点儿把婚礼给搅黄了。

真是鬼使神差。有些机遇就是那么巧，在谁也预料不到的情况下偏偏就发生了。

赵孟海没想大操大办，一是当时上级有规定，婚丧嫁娶不允许铺张浪费；二是他马上要去上任了，不愿意在这时候让人说三道四。婚礼就在金沙湾村委会的大粉坊举行，请来的客人也就三两桌，大都是自己的好朋友和金铁钢一家。靳存根作为操办人，忙里忙外地指挥着两位大师傅炒菜做饭。

按说，柳玉洁是不可能找到这儿的。当年，她狠心地扔下丈夫和孩子，跟着那个心仪的男人跑去了国外，好日子并没过多久。因为她没任何一技之长，又不懂当地的语言，只能跟着那个恋人吃闲饭。

那个男人的父母是做生意的，家庭条件还不错，刚开始的工夫断不了汇钱支持他们。但时间久了，知道他俩没办理结婚手续，父亲就慢慢有点儿不大情愿了。她和那个男人只能去中式饭店里去端盘子刷碗。她从小娇生惯养，又不是能吃苦的人，干了不到俩月就累趴下了。

不到三年的工夫，男人家里的生意做赔了，再也没能力接济他们。贫贱夫妻百事哀。他们二人开始没完没了地吵架生气，除了晚上在床上那点儿事，已经没什么话可说。

终于有那么一天，当柳玉洁回到在贫民窟租住的房间时，那个恋人卷跑了所有值钱的东西，永远地消失了。她傻眼了，扑倒在床上哭了一天一宿，疯子般满世界找啊找，结果仍是一无所获。她又在饭店里干了俩月，连路费都没能挣出来，实在没办法，只得去了我国驻那个国家的大使馆……她在北京下飞机的时候，正好碰上了准备登机去深圳的邢文凯。

他们两个站在机场门口说了会儿话。柳玉洁才知道赵孟海当上了县委书记，心里那个后悔啊，就差点儿把肠子都悔青了。她回老家住了几个月，反反复复回忆着自己扔下丈夫和孩子去国外的往事，悔恨的泪水从早到晚就没干过。

要不说姜还是老的辣。玉洁娘并不十分清楚女儿出国的具体原因，见她老这样折腾，担心这样下去会闹出什么病来，便说："一日夫妻百夜恩，百夜感情似海深。你又没和孟海离婚，怎么就不能去找他呀？"

柳玉洁听了这话，还是觉得心里有愧没脸去找人家。她又磨蹭好几天后，在娘的一再催促下，才拉下脸来采取了行动。玉洁来金沙湾，原本是想和金丝儿商量商量，毕竟当初她是自己和孟海的大媒人。而且，在整个初高中六年，她们是最好的闺密。她找到金丝儿在村里的老家时，却发现人去屋空，连房子都拆了。她愣怔良久，经过跟几个过路人打听，才知道金丝儿家早就搬果园去住了，现在正在村委会参加什么活动。

这个婚礼简单而安静，大家吃饭喝酒，说着祝福和吉庆话，绝没有平时的大呼小叫。因为孟海开始就有交代，再加上中国人都"怕官"，毕竟人家现在已经是副专员，在百姓眼里那是多大的官啊！不说别人，就连金铁钢也没平日里那种信口开河的洒脱了。

当靳存根引着柳玉洁出现在门口时，在场的所有人都愣住了。当然，"愣"和"怔"还是不一样的。别人不认识她，只是觉得这个女人在这种场合下来得有点儿突兀。金丝儿是意外的"愣"；赵孟海却是震惊的"怔"。他不由得站起身来，张着大嘴迅速移开了目光，并急切地和金丝儿交流着复杂的目光。

柳玉洁也愣了一下，一颗心"嗵嗵"跳着勉强挤出来笑容说道："你们这儿……挺热闹啊！"

在座者谁也不是傻子，一个个瞅着孟海和金丝儿的反应就猜到其中肯定"有事"，所以大家都没吭声。柳玉洁本来就心虚，这会儿更尴尬。她的脸色忽红忽白地又问道："怎、怎么？赵、赵书记，不欢迎我这位客人呀？"

实际上，赵孟海心里比谁都震惊和意外。他的思绪瞬间翻江倒海，多少往事齐聚心头！他万万想不到，这个女人会在这种场合下突然出现！

孙文娟不认识柳玉洁，更不知道她和赵孟海的过去。她也是好心眼儿，按照人之常情忙说："来的都是客。闺女，快，来我旁边坐吧。"

柳玉洁从赵孟海和月茹的穿戴，以及他们挨坐在一起的神态上，已经猜出今天绝不是一般朋友们的聚会，而是……她本欲扭头就走，可一想到自己目前的处境，还是横下一条心来，觍着脸往里走……金丝儿忙拦住她说："走吧，咱们去家里说话。"

柳玉洁迟疑片刻，说："没、没事。我来，是想和孟海……商量点儿事。"

"有什么事回头再说。"金丝儿口气坚定，硬拉着她出去了。

两人心里都觉得别扭，各想着心事一路无话地进了金丝儿他们果园的家里。

金丝儿给她倒了碗水，还没坐下便冷着脸问："你来干什么？"

"没、没事啊。"柳玉洁不敢看她恼怒的眼睛，低着头佯装喝水说，"就是想来和孟海……商量点儿事。"

"商量点儿事？"金丝儿"哼哼"冷笑一声，说，"你还有脸来呀？！"

"我怎么就不能来了？"柳玉洁仍然不敢和她的目光接触，心虚地硬撑着说，"我们好歹还算是两、两口子。"

"两口子？"金丝儿仍是冷笑着反问，"你和谁是两口子？今天是人家孟海结婚的日子，你来是想……搅局吧？"

"嘛？你说什么？"柳玉洁尽管已经猜到了，仍然惊讶地说，"赵孟海结、结婚？我和他还没离婚他怎么结？"稍停，她又说："他再结婚是犯重婚罪，我有权利去告他。"

"放狗屁！"金丝儿直通通地说，"你现在什么权利也没有，孟海半年前就通过法律手段和你办了离婚手续。"

"这不可能。"柳玉洁手中的水碗差点儿掉在地上，说道，"我不同意也没回来，他怎么办、办理离婚手续？"

"你去看看婚姻法是怎么规定的吧。"金丝儿说，"两口子只要分开半年，法院就有权判离婚。"稍停，她仍冷笑着补充一句："你就要做白日梦了。"

柳玉洁傻傻地愣怔片刻，手上的碗终于掉在了地上。她也顾不上捡，突然放声"哇哇"大哭了起来。金丝儿捡起水碗，重重地放在桌子上，然后不说也不劝，无动于衷地从旁瞅着她。柳玉洁哭、哭……后来实在支持不住，干脆趴在炕上，哭得气哽声噎，浑身抽搐了起来。

金丝儿瞪眼看着她，不由得眼泪也出来了。过了一会儿，她担心玉洁哭出毛病来，才俯身劝道："你还是面对现实吧，这个世界上没卖后悔药的。谁都是一样，一意孤行，迟早有一天会为自己的任性付出代价。"

这时，外面隐隐传来金铁钢和老伴的说笑声。柳玉洁大概觉得没脸见人，忙爬起身，擦抹着眼睛出来，蹬上自行车便匆匆冲出了栅栏门……金丝儿送到大门外，眼看着她边擦眼泪边蹬车，不由得深深地摇头叹息。金铁钢和老伴走到近前问道："丝丝，那个女的是谁呀？看她那样子，臊眉耷拉眼的。"

"是我……以前的同、同学，"金丝儿掩饰地说，"她和孟海也……认识。"

"不是一般的同学吧？"孙文娟问道，"她和孟海之间是不是有点儿……嘛事？"

"就是一般同学。他们俩之间什么事也没、没有。"金丝儿没说实话，因为她觉得要是实话实说，显得自己这个媒人也忒"二五眼"了。

赵孟海心里也挺别扭，万万没想到柳玉洁会在这当口闯进来。杨月茹从始至终一句话都没说，因为孟海曾经讲过以前的事，她多聪明，当然一眼就能看出来这个女人是谁了。

等几个朋友纷纷告辞后，赵孟海开着车把月茹送回了自己的老家里。他参见儿子带回来这么年轻漂亮的媳妇，高兴得"嘿嘿"笑，搓着巴掌连手脚都不知道该往哪儿放了。

当天晚上，他们两口子就在家里的土炕上度过了新婚之夜。赵孟海闻着那熟悉的、略带尿臊味儿的被子，心里倒觉得十分温馨。他承认自己骨子里仍是个农民，讲述了小时候吃不饱穿不暖的贫穷日子，以及求学艰难的点点滴滴。旷男怨女，自然行了夫妻之实，但由于受白天那件事的影响，两人都没达到兴奋的最高潮。在月茹的开导和劝慰下，直到天头明，两口子又做了还算尽兴的一次。

赵孟海"呼呼"喘息着说："宝贝儿，我明天去行署报到，还得回来交接工作……等一切安置好了，再回来接你。"

"你接我也不能走哇，"月茹说，"我这家里还有一大摊子哩。"

"也是。"赵孟海说，"我怎么忘了，你要是走了，把电子加工厂交给谁呀？"

"就是。"月茹也说，"我现在真的不能跟你走，想趁年轻干点儿事，等老了不会后悔。"

"行。我支持你。"赵孟海说，"咱们先这么'一头沉'着，等过几年再说吧。"他说的"一头沉"，是县里干部职工的一种说法，指的是那种一个在城里上班、一个在村里种地的家庭。

无论家里还是集体的粉条加工厂，眼下都达到它的鼎盛时期。

金沙湾村子里每天都像赶大集，人来人往川流不息。附近几个村子里的百姓，或赶着毛驴或推着独轮车，从早到晚络绎不绝地来送山药和山药干。名声出去了，一传十十传百，本地和外地的大商小贩，都听说这里的粉条粉丝格外好吃，也都赶来趸货。他们有的挑担、有的拉车、有的骑自行车，甚至也有的开着大卡车"轰隆隆"而来。

金丝儿作为集体和自家厂里的会计，和村委会任命的出纳杨翠钗又是进料又是出货，每天忙得脚打后脑勺，一顿饭说不清几次把碗端起来又放下、再端起来再放下……包括金铁钢在内，所有人员都脚不沾地儿地忙活而兴奋着！

忙乱忙乱，真是越忙越乱。正在这个当口，柳玉洁又来添乱了。她这次是来要孩子的，想把小扔儿领回去。这完全不是她的本意，是被娘逼来的。因为按照她的意思，并没打算要这个女孩，主要是考虑自己迟早要往前走一步，带着个"油瓶"不好找下家。娘又气又急，恨恨把她数落了一顿：你的心是怎么长的，咋这么狠呀？虎毒还不食子呢……你还是个女人不？！

柳玉洁万般无奈，只得骑着车子赶来了。金丝儿本来就心软，只得把手上的活计暂时交给爷爷来接待她。她们把小扔儿打扮得像只花蝴蝶，放在玉洁的自行车后架子上……小扔儿已经五岁了，长得不像她爹像她娘，不但漂亮而且乖巧懂事。穿新衣服时她当然高高兴兴，等往车子上一放，小脸马上拉了下来。她抬头看着金丝儿问道："娘，她这是把我弄哪儿去呀？"

金丝儿稍愣了一下，忙说："扔儿，我是你的干娘，她才是你的亲娘哩……"

"不对。"小扔儿边往下出溜边说，"俺就一个娘，除了你没别人……你们谁都哄不了俺！"

一听这话，金丝儿和柳玉洁都愣住了。趁此机会，小扔儿跟着一直在旁边招手的邢佩哲，一溜烟跑得没影了。也是，五六岁的孩子要真疯跑起来，成年人是追不上的。

这一来，金丝儿和柳玉洁都傻眼了……过了一会儿，她觉得浑身像散了架子般没劲，便一屁股坐在门槛上说："你看这事弄的……你是她娘，你说怎么办吧？"

"没事。"柳玉洁却笑嘻嘻地说，"跟着你我放心……她不走我走。"她倒是说了心里话，本来就没想把孩子领回去。金丝儿疑惑地看看她说："可是……迟早你也得把她弄回去呀，现在不行，她越大越不愿意跟你走。"

"那就让她一直跟着你呗。"柳玉洁轻松地说，"将来上学出嫁，花多少钱你都得拿。哈哈……我还省心省事了呢。"

"屁话！"金丝儿白她一眼说，"那要你这个当娘的干吗？"

"我不是她娘。"柳玉洁说，"她认你不认我，那不是正好吗？"

"行了。你就别扯淡了。"金丝儿说，"她主要是和你不熟……我看你就在这儿住几天吧，等和孩子混熟了，也说不定能跟你走。"她好心好意这么说也这么做了，可万万没想到在自己身边埋了颗"雷"，等爆炸那天，弄得大家都措手不及，简直是一地鸡毛！

人世间确实有好人也有坏人，如果只要好人没坏人，这个世界就不热闹了。

认定谁是君子谁是小人，有一条基本的原则，就是看他或她有无故意害人之心。本来是金无足赤人无完人，大大小小的毛病谁都有。但害人之心不可有，防人之心不可无。

甭管是谁生活在这个人世间，想不和人交往是不可能的。但人和人交往与国与国交往一样，都是一门大学问。瞬息万变的事务中有机遇也有"雷区"，聪明者善于抓住机遇一帆风顺；愚钝者往往一招出错全盘皆输。更有那些憨厚的老好人，害人之心是绝对没有，偏偏防人之心也没有。在他们眼里，这个世界上好像就没有坏人，和人交往从不设防，上当受骗也就在意料之中了。金丝儿就属于这种人。

柳玉洁留在了这个家里，心里想的可不是有一天能把孩子接走，而是有自己的小九九。刚开始的时候，全家人谁都不喜欢这个女人。尤其是金铁钢，根本就不用正眼看她，私下里还埋怨孙女说："你也真是……把她留在家里干吗？我一看就知道这人不是个正经东西！"

"算了，爷爷，"金丝儿忙笑着说，"她也挺可怜的，住几天能把孩子领走就行了。"

柳玉洁不傻，当然能感觉到大家对自己的排斥。她完全改变了以前懒散的生活习惯，变得勤快干净，不等天亮就起来清理院落打扫卫生。等李香改起来后，她又忙着抱柴烧火拉风箱和照顾孩子……全家人吃过早饭，她把俩孩子收拾得干干净净，送去村里办的"学前班"。

天性憨厚、心胸宽厚的好人，一般不会计较别人以前的对与错。柳玉洁的表现，很快就得到全家人包括金铁钢的认可。但就是那个小拗儿拧巴，也不知为什么从不愿意和娘单独相处。要是有佩哲在，怎么着玩儿也行，他一离开，她撒腿就跑开去，远远地瞅着玉洁笑。

闺女这么做，当然正中柳玉洁的下怀。不管白天还是晚上，她多数时间是和金丝儿摽在一起。尤其是晚上躺在被窝里，两个人像当学生时一样，半宿半宿亲密地说着闲话。金丝儿并没多想，没几天就把赵孟海办离婚手续，以及他和月茹的交往过程原原本本地交代了个底儿掉，并在无意间说了月茹曾在深圳当过"小姐"之事。

　　当时，柳玉洁只是"噢"了一声，眨巴着眼睛没说什么。金丝儿可是万万没想到，她第二天就一声没吭、莫名其妙地消失了。她骂了两声"这死妮子"，并没往心里去。更让她没想到的是，当天下午月茹便哭着跑来了。

　　原来，柳玉洁离开金丝儿家，便骑车去了银沙湾的电子加工厂。月茹当然已经听丈夫说过她的身份，心里虽然觉得别扭，还是递茶倒水地热情接待。柳玉洁可不管她热情不热情，冷着脸把她叫到大门外低声说："咱什么也不说了……你给十万块钱的'封口费'我马上就走！"

　　"你、你说嘛?"月茹怔磕磕地反问道，"什么……'封口费'呀?"

　　"这你还不明白?"柳玉洁"嘿嘿"冷笑着，指了指自己的嘴说，"是真傻还是装傻? 就是你得掏十万块钱，把这儿堵住了，免得我到处宣传你在深圳……所干的丑事。"

　　"你说什么?"月茹更蒙了，张口结舌地问道，"我在深圳干、干什么……你怎么知道啊?"

　　"甭管我怎么知道，"柳玉洁提高声音说，"你干的那些事，可是好说不好听哩!"

　　"你这人可真是……"月茹也不高兴了，皱着眉头说，"咱俩又不认识。我干什么好说不好听啊? 你把话说明白!"

　　"我说明白怕你下不了台。"柳玉洁仍是冷笑着说，"干脆，你拿十万块钱就得了。"

　　"你这是敲竹杠!"月茹更加生气，说，"我凭什么给你十万块钱?"

　　"你真的是不见棺材不掉泪啊?"柳玉洁说，"你没当过'小姐'? 陪着男人吃吃喝喝唱唱跳跳，然后再钻被窝?"

一听这话，杨月如的粉脸"唰"一下子就变黄了。她大张着小嘴，好一会儿说不出话来。柳玉洁看着她，故意放低声音说："你痛痛快快给十万块钱，我立马走人。"

"……"月茹嘴唇哆嗦着说不出话了。柳玉洁胜券在握，仍是低声说道："要不，我现在就去你们车间里走一趟，保证让你这厂子开不下去。"

"你、你……"月茹被气得浑身颤抖，终于提高声音说，"你这是敲诈，是犯罪！"

"甭说那些没用的。"柳玉洁心里也在敲鼓，仍硬着头皮说，"你给不给吧？不给我这就去车间里……"她说着，径直往厂里走去……这一来，月茹彻底"草鸡"了。她一把拉住玉洁，不无祈求地说："厂子里眼下没那么多钱……你容我两天凑一凑行、行不？"

柳玉洁思索片刻，说："成交。今天是……星期四，我星期六来取吧。"她说着，推起自行车想走，而后又回头警告说："我希望你别报警，否则，咱俩谁都安生不了。"

金丝儿听着杨月茹的哭诉，气得脸色蜡黄。她咬牙切齿地说："这个不要脸的东西，怎么下流无耻到这种程度？！"

"谁知道啊。"月茹擦抹着眼睛说，"姐，这可怎么办、办呀？"

金丝儿思索片刻，才说："你嫁给了孟海，她心里肯定不舒服……是不是在吓唬你，故意跟你找麻烦呀？"

杨月茹想了想，说道："我嫁给孟海是合理合法正大光明的，她这么闹也没道理啊？"

"人急造反，狗急跳墙。"金丝儿冷笑着说，"她真是又穷又急，眼都红了。"

"她急不急我管不着。"月茹说，"可她要去厂子里胡说八道瞎折腾，我这个厂长可怎么当啊？！"稍停，她又带着哭腔说："要是那样，这厂子非黄了不可！"

"她敢。"金丝儿劝解道，"我估计她就是想添点儿腻歪，让孟海你们心里不舒服就是了。"

杨月茹想了想，又说："可她真要那么干咋办？"稍停，她又补充道："我俩可是说好了，星期六她去厂子里拿钱。"

"她说归说，还真敢去呀？"金丝儿拿不准地说，"要是那样……到时候你就报警吧。"

"沾。"月茹站起身来说，"姐，我听你的。"

接下来的两天，金丝儿心里七上八下，总是惶惶地吃不下睡不稳，干什么都没办法集中精力。她猜不透柳玉洁是不是真会做那种傻事，便不分昼夜拨打她的电话，对方却一直处于关机状态。奶奶看出了她的不安，便问道："丝丝，你这两天是怎么了？看成天价丢了魂儿似的，心里有事啊？"

"没、没事，奶奶。"金丝儿忙说，"就是……不知道玉洁去哪儿了。"

"一个那么大的闺女，还能丢了啊？"奶奶笑着说，"准是有她自己的事呗。"

金丝儿没再说什么，心里却突然冒出来个主意。到星期六那天，她对爷爷说有点儿事，一大早便骑车赶去了电子加工厂。月茹这两天是怎么熬过来的，只有她自己知道，反正看上去是一双眼睛通红，身子消瘦，神色疲惫，一点儿也不精神。她见到金丝儿，意外地愣一下，紧接着泪水便开始在眼眶里打转转。少顷，她勉强笑了笑，问道："姐，你怎么来了？"

"我琢磨着，还是不惊动派出所好。"金丝儿说，"要不，传出去她怎么做人啊！"

"姐，你真是来救命啊！"月茹诚恳地说，"真是太谢谢你了！"

"可不是。"金丝儿开玩笑般地说，"不是救你的命，也许是救玉洁的命吧。"稍停，她又补充一句说："但愿她只是说说而已，不会真来。"

杨月茹忙把她安置在办公室里，并让人送来了早饭。等到了上班时间，她去车间开了个小会安排工作，当然没提柳玉洁之事。然后，她把车间的门一锁，便回办公室和金丝儿边喝茶边等待。毕竟不是一般的小事，谁能沉得住气呀？她们俩说话喝茶，并不时往大门口张望。等到半晌午的工夫，柳玉洁还真骑着自行车远远而来……月茹紧张地站起身，边拿起桌上的电话边问："姐，报警吧？"

"等等。"金丝儿按住她的手说，"看她撅什么尾巴拉什么粪再说。"少顷，她边往里屋走边又说："我先在里屋待会儿，听她说什么。你沉住气，该怎么对付就怎么对付。"

说话间，柳玉洁已经来到大门外跳下自行车。她到底是心虚，把车子放在门外做好了随时逃跑的准备，然后才东张西望地进了院子。月茹一颗心"咚咚"跳着，站在屋门口看着她。柳玉洁看样子也很紧张，四下看了看才问道："钱准备好了吗？"

"没有。"杨月茹冷冷地说，"厂子里没有，我有也没想给你。"

"你……"柳玉洁意外地愣片刻，咬着牙说，"你这是要老娘啊？真是……狗坐轿不识抬举。看我不把你的厂子搅黄了！"她说着，气冲冲往车间走去……金丝儿忙从里屋出来说："还说别人不识抬举，你才是给脸不要脸，一把一把往下撕呢！"

柳玉洁一下子愣住了，半天才意外地嗫嚅着说："你、你怎么在、在这儿啊？"

"我要是不在这儿，"金丝儿冷着脸说，"你早该进派出所了！"

"……"柳玉洁就那样傻傻地愣着，一时不知怎么办，也不知道该说什么。金丝儿连珠炮般地数落道："你这是犯法你知道不？敲诈勒索，甭管多少都是要判徒刑的！"

柳玉洁的脸色红一阵白一阵，只是低着头不吭声。金丝儿缓了口气，继续数落道："要真走到那一步，你后半辈子怎么做人？你闺女小扔儿又怎么做人？这些你想过没有？"

柳玉洁低着头什么也说不出来，只有泪水在眼眶里打转转。月茹看她实在尴尬难堪，于心不忍地对金丝儿说："姐，咱不说了，一块进屋喝会儿茶吧。"

"还有……"金丝儿没理会她，咬牙发狠地训斥道，"你这个狼心狗肺的东西，在我家又吃又住，好吃好喝招待着。你倒好，黑不说白不说，连个屁都不放就走了……你还懂点儿人情事理不？当年咱们一块上学，那书都念到狗肚里去了？！"

"姐，咱先不说了，走，进屋喝茶。"杨月茹边说边推着她们往屋里走……没想到柳玉洁"哇"的一声大哭着一屁股坐在了门槛上。金丝儿稍愣神，一时不知该怎么办地和月茹交流着目光……只听柳玉洁哭着说："你数落的都对……可你知道我这日子是怎么过的不？丈夫没了，闺女不跟我……走到哪儿都被人指指点点抬不起头来。"

"亏你还有脸说呀！"金丝儿也是恨极了，不依不饶地训斥道，"怪天怪地怪自己，还不是脚上的泡——自个儿走的？！"

"是我自个儿走的，"柳玉洁边擦泪水边说，"一失足成千古恨。可你们知道俺的日子是咋过的不？口袋里镚子没有，花一个跟娘要一个……现在，连她都不理我了。呜呜……"

金丝儿和月茹见她说得实在可怜，交流着目光一时都没吭声。柳玉洁接着说："我也知道脸面值千金，可眼看命都没了，那脸还值几个钱？"

"好了，好了，咱不说了。"杨月茹边拉她起来边说，"进屋吧，我给你点儿钱先花着，以后大家一块想想办法。"

"就是，快起来吧。"金丝儿也说，"甭在这儿丢人现眼了。"

三人进了屋。杨月茹打开保险柜，取出来一沓子钱递给柳玉洁说："这是一千块，你先用着……然后咱姐仨再商量商量怎么办。"

柳玉洁把钱接过去，破涕为笑地说："按照老理……也就是说放在旧社会，这钱你也该给。毕竟我在前你在后，我是老大你是老二……你还应该叫我一声姐姐哩。嘻嘻……"

"……"月茹愣了一下，似乎没明白是什么意思。金丝儿却撇着嘴说："你是真傻呀还是二百五？怎么能有脸说出这种话来？！"

柳玉洁"嘿嘿"笑着，急忙把钱塞进了贴身口袋里……

人勤地不懒。又是一个大丰收的秋天，庄稼主子们一个个把嘴都笑歪了！

到了刨山药的季节，男男女女格外地尽心尽力。往年价，因为山药再多也不值钱，他们粗心大意，丢多落少谁都不当回事，烂在地里权当做了肥料。今年山药值钱了，大家恨不能刨完再用筛子把土过一遍，连个山药蒂把也不肯丢掉。而且，因为风调雨顺，今年的山药长得特别好，一块块的像孩子脑袋，从地里刨出来让人看着就不由得想笑。

要是放在以前，这正是金丝儿忙得脚打后脑勺儿的时候。因为她必须没日没夜地往附近几个村子里跑，挨门挨户登记谁家能卖多少山药并付定金。这两年生意做得顺，许是"店大了欺客"吧，不管本村还是外村，一家家一户户，必须来人到金沙湾村委会进行登记。所以，这几天村子里又像赶大集一样，人群一天到晚络绎不绝。再加上来趸货的大小车辆，村里的街道都显得狭窄拥挤了。

俗话说：遍地黄金走，单等有心人。村里那些头脑灵活的能人，趁这两年的机会纷纷把自家的房屋腾出来，开办起了小饭店小旅馆。所以，这部分人实际上是先富了起来。就是那些死巴庄稼主子，手里只要有了钱，头一件事就是起屋盖房，准备为儿子们娶媳妇。

也是趁此机会，在金铁钢建议和主导下，村委会做出决定，对整个村子进行了规划和新农村建设。当然，由于人心不一般齐，各有各的"小九九"，这件事推进起来并不是那么容易。尤其是那些还比较困难的腻歪户，就是像钉子一样不肯拆自家的旧房子。不过，财大了气就粗。村子里有的是钱，拿出来对这些人家进行了补贴。如果他们还是不痛快，金铁钢便出马了。只要他往那儿一站，什么话也不用说，那些人家便会乖乖地拆房子动土。

同时，村子里还把街道铺上水泥进行了硬化，建起水塔给家家户户都通上了自来水。靳存根也成了带领群众致富的好书记，多次受到县里的通报表扬。到年底开庆功会的时候，还让他做了大会发言。这小子多聪明，在发言中很少提自己，而是反反复复介绍了金铁钢和金丝儿对村子里及周围村庄的贡献。

因此上，新来的县委书记临时决定，亲自带车把金铁钢和金丝儿接来，并让他们做了大会发言。当然，这里面也有赵孟海的功劳，因为他在交接工作时，专门介绍了这爷孙俩。更何况，金铁钢这个"老英雄"在这一带声名远播，新书记还是个孩子时，就听大人像讲故事一样说过他的事迹。现在见到真人，他在尊敬中还带上了几分崇拜。

不过，金铁钢这老家伙说"棒槌话"行，真要让他长篇大论地发言就傻了。他这个当年的"战斗英雄"，在各种表彰会上竟然说不出一句囫囵话来。在县委书记的一再推崇下，他老脸通红，就说了句"生命不息，战斗不止"，便把话筒递给了孙女。金丝儿从上小学就当班干部，大学又是校干部，讲话是没问题的。她即兴发言十分钟，台下的掌声却从头响到了尾。金铁钢高兴得"哈哈"大笑，台下也给他报以热烈的掌声。

人生无常，世事难料，到什么时候都会有让人高兴或腻歪的事情突然发生。

这天，金丝儿刚从表彰会上回到家里，杨月茹便骑着车子急匆匆赶来了。还没等她开口问，月茹不无着急地说："姐，明天是星期天……咱俩去一趟市里吧。"

金丝儿稍愣神，问道："去市里干吗呀？你有事啊？"

"不是我有事，"杨月茹擦抹着脸上的汗水说，"是孟海有、有事。"她喘了口气，又说："他给我打了个电话，说是让咱俩明天去一趟。"

"孟海？"金丝儿意外地问，"他没说有什么事？"

"没有。"杨月茹摇着头说，"我问了好几遍，他一直没告诉我有什么事。"

"是、是啊？"金丝儿思索地问道，"你们……有多久没见面了？"

"都快……俩月了。"月茹说，"他忙我也忙，一直凑不到一块。"

"那……好吧。"金丝儿说，"咱俩明天坐车去一趟。"稍停，她又思索地说："不会是……那个不要脸的又去他那儿闹事吧？"

"我也有这种感觉，"杨月茹说，"但又猜不出她会找什么事。"

第二天一大早，金丝儿和月茹便骑车赶到了太极县城里。她们在汽车站旁的地摊上吃完早点——油条豆腐脑和茶鸡蛋时，一辆大轿子车正好从院子里驶出。只见女售票员站在开着的车门口喊道："有去石家庄的不？快上车了！"

金丝儿她们忙存好自行车，急匆匆欲上车时，卖早点的摊主却喊道："两位等等……你们还没给钱哩！"

杨月茹稍愣神，忙笑着道歉，并推开金丝儿付了饭钱……汽车驶出县城，人也就上满了。售票员喊司机关上了车门，便开始收拾自己凌乱的头发、用湿巾擦脸。看样子，她许是起得匆忙，脸没洗头发也没顾上梳。真是，干什么也不容易啊！

又是一个草长莺飞、繁花盛开的春天。放眼望去，那汩汩流淌的小河，那伸枝展叶的杨柳，那翠绿如茵的草地……到处都充满着勃勃生机。不管你心情多么不好，在这一瞬间也会热血沸腾，浑身涌现出一股勇往直前的力量和"欲与天公试比高"的豪情！

金丝儿和杨月茹却顾不上欣赏这美丽的大好春光，心里一直在嘀咕着赵孟海找她们到底有什么事，可在这种场合，又不能提到副专员的姓名。汽车颠颠簸簸，开到石家庄车站已经是半晌午了。她们又坐公交车辗转几次，才到地区行署大门口。等两人登记并报上了姓名后，值班的门卫什么也没说，便直接把她们送上了三楼。

也许因为是星期天，楼道里静悄悄不见人影。金丝儿和月茹都穿着高跟鞋，本来走路就特别响亮，这时候不由得尽量放轻了脚步。等到了副专员办公室门口，赵孟海已经迎了出来。他神色疲惫，双眸微红，看样子是没休息好。杨月茹看着他激动而又心疼，眼里不由得蒙上了一层水雾。金丝儿和他握手寒暄着进了办公室。

这是个四间长的大屋子，最里面的一间是宿舍，床铺被褥、洗漱用具一应俱全，洗手间里还有个烧水的铁壶。紧挨着的一间是办公室，最外边的两间是个小会议室，长桌旁摆着十来张皮椅子。金丝儿和月茹在孟海引导下挨屋转了一遍，刚坐定便有位小公务员送来茶水。她急不可待地问道："星期天你不回去，把俺们请来干吗？"

"我回不去，"赵孟海苦笑着说，"下午还有个大会，省长要亲自过来呢！"

"是、是啊？"金丝儿说，"那有什么事你快说吧。"

赵孟海却沉吟着一时没开口……月茹见状忙过去把屋门关上了。他点上根烟，抽了两口才说："柳玉洁……来找我了。"

"啊？！"金丝儿意外地惊叫一声，又急忙问道，"她找你想干吗？"

"她能干吗？"赵孟海苦笑着说，"狗急了跳墙、兔子急了咬人，无理搅三分，瞎捣乱呗。"

"是啊？这个不要脸的……"金丝儿说着，便把柳玉洁去月茹他们厂里闹事的情况叙述了一遍。月茹眼含泪水，不时从旁做着补充。赵孟海听罢，不由得感慨地说："看样子，她是穷疯穷极脸不要什么也不顾了！"接着，他讲述了柳玉洁几次来行署大门口说要见他，被拒绝后大吵大闹，又是"忘恩负义"又是"陈世美"的情况。最后，他说："就为这事，省长还专门把我叫去谈话呢。真是……"

"是、是啊？"杨月茹不无担心地问道，"那后来咋样了？"

"没事。"赵孟海说，"我把离婚证都拿了出来，省长看看才没再说什么。"

"那……"金丝儿又问道，"玉洁现在怎么样？她人在哪儿啊？"

"这个……"赵孟海迟疑片刻，说，"因为她违反了治安管理条例，被派出所带走了。"

"……"金丝儿张了张嘴，看月茹一眼想说什么又停住了。月茹忙说："这么做……不大合适吧？再怎么说，她也是扔儿的娘啊？"

"不是我让人带走的。"赵孟海解释道，"那天，地委书记正好坐车从外面回来了，见门口那么乱非常生气，当即便给公安局打了个电话。"

金丝儿和月茹一听这话，交流着眼神都愣住了。赵孟海也长长地叹了口气。三个人一时无语，都低头喝着茶水。过了一会儿，金丝儿才说："月茹说得对，再怎么说她也是扔儿的娘啊，还是想办法把她弄出来才好。"

　　"这事……"赵孟海迟疑一下，说道："我还得向书记请示一下，自己做主不怎么好吧？"稍停，他看着金丝儿说道："关键是放出来怎么办。你也知道，那娘儿们不是个省油的灯。她肯定不会死心，要再闹怎么办？"

　　"能怎么办呀？"杨月茹说，"你们大伙儿劝劝她呗。"少顷，她又商量地说："要不……我再给她点儿钱？"

　　"这样肯定不行。"金丝儿摇着头说，"吃馋了，闲懒了……让她尝到甜头，会没完没了地折腾你们，要真是那样，到什么时候才算是头啊？"

　　"就是。她这是敲诈，是犯法行为。"赵孟海说，"我看就让她在派出所待几天吧，受受磨难，吃点儿苦头，对她不是坏事。"稍停，他接着说："关键是她出来后怎么办，没工作没工资家里又没地，她靠什么生存呀？"

　　金丝儿和月茹一听，就又都愣住了。片刻，月茹试探地说："要不，让她去我那儿上班？"

　　"那怎么行啊？"金丝儿忙说，"你们俩是冤家对头，整天价大眼瞪小眼，能有安生日子过？还是我回去和爷爷商量商量，让她再回我那儿吧。"

　　几天后，赵孟海找了地委书记，又亲自去派出所把柳玉洁接了出来。真是没脸没皮，天下无敌。此时的她毫无悔意，反而"嘿嘿"笑着说："我要不这么折腾，还见不到你哩！"

　　赵孟海哭笑不得，冷着脸说："你甭胡跑跶了，回去找金丝儿吧。我和她说好给你一份工作，守着闺女安生下来吧。"

　　"那是你的闺女，不是我的闺女。"柳玉洁说，"那个死妮子根本就不认我。"稍停，她又觍着脸说："我怎么回去呀，身上镚子没有？要不你派车把我送回去吧。"

"……"赵孟海想说什么又忍住了。少顷，他从口袋里掏出两百块钱递过去……没想到柳玉洁瞪着眼说："你才给这么点儿钱呀？人家月茹还给了我好几千哩！"

赵孟海也是无奈，只得把口袋里的钱全掏了出来说："回去给扔儿买身衣服，再买点儿孩子们喜欢的零食……你只要有耐心，她总有一天会认你。"

要说，人家柳玉洁也不容易。她回到金沙湾时，连金丝儿头一眼也没认出来。

可不是，她这些日子胡跑乱颠瞎折腾，衣服没的换，想洗澡又舍不得花钱，浑身上下污脏得都快看不出人模样，说她是叫花子也有人信。金丝儿哭不得笑不得，只好把她驮到县城洗了个澡，又给她买了身好衣服……柳玉洁恢复了本来面目，看上去仍旧是光彩照人。

实际上，柳玉洁沦落到这种地步，和她那个家庭是分不开的。她爹是村里有名的"大能人"，还没改革开放的时候，靠当时被政府打击的所谓"投机倒把"就挣了不少钱。到分田单干那天，她家已经是"万元户"了。所以，她可以说是在"蜜罐子"里长大的。尤其是她自己，因为长得唇红齿白十分漂亮，从小被乡亲们叫作"小玉人"，格外受父母的溺爱，那真是要星星不给月亮，捧在手上怕摔了，含在嘴里怕化了。这就形成了她娇惯任性、说一不二的偏执性格。

钱壮尿人胆，越多越任性。改革开放后，她爹自认为瞅准了机会，把家里所有的钱和上百万贷款全部投入了搞房地产。也许是德不配位吧，那年秋天的一场暴风雨，把他刚盖好的二十多栋楼全部冲进了湖底的淤泥中。

从"百万富翁"一下子跌成了"穷光蛋"，她爹在炕上躺了一个多月，开始破罐子破摔，成天价正事不干，喝酒耍钱找"小三"，使这个家雪上加霜、连吃饭都成了问题。

柳玉洁她娘没什么文化，本来是个任她爹拿捏的"软柿子"。家庭遭变故后，男的成了"老混混"；女的变成了"母老虎"。因为心情不好，她又不敢冲丈夫发火，只能对两个孩子气势汹汹非打即骂，一不高兴便拿着大棍子满村追着打。人们也都是"气人有笑人无"，见她家一下子变成了这样，一个个乐得吃着西瓜看热闹，人前背后偷着笑。

　　一个小姑娘家，原本对钱没什么概念。但经过这场无妄之灾，让柳玉洁刻骨铭心地知道了金钱在这个世界上的重要性。所以，她敢扔下孩子和老公跟着那个富家子弟出国，以及后来觍着脸到处讹钱就在情理之中了。当然，她做这种事是常人所不齿的。乡亲们原本一直笑话她爹由富到贫的堕落，更瞧不起她这一系列的行为。所以，不管她走到哪儿，背后都会有人戳戳点点，甚至恶心地吐唾沫。因此上，她现在是有家不能回，生活无着落，连吃饭穿衣都成了问题。人到了这一步，正如她自己说的：命都快没有了，还要这张脸干什么？

　　金铁钢压根就看不起柳玉洁，更不愿意让她留在公司里。但金丝儿已经把人带回来了，又听说这是赵孟海的主意，他也就没再说什么。但在定工资的时候，爷儿俩还是发生了激烈的争执。按照金铁钢的意思，就是给她定最低的工资，并说道："是骡子是马拉出来遛遛……她初来乍到，又没任何技术，给口饭吃就算不赖了！"

　　金丝儿实在，心肠又软。她念及当初的友谊和赵孟海的嘱托，又考虑到柳玉洁家的实际情况，利用自己是公司法人代表的权力，硬是给她定了份较高的工资。

　　按照常情，柳玉洁应该是对金丝儿感恩戴德才对。但是，她的心态随着家庭的巨变早已经扭曲了，知道"良心"不值钱，不能当饭吃也不能当衣穿。所以，随着时光的推移，金丝儿自找麻烦"养虎为患"也就在意料之中了。

八

杨月茹他们的电子厂开得顺风顺水，几年的时间，不但还完了全部欠款还积累了一些资金，把厂子也扩大了规模。这样一来，只有他们村的工人可就不够用了，把周围十多个村庄也带动起来，招聘了许多初中文化以上的女孩儿。

这一是得益于社会形势的发展，因为改革开放后，高科技的电子产业蓬勃发展，有多少产品也是供不应求；二是邢文凯的努力帮忙，把他们生产的货物大批量地销售到泰国、缅甸、马来西亚等东南亚国家；三是国家政策、各级政府的支持，那几年一直号召开拓人们的思想意识，大力发展商品经济。还有一条原因不能明说，就是不管县委书记换了几任，谁不知道已经由副转正、当上行署专员的赵孟海呀，当然更知道他的夫人是哪个了。

咱们国家在这方面挺耐人寻味，也许就叫"中国特色"吧。那就是有的事不能说出口，但人人都是心照不宣，只能不显山不露水地在暗中下功夫。所以历任书记县长，都不厌其烦地来电子厂视察工作，对月茹嘘寒问暖并表示全力支持。甚至那些人也了解赵专员和金丝儿、金铁钢的关系，从银沙湾回来时顺路来金沙湾看看，所以，粉条厂也跟着沾了光。

这些人谁心里不明白？不管月茹还是金丝儿，就是老铁钢在专员面前说几句好话，肯定对自己今后官职的升迁只有好处没坏处。

甭管谁心里有什么想法，他们的行动从客观上确实对这两个厂子的发展壮大起到了帮助作用。至于对他们个人的升迁起没起作用，咱就不知道了。

那几年，这两个厂子几乎带动了太极的北半县，村村办工厂、家家有工人。老百姓的日子像气吹一样，一户户眼瞅着就富裕了起来，而且，盖房娶媳妇的差不多天天有，让整个村子一年到头都充满了喜气！

因为这两个厂子已成为全县四大支柱产业之二，对县税务和财政收入的贡献也很大，所以各届县委和政府都非常重视。也不知道从哪一届开始，在金沙湾和银沙湾之间建起了派出所、税务所、小医院、小学等。

随着经济发展，村子也在逐渐扩大，再加上这些建筑物，几乎把这俩村子连成了一片。县领导还没什么想法，百姓却开始玩笑地称呼这两个村子叫"金银湾"。也许他们是有先见之明，几年过去，这俩村子经过各级政府批准，还真合并叫作"金银湾"了。当然，这是后话。

那几年，金丝儿和杨月茹算是出了大名，乡里表彰、县里奖励，就连省市的领导也经常来视察或带人参观学习。什么"模范共产党员""带领群众致富的先进个人"等，各种光环纷纷落在她们头上。这时候的地市已经合并，赵孟海当上了石家庄市委副书记兼市长。

就在他走马上任那天，杨月茹生了个白白胖胖、七斤半重的胖闺女。真是老赵家坟上冒青烟，双喜临门啊！他正在参加地市合并的会议，当然没工夫回来。当他在手机上看到金丝儿发来的短信时，激动得差点儿当场落泪。可不是，他们老赵家数代单传，当时的政策又是"只生一个好"，要不是再婚，去哪儿找这个"小棉袄"去？

赵孟海回不来，也没影响大家的欢乐心情。在金铁钢主持下，金丝儿开车请来了孟海的老爹、杨月茹的父母，以及所有的亲朋好友，像过年一样在家里摆了四五桌，热热闹闹地庆祝了一整天。孟海的老爹平时就好酒但量又不大，再加上岁数不饶人，没多大工夫就喝得出溜到桌子底下。没办法，他当天就住在了金丝儿家里，和铁钢唠唠叨叨说了一宿当年在区小队上扒铁路、铰电话线、端炮楼打鬼子的老话。

实际上，这些年赵孟海尽管城里没家，也曾多少次动员老爹进城，想租房子请保姆把他养起来。可这老家伙和金铁钢一样，说是在那钢筋水泥堆里憋得慌，连出气都不匀实，死活就是不去！杨月茹早就把他接到了自己家里，并请了个保姆伺候着三位老人。看把这老家伙高兴得见人就嘚瑟："人们常说孝顺儿子不如孝顺媳妇，这话半点儿不假！嘿嘿……这媳妇孝顺比儿子孝顺强多了！"

　　今天的庆祝活动，金丝儿和月茹商量着是没想让柳玉洁参加。一是担心月茹的父母知道了她的身份心里不舒服；二是觉得她自己也不一定愿意参加。所以，金丝儿一大早便把她派去了大粉坊，负责看顾和吆喝那匹拉磨子的老红马了。

　　但是，这么大的动静，柳玉洁不傻不呆哪能一点儿也不知道啊。她表面不显山不露水，可心里那一股子"羡慕嫉妒恨"的邪火，差点儿把自己烧得爆炸了！刚开始，她只顾生气，一颗心七上八下，并没想明白自己该干点儿什么。她边往大粉坊里走，边胡思乱想着……常言说好事不出门，坏事传千里。村里人们对她的过去虽说不十分清楚，但也风言风语地听说了不少。所以，她走在街上便出现了一种怪现象。男人们碰上还冲她笑笑，偶尔说句担杖话；女人们看到她却像见怪物一样躲着走，一个个撇嘴剜眼地交流着目光"嘿嘿"冷笑。等她走过去，她们便嘀嘀咕咕乩乩点点，一口接一口地大声吐着唾沫。

　　这些，柳玉洁当然能感觉得到，心里便像压上了块大石头，沉甸甸地连腿都迈不开了。她在大粉坊里待了没多会儿，人们各忙各的，依旧没人搭理她。压抑、压抑……不在无声中沉沦，就在沉默中爆发。终于，她拿定了主意，便义无反顾地离开大粉坊，像壮士赴刑场般高昂着粉脸往回走去……

　　庆祝宴会已进行到高潮，人们吃喝说笑好不热闹。杨月茹抱着胖闺女，不无显摆地让这个爷爷看看、那个奶奶瞅瞅……听到的当然是一片赞扬声。这个说："瞧这孩子长得方牌大脸多富态呀？等大了肯定和她爹一样，说不定能当个大官！"

"当官多累呀？"那个说，"看她爹，这么大事都回不来。我看还是像她娘吧，挣个千百万多实惠呀？到嘛工夫也吃不穷穿不穷！"

正当大家开心地"哈哈"大笑时，柳玉洁进了家门。一瞬间，所有人都愣住了，全场鸦雀无声、死一般寂静！一秒、两秒、三秒……不知是过了一分钟还是一个世纪。只听"啪"的一声，孟海爹手中的酒盅掉在地上，竟然像炸雷般把大家惊醒了。

金丝儿第一个反应了过来。她忙起身迎上前，皱着眉头问道："你……回来干、干吗呀？"

柳玉洁真没想到大家反应这么强烈，自己不由得也怔了片刻。听金丝儿这么问，她佯装轻松地开玩笑说道："怎、怎么了？我又不是怪、怪物。"她倒是尽量咧嘴笑着，可那模样比哭还难看。偏偏金铁钢说话从不饶人，"嘿嘿"冷笑着说："我看，你跟怪物也差不多！"

他这一句话，又把大家逗笑了。月茹忙冲大家摆摆手说："没事，没事。大伙儿该吃吃，该喝喝。"她说着，想把孩子交给金丝儿去捡公公掉在地上的酒盅……没想到柳玉洁却把孩子接过去说："让我看看，像她爹不？"

金丝儿生怕她会把孩子摔到地上，忙伸手想接着……柳玉洁却冲她笑了笑，说："放心，我还不至于那么歹毒。"少顷，她笑着说："真是……比她爹长得俊多了！"

听她这么说，大家倒是放心了许多。但金丝儿心里没底，还是忙把孩子接了过去。看来，柳玉洁真是做好了充分的思想准备。她含笑端起盅酒冲孟海爹说："爹，来，我敬你老人家一杯。"她说着，仰头把酒喝了下去……

孟海爹似乎愣怔了一下，说了句"什么东西啊"，扭头便想往外走……金铁钢忙拦住他说："亲家，甭走，咱们就当是在看耍猴的。"

人们被他的这句话逗得想笑，但又觉得不合适，一个个忙把嘴憋住了。两个小崽子却不管这些。只听邢佩哲说："就是。我最喜欢看耍猴的。"

"就是。"赵小扔也说，"今天是白看，不用掏钱。"

实际上，这俩孩子也不算小崽子了。佩哲已经上了小学；小扔儿也正在学前班里学习。别人说什么，柳玉洁似乎没往心里去。听自己的亲闺女也这么说，她终于忍耐不住了。只见她愣怔片刻，"啪"地把酒盅猛摔在地上。随着酒盅的炸裂声，她一屁股蹲坐在门槛上，用双手捂住脸，"呜呜"大哭了起来……也就在这一瞬间，这几年的苦难和心酸遭遇像潮水般涌上心头，她哭、哭，直哭得声嘶气噎。

大家瞪眼瞅着她，并没人想过来劝解。在这种情况下，谁还有心情吃喝说笑？一场欢乐的庆祝活动，就这样被她搅黄了。

平时总是笑嘻嘻好脾气的人，要真发起脾气来更吓人。今天，金丝儿面对这难堪的局面，实在是忍耐不住了。只见她被气得脸色蜡黄，嘴唇哆嗦着说出了自己从没说过的狠话："真是……嗑瓜子嗑出臭虫来——嘛（仁）人也有。你真是狗坐轿不识抬举，给脸不要，一把把往下撕……你走吧，就是这会儿，现在马上走人！"稍停，她又补充一句："从今往后，我不想再看见你！"

大家从没见过金丝儿发这么大脾气，一个个都惊呆了。就连金铁钢，也是深感意外地瞪眼瞅着她。一时间，全场鸦雀无声。在众目睽睽之下，柳玉洁愣怔了好一会儿，眼泪也没擦，推上破自行车，"丁零当啷"出门而去了。

常言说：小恩养亲人，大恩养仇人。今天，金丝儿算是把这个人彻底得罪了。一年多后柳玉洁的报复，让她始料不及，差一点儿被弄得倾家荡产！

人生在世，随和二字。不管是谁，也不管是什么事，最好甭忒任性。真的，有时候任性是要付出代价的。

当初，金铁钢爷儿俩承包果园的时候，有人就曾经提醒他说："老爷子，你最好甭在这儿盖房子安家。因为这里占的是河道，按照国家政策，不允许兴屋盖房和种植高秆作物的。"

金铁钢脾气倔是倔，但起码的政策观念还是有的。他听了这些话，态度就有点儿犹豫。靳存根却说："老爷子，咱听蝲蝲蛄叫还不种谷子了？上边甭管有嘛政策，到农村里还不是稀里糊涂？你想想，这河有多少年不来水了？"

金铁钢儿时就听大人们说过一句话：发不发，全看六月二十八。也就是说，木刀沟是从太行山深处流出来的，每年发大水，定准都在阴历六月二十八这天。早年间他离开家乡前，基本上都是这种规律。到上世纪六十年代初，国家治理水患，在木刀沟上游修了水库，这条河就再也没有发过大水。几十年过来，河道中已是千疮百孔，被人们盖房挖沙子留下的大坑小洼比比皆是，别说庄稼，连草都不长了。

就这样，金铁钢经过和孙女商量，还是兴屋盖房，把老家移到了这里。

真是天有不测风云，老天爷要想跟你找别扭，谁能拦得住？这年的六月二十八，木刀沟还真是发大水了！原因是在六月中下旬，太行山区中狂风暴雨连下了好几天，岗南水库容量严重超标，如果不马上放水，大坝就随时有被冲垮的可能。因此上，也就在阴历六月二十八那天，木刀沟中的滚滚洪流像堵墙一样铺天盖地而来，挟裹着从上游冲下来的树木、柴草、猪狗什么的，势不可挡地荡涤着河滩里的所有一切！

金铁钢本来是接到了有关方面通知的，但由于时间太匆忙，家里人只来得及收拾了些细软和被褥什么的。全家人在急雨中退到河堤上，眼瞅着所有的房屋瞬间就都坍塌了，粉坊里除了那盘石磨，什么大缸大瓮、木头架子和漏瓢等，全部被冲走了。

孙文娟心疼得一个劲掉眼泪。金丝儿和娘心里当然也不是个滋味，好在家里人都全身而退了，这才是最大的安慰。两个孩子却是头一回见这么多的水，兴奋地在雨中跑来跑去，后来还跟着一群同学去河里打捞冲下来的东西……金丝儿不放心，硬是把他们拉了回来。

但是，金铁钢却出大事了。他惦记着集体的大粉坊，因为那里是老庄基，地势偏低，一下大雨肯定积水，而且还紧挨着河堤。他盘算着如果洪水漫堤，最先冲垮的肯定是那里。可不是，等他匆忙忙赶到时，那里已经是一片汪洋了！什么村委会、什么粉坊，全都看不见了。

正当金铁钢站在河堤上发傻时，却意外地发现那匹大红马。只见它只露着个脑袋在水中拼命挣扎，看到他便放声嘶鸣着像是祈求救命。金铁钢迟疑间，抬眼四顾，却发现天地间一片苍茫中杳无人影。他骂了声"娘"，便义无反顾地冲进了齐胸深的泥水中……

原来，大红马是有灵性的。当狂风暴雨刚开始降临的时候，它已经预感到了危险，但被缰绳死死地拴在槽头上，甭管怎么挣扎也无济于事。直到草棚塌了，它躲在木槽下倒没受伤害，但就是挣不开那根深埋的柱脚。

金铁钢很容易便把缰绳解开来，牵着它便往河堤上走……他对这匹马是有着特殊感情的。因为它是当年的战马，曾驮着他在战场上的枪林弹雨中驰骋杀敌，屡建战功。他从部队退下来时舍不得和它分开，部队领导也念他战功卓著，便作为奖励让他把马带了回来。现在算来，当年的生个子马快四十岁，像人一样已经进入了暮年。

前面说过，这个村子历史上是极贫，所有的牲口不是牛就是驴。他回来后把马捐给了当时的合作社，乡亲们可算是有了脸面，只要有出头露脸的事……比方说送新兵入伍、秋天去送公粮，包括谁家娶媳妇聘闺女什么的，小伙子们一个个总是趾高气扬地牵着大红马。

金铁钢好不容易把马牵到了河堤上，却没想到因为年久失修，这段河堤已经被河水和雨水泡软了，人和马一下子又陷入了淤泥中。他惊恐万状，急忙又把马往堤下推……因为他知道，马和牛驴猪狗等所有的生灵一样，天生就会凫水，短时间是淹不死的。当马刚到了河堤外的水里，脚下的河堤瞬间垮塌，他被淤泥挟裹着，冲进了滔滔的洪流中……

当靳存根带着抢险队赶来时，哪里还有老英雄金铁钢的影子。接下来的几天，村子里的男女老少全出动，顺着河岸往下找了数十里地，结果仍是一无所获，整个村庄都处于一片悲哀的氛围之中，就连猪狗牛驴什么的都不叫唤了。

金丝儿家更是塌了天，在焦急的等待中两天都没动烟火。大人心里堵得慌吃不下睡不着，俩孩子却被饿得一个劲叫唤。好在乡亲们轮流着都来看望，谁来也不会空着手，甭管是点心还是烙饼卷子，佩哲和扔儿狼吞虎咽。

毕竟上游有水库，放水就开闸收水就关闸。所以，这次洪水来得猛走得也快，四五天之后，河滩里就剩下了一片狼藉。山药和棒子都陷在淤泥中，乡亲们一时间也没心情去收拾。他们在靳存根带领下，分成几个小队继续顺河道寻找金铁钢，结果仍然是白忙活。直到几年后，在下游几十里的一个村庄外的河滩里，有人盖房挖沙刨出来了一堆白骨。可把那个家伙吓了个半死，便急忙报了警。

县里的诸位领导当然知道金铁钢失踪的情况，从那顶还算完好的军帽，基本肯定这就是他的遗骸。因为凡是认识他的人都知道，这老家伙不管春夏秋冬，也不管冷热，多破旧的军装军帽是不离身的。经过让家属辨认，这件事就算尘埃落定了。县委领导经过请示并让政府出资，在金铁钢落难处建了座烈士墓，墓碑正面写着"忠烈千秋"四个大字，背后是他一生的事迹介绍。

这场水患，对粉条厂是个沉重打击，也可以说是灭顶之灾。

房屋几乎全部坍塌，那些家三伙四，除磨子外大部分都被冲走了。好在盛粉条粉丝的库房是新盖的，里面的存货没受到多大影响。更要命的是，当年的山药被洪水冲得七零八落，歉收是肯定的。这样一来，明年漏粉的原材料就成了问题。再加上近几年周围的村庄里又增加了好几家粉条厂，销售竞争非常激烈。所以，金丝儿和靳存根商量着就把厂子暂时关停了。

但是，库房里还存着上千斤粉条怎么办？他俩决定给所有的新老工人都发几斤，算是对大家的一点儿慰劳。因为那些工人远近村庄的都有，不可能派人一家家送，金丝儿就决定通过邮寄来解决。这样一来，她又毫无来由地给自己找了场大麻烦。

邮寄粉条是让库房保管员干的。可这么些年，工人们你来我往，谁是谁她都记不清了，只能按照花名册，一份一份寄出去。金丝儿万万没想到，柳玉洁也曾是厂里的在册职工，保管员当然也给她寄了一份。

麻绳总从细处断，人心险恶实难猜。柳玉洁接到粉条，心里还非常高兴，觉得金丝儿真够意思，到现在还惦记着自己。当天中午，娘儿俩便熬了锅大锅菜。可是没想到，娘一后晌上吐下泻地直喊肚子疼。柳玉洁只好把村里的医生请来了。人家诊断后，说她娘是吃了不干净的东西……柳玉洁思索良久，想到了厂子里寄来的粉条。她把整捆打开来检查一遍，果然发现有的粉条上带着星星点点的黑斑。

原来，厂子里的库房虽然没被冲塌，但也进了水，角落里的粉条被泡过后就会发霉，人吃下去确实会闹肚子。保管员没注意到，稀里糊涂便寄了出来。

柳玉洁看着那几根有黑斑的粉条，心里马上就有了个能发大财的好主意。第二天，她骑着自己的破自行车，带上那捆粉条便去金沙湾找金丝儿。

现在，金丝儿她们已经没家了，而是分散着住在邻居家里。柳玉洁几经打听，才找到门上。金丝儿本来心情就不好，看到她更不高兴，便阴沉着脸问道："你来干吗？"

"我来谢谢你呀。"柳玉洁皮笑肉不笑地说，"亏你还记得咱这位好闺密。"

"废话。"金丝儿仍是冷着脸说，"我倒担心你是夜猫子进宅，无事不来呢。"

"真聪明！"柳玉洁说着也把脸拉了下来。她从车子的后架上解下那捆粉条，一根根递到金丝儿眼前说："你看看，这是怎么回事？"

金丝儿看着那几根发了霉的粉条，一时仍没反应过来，便抬头问道："这……又怎么了？"

"你说怎么了？"柳玉洁恶狠狠地说，"我娘就是吃了这种粉条，上吐下泻差点儿要了命！"

"……"金丝儿吃惊得说不出话来。柳玉洁真是个当演员的材料，翻脸比翻书还快。只见，她瞬间又笑嘻嘻地说："咱姐儿俩谁跟谁呀？商量个解决的办法呗。"

"那……"金丝儿迟疑地问道，"你说怎么解决吧？"

"简单。"柳玉洁仍是皮笑肉不笑地说，"你给十万块封口费，我自当嘛事也没发生过……你看沾不？"

"十万？！你穷疯了？"金丝儿吃惊地瞪大了眼睛说，"我一分也不给！"

"……"柳玉洁见状，忙笑着说，"姐，你也知道，我是真穷，已经有半年没见过肉了。"稍停，她又说道："十万块钱对你不算什么，那可是俺娘儿俩好几年的生活费啊。"

到这时候，金丝儿才意识到她这是有意敲诈，不由得告诉道："玉洁，你的这种行为可是敲诈，这是犯法的你知道不？"

"姐，"柳玉洁忙说，"咱俩就像亲姐妹，怎么扯到法律上去了？"

"亲姐妹也是一样。"金丝儿说，"借钱说借钱，你怎么说到什么封口费上去了？"

柳玉洁迟疑片刻，忙说："我那是瞎说哩。那就借你十万吧，我可以给你打欠条。"

"那我也没有。"金丝儿说，"你看这场水灾，几乎把所有的东西都冲走了。这粉条厂能不能继续开下去还两说呢，哪儿还有钱给你？"

"姐，常言说瘦死的骆驼比马大。"柳玉洁乞求般地说，"你再怎么穷，拿十万块钱也是小意思吧？你的腿，可是比我这腰还粗呢。"

此时的金丝儿已经有点儿烦她了，冷着脸没吭声。柳玉洁忙又说："姐，要是十万太多，你就给我八万行不？"

"不行。我一万也不给！"金丝儿说，"你穷，还不是脚上的泡——自个儿走的，怪谁呀？"

"……"柳玉洁张着嘴，一时不知该说什么或怎么说。金丝儿趁机数落道："放着好好的日子你不过，扔下孩子和老公就跑了。回来后又不想找份工作，到处坑蒙拐骗，你这算怎么回事啊？让谁能够理解你呀？"

柳玉洁被她数落得脸色红一阵白一阵，终于恼羞成怒地说："姐，你甭说这些少盐没醋的淡话，就说这钱你给不给吧？"

"不给！"金丝儿仍是冷着脸说，"你这样敲诈，我一分也不给！"

"……"柳玉洁迟疑一下，冷笑着说："听人劝，吃饱饭。你可是想好了，要不一切后果本小姐概不负责，咱弄住谁算谁！"

"随你的便。"金丝儿说，"我就不信你有多大本事，能把天翻过来。"

"我翻不过来也能捅个大窟窿，"柳玉洁凶相毕露，恶狠狠地说，"到时候砸在谁的脑袋上可要怪我。"她说罢，气哼哼出了屋门，推车子往外走时，不知怎的脚在大门槛上绊了一下，踉踉跄跄出去了。金丝儿看着她的背影，心里在思索着什么……

常言说：人急造反，狗急跳墙，兔子急了也咬人，小不忍则乱大谋啊！

现在的柳玉洁是真穷凶恶极了。她用一个多月的时间，骑车走访了几十个村庄，专门去那些收到粉条的人家，一捆捆打开来仔细检查。也真是功夫不负苦心人，还真让她发现有几家的粉条上带黑斑。她让这些人家写了写情况，便以匿名信的形式投给了食品监督部门和当地的一家小报社。

食品监督部门成天价没事可干，一个个闲得蛋疼，现在来了生意，可算是能够大显身手了。他们组织了一个班子，专门来调查此事。这件事并不难，因为发霉的粉条就在那儿明摆着。他们搜集起来，而且让那些人家写了证明材料，然后便找到金丝儿家中。事实摆在眼前，她能有什么话说？

来人当着她的面写了张"二十万元"盖有大红公章的罚单，又说了几句狠话，命令她在两天内必须交上去，否则将采取法律手段等等便扬长而去。她却傻了呆了，一时不知这事该怎么办。旁边的奶奶却说："这是从何说起呀？真是闭门家中坐，祸从天上来。你还是给孟海打个电话，问问他该怎么办吧。"

一句话提醒梦中人。金丝儿忙用手机给赵孟海打了个电话，结果对方还没接。这一来，她更心慌，里走外转，屁股上像长了刺一样坐不下来。好在时间不长，赵孟海便把电话回了过来。她声音里带着哭腔，把事情的来龙去脉讲述了一遍。

"这他妈娘儿们怎么这么操蛋呀？"赵孟海不由得说了句粗话，紧接着又说，"你先别着急，款也不要交，等我问问是怎么回事再说吧。"

金丝儿心里这才踏实下来，吃了今天的头一顿饭。赵孟海晚上给当时的县委书记通了电话……此事的结果是不了了之。两天后，食品管理局的一个人又来了，冷着脸什么也没说，只是把那张罚单收了回去。

金丝儿的一颗心彻底落了地，心里盘算着是不是找柳玉洁讲讲道理。奶奶便说："宁和清楚人打顿架，不和混蛋说句话。你找她干吗？能说出个一二三来？"

金丝儿想了想也是那么回事，就没再去找她。可她万万没想到，按下葫芦却起了瓢。那家地方小报的记者把这事捅了出去。因为这家报社成立不久，正需要扩大影响，博取人们的眼球。还有一点，这位记者曾为什么事来厂子里拉过赞助，金丝儿正忙就没理他。现在有这么好的机会，他岂能轻易放过？

报纸虽小，但在本地还是有一定影响的。接下来的几天，找上门询问情况和来退货的男男女女络绎不绝，来趸货的客人却一个也没有。眼瞅着近千斤的粉条粉丝要砸在手里，金丝儿和存根大眼瞪小眼，就是想不出办法来。

有一天，他们二人正在清理着厂里的账目。靳存根突然想起地问："邢文凯他们在深圳不是搞外贸吗，让他给想想办法呗。"

金丝儿思索片刻，说："这事我也想过……他们是做电子产品的，不经营食品。"

实际上，从前些年那件事后，他们夫妻的感情就淡了下来，平时连电话都通得不多。关于厂里的情况和自己生活中的难处，她从没对他说过。

靳存根却不想轻易放弃，便说："他在深圳待这么多年，应该有不少朋友。有病乱投医，你问问呗。万一他认识做食品的外贸公司呢。"

金丝儿想了想，觉得他说得也有点儿道理，当时便和丈夫通了个电话，把这边的情况简单介绍了一下……也许是吉人自有天相、好人好报吧，上千斤粉条粉丝通过铁路送到深圳，用了不到一个月的时间，便全部销售到越南、老挝、马来西亚等国家。

压在头上的千钧大山终于搬开了。金丝儿不吃不喝，连明带夜整整睡了两天，整个人才像脱了层皮般精神了过来。但没过几天，奶奶看着她就又蔫了，忙问她说："丝丝，你又怎么了？是身体不舒服？"

"没事，奶奶。"金丝儿笑着回答道，"我正在……想事哩。"她说的是实话，心里正在琢磨着以后该干点儿什么事，粉条厂今年肯定是开不下去了，自己年轻轻的，总不能坐吃山空吧？再说了，厂子里还欠乡亲们的部分投资款，也得想办法还上啊。

就在这个当口，一个陌生人的出现，让金丝儿再次陷入了更大的苦恼之中。

这天，一个戴眼镜的外地人开车来到了她们家里。金丝儿诧异间，"眼镜"自我介绍道："我是邢文凯先生的律师。受他的委托，来和你……商量点儿事。"

金丝儿愣了片刻，一头雾水地问道："你是说……他让你来找我商量件事？"

"是的。""眼镜"看看两个正在满院子疯跑的孩子，说道，"咱们还是进屋说吧。"

金丝儿没吭声，思思索索地把他引进屋里坐下并倒上了杯茶。"眼镜"非常客气地道了谢，又说："遵照邢先生的意思……我是来和你商量关于离婚的事。"

"……"金丝儿听罢，一下子就蒙了，吃惊地张着嘴说不出话来。

因为这消息太突然，完全超出了她的意料。"眼镜"看着她的反应，忙说："实在是……不好意思。"

片刻，金丝儿的嘴唇哆嗦着问道："你说什么？他要和我……离、离婚？！"

"没错。""眼镜"从公文包里取出来一张纸，说道，"这是他的委托书，请您过目。"

金丝儿把纸接过来，脑袋"嗡嗡"响着看了一遍……实际上，就她眼下的心态，根本没看明白上面都写了些什么。"眼镜"在旁边说："邢先生的意思，是说你们长期分居感情淡漠，再加上脾气性格不合，还是分开的好。"

金丝儿怔怔地听着，脑袋仍在"嗡嗡"响，还是一句话也没说出来。"眼镜"接着说："他的意思，说您可以考虑两天。我回县城找宾馆住着等您。"

"这个……不、不用。"金丝儿努力让自己平静下来，疑惑地问道，"他为什么自己不回来亲口对我说？"

"这个……""眼睛"忙解释道，"我不好回答您。也许是因为他太忙吧。"少顷，他又补充道："这种事，请律师代理是法律允许的，也避免了两人见面的尴尬。"

金丝儿脑瓜子一热，随口便说："那好、好吧，咱们现在就可以去民政局办手续。"

"那……更好。""眼镜"说罢又追问道，"您不再考虑了？"

金丝儿没正面回答，只是催促道："走、走吧。"

两人开上各自的车要出门时，孙文娟和李香改回来了。她们俩一早就去河滩里了，因为村里派人正在那儿给她家翻盖房子哩。金丝儿没下车，只打开车窗对奶奶说："我们去县城……办、办点事，一会儿就回来。"

孙文娟刚想开口问什么事，两辆车已开出了大门……

金丝儿没想到，现在办离婚手续竟然这么简单。她和那位律师到县民政局时，已经快中午了。一男一女两位工作人员正准备收拾东西去吃午饭，见他们进门忙又坐下来……"眼镜"边解释边把邢文凯写的委托书和离婚协议，以及他自己的相关证件递过去。

那位女干部接过来看了看，又向金丝儿问了问情况并向她要身份证。她把自己的证件递上去，什么也没解释便在协议书上签了字。前后不到一分钟，男工作人员就把两本绿皮的离婚证摆在他们面前。

两个人从政府大院往外走时，金丝儿觉得有点犯迷糊，看周围的一切都不真实，好像是在梦中似的。"眼镜"不时在她耳旁"嘟嘟"着什么，她一句也没听明白。直到来到大街上，看着那些匆忙来去的行人，她似乎才平静了下来。等送那位律师上了车，她坐在自己的车上却一时不知道该去哪里，就那么傻傻地扶着方向盘发呆。直到不远处的一位交警过来拍了拍她的车窗问道："你……怎么回事？需要帮助吗？"

她愣了一下，忙说了句"谢谢"把车开了出去……当时已是吃午饭的工夫，城外的原野上静悄悄杳无人影。被洪水践踏过的土地依然是千疮百孔，只有小片种上了荞麦或是绿豆等作物。前面说过，因为这些作物生长期比较短，夏末秋初种上，到初冬也就成熟了。早年间这一带几乎是年年发大水，这是老辈子祖先留下的救命经验。

金丝儿心里像是翻江倒海，开车都有点儿把握不住方向盘了。她只得把车停在路旁，久久回忆着自己和丈夫从相识到相恋，再到结婚生孩子，其中有酸有甜也有苦辣，但再怎么想也觉得不应该走到今天这地步。她仍然觉得自己是做了场大梦，梦境中有后悔，更多的却是委屈，实在把持不住扶在方向盘上恸哭了起来——是那种不出声的、眼泪鼻涕无法控制滂沱而下的哭、哭……直哭到气哽声噎、浑身哆嗦瘫倒在座位上。她做一百场梦也不会想到，邢文凯和自己离婚，竟然和柳玉洁紧密相关。

要说起来也怪金丝儿胸无城府，既无害人之心，更无防人之心，又交友不慎。柳玉洁在厂里待那段时间，她在言谈话语中无意地把他们的夫妻关系交代了个底儿掉。

锣鼓听声，听话听音。柳玉洁是谁，那就像是只到处飞来飞去、找缝下蛆的苍蝇。她认识邢文凯，但并不熟悉。因为刚结婚时两家人曾在一起吃过饭，知道他是个帅气又能干的好小伙子。她和金丝儿关系好那阵子，一切都是当闲话来听的。等到两人彻底翻脸的时候，她想起金丝儿说过的"闲话"，就觉得其中有机可乘，便坐火车去了深圳。

公平地说，邢文凯不是那种特别"花"的男人。他在深圳工作那么多年，又是年轻力壮、血气方刚的岁数，身旁也没有"纪委书记"管着，要换成"花心"男人，养情人找"小姐"还不玩疯了？

尤其是深圳刚开发那些年，社会秩序比较混乱，一到晚上"红灯区""站街女"遍地开花。男人要不自律，那还不是"天天入洞房，夜夜做新郎"？可人家文凯还真把自己管住了。他接触最多的，除了单位里的同事，顶多就是闲暇时间和朋友一块去歌厅，找"小姐"陪着唱唱歌跳跳"贴面舞"。至于身体的那种需求怎么解决，那就是他自己的事了，咱们说不清楚。

当然，像邢文凯这么帅气又有气质的好小伙儿，也不乏有女孩儿主动往上贴。可他总觉得自己抛妻舍子赌气从家里出来，已经够狠心的了，怎么还能再坏良心？但是，随着时间和环境的变化，尤其是柳玉洁的到来，却彻底颠覆了他的决心。

这天，邢文凯接到一个陌生电话。他原本不想接，但看到是家乡石家庄的号码，迟疑一下后还是打开手机问道："哪位？"

"是我呀。"一个娇滴滴的声音说，"怎么？你可真是贵人多忘事啊，连老朋友的声音也听不出来了？"

"老朋友？"邢文凯张着嘴一时没回答，却在瞬间把自己曾经认识的女孩在脑子里迅速搜索了一遍，仍然没想起来对方是谁，便忙解释道，"真不好意思，你的声音很熟悉，一时真想不起来了。"

"我是你媳妇最好的闺密，"柳玉洁"咯咯"笑着说，"也是你的崇拜者——柳玉洁。"

"柳、柳玉洁?"文凯反问一句,心里觉得纳闷,但仍然没想起来她是谁。柳玉洁忙又说:"真忘了吗?赵孟海女儿的……"

邢文凯这才猛然想了起来,忙笑着说道:"是……嫂子啊?真对不起!你在哪儿啊?"

"我刚到深圳,在火车站呢。怎么着,不想请老乡吃顿饭?"柳玉洁仍高兴地笑着说。实际上,这事还得怪金丝儿没脑子。在粉条厂时,她曾经几次当着柳玉洁的面给丈夫打过电话,有一次玉洁还主动把电话抢过去和文凯说了几句。也不知是有心还是记性好过目不忘,她竟然把号码记住了。邢文凯马上说:"必须的。嫂子你在那儿稍等会儿,我这就开车去接你。"

柳玉洁这次来深圳专门找文凯,心里是做了充分准备的。她知道金丝儿两口子关系不怎么好,想来看看自己有没有机会。她心里并没把握,反正在家里也是闲着,再加上对金丝儿的羡慕嫉妒恨,就想过来能出口恶气最好,出不了也无所谓,就当是来玩一趟。

这时候,天色已近傍晚,车站广场上的华灯"唰"地亮了起来。柳玉洁走来走去,看着那刚建起来、雄伟壮丽的车站大楼和一对对勾肩搭背的红男绿女,心里生出来无限感慨:是啊。也不知道自己这些年是怎么过来的,混来混去竟然到了穷途末路,连小命都快保不住了!她唉声叹气胡思乱想着,电话突然响起来。她以为是文凯,刚想接却发现是金丝儿的手机号……真是做贼心虚,她的一颗心怦怦乱跳着不知该接还是不接。

金丝儿当然不知道玉洁去了深圳,之所以给她打电话,是因为小扔儿病了,发高烧两天没退。她先是找赵孟海,可他的手机一直没办法接通,才给她打了过来。柳玉洁正迟疑着的工夫,就看到邢文凯远远地走了过来……她忙把电话挂断,努力平复着情绪,满面春风地含笑迎上前伸出双手。

和女同志见面主动伸手是不礼貌的。文凯见她已经把手伸了过来,只得象征性地握了握。没想到，人家却热得"烫"手，握住了久久不撒开，并不无夸奖地说："你真是……这都多少年过去了，你怎么一点儿也不显老？还是那么帅气潇洒、玉树临风啊！咯咯……"

邢文凯被她夸得脸红，心里却是美滋滋的。他急忙抽出自己的手问道："嫂子，你想怎么着？是先吃饭还是去宾馆休息？"

"这个……"柳玉洁想了想说道，"我在火车上吃过了，饭就饶你一顿吧。要不，咱们找一家酒吧，喝点儿红酒解解乏？"

世界上所有国家的酒吧似乎都一样：灯红酒绿、扑朔迷离的灯光显得有点儿昏暗。

在轻柔浪漫的音乐声中，大都是一男一女坐在暗淡的角落里，边喝着血红的葡萄酒低语浅笑，眉目间边传递着绵绵的情谊。情到浓处，一对对会旁若无人地搂抱在一起。

这种地方，柳玉洁在国外时曾经常光顾，当然，那是她和初恋如胶似漆的时候。邢文凯却是头一次来，心里多少有点儿别扭，不时东瞅瞅西看看怕碰上熟人。而且，他对眼前的这个女人并不怎么熟悉，所以，多数情况下只是像个耐心的听众。

柳玉洁却是滔滔不绝，先是夸奖一番他娶了个漂亮能干的好媳妇，还生了个好儿子。这是她事先想好了的，知道要是上来就说金丝儿的坏话，尽管他们夫妻关系不怎么好，他也不一定愿听。所有人不都是这样，对身边的亲人不满意，自己抱怨几句没事，要是从别人的嘴里说出来，谁都不愿听。柳玉洁把夸奖话说得差不多了，边眨巴着好看的眼睛"放电"边问道："你们也是，年轻力壮、血气方刚的时候长期分居……难道你晚上睡不着的工夫就不想她？"

"这个……"邢文凯迟疑一下，没说想也没说不想，只是回避着她的目光支吾道，"工作需要生活所迫呗。嘿嘿……"

美国有部长篇小说《富人穷人》，其中的一位母亲说自己的女儿：任何一位姑娘只要有一双漂亮的眼睛，再加上裙子底下那个玩意儿都是迷人的。

柳玉洁的个头身材都一般，主要是皮肤白净，尤其是一双眼睛确实漂亮！俗话说一白遮百丑，她占了先机，那双会说话的眼睛……怎么说呢？不大，但却是黑白格外分明，再加上长长的睫毛，说起话来像一对小燕儿翅膀，上下翻飞得让男人浮想联翩。

邢文凯当年见她头一面的时候，就觉得这个女人不一般，漂亮妖艳中隐隐带着几分邪气。而这种邪气，往往是最诱惑和激发男人胡思乱想，甚至有股子想冲进去一探究竟的欲望。

眼下的邢文凯已经有点儿迷糊了，尽顾把红酒一杯杯灌进肚子里……俗话说：打人不打脸，揭人不揭短。他也是因为喝了酒的原因，竟然问起柳玉洁和赵孟海他们是怎么回事。这种话题，要放在平时他是不会问的。没想到人家柳玉洁一点儿也没不好意思，感慨万千地说道："人和人真是不一样啊！孟海是个大好人，虽然模样一般，但很能干。"她说着犹豫了一下，又接着说："但是，他身上那些农民习惯……实在是让人受不了。"

"农民习惯？"文凯不解地问道，"咱们不都是从农村出来的，他有什么习惯不一样啊？"

柳玉洁迟疑了一下，说道："都过去了，还是不说了吧。"

"我们虽然接触不多，"文凯好像不甘心，又疑惑地问道，"我看他挺好的呀？"

"你是不了解情况。"柳玉洁喝了口红酒，终于说，"就他那邋遢和不讲卫生的生活习惯，让谁都受不了。"少顷，她接着说："头一条是不愿意洗脚，非等到脱鞋满屋子臭，我把水放在他面前都不想洗，还念念有词地说：我们老赵家祖祖辈辈都是这么过来的，不是活得挺好吗？就你事多。你说气人不气人？"

邢文凯听着好笑，差点儿把刚喝下去的红酒喷出来。他强咽下去说："他还有这毛病啊？哈哈……真想不到。"

"你想不到的事还多着哩。"柳玉洁又说，"他睡觉打呼噜，不停地……放屁咬牙，弄得我成宿成宿睡不着。一天没事，两天没事，时间长了，谁能受得了啊？真是……"她连连摇着头，好像有多少难言之隐似的。

两人说着，喝着，不知不觉两瓶红酒已经见底了，时间已是凌晨时分。酒吧里的客人都走光了，女老板坐在吧台后面，一个劲地打哈欠，并不时催促地看他们一眼。文凯见状忙说："走、走吧。附近有家宾馆，我送你去休息吧。"

柳玉洁答应着站起来，身子却好像站不稳似的直晃悠。文凯迟疑一下，忙伸手扶着她去结了账。两人往外走……柳玉洁看样子真是喝多了脚下没根，像个油瓶似的"吊"在他身上。

夜深了，暗淡的路灯光下，空旷的长街上寂无人影。只有一条丧家犬，像幽灵一样顺着墙根儿溜来溜去，看样子是在找食吃。寒风呼啸，旋卷起纸屑败叶满世界扑荡、扑荡……

柳玉洁仍是脚下没根晃晃悠悠，文凯只得一直扶着她。那酥软微香的肉体紧贴在身上，使很久没碰过女人的他哪能把持得住？尤其是两腿间那个不争气的东西，早已经支起了帐篷，弄得他腰都不敢直，屁股用力往后撅着还怕被她看出来。

好不容易到了酒店。邢文凯把柳玉洁放在沙发上，去前台开了间房，边把房卡递给她边说："三零六，你自己上去行不？"

"不行。"柳玉洁娇嗔地说，"送人送到家……你看我这样，能找到房间呀？"

茶是情博士，酒是色媒人。两人喝到这份上，实际上都已经有点儿心猿意马了，更何况柳玉洁是有意而为之。文凯迟疑片刻，仍搀扶着把她送上三楼并打开了房门。就在他想离开的瞬间，却被她突然拉进屋并用屁股碰上了屋门……旷男怨女、颠鸾倒凤的一夜疯狂咱还是不说了吧，反正不管怎么折腾，男女之间就是那么两下子。

九

　　金丝儿完全不可能想到已经被人抄了后路。她仍在考虑的是往后干点儿什么，欠乡亲们的投资款怎么想办法还上？当然，等来年再把粉坊重新恢复起来，她也不是没考虑过，毕竟那是轻车熟路，干起来容易些。

　　就在这时候，趁中秋和"十一"两个节日连在一起的几天假，赵孟海带领着媳妇和一岁多的小闺女来了。他现在是邯郸市委书记，但官大了人还是那么随和，也没带司机，自己把车直接开进了院子里。这时候，在乡亲们的帮助下，金丝儿在果园里的家已经翻盖了起来。依旧是原先的栅栏门，连鸡狗都挡不住，更不用说是奥迪轿车了。

　　赵孟海这次是秘密行动，没通知县市的任何领导。他已经讨厌了那种前呼后拥、呼呼啦啦的场面，觉得身边越清净越好。但是，太极的县委书记还是听说了，也是自己开车赶了过来。赵孟海心里多少有点儿不高兴，又觉得自己想和金丝儿说的事，让他在场听一听正好，反正今后这方面的工作怎么也离不开他，因此便高高兴兴地递过去一支烟，并亲自给他点着了。

　　县委书记受宠若惊，一个劲地说着感激或是恭维话。他叫任国壮，四十出头，刚调到太极没多久，但对金丝儿和赵孟海听说了不少，也算非常熟悉了。

　　金丝儿全家自然是热情接待，连已经上了初中的邢佩哲和小扔儿，也忙不迭地去附近的大集上买肉买菜。因为赵孟海提出来要吃饺子，韭菜、茴香和素肉两种馅，所以够金丝儿和娘忙活的。孙文娟的身体已经不怎么好了，基本上已经"落炕"，吃饭喝水去茅房，干什么也得靠人伺候着。主要是金铁钢的突然去世，给她造成的打击太大，身体很快就垮了下来。

人们常说夫妻感情不能忒好，要不一个走了另一个也活不长。这话不知有没有道理，那些老头死了能活多少年的白毛老太太，莫非都是因为夫妻感情不好？这还真说不清楚。

大家发现这几年变化最大的是杨月茹，原来那个瘦瘦弱弱的小闺女，现在变得胖胖壮壮，好像比过去整大了一圈。奶奶头一眼就没认出来，听到说话才知道是她。

杨月茹已经把电子厂交给弟弟月河经营，自己带着孩子跟在丈夫身边，随着他的调动一次又一次地搬家。月河大学毕业也没找工作，听姐姐的话把电子厂接了过去。这小子挺有头脑，在月茹原来的基础上又联系了几家电子批发商，生意越做越大，基本上把全乡的村庄都带动了起来，光工人就有两三万，确实为一方群众的致富做出贡献，像他姐姐一样成为带领群众脱贫致富的模范带头人，多次受到县里和省里的表彰。

按照杨月茹的意思，赵孟海他们这次来是有心想把小扔儿带走，转学去邯郸插班学习，毕竟城市里的教育要比县里好一些。可看到她和这家人的亲情，谁都没好意思说出来。也是，人家一分钱没收过就把孩子养这么大了，你好意思说带走就带走啊？

当然，赵孟海这次来，还有一件他琢磨了很久的事，也在暗中做了好多工作。他现在已经有八九分把握了，就想和金丝儿探讨一下。等大家包着饺子安定下来，他说："金丝儿，有件事我想和你探讨一下，大家分析分析有没有道理。"

"什么事啊？"金丝儿边擀皮边问道，"你还这么慎重，亲自跑一趟？"

"就是……"赵孟海包着饺子说，"这事我和月茹也说过，她觉得有一定道理。"他停顿片刻，接着说："我走这么多地方，从县城到石家庄再到邯郸，总感觉咱们这一带的面粉特别好吃，包饺子擀面条，尤其是蒸馒头，吃起来格外香。"

"是吗？"金丝儿笑着说，"你是爱屋及乌吧？家乡的水甜，家乡的面香，家乡的月亮都比别处圆，是不？"

"不是，不是。"赵孟海摇着头说，"刚开始我也是这么想的，但经过科学实验，确实证明咱们这一带生长的小麦所含的成分和别处不完全一样。"

"有这事？"金丝儿突然想起地说，"我在石家庄上学时，也觉得那里的馒头不如老家的好吃，当时也没往深处想，认为就是因为故乡情浓的原因吧。"

"不是那么回事。"月茹说，"为这事孟海跑北京好几趟了，找专家、做实验，最后科学证明，咱们这一带的小麦中含有三种化学元素，叫什么名来着？"

"一种是'硒'，一种是'钾'，"赵孟海说，"另一种叫什么名我也忘了，反正是一种能发出香味儿的元素。"

"是吗？"金丝儿惊讶地说，"据说'硒'和'钾'对人有诸多好处，可以改善人体健康情况，能降低血压和血糖，预防心血管疾病嘛的。"

"就是啊。"杨月茹说，"更甭说吃着还香了。"

"咱们这一带的老百姓就是傻，"赵孟海说，"嫌小麦产量低，祖祖辈辈就知道种山药和玉米，很少种小麦。"

"人们也不知道啊。"李香改边烧水准备煮饺子边说，"前些年那么穷，一个个谁还顾得上好吃难吃啊？过了嗓子眼儿吃嘛都一样，能填饱肚子活下去就行呗。"

"可现在不一样了，"赵孟海说，"生活条件改变了，人们讲究的是吃饱还要吃好，谁都知道身体健康是第一位的。"他停顿片刻，接着说："所以我就想和你们商量，今后咱们发动群众改变种植习惯，以种小麦为主怎么样？"

大家听着他的话，一时都没吭声。赵孟海又说："正好任书记来了，存根也在。咱们商量商量，如何改变乡亲们的种植习惯？"

"你空口白牙地说咱这儿的小麦怎么怎么好，"靳存根说，"可外人谁知道啊？"

"靠咱们多做宣传呗。"任国壮说，"明天我就召集神道滩这十多个村支书开会，宣传咱们这儿小麦的好处，发动群众改变种植习惯。"

"就是。"金丝儿说，"谁都不是傻瓜。大伙儿要是明白了这道理，改变种植习惯并不难。"

"我也做你们的义务宣传员。"赵孟海说，"石家庄和邯郸地区所有的县委书记我基本上都认识。我可以一个个给他们打电话，宣传咱这儿小麦的好处。"

"那可就了不起了。"金丝儿高兴地说，"石家庄和邯郸两个地区有多少人呀？要都来买咱的小麦，那还不打破头啊！"

"开饭店不怕大肚汉。"靳存根说，"咱想办法开垦河滩地，扩大耕地面积。这两年刚好，发大水后河滩里存了一层淤泥，种什么庄稼都会丰收。"

"那倒没错。"李香改边煮饺子边说，"打从我记事的时候起，只要发一年大水，接下来肯定是几年好收成，打的粮食没地儿盛。"

"就是。"靳存根说，"要是那样，他来人再多，你挣他抢的，咱这儿的小麦价格自然就会水涨船高，坐等着发大财吧！"

"还有一条咱要和人家说清楚。"赵孟海说，"有关专家告诉我，说这种小麦不能用高速的电钢磨加工，只能用电动石磨，否则，所有的香味就都跑光了。"

"这很重要。"任国壮点着头说，"要不，人家会说咱是虚假宣传，要负法律责任的。"

"可是……"金丝儿犹豫地说，"用电这么多年了，去哪儿找电动石磨呀？"

"这就不是你考虑的问题了。"赵孟海说，"我正在和邯郸机械加工厂商量，让他们研究制作电动石磨哩。"

这时候，李香改已经把热腾腾的饺子端上桌，并指点着介绍道：

"这是茴香肉馅；这是鸡蛋虾仁馅……谁喜欢吃什么筷子长眼吧。"

"哈哈……"赵孟海第一个坐在饭桌旁说，"吃饺子不就酒好比吃糠！"而后，他起身出去，从车后备厢里搬着一箱子"丛台"酒返回来。这时，李香改往盘子里夹了几个素饺子往厢房走去……金丝儿叹息地说："我奶奶起不来炕了。"她说着，盛上碗饺子汤跟过去。

孙文娟走了，走得很安详，谁都没惊动就去找她深爱一辈子的铁钢去了。

当赵孟海刚把酒倒进杯子里时，就听见从厢房里传出李香改撕心裂肺的哭叫声："娘！娘——"紧接着就是碗盘落地摔碎的"哗啦"声响。在场的所有人都愣住了，片刻，一个个慌忙放下手中的碗筷酒杯，不约而同地冲进了厢房。

孙文娟像平时那样仰躺在炕上，紧闭双眸静悄悄似乎是睡着了。李香改眼里噙着泪花，正用扫帚和簸箕清理着满地的碗盘碎片、滚落得到处都是崩皮露馅的破饺子。

杨月茹见状，叫了声"奶奶"便抱着孩子冲过去……那两个大孩子更是哭喊着"老奶奶"趴在孙文娟身上。常言说"伺守亲伺守亲"，因为他们都是"老奶奶"从小带大，跟着她学吃饭学穿衣学识字，所以感情非常深。

赵孟海愣了片刻，无言地坐在炕沿儿上。少顷，他点上支烟问存根说："家里有炮没？"

"有，有。"靳存根忙说，"老爷子走的时候剩下的还不少哩。"

赵孟海有气无力地点点头，说："那就……放炮吧。"

按照这一带祖传的约定俗成，谁家死了人必须先放三声"二踢脚"，意思是通知乡亲们一声。实际上，哪家有老人久病不好，人们是知道的。尤其是像金沙湾这样的小村，有只麻雀飞过，人人都能看得见，更别说有老人病了。在孙文娟生病期间，已经有不少妇女拿着鸡蛋挂面来看望过，现在不年不节突然有炮响，大家自然就明白了。

金铁钢两口子在村里辈分高，人缘又好，所以，人们听到炮声差不多户户都有当家的赶了过来。一个个关切地询问情况，边同情地摇头叹息，边忙着扎席棚、买白纸白布什么的帮料理后事。

要是放在从前，给亲戚报丧不管远近还得派人专门跑一趟，现在有了手机，一个电话打过去就解决了。同样是放在从前，死了人一般讲究"停尸"三至七天，天数多少要看这家的经济情况和逝者的岁数而定。如果是富裕人家或在村里有地位，老人走的时候岁数又在八九十以上就算是喜丧，一般都放七天，还要搭台子唱大戏，每天中午请亲戚和当家人吃卷子大锅菜。当然，里面也有因家里穷觍着脸来吃蹭饭改善改善的，主家不高兴也不好说什么。

现在国家虽然号召婚丧事从简，但"上有政策下有对策"，甭管什么事到农村里就稀里糊涂了，谁家死了人仍要放几天，最起码要请个吹打班热闹热闹，要不就会被人笑话小气，甚至说这家的孩子们不孝顺了。虽说是"老人生前一杯水，强过坟前万担灰"，活着不孝死了孝，但多数人家还是讲究老人去世后尽量把葬礼办得隆重些，免得人们说三道四。

金丝儿家当然算是富裕户，在村里地位最高又有赵孟海"罩"着，所以，孙文娟的丧事办得相当气派！不说放了七天有多热闹，当到出殡那天，全村的乡亲们不分姓"金"还是姓"靳"都来了。就连县委书记和县长，都带领着部分科局级官员赶了过来，再加上附近村里的干部熙熙攘攘，差不多快把这个小村挤崩了！

你看吧，雪白的孝衣孝帽成片成堆，飘飘洒洒的纸钱像秋天的树叶一样满天飞，在"二踢脚"震耳欲聋的响声中，看不见头望不到尾、浩浩荡荡的送葬队伍把孙文娟的棺材抬到了金铁钢的坟冢前……这阵仗、这气派，别说是在金沙湾，就是在整个县里也是空前绝后的！被附近的老年人和后代子孙像讲故事一样流传至今。

男女之间有了那种肌肤之亲是好事，也或许是场灾难。

邢文凯被柳玉洁缠住了，缠得如胶似漆那么紧。接下来的几天，他们两人夜夜相聚，宿宿狂欢，要死要活地长时间地做着那种好事。说起来也怪，真正的夫妻之间做那种事，往往是中规中矩像例行公事，反倒是情人在一起更能放浪形骸。

柳玉洁干吗吗不行，在这方面却是女中豪杰。两人在一起的时候，她又是曲意逢迎，用尽了浑身解数，情到兴头上淫呼浪叫，浑身酥软。这种事本来就是互相刺激。在她的放荡下，文凯一次又一次拼尽了浑身力气，恨不能让她吸进身体最深处！

夜晚是疯狂而淫荡的，白天却是疲惫而冷静的。邢文凯每当回到单位上班，除了忙工作外就是想柳玉洁，偶尔有金丝儿的身影闪过，便会有种强烈的愧疚感涌上心头，但也仅仅是一闪念而已，当他下班后看到等在门口的那张灿烂的笑脸时，金丝儿的身影便去了爪哇国。

柳玉洁的日子是过得轻松加愉快。她白天逛商场买衣服，或是去美容院做美容，当然花的都是文凯给的钱。但她心里也明白，知道长此下去早晚有一天会被男人因烦而甩掉，所以，十多天后她便向文凯提出来想找份工作。

当时的深圳仍在高速发展，各行各业都缺人。但柳玉洁一无所长，又不愿意吃苦受累，能找到什么好工作呀？文凯再怎么说也是受传统教育长大的，对两人的这种关系心怀忐忑，原本没想让她长期留在身边，但又贪图她那香喷喷的酥软肉体。所以，他犹豫了好多天，凭着自己公司副总的身份，把她安排在海边货场当了一名管库员。

柳玉洁当然很高兴，毕竟自己在这儿有了存身之地。头上班前，她也没和文凯商量，便在公司和货场之间租了套一室一厅的单元房，并购置锅碗瓢勺等一些简单的生活用品。也是，名不正言就不顺，文凯心虚胆战，从没敢把她介绍给朋友和身边的同事，也一直没让她去自己的单身宿舍住。两人一到晚上，只能去宾馆开房，花钱多少且不说，因为他们干那种事时动静太大，还多次遭到其他客人的投诉，弄得大家都很尴尬。所以他们不敢老住同一家宾馆，总是打一枪换一个地方。柳玉洁就像个逃难的，每天拎着行李箱东奔西颠。

邢文凯也腻歪了这种生活方式，可又不敢说什么，只能自己唉声叹气。柳玉洁已经觉察到他不高兴，这才暗中租了套民房。她兴冲冲忙活了两天，把屋子里打扫得干干净净一尘不染，头上班那天，便去文凯他们单位门口等他下班。

傍晚时分，邢文凯和几个同事说笑着一块出来了。柳玉洁本想迎过去，但又顾及旁边有人怕他难堪便没吭声。一直等到他们走出去了一段距离，她才给他打了个电话。

邢文凯莫名其妙地愣了片刻，才又拐了回来问道："你怎么在这儿啊？"

"来接你回家呀。"柳玉洁笑笑地说，"从今以后，咱们再也不住宾馆了。"

"回家？"文凯疑惑地眨巴着眼睛问，"回、回谁的家？"

"咱们的家呗。"柳玉洁说着，上前挽住他的胳膊就往另一个方向走……文凯满面狐疑还想问什么，却被她用手挡住了嘴巴。两人默默地步行十多分钟，拐进了城乡接合部的一个刚开发的小区。当她打开单元房的屋门并弯腰抬手相请道："先生请进屋换拖鞋，等我给你做饭。"

邢文凯愣了片刻，才恍然大悟地"哈哈"笑着把她抱了起来……事情发展到这一步，有律师拿着"离婚协议书"去找金丝儿，也就在情理之中了。

金丝儿现在是个大忙人，可没心思去打听也不想去管这些事。她在这次全县统一调整基层班子时当上了村支书，正忙着落实全村小麦种植计划。靳存根改任村主任，毫无怨言、心悦诚服地配合她工作。但要想把这事推动起来，并没有他们想象的那么容易。

历朝历代，农民似乎都是最落后的阶层。庄稼主子讲究的是"耳听为虚眼见为实"，更是坚持"不见兔子不撒鹰"，对他们光靠空口白牙忽悠绝对不行。当然，要是放在合作化时期，这事会容易得多，只要上级一下命令，大队干部带个好头，说推开就能推开了。甭管谁当面反对或在背后念闲杂、说坏话，甚至骂大街都是瞎扯淡。

这会儿可就不行了。土地分包到各家各户，庄稼主子有了自主权，村干部说话就不好使了。你说得"天花乱坠"，架不住他们"一把死攥"。一个个牛气烘烘，好脾气的会笑笑说："这事……你们就甭管了。"碰上那脾气不好的，说出话来能把人噎死："你们真是闲吃萝卜淡操心，喝着河水长大的呀？还想管得那么宽啊？"更有那个别的二百五，说顶了能把爹娘老子都骂出来，让你脸红脸白，当场就下不来台。

现在的人心像散沙，抓不住摸不着，你就是攥在手心里，它也会从指缝中溜掉。一般的村庄，连个村民大会都开不成。好在金丝儿威望高，在大喇叭里广播了几遍，一些中老年人才慢吞吞地来了。也是，自打改革开放后，这一带的人们也变得不像以前那么傻了。家里就那么几亩地，一般都是中老年人留下来伺候着，年轻人大都跑出去打工或是跟着盖房班去当小工了。受这种风气的影响，有的家长甚至连学都不让孩子上，十五六岁便辍学出去想办法挣钱了。当地政府为遏制这种现象，大会讲小会说，不知是哪位领导提出来的一条标语，现在想起来都让人想笑：念完初中，再去打工。

留下来的这些家长，当然都是五十以上的岁数，个个思想保守，观念落后，走路怕摔跤，树叶掉下来都怕砸破了脑袋。想让他们带头干点儿新鲜事，真比登天还难。这不，当金丝儿讲到秋天大面积种植小麦，话没说完下边就乱了营。有的说："谁傻呀？不知道咱这儿不适合种麦子？种一葫芦打一瓢，赔钱赚吆喝呀？"

"就是。"有的说，"反正就那么几亩地，麦子种多了就得少种火芽子山药，那不是还像早年间一样，吃不饱饿肚子？"

"谁出的这馊主意呀？""就是。谁爱种谁种，反正俺家不种！"……一个个嚷嚷着，有的干脆拍屁股就走了。剩下的十多个男女，都是金丝儿的"铁粉"。他们也想走，只是抹不开脸，不好意思把屁股抬起来罢了。

人们常说干部越大越好当，上面动动嘴，下面跑折腿。最难当的就是这些直接和老百姓打交道的村官，为落实上级的指示，那真是磨破嘴、跑断腿。百人百姓百脾气，真是嗑瓜子嗑出臭虫来——嘛人（仁）也有。

好在金丝儿和靳存根有心理准备，也就没忒着急生气。他们和那十多个忠诚追随者商量着，准备等三秋时把自家的地都种上小麦，并按照赵孟海交代的科学管理。等明年丰收了再卖个高价格，看那些人眼红不眼红。你们想看到兔子再撒鹰，那还不是正月十五贴门神——已经晚半个月了？！

缘分这种东西看不见摸不着，怎样才会发生估计谁都说不清楚，但它确实存在着，而且在一定程度上能改变一个人的性格和命运。

不信你看，柳玉洁这个操蛋娘儿们，在邢文凯面前却变成了"贤妻"。他们两人都觉得相见恨晚，现在好得如胶似漆，一刻也不愿意分开。仔细分析起来，这或许有两方面的原因。

一是柳玉洁漂泊半生，感觉到这份来之不易的爱实在珍贵，千方百计想守住它，否则，自己闹不好真的会死无葬身之地了。所以，她在生活中改变了自己的懒散和满不在乎，变得勤快、谨慎而有规律。她的工作单位离家近，每天下班都比文凯早回来半个多钟头。她便会在路上买好菜、肉或是鱼虾什么的，进门就一阵风似的忙活着炒菜做饭。等文凯回来时，热腾腾的饭菜已经摆上了桌。

二是邢文凯在深圳单身多年，住集体宿舍，吃单位食堂，像苦行僧一样孤独落寞，什么时候享受过这种待遇？所以在喜欢中又多了一份感谢，对她爱得更加深沉。他是个宿命论者，暗中更加感谢上苍垂青，在自己的生命过程中给送来了这么个可心的人儿。

另一方面是在床上，邢文凯从来没想到男女之间还有这么多的乐趣。他和金丝儿在一起的时候，两个人总是中规中矩，三下五除二完成人类繁衍的任务即可，根本没想到其中还有神仙般销魂蚀骨的极乐之趣。他哪里知道，柳玉洁在这方面是下了功夫的。

货比货该扔，人比人该死，在这种事上人和人个体差异很大，是没办法进行比较的。柳玉洁在这方面原本就是女中的佼佼者，又下功夫在"黑市"上买了许多介绍此类经验的古今书籍和画册，没事就一个人偷偷地边看边琢磨，确实从中受益匪浅。她白天看夜晚在床上实践，确实能玩出数不清的花样来。

邢文凯乐得言听计从，一切行动听指挥。两人成宿价变着花样翻云覆雨颠鸾倒凤，没完没了地做着那种好事。他累得汗水淋漓"呼呼"喘息，恨不能溶化在她的身上。

但有一条柳玉洁从不耽误，就是不管睡多晚她都会早早起来。等文凯睁开眼的时候，她已经把早饭摆在了桌子上。你说这样的媳妇谁能不喜欢？谁不是被哄得晕头转向？

性生活是男女关系的黏合剂，这道理谁都明白。可他们的这种生活持续不到俩月便猝然而止，因为发生了一件事，让两人好长时间纠结着不知道该怎么办。

不用等到明年麦收，刚开始"秋种"，那些不愿意多种小麦的人家便后悔莫及了。

因为按照县里的临时规定，对多种麦子家庭的土地统一耕种。乡里派出了各种机械，从翻地打耙到播种，家里有人戴着草帽看就行了，根本不用自己动手。那些不愿多种小麦的人家享受不到这待遇，还不是和过去一样，顶着火辣辣的"秋老虎"人拉种式马拉犁，一个个累得黑汗白流浑身冒油？一天的工夫不到，怪话怨言便出来了："这是他娘的什么世道啊？还有没有公平？""就是，共产党对自家的孩子还有亲有后哇？"……

甭管说什么吧，自家的地还得自己种，自己的汗还得自己流，就是再二百五，也不敢把土地扔下不管。也就在"秋种"开始，这两帮人便较上了劲。真是"八仙过海，各显神通"，一家家都为来年的小麦高产想尽了办法。有的把猪圈里的粪起出来，全部撒在种小麦的土地上；有的拆掉用了多年的土炕，里面烟熏火燎得冒黑油的土坯就是上等的肥料，一块块砸烂了埋在浅土层中。

功夫果然不负苦心人。等到了初冬时分，麦苗已经长到一拃高。不管是属于哪种人家，它们都是像马鬃一样，油绿油绿地随风摇曳，看上去格外喜人。大家心里都明白，如果老天爷不故意给找别扭，明年的大丰收是铁定的了！

接下来的半年多，男男女女都把一颗心拴在了麦子地上。不管是吃饭时还是天擦黑儿，一个个都愿意蹲在地头上多看会儿，好像是麦子地里长了花，怎么看也看不够。等到了十冬腊月，他们跑得更勤快了，为的是担心羊吃鸡糟蹋，影响来年的产量。就是在大年初一寒风凛冽，老人们也会端着饺子碗来到地头上蹲守。

唉——你看这事弄的，好像全村的男女老少都神经了。金丝儿和存根他们是乐在脸上喜在心里，因为不用动员和号召，老百姓对土地的这种亲热劲儿历史上是从没有过，如果没有大的灾难，明年小麦丰收的胜券已经在握！春节放假期间，他们还专门去邯郸找到值班的赵孟海，一是汇报现状；二是询问他联系各市县来年对这种小麦的推销情况。

赵孟海"哈哈"笑着说："放心吧。我已经和十六个县里的一把手说了，他们都是我这些年的下属，对咱的这种小麦非常感兴趣。"稍停，他又说："谁放着河水不洗船呀？这么好的东西，只怕你们再多种几百亩也不够卖。"

柳玉洁怀孕了。两口子纠结着不知道该怎么办。

一是从法律上说他们还不是真正的两口子，现在属于"无证经营"，充其量算是搭班过日子，想把孩子生下来，"出生证"都没法办。当然，这个问题不难解决，两人拿着身份证去民政部门办个结婚手续就名正言顺了。

二是孩子生下来又怎么办？养孩子可不是三天两后晌儿的事，那是多少年的辛苦付出，从时间、空间、精神和财力上必须有何等巨大的支持啊！朋友们在一块聊天时有人算过一笔账，在深圳这地方，孩子从小到大、上幼儿园上小学中学大学、毕业后找工作，然后买房子结婚成家，没有上千万你就别想！

"老天爷！"柳玉洁一听就傻了，"一千万？咱们现在还租房住，就是把脖子扎起来，不吃不喝一辈子能挣够不？"

三是孩子生下来由谁带？如果柳玉洁辞掉工作在家相夫教子，邢文凯一个人的工资根本不够支撑这个家庭的生活开支，更不要说将来为孩子上学和攒钱买房子结婚了。如果要请个小保姆，那她的工资就算搭进去也不一定够。更何况，在这个视钱如命的城市想找个保姆，比找个大学教授都难。

两口子纠结商量了好几天，最后决定把孩子做掉不要了。第二天正好是星期日，两口子一大早就起来，简单吃了口饭便开车往医院走……邢文凯集中精力看路开车，心中倒没多想什么。柳玉洁可就不行了，脑海里翻江倒海般胡思乱想：自己快四十的人了，身边却一个孩子都没有，就那个和赵孟海生的小扔儿，还不认她这个娘。人总有老和死那一天，等老了身边连个亲人都没有，死了更没谁给上坟烧张纸哭几声，到阴间也是个孤魂野鬼到处飘荡……她越想越后怕，瞬间就觉得浑身冰凉。文凯把车开到妇科医院门口、排队等着进去的工夫，柳玉洁却突然扑过去紧紧抱住他"哇哇"大哭了起来。

邢文凯一头雾水，猛然间被她哭蒙了，只得把车停下来急切地问道："你怎、怎么了？平白无故哭什么啊？"

柳玉洁不吭声，只是抱着他哭、哭……后面的车不知道出了什么事，催促的喇叭声响成了一片。文凯急忙推开她把车靠边，而后有点儿恼怒地问道："怎么了？你倒是说话呀！"

柳玉洁这才哭着说："回、回去吧，咱不做了。"

"不做了？"文凯惊讶而意外地问，"不做了怎、怎么办？咱能养得起呀？"

"养不起也得养。"柳玉洁说，"你甭管了，我来想办法。"

这年赶上个"冷冬"，华北平原一带的气温干冷干冷，最低已降到了零下十度。乡亲们还挺高兴，因为按照祖辈留下来的经验，冬天气温越低来年的麦子长得越好。

春打六九头。今年春天虽然姗姗来迟，但河边的杨柳已经绽出毛茸茸的芽蕾。木刀沟里的水带着零散的冰块缓缓流淌。堤上的苦菜花还没长出叶子，灿烂的小黄花便急不可待地钻出地面，在料峭的寒风中绽开了笑脸。

已经到浇"春水"的时候，庄稼主子们便忙碌了起来。要是放在从前，男男女女们就会日夜连轴转，拉水车绞辘轳，就赶那么几天把麦子浇完。现在有电有机井，这事就简单多了。关键是谁家先谁家后，按老规矩"抓阄"解决大家都没话说。

到小麦返青的时候，全村人都咧着大嘴笑了。真是老天爷不负苦心人啊，由于播种时"底肥"施得足，今年的小麦长势特别好。就连七八十岁的老人都说："我这辈子快过完了，还是头一回见这么好的麦子！"

等天气刚刚回暖，那一眼望不到边的小麦像是急不可待见风就长，"噌噌噌"一天就能高出来半拃多。男男女女就像长在了地里，除了吃饭时间，一天到晚大都在麦田里忙活着，浅锄、拔草、追肥……该干的活没完没了。

按照赵孟海的要求，今年乡里有规定，所有的小麦不许追化肥，只能追农家肥。这么多年来，人们用化肥用惯了，要是不让用，一个个倒有点儿抓瞎了。金丝儿考虑到小麦成熟后的品相和卖点，便号召大家广开思路，多想想办法。那些播种时就听话的人家照样听话，千方百计到处跑着买鸡粪、鸽子粪或是羊粪，晒干碾烂了施在田间。不听话嫌费钱费劲偷偷用化肥的也有几家。

金丝儿和存根看在眼里，也曾找他们做过工作。可手伸出来指头不一般齐，有听话的就有要二百五的，说他们"狗拿老鼠多管闲事"，我行我素照样追化肥。两人苦笑着劝说："出水才见两腿泥……可要说俺们没告诉你。"

头水、二水，三水……从开春到麦子成熟，看天气情况大概要浇四五水。在乡亲们的祈盼中，眼瞅着在微风里摇曳的小麦一天比一天发黄，南风已经吹到了镰刀刃上。

仔细想想，人这辈子和庄稼一样，该生生，该长长，该成熟的时候自然就会成熟。

就在这时候，柳玉洁肚里的孩子也是瓜熟蒂落，快该分娩了。她和文凯商量好，趁"五一"公休又请了两天假，夫妻二人回老家把她的老娘接来了。

老娘叫秦素芬，已经六十整了，是个瘦骨嶙峋、脸上的皱纹像核桃皮一样的老太太。她这辈子也挺不容易，就因为没能生个儿子，被全家人瞧不起。丈夫就不用说了，除了喝多了对她非打即骂好像一辈子没干过什么正经事。他四十五岁那年冬天，就是因为喝高了去井上打水脚下一滑掉进去淹死了。老婆婆更是，自从她生下玉洁就天天叨唠，直到死都没正眼看过她。大姑子小姑子和小叔子谁不是看老人的眼色行事？把她当丫鬟一样使唤，干这干那每天忙得像陀螺似的团团转，甚至连喘气的工夫都不想给她留下。

秦素芬又是天生的棉花套子脾气，一锥子扎不出血来。生活在这样的家庭里，她哪天不是如履薄冰，小心翼翼地瞅着每个人的脸色行事？也正因为如此，她练就了一身的本事，收拾家务又快又干净，尤其是能做一手好饭菜。也正因为这样，秦素芬把这辈子的希望全部寄托在了女儿身上，对她格外又宠又惯。也真是宠坏惯瞎了，柳玉洁那刁钻任性的脾气，以及为人处世的风格，和她的宠惯有着不可分割的关系。当然，她自己至今都没认识到这点。

甭管怎么样吧，老太太来了是好事，文凯两口子长长地松了一口气。就在"十一"国庆那天，柳玉洁在医院生下了个胖小子。当时邢文凯就把名字定了，叫"邢国庆"，多么响亮啊！秦素芬尽管瘦，但身子骨却还硬朗，手脚利索干起活来不输当年。她一下子就把所有的家务都包揽了，伺候月子照顾婴儿、买菜做饭洗尿布，根本用不着文凯两口子沾手。

这个小家庭没受任何影响，便正常运转了起来。柳玉洁休产假，邢文凯上班，秦素芬忙忙活活……时间短没事，过去了一个多月，新的问题又出来了。两口子都是如狼似虎的岁数，身体和精神的需求越来越强烈。但是，这一室一厅的房子，根本没有他们自由活动的空间。

柳玉洁坐月子期间，文凯就睡在客厅里的沙发上。一个多月后，秦素芬自觉地提出来和他调换了位置。两口子是到一块了，但却不敢有任何非分之想。因为老太太睡觉极轻，孩子稍有动静便会冲进卧室里来。你想想，在这种情况下，夫妻俩敢瞎胡折腾？他们只能等到星期天文凯在家，老娘抱着孩子出去买菜了，才就着床沿匆匆忙忙解决一下，当然不能尽兴。没办法，他们只能像租房前一样，去酒店开个钟点房，你上来我下去地折腾半个多钟头。

邢文凯多想买套房子啊！可柳玉洁是临时工，不上班就没工资，就他一个人挣的钱，猴年马月才能攒够哇！

那年春天还算是风调雨顺，眼瞅着华北平原的小麦要迎来个大丰收了。

但要是仔细看，小麦的成色还是有区别的。用过化肥的小麦秸秆显细，叶面略黄；纯粹用农家肥的小麦秸秆粗壮，叶子墨绿墨绿，像是要流出油来。甭管怎么样吧，庄稼主子们信心满满，一个个都认为今年小麦的大丰收已经是"铁定"的了。

当然，他们都是自得其乐，能不能丰收还得看老天爷的脸色。就在小麦泛黄、"南风吹到镰刀刃上"的时候，一场暴风雨骤然而至。那真是风狂雨猛，风助雨势、雨借风力，毫不留情地泼洒在大地上！等风雨过后你再看，追过化肥的小麦成片成片地倒伏，把沉甸甸的麦穗都泡在了雨水中；只用农家肥的小麦却很少倒伏，不服气地直挺挺冲老天爷发怒。

当然，这还不算什么大问题，倒伏的小麦只要扶起来，不怎么影响产量。关键是抢收小麦那几天，老天爷要是不给面子下上一场连阴雨，就成要命的大事了。

"秋收一时夏收一晌"，老祖宗总结的谚语非常有道理，夏收讲一个"抢"字，说得非常形象。因为夏日的天就像孩子的脸，说变就变一瞬间，说不定哪阵风刮过来就紧跟着一场雨。就那么十来天的时间，麦子要收割脱粒还必须要抓紧晾晒。偶尔下场雨倒也不要紧，关键是怕碰上连阴雨，日头藏在乌云背后死活不肯露脸，麦粒子得不到及时晾晒，用不了几天就会被捂坏了。捂了的麦子磨出来的面粉颜色发黑，吃起来完全没有香味还黏得粘牙，想卖都没人要，就只能用来喂猪了。庄稼主子熬星星熬月亮、辛辛苦苦多半年，最后"结"这么个"果"，让谁不是悲催得欲哭无泪、哭也不成了调儿？

好在今年老天爷很给面子，除了麦子头熟下了场风搅雨，接下来的十来天都是响晴响晴的好天气。华北平原的小麦真是大丰收了，老百姓一个个白天咧着嘴、黑价做梦中都能笑醒。一家家也都拉开了架势，摩拳擦掌准备大干一场。

用过化肥和没用过的小麦产量倒也不相上下，但销售价格可就差老鼻子了。没用过化肥的小麦是定点销售，因为抢购的人多，每斤价格能卖到两三块钱。用过化肥的麦子顶多能卖到一块多，而且谁想冒充都不行，因为买家有种仪器，一测就能测出来。

这样一来，那些不听话的家伙可不就傻了眼？一个个真是把肠子都悔青了，来年不用金丝儿他们做工作，家家都按规定乖乖地种上了小麦。更有得了便宜卖乖者，攥着大把票子说风凉话道："你们这些傻蛋，干部们让按规定种麦子，就好像害你一样，真是推着不走拉着倒退，吃整砖不吃半截！哈哈……"

那些手中只攥着几张票子的人除了摇头叹息苦笑着一句话也说不出来。

金丝儿这些日子很纠结，因为她明显感觉到靳存根喜欢上自己了。

靳存根这小子也真是蔫大胆，癞蛤蟆想吃天鹅肉，你还要命不要？也是哈，凡是人谁没有个美好的梦想？越是得不到的东西越觉得珍贵也就越想得到。旁人要是知道了，肯定会认为他这家伙是做白日梦，痴心妄想要把天上的月亮摘下来，梦是做得美美的，难道你就不怕掉下来摔个粉身碎骨？

在所有人眼里，他们两个根本不是一条道上跑的车，老太太吃麻花——满拧。金丝儿就像天上的仙女，不是大家闺秀也算小家碧玉。你靳存根算什么？吃屎的庄稼汉一个，家里千秋万代就没出过一个文化人，爷爷和爹都是斗大的字不认识一箩筐。你自己顶多算是个初中生，怎么能把梦做到一个大学毕业的高才生身上？

也是，姓靳的这一族人，祖祖辈辈都是死巴庄稼主儿，就靠种地黑汗白流地维持血脉繁衍。靳存根念到初中毕业，考上高中因交不起学费就回家务农种地了。好在这小子勤奋好学，靠自己努力通过考试当上了小学老师，后来又去部队上摔打了三年，入党提了个小班长，复员后就担任起村里的支部书记。

靳存根也离过一次婚，夫妻俩有个孩子跟着媳妇走了。他在初中毕业时曾有个女朋友，两人可以说爱得死去活来。但对方的家长嫌他家穷，又骂又打硬生生拆散了一对好鸳鸯。因为这一刀砍得太深，心里的伤疤一直在流血，后来的离婚也和这有直接关系。他久病在炕上的老爹为此事着急上火，连咳嗽带喘一口气没上来被气死了。这些年，他守着个老母亲日子倒是过得越来越好，可那种身心对异性的渴求经常折磨得他夜不能寐。所以，他追求金丝儿也是可以理解的了。

当然，这家伙追求金丝儿不敢明目张胆，更不敢用语言表达，只是在神态上表现出来。要说行动他也有，比方说只要有合适的机会，便会佯装无意地碰碰金丝儿的小手，挨挨她柔软的身子，也就是过干瘾罢了。

偏偏金丝儿在这方面又不怎么敏感，甭管他做什么都没当回事，更没向那方面想过。一直到那些听话的人家把小麦全部卖出去、手中攥着大把票子"哈哈"笑着离开之后，靳存根像是被兴奋冲昏了头脑，突然猛一下子抱住金丝儿，并在她的粉脸上用力亲了一口。

金丝儿像是被他吓着了，怔怔地一时没反应过来。片刻，当她下意识地抡胳膊想扇他一巴掌的时候，那小子已经"嘻嘻"笑着跑开了。当然，他自己也是一颗心"咚咚"狂跳着，临出门不由得又回头看了她一眼。金丝儿震惊、意外，好一会儿才反应过来。这时候，她仍没往那方面想，认为他不可能有那种心思，只是被胜利冲昏了头脑，一时兴奋而已，便没往心里去，更没往深处考虑。

当天晚上，靳存根被自己折腾得睡不着觉，深更半夜用手机给金丝儿发了条短信：对不起，我真的……好喜欢你。并发了张捂着脸掉眼泪的小表情。

金丝儿忙了一整天累得够呛，躺下来一宿没动，第二天早早起来又忙着做饭吃饭，打发两个孩子上学，直到准备去村委会时才打开手机。她看到短信时刚走出大门，不由得惊讶地停住了脚步……直到这时候，她才彻底明白了这小子的心思，开始往深处想这件事。要说她心如止水也不完全对，但掀起的风浪并不大，只是一时拿不定主意自己今天还去不去村委会。

靳存根却早已经到了。他边手脚利索地清理着卫生边胡思乱想，一颗心狂跳着盼她来又怕她来。一直到另外的三位村委会委员都来了，仍没看到金丝儿的影子。

金丝儿站在自家大门口，思忖良久决定今天不去了，自己在家里好好整理一下思绪。她给另外一位委员发了条短信：今天家里有点儿事，把会议推迟到明天吧。

那位委员看到，不由得意外地对存根说："金书记这是怎么了？为嘛给我发信息不给你发呀？"他说着，还把短信让存根看了看。靳存根愣了片刻，突然像一盆冷水兜头而下，浑身冰凉好一会儿没吭声。

金丝儿返回家中，看到正在打扫院落的李香改，不由得怔住了。是啊，娘也明显见老了，头发花白，腰杆也有点儿弯曲，干什么也不如当年利索了。更甭说她为了自己和这个家，像守活寡一样都快一辈子了。对这件事，金丝儿也许是熟视无睹，这么多年从没细想过，今天不知是哪根神经起了作用，让她的心里一酸，眼泪差点儿流出来。她忙上前接过扫帚说："娘，你去歇会儿吧。"

"没、没事。"李香改看了看她，问道，"你今儿不去村委会了？"

"嗯。今天没什么事，"金丝儿边伸手接扫帚边说，"我想在家里……

写点儿东西。"

"那……也沾。"老太太说，"我去园子里割点儿茴香，中午咱们吃饺子。"她说着把扫帚交给闺女，拍拍手往大门外走去……金丝儿忙嘱咐道："娘，你顺便去东头老套子家割点儿肉，茴香馅没肉吃着不香。"

李香改答应着出门去了。金丝儿边打扫院落，心里开始认真思索靳存根这件事。前面说过，她和靳存根不能算青梅竹马，也是小时候的玩伴。她从上小学开始，每年的秋假和春节，都跟着爷爷奶奶回来住些日子，像小尾巴一样跟在"存根哥"屁股后面跑来跑去。存根也很喜欢这小妹妹，偶尔碰上那些生小子想欺负她，他都是挺身而出，有两次还被人家打得头破血流。铁钢爷爷找到那家伙的父母，吹胡子瞪眼发顿脾气才算完事。更有一次，她和几个小女孩在河边浅水中玩耍，不小心滑进了深水里，还是存根把她救上来的。

金丝儿想到这些，心里不由得便有点儿活动：怎么着？要不就嫁给他……她心问口口问心，片刻又否定了这念头。因为她又想起存根小时候不讲卫生的邋遢模样，差点儿笑出声来。那工夫存根家里特别穷，过年穿着用他爹的破衣服改成的棉袄，像条小袍子爬在他身上啼哭似的，要多难看有多难看。那会儿的冬天又冷，他的清鼻涕流不完，便用袖口抹来抹去……过不了几天，袖口处便结了层嘎巴，大人们笑话他，说能划着火柴了。孩子们便叫他"老抹"，一直等他当兵走后，大家才忘了这个外号。

想到这些，金丝儿还真笑出声来了。她扫完院子回到屋里，看见墙上挂的带框的大学毕业证书，更加坚定了自己刚才的想法：好歹是个大学生，怎么能嫁个半文盲啊？也就在此时此刻，她突然非常怀念爷爷。

当年，她拿着毕业证书回到家里，金铁钢非常高兴，又是锯又是刨忙活了一整天亲自动手做了这个镜框挂在墙上。老人家就是想向乡亲们显摆显摆：我家这个大学生，可是金沙湾村有史以来的蝎子尾巴——独（毒）一（遗）份（粪）。

这天，邢文凯家双喜临门，全家人当然很高兴。尤其是秦素芬，乐颠颠地买菜买肉，忙忙活活边包饺子边准备了下酒菜，想等他们两口子回来好好庆祝庆祝。

一是邢国庆上小学，迈出了人生至关重要的第一步；二是柳玉洁心情好又没有累手，工作认真负责被评为"先进模范"，单位里还奖励了几万块钱。文凯把家里这么多年积攒的存款全部支出来，就近买了套八十平方米、两室两厅的单元房，终于结束了全家人挤在一起、过夫妻生活还得去酒店开房的尴尬。可不是，两口子都四十岁拐弯了，多不容易啊！

但是，天有不测风云，人生不如意常八九。就在他们两口子刚喘过一口气来的时候，秦素芬却突然病倒了。夫妻俩忙把她送进医院里，一检查却被惊得目瞪口呆——肺癌晚期。

实际上，老人家半年以前就咳嗽。他们曾多次劝她去医院检查检查，但她从没当回事，总坚持说："人吃五谷杂粮，谁能不得病啊？头疼脑热咳嗽嘛的，吃点儿药就好了。弄到医院里，甭管有病没病，光检查就得花好多钱，真是白上当不值得。"

柳玉洁看她虽说是瘦了点儿，但精神还不错，就没太当回事。文凯也多次给老太太买过药片、胶囊和止咳糖浆什么的，偶尔也有点儿效果，同样就没往心里去。

凡是人得了大病，开始并不怎么明显，但总是轻两天重两天，大趋势是往重里发展，直到不可救药。秦素芬和多数庄稼主子一样，因为心疼钱有点儿小病小灾总是忍着忍着，实在忍不住了才去医院，到时候可就晚了。现在，尽管两口子瞒着没告诉实情，但她也听到了"肺癌"俩字，精神一下子就崩溃了。

也是，好多人还不是一样，如果不知道病情，或许还能多活些日子，一听到"癌"这个字马上就不行，活不了几天就被吓死了。

秦素芬知道自己时日不多，提出来想要回老家一趟。因为她早就有块心病，老想回去把房子连同宅基地处理处理，甭管卖多少钱也好帮衬帮衬文凯他们两口子。

那年，正好赶上八月十五和十一连在了一起，所有的机关单位和学校都放了七天假。全家人便坐飞机回到了太极北远村的老家。

金丝儿像赌气一样连续几天没去村委会。靳存根吃不下睡不着，不敢发短信更不敢打电话，心里非常后悔自己那天的鲁莽。可不是，以前每天还能看看她美丽的笑脸，听听她银铃般的声音，甚至还能闻到从她嘴里吐出来的芬芳气息，现在可好，连人影儿也看不见了。

靳存根思来想去，突然脑洞大开记起个救兵来。他掏出手机，原本计划给赵孟海打个电话，可号码按到一半又迟疑地停住了。他觉得这事情忒大，电话里说不清楚，也显得对人家不尊重，于是便在一天早晨坐公交车去了市里。

原来，地市合并后赵孟海已经从邯郸调回来，当上了石家庄市委书记。杨月茹作为全职太太，每天照顾着丈夫和他们的小女儿。这闺女已经上小学二年级了，名字叫赵丽莹，模样像她妈漂漂亮亮。赵孟海高兴得逢人便说："真是老天有眼，幸亏像她娘，要像我就坏事了，将来怕连个婆家也找不到。哈哈……"

正好赶上个星期天，赵孟海在机关里值班。靳存根来到市委大门口，门卫打了个电话就让他进去了。赵孟海不无意外地站起身问道："你小子怎么来了？有事打个电话不就行了？"

"碰、碰上大麻烦了。"靳存根不无尴尬地说，"愁得我吃不下睡不着，找您来出出主意，想办法救救命吧。"

"是吗？"赵孟海问着递过去根烟，并把他引进了小客厅里。两人正想开口，公务员端着茶壶茶碗进来了……靳存根连连表示着感谢。等那小伙子弯腰退出去之后，赵孟海才问道："说吧，你小子碰上什么麻烦事了？"

"这、这个……"靳存根许是由于紧张，也许是因为不知道从何说起，急得额头上的汗水都冒出来了。他擦抹了一把，吭吭哧哧半天没说成一句囫囵话。赵孟海奇怪地看着他，边用打火机帮他点烟边说："我知道你和金丝儿配合得挺好，村里的各项工作也是蒸蒸日上……眼看就要秋种了，乡亲们积极性挺高的，能有什么麻烦事啊？"

"全怪我背着喇叭赶集——没事找事。"靳存根终于垂头丧气地说，"她、她已经好几天没去村、村委会了。"这小子平时说话嘴挺溜的，现在弄得自己成结巴了。

也是，人生在世，说话做事最讲究分寸，分寸不到事不成，分寸过了往往事与愿违，能准确把握才算聪明，把握不好就是笨蛋。

赵孟海看他这样磨磨唧唧的，不由得有点儿着急地问道："说呀，你小子怎么惹她了？"

靳存根万般无奈，只得把对金丝儿的心情和那天的所作所为磕磕巴巴地叙述了一遍。赵孟海听罢稍愣了片刻，突然"哈哈"大笑了起来。此时的靳存根倒像个小姑娘，红头涨脸扭扭捏捏地说："我都快急死了，你、你不帮忙还笑人家。"

赵孟海一时没吭声，点上根烟抽了两口才说："这忙，我可真帮不上。"少顷，他又说："金丝儿的脾气你还不知道？她做人做事都很认真，不是那种稀里糊涂的人。你没有十足的把握，怎么能轻举妄动啊？"

"这、这点儿我当然知道。"靳存根仍红着脸说，"可我是真、真喜欢她，那天也是头脑发热，一时冲、冲动。"稍停，他又补充一句："事情反正已经这样了，你就帮着想想办法呗。"

"你如果事先告诉，我倒可以帮你做做工作。"赵孟海思忖地说，"现在弄成这样，谁也不好瞎掺和了，说话稍有不当，会弄得越来越僵。"

靳存根思索片刻，更加着急地说："那、那可怎么办呀？"

"让我说你不如先冷一冷。"赵孟海劝慰地说，"等我想一想，咱们回头再说吧。"

靳存根张嘴还想说什么，却有两个人进来了。赵孟海忙对他说："你先回去吧。我们还有点儿事。"

靳存根愣了片刻，迟疑地站起身磨磨蹭蹭地往外走……赵孟海忙把他送到门口说："别急，过两天我就回去。"

房屋老有人住着倒没事，越是没人住空着坏得越快。

柳玉洁一家三口子把秦素芬送回来时，看到她家的三间正房祖椽露檩歪歪扭扭已经快塌了，两间西屋因为盖得晚，凑合着还能住人。老太太拖着病弱的身体，见自己的家成了这样，一下子瘫倒在地昏迷了过去。

两口子愣怔间，邢国庆已经扑上去哭喊着"姥姥"。这孩子是秦素芬一口饭一口水从小喂大的，对她比父母感情还深。当柳玉洁也哭喊着想把娘扶起来时，乡亲们也被惊动赶来了。

大家七手八脚把她抬起并提议往医院里送时，老太太却又睁开了昏花的眼睛。她知道自己已是时日不多，坚决地摇头拒绝了大家的好意。几个妇女帮着柳玉洁把厢房收拾打扫……一番折腾后，这家人才算凑合着暂时安顿了下来。

邢文凯骑着邻居借给的自行车，进城里买菜买粮，还背回来一口铁锅。因为秦素芬原来用的地灶上的锅，不知道被哪个生小子砸烂卖废铁了。

亲不亲老乡亲，打断骨头连着筋。傍晚时分，当柳玉洁忙活着想生火做饭时，好几个男女送来了喷香冒着热气的饭菜。一家人自然是感激不尽。文凯连连感慨地说："看来，还是农村人淳朴啊，要是在城市里，饿死你也不会有人多看一眼！"

"那倒是。"柳玉洁也说，"要不现在农村人的生活水平提高了，好多人都把老家的旧房屋翻盖收拾出来，过过返璞归真的生活，每到节假日回来住些日子。"

邢文凯点点头，说："要不咱这房子也别卖了，翻盖一下留着吧。"

"我同意。"七八岁的邢国庆说，"万一哪天打起仗来，还是在农村最安全。"

"你懂什么呀？"文凯笑着说，"一个小屁孩还担心打仗？"

"我怎么就不懂啊？"国庆说，"手机上天天讲新闻，现在的国际形势这么乱，美国到处煽风点火，说不定哪天世界大战就会打起来了。"

柳玉洁和丈夫没再说什么，心里却感慨着手机的多功能和如今的孩子们懂事太多了。他们想想自己的小时候，除了上学就是拾柴砍草或疯跑傻玩，哪懂什么世界形势啊！

两口子经过简单的商量，决定把老房子翻盖一下留下来。他们倒不担心什么世界大战，但觉得这老房子卖也不值几个钱，总算是生养之地吧，自己的根子就深深扎在这片泥土之中，偶尔回来住些日子，听听乡音、看看乡情，在当年拾柴砍草的大河滩里溜达两圈，也算是一种乐事吧。是啊，人生在世，不管走出去千里万里，魂牵梦萦的故乡情是永远也不可替代的。

秦素芬好像是算着日子回来的。到老家的第二天，许是精神放松心里踏实，眼瞅着她就不行了，躺在炕上再也没起来。柳玉洁和丈夫忙着请村里的医生，并准备送县医院……秦素芬在弥留之际阻止了他们，有气无力地说："多、多好，总算是回来了。"这句话说完，她头一歪，眼一闭，吐出来最后一口气就再也没动静了。

两口子又喊又叫，邢国庆早已"哇哇"大哭了起来。这动静惊动了乡亲们，男男女女赶来日夜忙活着帮他们处理老人的后事……眼看假日到期，邢文凯忙打电话又续了几天假。

靳存根非常失望和沮丧，心怀忐忑地回去了。可他的一颗心却冷不下来，反反复复思索着觉得自己实在没办法面对金丝儿。

金丝儿却没他想的那么复杂，第二天便给他打电话，说开村委会商量秋播之事。她确实有点儿丈夫气概，拿得起放得下，想好了的事就不再嘀咕。她没准备接受存根的感情，但也并不怎么烦他。女人嘛，不管多大岁数被人喜欢总不是坏事。

那天的村委会开得很别扭，弄得其他几个委员都莫名其妙。金丝儿倒没什么，和平常一样嘻嘻哈哈地连说带笑，向大家介绍了去县里参加"三干会"的情况。靳存根却像做了什么亏心事，一直是低头耷拉着眼皮谁都不敢看，尤其是不敢和金丝儿的目光接触。有聪明的村委，能感觉到他们俩之间肯定有点儿"什么事"，但也不好意思开口问，只在私下里瞎嘀咕。

其实这种会开不开没什么实际意义，因为自从夏天小麦丰收之后，那些听话的村民手中大把票子已经做了广告，不听话的眼里流血、肠子都悔青了。所以，今年的秋种根本不用干部们操心催促，所有的庄稼主子都是"嗷嗷"叫，大都开始深耕和打耙土地，用的农家肥都差点儿把地压塌了。而且，好多老人都恢复了合作化以前的习惯，不等天明就起来了，背着粪筐满世界转悠着捡拾人畜留下的"三寸黄泥"。

散会之后，金丝儿却又把第一个冲出门的存根叫了回来，但只是瞅着他一时并没开口说话。沉默、沉默……靳存根就像个犯了错误的小学生，低着头规规矩矩地站在她面前，一只手还下意识地搓弄着自己的衣服角，看那样子，像是恨不得找个地缝儿钻进去。

过了好半天，金丝儿才微微一笑说："你……至于吗？快坐下吧。"

靳存根这才像是得到了皇帝的大赦，红着脸低着头只用半个屁股坐在凳子角上。金丝儿这才说："谢谢你对我的……喜欢，但咱们俩并不合、合适。"

"是、是。"靳存根仍不敢抬头看她，只是耷拉着脑袋磕巴地说，"我心里明明白白，知道自己不配，你也看、看不上我，只是……一时冲、冲动。希望你能原、原谅。"

"你真是……"金丝儿微微含笑不无娇嗔地说，"不存在看上看不上，只是咱俩并不……合适。"她停顿一下，又说："咱俩也算是青梅竹马吧，你还救过我的命。可是……我从心里一直拿你当哥哥，感情上拐不过这个弯来。"

"我知道，我知道。"靳存根点头如捣蒜，说道，"是我一时犯浑，癞蛤蟆想吃天、天鹅……"

"你算了吧。"金丝儿忙打断他说，"从今往后，咱们还是好兄妹、好朋友，精诚团结把村里的各项工作做好，让乡亲们的日子蒸蒸日上，也算不辜负孟海对咱们的……信任和希望。"

说曹操曹操到。就在那天傍晚时分，赵孟海和杨月茹带着女儿赵丽莹开着辆奥迪来了。金丝儿听到动静，挖挲着两只面手迎了出来。原来，两个住校的孩子都因放假从太极中学回来了，她和娘正准备包饺子呢。

"真是有福之人不用忙，无福之人跑断肠。"赵孟海"哈哈"笑着说，"咱就知道你正在包饺子，闻着味儿就赶来了！"

"那好啊。"金丝儿也笑着说，"你这么大的领导，咱用八抬大轿还怕请不来呢！哈哈……"稍停，她又说："我打电话把存根叫来，你俩好好喝点儿。"

赵孟海来就想说说这件事，又不知道他俩已经说过了，觉得存根要在场倒不好开口，便说："算了吧，叫那个笨蛋干吗？三杯酒就趴下了，还不如你陪我喝几盅哩。"

在他俩说话间，月茹已经把车停好，从驾驶员位置上下来了。金丝儿不无意外地笑着说："怎么？月茹学会开车了？"

"我早就考上驾驶证了。"月茹说，"孟海事多心忙，可不敢老让他开，万一哪天分心出点儿事，后悔就晚了。要是老带个司机这儿去那儿去的也别扭不是。"她说着，准备把车上的东西提下来，没想到却被女儿推了一把说："妈，你别管了。你们先进家吧，我来拿。"

"这孩子可真懂事，"金丝儿拍拍赵丽莹的小脑袋夸奖道，"好像一下子就长大了！"

"那是。"赵孟海高兴地说，"我们莹儿马上就是小学生了！"从神态上看得出，他非常溺爱这个小女儿。没想到，刚要过来帮着拿东西的小扔儿见状，扭头又回去了。因为在她的小心眼儿里，总觉得爸爸对自己不亲。也是，自从有了这个小女儿，赵孟海很少来看小扔儿。一是他的职务越来越高，时间越来越紧张；二是……说实话，他一看到小扔儿就会想到柳玉洁，心情自然就冷淡了下来。当然，这么做肯定是不对的，可他自己并不自觉。为这事，金丝儿也曾几次说过他，但事到临头他就又依然如故了。

在那个年代，我国的广大农村还不怎么富裕，庄稼主子虽说是吃饱穿暖了，但大都处在"胃亏肉"时期。所以，人们走亲访友大都会买些熟食，无非是心尖儿肚把儿舌头根什么的。

李香改把这些东西切过后，又用香油和醋调好了分盘摆在大方桌上。人多了怕不够吃，趁她和月茹又忙着和面、剁馅儿的工夫，赵孟海对金丝儿提议去外面走走。

金丝儿莫名其妙，不无疑惑地跟他去了河滩……此时已是深秋，田间一眼望不到边的棒子大都掰了穗子，只留下枯黄的秸秆在风中摇曳。山药一般是下了霜才刨，现在依然丰茂葳蕤，肥硕的叶片已由翠绿变成了深绿，根部隆起的泥土中，宽宽窄窄的缝隙间露出来地下的块根，让人看着都喜欢，总想动手把它们挖出来。

赵孟海放眼四望，不由得高兴地说："看吧，今年又是个大丰收啊！"

"可不是。"金丝儿也说，"你说奇怪不？同样是这片土地，以前收的粮食都填不饱人们的肚子，自从分田到户后，却年年都是大丰收，吃不完卖不了的。"

"还是党的政策好啊，符合人性。"赵孟海感叹地说，"不是常说：鸡多不下蛋，人多瞎胡乱嘛。我们国家这么多年的教训是多么深刻啊！"

两人说话间已来到了小河边。此时的流水已经很浅很浅，底部清澈的流沙干干净净，就连游弋的小鱼小虾都清晰可见。金丝儿看着它们感慨道："真是千年的鱼子万年的草籽。这河甭管干滩多少年，只要有水就会有鱼！"少顷，她疑惑地问道："你不会是带我来欣赏风景吧？肯定是有话想说是不？"

"算你聪明。"赵孟海停顿片刻，说道："咱明人不说暗话……你和存根是不是闹了点儿……什么误会？"

"没有哇。"金丝儿瞪着好看的眼睛说，"上午我们还在一块开会商量秋种哩。"而后，她心里突然意识到什么，便问道："怎、怎么？他找你了？"

"是啊。他前几天专门去了趟市里……"赵孟海干脆实话实说，把那天他和存根的对话叙述了一遍。金丝儿听罢，不由得说道："这家伙也真是……还不嫌丢人呀？"

"这有什么丢人啊？"赵孟海说，"我又不是外人，咱俩从来就是无话不谈。你到底是怎么想的呀？弄得他像丢了魂儿似的。"

"这事……"金丝儿思索片刻，反问道："你觉得我们俩合适吗？"

"有什么不合适啊？"赵孟海说，"你们俩都单身好几年了，能走到一块有什么不好？"

金丝儿迟疑了一会儿，诚恳地说道："这事我确实认真考虑过……他这个人确实也不错，实在、忠厚，作为同事非常合拍，但要作为爱人……还欠点儿火候。"

"欠什么火候啊？"赵孟海看着她问道，"是长得难看，还是学历差太远了？"

"模样还在其次，"金丝儿说，"学历是一方面，更主要的还是……感觉不对。"

"你当自己还是小少女呀？"赵孟海不无讥讽地说，"还谈什么感觉？咱们都这岁数了，能凑在一起过日子就行了呗。"稍停，他接着说："再说了，你们俩也算是青梅竹马吧，不是也有过两小无猜的岁月？"

"你这样说……倒也算、算吧。"金丝儿点着头说，"我要一直生活在农村，或许还、还行，现在……"

"现在怎么了？"赵孟海打断她说，"在城市里生活了几年，上过大学你就高人一头大人一膀了？这是什么时候的观念呀？如今不是讲返璞归真吗？好多人还愿意回村里来生活呢！"

"你怎么和我爷爷一样的口气呀？"金丝儿笑着模仿金铁钢的口气说，"回农村多好，刨个坑就能种庄稼，河里一年四季长流水，喝多少都不用掏钱。哈哈……"

"这不是大实话吗？"赵孟海语重心长地说，"丝丝啊，咱们眼看就奔五十了，而且越来越老，还是面对现实吧……存根是实心实意对你好，能凑在一起过日子多好？你娘都七十多了，还能伺候你几年？两个孩子要考上大学，走出去千里万里的，剩下你一个孤老婆子多可怜？"

"什么孤老婆子？"金丝儿不高兴地皱着眉头说，"你怎么说得这么难听啊？"

"怎么难听呀？"赵孟海忙笑着说，"在农村里，五十岁还不算老婆子啊？有的连孙子都抱上当奶奶了不是？"

金丝儿停顿了一下，喃喃地说："我觉着自己还年轻哩，怎么也不能算老婆子吧？"

"行，你就算是小少女，"赵孟海有点儿哭笑不得地说，"但脸上的皱纹和头上丝丝缕缕的白发算什么？"

金丝儿下意识地摸了摸自己的脸，一时没吭声。赵孟海又说："许是过了这个村没这个店，你自己好好考虑考虑吧。"

这时，杨月茹站在大门口喊道："你们俩说完了没有？开饭了！"

吃晚饭时，金丝儿陪着孟海喝了不少酒。等送走客人，她觉得身上的每个细胞都很兴奋，一个人在大河滩里走了几圈，回来躺在炕上翻来覆去一夜无眠。

也是，她这几年顺风顺水，事业干得不错，又有了各种头衔、光环，还当上了领导，所以性格中的自负不自觉地就表现了出来。别人的意见，她一般是听不进去的。但对赵孟海，她尽管说话不客气，但心里却是尊敬和佩服的。他今天说的这些，她也是"吃"进去了，才静下心来认真考虑，思来想去怎么也睡不着。

金丝儿心里非常明白，如果和存根生活在一起，他肯定像个大哥哥一样，实心实意地照顾、呵护自己，不管嘛事也会让着她，给她遮风挡雨。人活到这个岁数，只要身体好，日子过着舒心就行了，还求什么呀？

前面说过，金丝儿是个拿得起放得下的女人，事情想顺了，心里也就踏实了。在黎明时分，四面八方的小鸡子叫成一锅粥，她才迷迷糊糊睡着了。一直到娘把饭做好，叫了两声她都没醒。娘只得让两个孩子先吃，并把他们打发去学校走后，她才醒了过来。

李香改忙不迭地为她打洗脸和刷牙水，又把温在后锅里的山药骨碌菜饭盛到碗里……金丝儿草草吃了几口，又回屋对着镜子化了个淡妆，直到自己满意后，才开着吉普车去村委会。

靳存根习惯性地一大早就来了。他已经打扫完了院落，正在边收拾屋子边生铁炉子……看到金丝儿进来，而且还打扮得那么漂亮，不由得愣住了。少顷，他又不无心虚地急忙把目光移开，喃喃地问道："你这是……要出门呀？"

"是啊。"金丝儿淡淡一笑，说，"走吧，咱俩一块去。"

"去哪儿？"靳存根疑惑地看着她问，"没听说县里有会呀？"

"不开会就不能去了？"金丝儿仍然含笑问道，"你带身份证没有？"

"没、没带。"靳存根回答道，"老带在身上丢了还得找麻烦不是？"

"你真是……"金丝儿这回笑咧了嘴，说，"身份证是干吗用的？必须随身带。你快回去拿一趟吧。我来生炉子。"

"沾。"靳存根把手中的火钳递给她就往外走……到门口又回头问道，"有、有用啊？"

"当然有用。"金丝儿说，"快回去拿吧。"靳存根答应着急忙出门，没想到和正要进门的一个妇女撞了个满怀。她的脑袋重重地碰在门框上，许是磕疼了，边摸边没好气地说："你小子这是急着去报丧啊？看碰得俺都秃噜皮了！"

"就是。"金丝儿趁火打劫地笑弯了腰，说道，"你都什么岁数了，还这么毛手毛脚的像个大小伙子。"

靳存根当然什么也没敢说，着急忙慌地出去了。那位妇女仍在摸着脑袋问道："丝丝，俺来是想问问，什么时候开始播种啊？俺家的地早就打耙好了，就等着播种哩。"

"婶儿，不急。"金丝儿笑着说，"后天县里的播种机就开来了。就咱村这点儿地，用不了三两天就种完了。"

"噢，这俺就放心了。"那位妇女说罢，嘴里唠叨着什么出去了。

金沙湾到太极县城不过三十多里地，放在过去，骑车子也要一个多钟头。因为路不好走，中间还要经过大河滩，只能推着车子艰难跋涉。要是放在更早的从前，谁家也没自行车，人们赶集上庙全靠两条腿。谁想赶个太极集，必须天还不明就起来，等到了大集上，天已经快晌午了。现在有"村村通"就方便多了，开车用不了半个钟头就能到。

就这半个钟头，靳存根却有着"度日如年"的感觉。因为他从上车就问金丝儿咱们去干吗，她却不正面回答，只是含笑说："甭问，到那儿你就知道了。"

靳存根并不知道赵孟海找过金丝儿，更摸不透她是怎么想的，因此上心虚胆怯，嘀嘀咕咕又不敢多问。他的心里一路上敲着小鼓，一会儿猜测她是不是想带自己去县纪委说清楚啊，一会儿又否认了这种想法，觉得她不是那种小肚鸡肠的性格，不至于为这点儿事就那么绝情。

金丝儿现在的心情就像个孩子，觉得这种"恶作剧"挺好玩，很喜欢逗他，更喜欢他那傻乎乎的样子。她始终面带微笑，直到把吉普车停在了县民政局大门口才说："请下车吧。"

靳存根实在是莫名其妙，边下车边疑惑地问："咱、咱们到这儿干吗呀？"

"不用问。"金丝儿说，"拿上身份证，进去不就知道干什么了？"

靳存根忙从口袋里把身份证掏出来，跟在她身后走了进去。金丝儿在全县很有名，认识她的人比较多。你看，那位值班的姑娘见她进来忙站起身，含笑问道："金书记，你怎么这么……稀罕呀？欢迎来俺们这儿指导工作！哈哈……"

"你这丫头真会开玩笑。"金丝儿边把身份证递过去边说，"我们是来办……手、手续的。"

靳存根到这会儿仍不明白她是什么意思，也可以说是不敢朝那方面去想，所以仍像个傻子般愣在一旁。金丝儿不得不捅了捅他说："快把身份证拿出来呀。"

"就是。"那位姑娘也开玩笑说道,"这么俊的媳妇天下少有,你打着灯笼哪儿找去?快把身份证拿出来给我呀!"

"……"靳存根像是被吓着了,张着大嘴说不出话来。少顷,他才迟疑地把身份证掏了出来……金丝儿一把夺过去,连同自己的一块递到那位工作人员手上。姑娘坐下去,打开旁边的保险柜拿出两份结婚证,刚想写什么又抬头问道:"金书记,你们的结婚照呢?"

"有,有。"金丝儿说着,忙从口袋中掏出两张照片递过去。那位姑娘看了看,说道:"金书记,这可不是标准的结婚照呀?"

也是,那照片上金丝儿和存根倒是紧挨在一起,可没边没沿,一眼就能看出是从集体照上剪下来的。金丝儿忙说:"你这丫头就要认死理了,是那么回事就行了呗。"

姑娘拿着笔想在结婚证上填写什么,迟疑一下又停住了……金丝儿忙又催促道:"快填写吧,出了问题我负责!"

或许是她的名声起了作用,那位姑娘没再说什么,忙低头填写起来……靳存根看看她又看看金丝儿,一副欲言又止的神态。金丝儿绷着脸,就是故意不理他。那姑娘填写好并盖上红彤彤的公章后,分别递到他们手中笑着说:"祝福你们!什么时候举行婚礼一定要通知我一声,再忙也要去喝杯喜酒!哈哈……"

"没问题,一定通知你。"金丝儿也高兴地答应着。靳存根没吭声,只是咧了咧嘴想笑没笑出来,那样子真是比哭还难看。金丝儿向姑娘道了谢,径自往外走……等到她快出门时,存根才屁颠屁颠地忙跟在她身后。一直到两人坐进车里,她才看了他一眼,问道:"你是怎么了?不高兴啊?就像个大傻子似的。"

"不、不是。"靳存根这才说,"我怎么像做了场大梦啊?"

"不是做梦,而是梦想成真了!"金丝儿说着,边发动车边在他的脸上轻轻亲了一下。靳存根像是被吓着了,直眉瞪眼地反复抚摸着被她亲过的脸蛋儿,一颗心"咚咚"狂跳着差点儿从嘴里蹦出来!

金丝儿开车往回走时，两个人为举办婚礼的事却发生了分歧。

　　按照靳存根的意思是想大操大办，入乡随俗嘛，该放炮放炮、该请吹打班请吹打班，恨不能把所有认识的亲朋连同乡亲们都请来，连吃带喝热闹一天。金丝儿却不同意，认为没必要那么张扬，更何况上级知道了还得挨批评。争论的结果没什么悬念，自然是她说了算。而且不只是这一次，在往后的岁月中，不管是什么事，存根就像磨道里的驴——听吆喝。

　　金丝儿的意思，是把婚礼安排在一个星期天，请赵孟海一家人回来吃顿饺子就行了。不过，靳存根这小子不甘心，连他都觉得自己这只"癞蛤蟆"真吃上"天鹅肉"了，这是多大的荣耀啊，岂肯这么无声无息像娶后老婆一样？因此上，他还是在暗中告诉给了两个村委会委员，并嘱咐他们不要往外说。这俩家伙同样觉得这是天大的好消息，不说出去憋得睡不着觉，便偷偷告诉了几个好朋友，同样嘱咐他们要外传。谁知道好朋友还有好朋友……这样一来，一传十传百，实际上不到天黑就差不多等于全村人都知道了。

　　那是个"秋播"后阳光灿烂的日子，赵孟海全家人半前晌儿便赶来了。就在李香改把头天晚上准备好的酒菜摆上桌时，村街上突然响起一阵唢呐锣鼓和鞭炮声……也就在靳存根偷笑和大家纳闷间，数十名男女在几个村委的带领下，"轰隆隆"冲进院子里来。

　　看吧，男男女女们有的拿着大红绸子绣球、彩吊、"囍"字什么的，瞬间便把院子里布置得喜气洋洋；有的提溜着两瓶酒、一捆挂面、扤着一篮子鸡蛋，或是"喜帐子"等，都贴着"囍"字的物品，在墙根下摆了一趟又一趟。

　　俗话说：有理不打上门客，更何况今天是个大喜的日子，她金丝儿再不乐意也不好意思发脾气呀！赵孟海见她拉着个脸，便低声劝说道："乡亲们这是给咱脸哩，咱横不能给脸不要，一把一把往下撕吧？"

　　金丝儿最听他的话，尽管心里别扭还是立马换上了笑模样，忙站起身热情地招呼大家进来喝茶吃瓜子……靳存根见状放大胆子，开始蹬着鼻子上脸了。他暗中和那两位村委嘀咕了几句什么……那俩家伙忙点着脑袋屁颠屁颠出去了。

赵孟海招呼大家静下来，说道："秋高气爽艳阳高照，今天是个好日子。金丝儿和存根办喜事，乡亲们都赶来为他们捧场，说明他们的工作干得不错！这几年，大家的日子富裕了，生活水平提高了，差不多家家都住上了两层小楼、买了拖拉机什么的。这首先归功于国家的好政策，但也和他们的努力是分不开的！"

"说得对！""讲得好！""就是这么回事！"……人们纷纷附和着热烈鼓掌。靳存根也很激动，忙站起身大声说道："更应该感谢赵书记您的领导和支持！"

"没错！""感谢您这个义务宣传员！""就是，到处为俺们做广告！"……大家七嘴八舌喊叫着，掌声更加热烈。就在这时，又有十多个人抬着几张大方桌和各种凳子、拎着酒菜，嘻嘻哈哈地进来了……就这样，喜宴从大头午摆到了傍晚。好几个没出息的家伙喝多了，都是立着进来，最后被人横着抬出去了。

当天晚上，金丝儿和存根这对旷男怨女是怎么瞎胡折腾的，咱就不多说了吧？反正到第二天早上起来，存根这个没出息的家伙是眼圈子发黑了、腰杆子发弯了，脚下没根似的看样子连路都快走不动了。金丝儿却显得容光焕发，双眸像注上水一样汪汪流盼，见人不笑不说话，一笑俩酒窝，甚至连走路都带着风。坏家伙们看着她的背影偷笑："看样子，夜里黑价这块久旱的庄稼地终于浇上大水了！哈哈……"

十一

　　人生在世只有享不了的福，没有受不了的罪，好活歹活都是逼出来的。

　　老娘撒手人寰留在了老家，柳玉洁一开始还不适应，有那么几天显得手忙脚乱，不是把菜炒煳了，就是熬干了粥锅，甚至忘了把应该早起上学的国庆叫醒。有那么一天，她忙着收拾家务，竟然连上班都迟到了，因此还被扣了一个月的奖金。

　　人上了点儿岁数脾气也会改变。要是放在刚结婚那几年，邢文凯肯定会训斥媳妇几句。现在，他只是看着玉洁苦笑地说："咱们还不算老啊，你怎么就……痴呆了？"

　　柳玉洁无话可说，只能陪着他苦笑。后来，她又有几次犯同样的错误，没多久就被单位开除了。这情况引起文凯的深思：自己和她都是快五十的人了，莫非要把骨头留在这千里万里的外地？虽说是哪里的黄土也埋人，但孤魂野鬼在这陌生的土地上游荡，总不如回老家才能碰到朋友，甚至能看见亲人……而且，这个念头一出来便日夜折磨着他，到后来已经是寝食不安了。过了些日子，他把这个想法告诉了妻子，没想到她也一直在思索这件事。

　　夫妻二人可以说是一拍即合，每到晚上睡不着就开始商量这件事。他们考虑最多的是：怎么样辞职才能拿到更多的钱？回去把房子翻盖一下又干点儿什么？儿子的学习怎么办……俩人商量来商量去，有时候一直到天亮，终于有一天达成了协议：儿子可以转学到太极中学。因为现在的校长任国强是文凯的同学，两人这么多年一直没断过联系，所以应该不难。更何况深圳毕竟是个新型城市，没什么文化积淀，教育和医疗等方面都不怎么样；房子翻盖更不算事，他们手里有一定数量的存款；至于回去干点儿什么，只能到时候看情况再说了。

但是，他们想走也不是那么容易。柳玉洁没事，因为这么多年她一直是临时工，等支了最后一个月的工资辞职就行了。文凯却不行，他是公司的副总，又是主管对外销售的业务骨干，而且和总经理是多年的铁哥儿们，怎么好意思说走就走哇。他必须等召开董事会通过并任命出接替他这个副总位置的合适人选才行。

再说了，他们还要找临时住处，委托中介公司卖房子、处理大件家具……就这样一拖再拖，等一切都办好后，已经是寒冬腊月快过年了。当这一家三口拎着大包小裹坐火车倒汽车，风尘仆仆地回到老家时，乡亲们一家家已经开始杀猪宰羊、做豆腐蒸年糕了。男男女女成天价忙得手脚不沾地儿，但一个个总是笑呵呵地快乐并忙活着，甚至连不高兴想生气都找不到工夫。

这时候的农村，应该是一年到头最和谐温馨的日子。自打"分田到户"之后，人争气土地也跟着争气，所有的庄稼几乎是连年大丰收。虽说是卖粮难价格低，人们手中的票子没那么厚实，但吃饱穿暖没问题。庄稼主子是给点儿阳光就灿烂，尤其是眼看就要过年了，村里的欢声笑语日夜荡漾，偶尔夹杂着几声鞭炮炸响，气氛便显得更加喜庆！

邢文凯一家三口站在自家的老屋前，愣怔着一时不知该怎么办了。因为这两个月屋子破旧的程度，完全出乎了他们的意料，上次回来，尽管破旧，凑合着还能住，现在，连凑合都不能住人了。他们哪里知道，这一带秋后下了两场连阴雨，三间正房已经是歪歪扭扭，还从上到下裂开了几条手指头宽的缝隙，看样子似乎随时都有坍塌的危险，谁敢进去住啊！

"这是怎么回事？怎么一下子成这样了？"柳玉洁边问着边往里

走……国庆忙喊道："妈，多危险呀，快别往里走了！"

"没事。"柳玉洁说着，推开栅栏门进去了。邢文凯见状，忙和儿子跟了进去……当他们看到两间厢房时，心里才多少有了点儿安慰。这两间屋子虽然盖的时候是泥皮墙，秫秸顶，但毕竟较晚，是柳玉洁三十多岁的时候建起来的。三间正房倒是有梁有檩，砖根基白灰墙，但什么时候盖的她都不记得，估计怎么也有五十来年了。

这时候，天已近黄昏，是牛进圈、鸟入林、鸡钻窝，家家开始做黑价饭的时候了。一家三口万般无奈，只得唏嘘地叹息借着微光收拾打扫厢房……没多会儿就弄得狼烟地动，呛得一个个直咳嗽，连眼泪鼻涕都流出来时，就听见外面传来嘈杂的人声。他们稍愣神，忙拍打着衣服、灰头土脸地出去想看个究竟。

原来，是村书记柳二黑听别人说他们回来了，觉得奇怪便带领着刚散会的几个村委过来看看。他听柳玉洁简单介绍了情况，先是拉着邢文凯的手表示欢迎，没再说什么就和几个村委出去了。

过了没多会儿，当文凯他们边继续收拾房间边纳闷时，有十多个男女便又来了。他们一个个用盘子端着豆腐年糕或是白面卷子、提溜着猪肉羊肉和被褥什么的……有心细者还拿来了大蜡烛和火柴，点着后屋子一下子亮堂了起来。

柳二黑还带来了村里的电工，命令他天明不过夜也要把这家的电接通……柳玉洁和丈夫感动得眼泪都快流出来了。他们千恩万谢送大家出门去，边往回走边感慨道："还是农村人淳朴啊！""就是。乡亲乡亲，见面就亲！比城市里强多了。"……

"没错。"小家伙邢国庆说，"我一定要把这件事写篇作文，让全学校师生都知道！"他说到做到，后来还真写了。该文章被校长任国强通过朋友推荐登在了《燕赵日报》上，不知道感动了多少人呢，据说光"读后感"报社就收到二百多封。

人说咱们中国现在仍旧是"母系社会"，男孩子娶了媳妇，尤其是有了儿女之后，一般都是随着女方生活。自家弟兄关系好还行，过年过节能在一块聚聚，要是关系不好，基本上和路人差不多了。而在农村弟兄之间，由于老人去世分家时鸡毛蒜皮的财产纠纷，往往闹得不可开交甚至大打出手，往后几乎就成仇人了。

靳存根没有弟兄，只有一个姐姐十八岁上就远嫁他方很少回来。前面说过，他曾结婚后又离了，就一个女孩儿媳妇也带走了。这十来年，他就是一根棍耍过来的，说是一个人吃饱了全家不饿，可光棍的日子有多苦只有自己知道。咱们先不说做饭吃饭刷锅洗碗，就说十冬腊月躺在被窝里，那真是"伸伸腿冒凉风，蜷蜷腿半截空"啊！

一般的光棍家，你只要进门打眼就能看出来——院里屋里、门前门后，到处都是一片凌乱，被褥不叠衣服不整，酒瓶子随便扔，心情不好过日子能有什么劲？

靳存根进了金丝儿家，就觉得自己是从"苦窝窝"一下子掉进了"福窝窝"，那真是饭来张口衣来伸手，幸福满满连做梦都能笑出声来！他不是个懒人，进门就把院里院外承包了，每天早晚连同门前地彻底打扫一遍。这就分担了丈母娘李香改部分家务，她也觉得很满意。当然，他还负责打理着全家人的几亩地，每天都是起早贪黑地忙活着。不过现在都是机器耕种，没什么重活累活，他也就是照顾着庄稼的日常管理。就这样也没多少活，长草了有除草剂，该浇水时有机井，每到"三夏"和"三秋"，那就是全家齐动员了。

金丝儿把所有精力都放在村里的工作上，回家来就是看看电视读读书，或是辅导两个孩子的学习，也感觉轻松了好多。过了些日子，乡党委认为他们夫妻俩仍然担任书记村主任不合适，便让靳存根把村主任辞掉，重新安排了个复员兵担任。其实，这时候的金沙湾已被金丝儿调理得政通人和，人心向上、向善，谁当村主任都一样。父老乡亲们非常配合，村里的各项工作在全县都是名列前茅。各级领导和所有人，都认为现在的金沙湾已经达到有史以来的鼎盛时期。她也因此被选为全国人大代表、省人大代表、县人大兼职副主任，一年当中要去北京、市里或是县里开好多天的会议。

两个孩子长大成人了，像亲兄妹一样互相照顾着，生活学习基本上已能自理。他们都在太极中学学习，一个读高二、一个念高一，因为住校只有周六日在家。就休息这两天，金丝儿还把他们早早喊起来，边揉着眼睛和存根一起下地干活。她的本意并不在乎他们能干多少，而是让他们烤烤太阳吹吹野风，经一经什么叫冒汗流油、什么叫寒风凛冽，体会一下"谁知盘中餐，粒粒皆辛苦"的滋味。

刚开始的时候，靳存根并不同意她这么做，瞪着眼说："就这么点儿活，我自个儿能干得过来。他们的主要任务是学习！"

"学习是在学校里的事，"金丝儿不容置疑地说，"在家里他们就得干活！"稍停，她还会讥讽地说道："棒打出孝子，娇生无义郎。你就知道落好人儿，从来不说孩子管孩子，就会惯他们。要让你管孩子，肯定没一个长大了能有大出息，老得走不动了你就等着受罪吧！"

每当这种时候，靳存根只有吧嗒着嘴干瞪眼，不敢再多说什么。

邢文凯一家三口这个年过得很温暖很开心。虽然他们没时间准备多少年货，但在乡亲们的关照下，一个个该吃的吃了，该喝的喝了，该玩的也玩了。国庆这小子调侃地说："虽说这屋子又旧又破又漏风，蛤蟆老鼠满地乱跑成了精，可心里却感到暖烘烘。"

"就你这孩子会穷开心。"柳玉洁皱着眉头说，"那老鼠又打架又叫唤，吓得我根本睡不着。"

"那你是神经过敏。"文凯笑着说，"它吵它的，你睡你的，还怕把你吃了啊？"

"吃不吃咬一下子也吓人呀。"柳玉洁说，"你们是不知道……村东头那个人叫豁耳朵，就是小时候被老鼠咬的。"

她说得没错。在农村里，老鼠确实是比人多。不过它们在一般情况下是藏在地下活动，人们看不见罢了。村东头那个叫豁耳朵的汉子快四十岁了，就因为耳朵缺了半块娶不上媳妇。在他还不到一岁的时候，娘出去串门把他放在大门筒子里睡觉时被老鼠咬的。娘回来见他"哇哇"大哭，又看到流了满地的鲜血，吓得当场便昏了过去……爹回来把她揍了一顿，两口子为这事差点儿打离婚。直到现在，村里人们吃饭的工夫凑在三岔口上，想起来还当笑话讲哩！

春暖花开的季节，玉洁家同样是在乡亲们的帮助下，把正房偏屋、连同门楼都翻盖了一遍。人说一有钱就任性，似乎有点儿道理。柳玉洁不听丈夫和邻居的劝阻，硬做主盖起来村里的头一座两层小楼，和周围的平房相比，让人看上去有种鹤立鸡群的感觉。她自己倒是满意了，却没想到这样一来，把她家和乡亲们，尤其是街坊四邻的关系弄得却大不如以前了。

要说，这做人可真不容易啊！你穷了，会被人瞧不起；你富了又喜欢张扬，就会让大家看着眼红，羡慕嫉妒恨情绪的暗流会慢慢蔓延开来。她家的四邻，尤其是后面的住户被挡住了阳光，院子里一到秋冬两季阴冷阴冷的，换成你能高兴吗？

在农村里，为这类子事生气吵架，甚至打官司告状的不在少数。邢文凯在农村生活的时间较短，对这种情况不是十分了解。等他听到一些流言蜚语，想改变现状时已经晚了。可不是。两层楼都封顶了，你总不能再拆了吧？他和柳玉洁商量该怎么办。她其实也意识到了，只能无奈地说："等将来有机会，咱们想办法补偿乡亲们呗。"

可是，没等她想出办法来，报应便发生了。原来，就因为盖小楼，他们就一直借住在邻居家。这天，那家的女主人便阴沉着脸说道："俺们家要来亲戚了，你们家还是小孩子拉屃屃——挪挪窝儿吧。"

柳玉洁一听就傻眼了，可不是，这急手下霜的能去哪儿住啊？邢文凯马上意识到人家这是在往外撵他们呀，当时就只得无奈地搬回家去住。

就这样，一家三口便直接住进了还没晾干的小楼上。他们当时并没想到，这样做对身体的伤害是挺厉害的。果不其然，柳玉洁过了十几天便开始喊腰疼，而且从此落下了病根儿，后半辈子只要一到秋冬两季，便疼得直不起腰来。

甭管怎么说吧，这家是成了，但这业该怎么立？两口子一时却想不出办法来。柳玉洁琢磨来琢磨去，又开始打金丝儿的主意。

不是冤家不聚头，冤家聚头何时休？这个问题，估计只有老天爷心里有数。

邢文凯去找了任国强，儿子的转学办得很顺利。好巧不巧的是，邢国庆转进去的那个班，班长正是赵丽莹。她看到高大帅气的小伙子，心里不由得便有点儿喜欢。她以帮助新同学为理由，通过和班主任老师商量，便把国庆安排成了同桌。

一个是人高马大，一个是小巧玲珑，两个人还挺聊得来。他们两人关系后来几年的发展，竟然闹得好几个家庭鸡犬不宁。当然，这是后话了。

家安了，孩子也安置好了，两口子开始琢磨立业了。该干点儿什么呢？他们一时真想不好，商量来商量去，好多天都拿不定主意，心里都觉得有点儿茫然。

太极县境内有两条河，靠北是木刀沟，靠南是滹沱河。河比沟当然又宽又大，而且它们的属性也有所不同。据当地的百姓讲，滹沱河是条善龙，由于河床河滩的形状，河水是从中间往两岸泼，这样一来，如果有人落水，就会被撇到岸上去，即便是淹死了，家里人也能找到尸体；木刀沟是条恶龙，同样是由于河滩和河床的关系，水是从两岸往中间裹，这样一来，有人落水被淹死了不算，而且家里人连尸体都找不到。

老百姓的话，听就听，不听就罢，这些传言有没有道理，谁都没有认真去考量过。反正在早年间这两条河年年都发大水，泥沙俱下冲出来大片的沙土地。所以，这个县南北两边种植的庄稼基本相同，夏天是棒子和麦子，秋天是大片大片的山药地。

柳玉洁也是突发奇想，何不像金丝儿一样，也加工粉条粉丝呢？她把自己的想法说出来后，文凯却有点儿犹豫。可不是，加工粉条粉丝需要技术，也必须购置设备什么的，为这事要去求金丝儿，那脸皮应该比城墙还厚才行。他想到此，不由得连连摇头表示反对。柳玉洁却撇着嘴说："看你那样……莫非那脸皮比命还重要？命都没有了，还要脸皮干吗？"

邢文凯没吭声，仍然在摇头。柳玉洁又说："咱们不出面，让赵孟海去找她。"稍停，她接着说："金丝儿最听孟海的话了，只要他一出面，这事肯定能成！"

"咱们有什么脸去找人家孟海呀？"文凯不高兴地说，"要找你去，反正我是不去！"

"你这叫什么话？"柳玉洁更不高兴地说，"我和他是什么关系你不知道啊？你想想我能去找吗？那我这脸皮子可真比城墙还厚了！"少顷，她的态度软下来，边含笑边轻轻推着他央告道："还是你去合适……人家赵孟海现在是个大人物，不会和咱这小老百姓计较。再说了，咱们现在算是……他领导下的臣民，咱有困难，他不管谁管呀？"

邢文凯思索着她的话，久久都没吭声。等晚上两人躺在被窝里，柳玉洁浑身光溜溜的又说起此事，他才算勉强点了点头，然后便像小伙子一样爬到她身上……

在咱们中国，所有当领导的都忙，一个个像陀螺一样，从早忙到晚，从黑转到白。有人调侃道："没有节假日，没有星期天，睁开两只眼，一干就一天。"

赵孟海也是一样，一天天忙得连吃饭睡觉都没个准点。邢文凯在大门口等了两天，直到第三天傍晚，才被一位工作人员领进了书记的办公室。赵孟海倒也不见外，忙"哈哈"笑着和他握手让座，并让秘书送来了杯茶水。随后，他递给文凯根烟，自己也点上一根，用一种玩笑般的口气问道："你可是真……稀罕。怎么着？无事不登三宝殿吧？"

"没、没错。"邢文凯也没客气，实话实说道，"我是夜猫子进宅——无事不来。哈哈……"

"那你就说呗。"赵孟海也笑着说,"也算是老朋友了,不必客气。呵呵。"

"这个……"邢文凯迟疑一下,说,"有件事我想先告诉你,你可千万别想多了。"

"是吗?"赵孟海不无疑惑地问道,"什么事啊?还那么神神秘秘的?"

"就是……"邢文凯反问道,"你知道我现在和谁生、生活在一起吗?"稍停,他又补充一句:"我不说,估计打死你也想不到。嘿嘿……"

"是吗?"赵孟海不无奇怪地问道,"你又结婚了?和谁呀?我认识不?"

在那个年代相对闭塞,因为还没互联网,信息没现在流通得这么让人错愕,让人眼花缭乱、瞠目结舌。邢文凯和柳玉洁结婚的事,赵孟海还真不知道。他便笑着回答道:"我在深圳早就又结婚了,现在儿子都十四岁了。我找了任国强,刚转到太极中学去了。"

"是啊?"赵孟海随口问了一句,边抽烟边无所谓地看着他说,"那就祝福你们了。"

邢文凯又说:"我老婆你……太认识了。我说出来你可夯着点儿,千万别见怪。"

"你这叫什么话?"赵孟海笑着说,"你娶媳妇是好事,我干吗见怪呀?"

邢文凯也笑了笑,说:"她就是……当年你不要了的那个女人。"

"啊!"赵孟海真是被惊着了,瞪圆着双眸问道,"你是说……柳、柳玉洁?!"

"没错,就是她。"邢文凯忙解释道,"那年,不知道她为什么去深圳,也不知从哪儿搞到了我的电话号码……"

"你等等。"赵孟海打断他说,"怎么能说是我不要她了?当时的情况你也知道,是她扔下我和孩子跟人跑了。我那会儿无家无业,万般无奈,才把孩子扔给了你们。"

"这个……"邢文凯原本想说:就是因为你把孩子扔到我家里,才导致我们两口子离婚。他想了想又觉得不合适，毕竟自己是来求人的，便说道："甭管怎么样吧，反正这么多年都过去了。相逢一笑泯恩仇嘛，大家不是亲人还是朋友呢。"

"也是，哈。"赵孟海尽管心里觉得别扭，仍大度地说，"那就说说你来找我有什么事吧？"

"是这样……"邢文凯迟疑片刻，便把他们如何从深圳回来，想重新创业开办粉条厂的打算讲了一遍。最后，他说："金丝儿那儿的工作还得你出面，她最听你的话了。"

"这个事……"赵孟海思索着，一时没表态。邢文凯忙又说："现在，我们算是你的臣民，你不管谁管呀？"

"瞧你小子说的，"赵孟海笑着说，"什么臣民不臣民啊，我也没说不管呀！"稍停，他沉吟地说："金丝儿的脾气你也知道，从来就是吃软不吃硬，直接和她说肯定不行。我在想……这事该怎么跟她说呢？"

"那就拜托您了！"邢文凯拱了拱手，忙站起身说道，"知道您忙，反正就多费费心吧。"然后，他告辞一声便往外走……赵孟海送他出门，尽管答应他了，实际上心里却有点儿不怎么情愿。但是，他毕竟是党的领导干部，当然知道遇事不应该计较个人恩怨，不是于情就是于理也必须想办法成全此事。

老人们经常说货比货该扔，人比人该死，这话还真有一定道理。不论男女老少，也不管到哪个年龄段，身体各方面的个体差异确实都很大。比方说女人，有四十多岁就"干了腰"的，也有"五十出头，养活孙猴"的。男人也是一样，有不到六十就"松了筋"的，也有七八十岁还能让"少妻"生孩子的。

女孩儿来例假也是一样，有十二三岁就"见红"的，也有十五六岁仍没动静的。而且，有的来不来不痛不痒，就和没事人一样；有的却反应强烈，疼得死去活来影响正常生活学习。

赵丽莹就是这样，每次来月经必须请两天假，回家休息两天。按照常情，赵孟海是市委书记，他们的家应该安在市里。但是，凡事都有特殊情况。这么多年，他随着升迁调来调去，已经换了好几个地方，家却一直在县城就没动过。这主要基于两方面的原因。

一是杨月茹的两位瞎眼老人，思想观念特别陈旧且顽固，你就是说下老天来，也不肯离开那个破家往城市里搬。当然，他们也有自己的理由，就是"不去给孩子丢那个人"。

杨月茹是个孝顺闺女，虽然给他们雇了个保姆但仍不放心，万一有个一差二错的，在县城回去就方便多了。而且，按照农村的习惯和规矩，老人应该由儿子赡养。但是，任何行业都有个起落过程。自从电子加工厂停业之后，月河就被老板调深圳去了，并且在那里结婚生子，干出来一番事业。他也几次专门从深圳赶回来，想把两位老人接过去，但是，那真成瞎子点灯——白费蜡了。俩老人说死了都不同意，他能有什么办法？

再就是女儿赵丽莹，从小学开始就在县城里上，一直到了初中二年级。而且，她一入学就受到校领导的重视，被安排为学生会主要负责人和班长。一个孩子家受此待遇当然是志得意满，无论是学习或工作，她都是全力以赴，而且干得相当不错。因此上，赵孟海几次动员她去市里上学都不肯，也只能顺其自然了。

这天，赵丽莹又"来事"了，因为疼痛实在不能坚持上课，老师便让她回家休息。要放在过去，一般情况下，都是班里那个最高大的女同学送她。但是，今天那个女生也因爷爷去世请假回家了。老师犹豫间，赵丽莹想了想，指着邢国庆说："让国庆送我回去吧。"

老师思索片刻，也就同意了。因为班里的学生大都是从农村来的，那时候虽说老百姓吃饱穿暖了，但手头还是比较拮据，能买得起自行车的人家并不多。在咱们中国，农村的发展甭管到什么时候都比城市晚十多年甚至二十年。在城市里，手机已经非常流行，也有少数人买了私家车；而在农村里，人们只不过是刚解决了温饱而已。国庆转学过来时，家里刚给他买了辆崭新的"飞鸽"自行车，亮闪闪的很是惹同学们眼气。

赵丽莹之所以亲点邢国庆，当然不单单是因为他有自行车，她自己也有。怎么说呢……哪个少年不多情？那个少女不怀春？这是人的天性。要不是这样，这个世界上还会有人吗？他们都到了情窦初开的年龄，从喜好上自然就会流露出来。她就是不点名，国庆也已经跃跃欲试了，只是由于自己刚来时间不长，担心别人说闲话才没吭声。但是，心有灵犀一点通，她从他的眼神中已看得明明白白了。

人到什么岁数办什么事，这无可非议。但你要说他们这是"早恋"，就有点儿冤枉人了。他们只不过是互相有好感而已，恋不恋那是以后的事，用不着咱们现在多操心。

赵丽莹家住在县委家属院里边。这是县里建设的头一座家属院，规模很大，里面有平房也有楼房。五大班子的正副处级领导都住平房，不但屋子宽敞豁亮，还有个小院儿能种点儿菜。各局的正副科级领导都住楼房，而且根据级别的不同，住的楼层和房间的多少也不一样。一般干部是住不进来的，只能租民房凑合了。

这座家属院建筑时赵孟海还是副书记，也和书记县长一样分到了带小院儿的平房。因为在这件事上，房管局长也是颇费了一番脑筋的。当时，也有人提出意见，说根据领导大小把平房小院儿分开等级。局长却不那么想，因为领导干部随时都会有升有降、有走有来，把家属院换来换去多麻烦？而且还容易为此闹出不痛快来。

赵丽莹家就在右手边的第二排，起脊扣瓦的五间正房和两间厢房都是亮亮堂堂，纱门纱窗一应俱全。小院里也是阳光灿烂，数盆鲜花摆在北墙根下，正盛开得姹紫嫣红。几畦韭菜小葱和胡萝卜什么的，绿油油、亮闪闪格外茂盛。而且，小院里到处收拾得干净整洁，连角角落落都是一尘不染，一切都向来人展示着主人的勤快和良好的生活习惯。

杨月茹正拿着塑料喷壶，边喷边浇灌那几盆杜鹃、月季、西番莲和叫不上名的花儿。真是好汉不提当年勇，好女不夸当年俊啊。她明显见胖了，头发花白，眼角嘴弯已经布满细碎的皱纹，双眸似乎没有当年的清澈。记忆中的那个俊俏伶俐的女孩儿不知去了哪里，让人看着唏嘘不已，真为她感到惋惜。就算是初恋情人，估计现在看到她也会兴趣索然……她边回忆当年的美好倩影，边感慨着岁月的无情。

赵丽莹跳下自行车，抱着肚子叫了声"妈"，便痛苦地佝偻着腰蹲在地上。月茹一见便慌了神，忙扔下喷壶，边用围裙擦手边一迭声地问："老天爷！这是咋、咋了？又疼开了？"

"可、可不是。"赵丽莹说着，额头上的汗水都渗了出来。月茹忙上前把她扶起来，并看了国庆一眼，少顷，又看了一眼才说："谢谢你！"

"没事。"国庆大大咧咧地笑着说，"阿姨，我先回去了。"他说着，调转车头要出门去……赵丽莹却强挣扎着说："有什么事我给你打电话！"

"好的。"国庆答应一声，骑上车子便冲出了大门……月茹边扶着女儿往屋里走边说："女孩子都有这么个阶段……医生不是说了，等将来生过孩子就好了。"

"真悲、悲催。"赵丽莹咬着牙说，"那我要等多少年呀？"

"没事。"月茹忙劝解道，"我给你熬碗姜糖水，喝下去就好了。"稍停，她又说："这个孩子怎么看着眼熟啊？他叫什么名字？"

"你可真是……"赵丽莹说，"人家是刚从深圳转学回来的，你怎么能眼熟啊？"

"不、不对，"月茹思索地说，"我马马渣渣觉得他像是……哪个熟人？"

"妈，你可真是……"赵丽莹肚子疼得难受，苦笑着说，"你是不是眼花了？这千里万里的，怎么能有你的熟人啊？"

"……"月茹张了张嘴，没再说什么，进屋便打开炉子忙着烧水……

为了帮邢文凯办成粉条加工厂的事，赵孟海可是真费了一番脑筋。他知道金丝儿的脾气秉性，要是直通通地实话实说，她肯定不会同意，闹不好很可能翻脸。

你赵孟海作为领导，可以大度，可以既往不咎，但绝不能这样要求别人。对于金丝儿来说，一个是甩掉她的前夫，一个是多次坑害过她的女人，她怎么可能不计前嫌，痛痛快快地帮助他们呢？除了圣人和傻子，就是个二百五也不可能没想法。

赵孟海一开始考虑不说实话，就说是自己的一个朋友需要她帮助，想了想又放弃了。因为他明白这世界上没有不透风的墙，万一哪天被她知道了真相，翻脸是肯定的，甚至连朋友也做不成了。他思来想去，最后还是决定实话实说。

那天正好是清明节，赵孟海也没带司机，一大早便自己开车往太极走……在路上给月茹打了个电话。他回到家里，边吃着她买回来的老豆腐和油条，把这件事从头到尾和媳妇叨唠了一遍。她一听便马上着急地说："你这不是背着喇叭赶集——没事找事啊？怎么能答应帮邢文凯他们的这个忙呢？"

赵孟海只顾吃着油条没吭声。她接着说："这里边缠线蛋子的关系你最清楚，金丝儿姐的脾气你也了解，她怎么可能答应这种事呢？"

"你说得很对。"赵孟海擦了擦嘴说，"可我毕竟和一般人不一样，要是不管，让别人知道了，肯定说我鸡肠鼠肚，计较个人恩怨。说心里话，我也不怎么情愿，可不管又不行。"

"这事……"杨月茹明白过来，边点头边说，"你是应该管，可怎么和金丝儿姐说呢？"

"车到山前必有路。"赵孟海实际上心里已有数，边站起身边说，"走吧，咱们马上赶过去给老爷子烧张纸。"

说话间，赵丽莹也从学校里回来了。她看到父亲，意外而高兴地叫了声"老爸"，撒娇般依在他身上。赵孟海拍打着她的肩头说："一块走吧，去给你老爷爷烧张纸。"

清明时节雨纷纷，那也许是老天爷对逝者的祭奠吧。金丝儿和娘用纸垫在地上跪在金铁钢的墓碑前，边烧纸边祷告道："爷爷，奶奶，如今日子好过了，也多给你们送点儿钱。你不用省着，想怎么花就怎么花，想吃什么就买什么吧。"

赵小扔披着雨衣站在旁边，边打着伞为她们遮雨边看着不远处的邢佩哲。那小子可不管下不下雨，刚到时磕头叫了声"老爷爷"，便跑开去放"二踢脚"了。

那个时候还不限制鞭炮，人们上坟烧纸都要放几声闹个动静，可能是担心老人们耳朵不好听不见吧。这时候，在村子西南角老坟里，鞭炮声已经"噼里啪啦"响成了一锅粥，"二踢脚"声此起彼伏，在空中炸出朵朵灿烂的火花，闪电般瞬间照亮了这阴暗的早晨，腾起来的片片硝烟，久久地在空中弥漫着浮移不去。

就在赵小扔用小木棍拨弄着尚没烧完的纸钱时，一辆奥迪轿车沿着河堤疾驰而来……金丝儿他们意外地注视片刻，忙站起身来。等车到跟前，月茹先下来了，并打开油布伞为丈夫遮雨。随后，赵丽莹也打着小雨伞下车来。金丝儿不无惊讶地看着赵孟海问道："你们那么忙，怎么也赶来了？"

"必须的。"赵孟海说，"来给老爷子烧张纸，我想他了，好几次做梦都是和他喝酒哩！"他说着，毫不犹豫地想跪在墓碑前……月茹忙一把拉住他说："地上湿，看把裤子弄脏了！"

"没事。"赵孟海大大咧咧地说，"这才能显得咱有孝心呢。"

"那也不行。"杨月茹说着，从随身带的手包里掏出张报纸一撕两半，一半为他铺在地上，自己拉着女儿跪在了另一半上。

老天爷似乎是在故意考验人们的孝心，等大家烧完纸回到家里时，便云散雨霁了。

靳存根进家便一头钻进厨房里，打开炉子为客人烧水沏茶……三个孩子凑在一起更热闹，"嘻嘻哈哈"笑着跑到河滩里，在鲜花盛开的草地上逮蟋蟀捉蚂蚱疯个没完没了。

赵孟海两口子和金丝儿坐在上房里的方桌旁，开始了一场艰难的谈话。刚起头，他并没单刀直入说邢文凯求他帮忙的事，而是拣了个比较轻松的话题说道："金丝儿啊，咱们也不是外、外人……有件事月茹叼唠多少遍了，你听她说说呗。"

"是吗？"金丝儿不无意外地看着月茹问道，"什么事啊？让你这么……上心？"

"就是……小扔儿的事呗。"月茹说，"姐，这孩子让你养活这么多年，也已经长大成人了，俺是不是该把她接回去呀？"稍停，她又补充道："要按我的意思，早就该接回去了。"

"这事……"金丝儿迟疑地刚想说什么……月茹却打断她接着说："要不，外人的闲话好说不好听，还认为俺这个当后娘的不情理呢。"

金丝儿笑了笑，说："我看还是算了吧。你们现在接回去，等过几年我还得接回来。"

"接回来？"赵孟海眨巴着眼睛问，"你……什么意思？"

"什么意思……"金丝儿仍是笑着说，"她和佩哲成天价在我眼前晃……我看他俩迟早会捅开中间隔着的这层窗户纸。"

"什么窗户纸？"赵孟海意外地问，"他们俩怎、怎么了？"

"怎么了？"金丝儿说，"他俩这么多年胳膊不离腿地一块长大，就和亲兄妹差不多，现在人大心也大了。我总觉得他们俩之间像是……有点儿什么事。"

"有点儿事？"赵孟海疑惑地问，"他们俩能有什么事啊？"

"什么事……"月茹却马上明白了过来说，"那不是明摆着？大男大女之间能有什么事？你怎么还不明白呀？"

赵孟海惊讶地怔片刻，紧盯着金丝儿问："你是说……他们俩搞、搞对象了？！"

"我也不敢肯定，只是有那种感觉而已。"金丝儿说，"我成天价对他们讲不能早恋影响学习、不能早恋影响学习。他们有那个心也没那个胆呀？"稍停，她又说："咱们都是过来人，当然知道这种事光靠大人管是管不住的。"

赵孟海又愣了片刻，却突然"哈哈"笑着说："要真是那么回事，我倒是乐见其成！"

"我也高兴啊。"金丝儿说,"不过,咱们现在无论如何也不能松这个口,更不能让他们耽误学习,等他们都考上大学再、再说吧。"

"行行行……"赵孟海高兴地说,"这是件大好事,我举双手同意!"

"这么好的事,谁能不同意呀?"杨月茹也笑着说,"皆大欢喜!皆大欢喜!哈哈……"

这时候,外面传来三个孩子的说笑声,他们才互相交流着目光收住了话头。赵孟海趁机点上根烟,闷头抽了几口才感慨地叹息着说:"真是,有人欢乐就有人愁啊!"

"有人愁?"金丝儿一听,蹙着眉头问道,"你……什么意思?"

"什么意思……"赵孟海佯装不在意地回避着她的目光说,"世界上不总是这样,到什么时候都是有人欢乐就有人愁啊。"

杨月茹也紧接着说:"他们愁不愁和咱没一毛钱关系……咱吃饱了撑的呀,管他干吗?"这是他们两口子在来时的路上商量好的套路,一个唱白脸一个唱红脸,激将总比请将强。

"不对。"金丝儿何等聪明,她急忙问道,"你们是话中有话,说吧,到底有什么事?"

"什么事……"赵孟海故意迟疑地说,"说出来我都不愿意管,你肯定更不用说了。"

"那可不一定。"金丝儿追问道,"你说出来咱们商量商量呗。"

赵孟海仍像是不怎么情愿地说:"一个人、一个咱们最讨厌的人穷得吃不上饭了,哭着求着找到我家里,跪在地上赶都赶不走。真是……一分钱难死英雄汉啊!"

"是吗?"金丝儿意外而惊讶地问道,"谁呀?世界上还有这么不要脸的人呀?"

"算了吧。"月茹忙制止丈夫说,"咱不是讲好了的,不对姐说吗?"

"月茹,"金丝儿不高兴地说,"我们在说正经事,你就别乱插言了。"而后,她回头问孟海道:"说了半天,到底是谁呀?"

"谁?佩哲他爹,邢文凯。"赵孟海终于说,"怎么样,你肯定不愿意管吧?"

"他?"金丝儿倒抽了口凉气,意外而震惊地问,"他怎么了?不是在深圳干得挺好吗?能混到那种份、份上?"

"到底怎么了我没让他详细说。"赵孟海回答道,"听那意思,好像是因为得罪了老板,被人家辞退了。他们两口子在深圳混不下去,走投无路就不得不回来了。"

"……"金丝儿张了张嘴什么也没说出口,神情复杂地迟疑着……赵孟海故意问道:"你说,这种人咱能管吗?"

金丝儿却反问道:"你是说……他又成家了?"

"不光成家,还生了个大儿子呢。"赵孟海说,"一家三口坐吃山空,不会做生意又没别的进项,眼瞅着就快吃不上饭、饭了。"稍停,他又说:"要不是走投无路,他肯求到我跟前?你说,像他这种人,咱能管吗?"

金丝儿没正面回答,却反问道:"那么……他想干点儿什么呀?"

"干什么?"赵孟海说,"他们家那边不也是河滩地,每年种好多山药吗?他想到当年你们开的粉坊,也想学着干,但不懂技术啊,想让你们派个技术人员过去。"

"这不难呀。"金丝儿说,"现在,咱们村的小粉坊还开着,抽个人过去不就行了?"

"不是光缺技术人才。"赵孟海说,"他的意思,是资金不足,还想便宜点儿买你们不用的旧设备哩。"

"不用便宜。"金丝儿说,"那些旧设备也值不了几个钱,白送给他们算了。"

赵孟海和媳妇交流着目光说:"嘿嘿……我真是错看你了。没想到咱们的金丝儿这么大度,心胸这么宽广!"

"瞧你说的……"月茹说,"你觉得金丝儿姐这全国人大代表是白当的吗?"

"佩服!佩服!"赵孟海伸出大拇指夸赞着,稍停又说,"还有件事我也必须告诉你,就是……你绝对想不到,他和谁成了一、一家。"

"我才懒得想呢。"金丝儿说，"他和谁成一家，和我有什么关系呀？"

"嘿嘿……当然有关系了。"赵孟海冷笑着说，"我说出来都觉得替他们丢人，做梦都没想到，小扔儿她娘嫁给了他。"

"小扔儿她娘？"金丝儿一时没反应过来，看着月茹问道，"他说的是谁、谁呀？"

"谁呀？哼哼……"月茹撇着嘴说，"你忘了？就是那个不要脸的柳玉洁呗！"

"啊？！"金丝儿彻底被震惊了，愣怔片刻才说，"他、他们俩是怎么到一块的呀？"

"这我就说不清楚了。"赵孟海说，"反正是鱼找鱼虾找虾，瞅对了眼找王八吧。"

"干吗说得那么难听啊？"月茹说，"天有不测风云，人有千般样貌，嗑瓜子嗑出臭虫来——真是嘛人（仁）也有哇。"

"哈哈……你说的也不好听啊。"金丝儿笑着说，"俗话说，不是一家人不进一家门。咱就对事不对人吧。"

"对对对……"赵孟海也感觉到自己刚才说话忒难听，忙附和道，"咱就对事不对人，能帮就帮一把吧。"

"姐，"月茹不由得冲金丝儿伸出大拇指说，"今儿妹子我又高看了你这人大代表一眼！"

赵孟海两口子在金丝儿家吃了中午饭，开着车往县城里驶去……杨月茹突然想起地说："小莹儿每个月来例假都要耽误学习，你这个当爹的一点儿也不心疼啊？"

"我心疼有什么办法呀？"赵孟海说，"人家女孩子谁不来例假呀，就她娇气！"

"她自个儿也不愿意呀。"月茹说，"你在石家庄大医院里请个妇科大夫给她看看呗。"

"行啊。"赵孟海说，"我回去打听打听再说吧。"

"那你就抓紧点儿。"月茹说着，心里突然意识到什么，思索着好一会儿没开口。赵孟海觉得奇怪，便扭头看着她问道："怎么了？你在想什么？"

　　"没、没有。"月茹忙说，"许是我疑心生暗鬼，自个儿瞎琢磨呗。"

　　"那你瞎琢磨什么事了？"赵孟海说，"讲出来咱们一块分析分析不行啊？"

　　"就是……"杨月茹迟疑一下，说道，"前几天咱莹儿肚子疼，是个小伙子送她回家的。"

　　"那肯定是她的同学呗，"赵孟海随口说，"送她回家又怎么了？"

　　"不、不是。"杨月茹忙解释道，"那个小伙子长得挺帅，听小莹说是刚从深圳转学过来的……我当时就觉得那孩子看着有点儿面熟，你说会不会是邢文凯的儿子啊？"

　　"你真是……瞎琢磨。"赵孟海笑着说，"世界上哪儿有那么寸的事啊？"

　　"谁知道呀。"月茹思索地说，"不怕一万，就怕万一，万一要是真的该怎么办？"

　　"万一要是真的……"赵孟海同样思索地说，"得想办法阻止他们。我帮文凯是出于无奈，可真要是和那两个'活宝'做亲家，还不恶心死我呀？！"

　　"谁说不是啊？"月茹说，"我也是担心这点儿，老天爷不会这么恶作剧吧？"

　　"但愿是你想多了。"赵孟海说，"咱又不能肯定，现在更不能说破了。我工作忙又经常不在家，你就多留点儿心，仔细观察观察再说呗。"

　　"老天爷！这么大的事，你不管怎么行、行啊？"月茹不无着急地说，"莹儿从小被你惯坏了，我说话她这个耳朵进、那个耳朵出，根本听不进去。"

　　"看看……你又瞎着急。"赵孟海忙解释道，"现在咱不是还不肯定吗？你多留点儿心不就行了。"稍停，他又说："千万不能打草惊蛇，让他们有了准备，这事就更不好办了。"

杨月茹思索地连连点着头，不知怎的心里一阵发慌，突然有了种茫然和无所适从的感觉。

金丝儿心里也挺别扭，虽说答应了赵孟海的委托，帮助邢文凯两口子，但是多么心不甘情不愿啊！但她的骨子里天生就具备男人性格，言必信、行必果，吐唾沫成钉，答应了的事，掉脑袋也得办！她当天就安排好了一位技术人员，并让靳存根带领几个人把从前用过的旧设备倒腾出来，擦拭干净修修补补。

再说，邢文凯接到赵孟海的电话，高兴得差点儿跳起来。他万万没想到，自己的前妻会这么大度、这么痛快，甚至心里还有点儿窃喜：她是不是还爱着自个儿啊！

唉……这人啊，谁都是自我感觉良好，也许这都是天性和活下来的勇气吧。柳玉洁同样如此，知道赵孟海为他们办事这么痛快，心里也是美滋滋的。第二天一大早，两口子租了辆大卡车，高高兴兴地出发了。

初夏时节，天蓝云白，灿烂的阳光普照着千里平原。庄稼地里，高的玉米、低的棉花、趴在地上的山药……满眼都是浮泛着日光的翠绿，更像微波不兴的大海般浩瀚！

那些绿树掩映的村庄，就像大海中的岛屿，密密麻麻星罗棋布。只有这肥沃的大平原上最适合人类生活，村子才会这么集中。不信你去北大荒看看，那里的村庄一座座相距几十公里，汽车跑在公路上，上百里都碰不上一辆车。

一阵风儿吹过，大海波涛翻滚，那些岛屿就像是在不停地浮移、浮移……人逢喜事精神爽，心情好，看什么都高兴，嘴里的话也就多了。邢文凯两口子坐在车斗里，不由得哼唱起来《春天的故事》：

　　　　1979 年，那是一个春天，
　　　　有一位老人在中国的南海边画了一个圈。
　　　　……

他们俩都没什么音乐天赋，基本上属于五音不全那种人，所以，唱起来走腔跑调，比哭还难听。驾驶室里的中年司机实在听不下去，皱着眉头喊了一嗓子："你们这俩家伙要唱了沾不？当心把狼招来了！"

好在因为是戗风，两口子并没听见，声音像拉锯一样七扭八捏总算是唱完了。柳玉洁意犹未尽，高兴地看着丈夫问："你说，金丝儿会不会请咱们吃顿饭？"

邢文凯依旧沉浸在自己的感觉良好中，便说道："应该会吧？她这个人傻乎乎的，也许早就把以前的事扔下了。"真是悲哀啊，一个被窝里睡了几年，他竟然没弄明白自己媳妇是个什么人，连脾气秉性都不清楚。也是，当初谈恋爱时是女追男，这就奠定了他高高在上的心态，也懒得去琢磨自家媳妇是个什么性格了。更何况，两人在一起生活了不到三年，因为小扔儿他便负气一走就没再回头。

现代的年轻人常说：理想是丰满的，现实是骨感的。当卡车开进金沙湾村委会，等待他们两口子的是靳存根和他带领的几个年轻人，金丝儿连面都没露。邢文凯感到非常失望又不能说什么，也就没好意思问。柳玉洁不知道存根和金丝儿的关系，没脸没皮地问道："你们村的金书记没在呀？俺们是老朋友了，她怎么没露面呀？"

实际上，金丝儿早已经把这俩"活宝"给丈夫介绍清楚了。所以，靳存根连理都没理她，忙和几个年轻人七手八脚地把漏粉设备装了满满一大车，拍了拍手扭头便走了。邢文凯两口子闹了个顶鼻子大戗脸，好没意思，一路上谁都没开口讲话。

十
二

　　老人们常说：这人啊，到什么岁数就该做什么事。年轻男女长到十六七岁，实际上身体各方面包括性器官已经基本成熟，要不是国家政策规定和父母管束，早恋甚至早婚也算是天然。大家都知道，世界上有的国家，女孩儿十二三岁就结婚生子并不稀罕。

　　但是，如果有人认为邢国庆和赵丽莹是在早恋，那可就真冤枉死他们了，两人现在充其量不过是互相有好感而已。更何况，他们都是文学爱好者，也都喜欢看书，什么《三国演义》《水浒传》等四大名著，以及当时流行的《白鹿原》《废都》《平凡的世界》等等，两人都看过，所以，在一起就比其他同学话题多，观点也基本相同。而且，他们在学习上也是非常用功，你追我赶，互相较劲，各门功课每次考试从没下过全年级前三名。老师和同学们眼瞅着他们就是清华、北大的准大学生了。

　　同学们也分三六九等，看在眼里心态各不相同，有的"羡慕"，有的"嫉妒"，也有学习差的暗中生"恨"。因此上，在他们背后说三道四，甚至更加难听的闲话也不少。当然，如果照此发展下去，两人最后走到一起的概率比别的同学肯定要高得多。

　　常言说：人的命，天注定，胡思乱想不顶用。也就是说，在冥冥之中，总有一只看不见的大手在操控着每个人的一生，老天爷要想让你出事，写书的也拦不住。

　　赵丽莹偏偏又是个豪情奔放、喜欢热闹的女孩子，有事没事喜欢瞎张罗。那是个星期日，赶上天气不好阴雨连绵，邢国庆等离家远的十来个男女同学就没能回去。她便把他们请到自己家里，边写作业边玩耍边吃零食，嘻嘻哈哈好不高兴。

说是女人的更年期就好比初春的天气，阴晴不定、冷暖无常，情绪变化比翻书还快。杨月茹眼下偏偏正处在这个年龄段。她有时候老觉得浑身疲惫不愿动，甚至连自己的饭都不想做，随便就着大葱啃个凉馒头或是一袋方便面就交待了。她见女儿一下子领来了那么多同学，脑袋"轰"一家伙就大了。

可不是，家里来这么多人，你总得出去买菜准备午饭吧？要吃饭，稀的干的一样也不能少吧？月茹心里虽然腻歪着，脸上还得挂上笑模样表示欢迎。她总不能让自己的闺女下不了台，再不愿意动也要忙活半天吧？她万般无奈，打上把伞扩上菜篮子就出去了。

同学们因为关系好，说话就没了禁忌，差不多都是信口开河。一个女孩儿说："丽莹，真想不到你妈还这么年轻！"

"年轻什么呀？"赵丽莹说，"她都快五十了，正闹更年期呢。"

"可是不像，"一个男孩子说，"她看上去顶多四十出头。人们常说：女人是三十如狼四十如虎，五十赛过金钱豹。你妈正是好岁数哩！哈哈……"

"就是。"一个女孩子接过话头说，"你妈这么年轻，就快当丈母娘了，真是不可思议。"

"你瞎说什么呀？"赵丽莹皱着眉头不高兴地说，"看让我妈听见了。"

"她不是出去买菜了吗？"这个家伙说话不知道轻重，又说道，"同学们谁看不出来，你肯定等不到上大学，就该……国庆节（接）了。"

"就是。国庆接管了。""你天天有国庆，天天都是国庆接管着。"……同学们鸡一嘴鸭一嘴，半真半假半开玩笑，谁都没心情写作业了。

只有邢国庆好像什么也没听见，低头瞅着作业本偷着笑。赵丽莹想恼没敢恼，想气不敢气，脸色红一阵白一阵不知道该怎么办。

大家谁都没想到，就在他们胡说八道时，杨月茹却站在屋门外什么都听见了。原来，她刚走到大门外，突然想起自己没带钱。那时候人们还不知道什么叫微信支付，没钱你什么也买不到。她非常生气，原本想冲进去把他们都轰走，但又觉得那样太伤女儿的面子，回头肯定会和自己大闹一场。因此上，她只能冲屋里大声喊道："丽莹，快给我开门！"

也算是一鸟入林，百鸟哑音吧，屋里瞬间变得静悄悄毫无声息。片刻，赵丽莹神情讪讪地打开屋门，意外地问道："妈，你怎么又回来了？"

杨月茹没理她，气冲冲进屋谁也不看地开柜子拿上钱就又出去了……赵丽莹愣在门口，张着嘴不知道该说什么。同学们见状，一个个像犯了错误的孩子，悄没声地拿上自己的东西溜走了。国庆走到丽莹身旁低声说："身正不怕影子斜，你千万别往心里去。"

赵丽莹点点头，泪水一下子涌了出来。片刻，她冲进自己的卧室，扑倒在床上无声地掉着眼泪，一对、一对、又一对……过了好一会儿，就听到月茹在正房门口嚷道："这都是些什么学生啊？看弄得屋里像猪窝一样！"

当天的午饭，月茹没做，丽莹也没吃。娘儿俩进行了一场艰难的谈话。

杨月茹坐在女儿的床沿上，脸色苍白、尽量平心静气地问道："说吧，这是……咋回事？"

"咋、咋回事也没有。"赵丽莹侧歪在被子上，嘟噜着脸说，"他们胡说八道，开玩笑呗。"

"开玩笑？哼哼……能这么开玩笑啊？"月茹说，"无风不起浪。同学们成天价和你在一起，他们肯定是看出什么来了。你心里也肯定有鬼，为什么不敢说实话？"

"我心里能有什么鬼呀？"赵丽莹不由得提高声音说，"我和邢国庆嘛事也没有……平时接触较多是老师安排的。"她缓了口气接着说："他刚转学过来时，我们的班主任担心他不适应，特意安排我这个班长和他同桌，可不接触就多了。"

"邢国庆？"月茹皱着眉头问，"是不是前些日子送你回来的那个孩子。"

"就是他，怎么了？"赵丽莹说，"人家送我回来也有罪了？"

"你妈我能那么糊涂吗？"月茹说，"你知道他是谁家的孩子不？他父母叫什么名字？"

"他爸叫邢文凯。"赵丽莹说，"他妈叫什么我不知道……那又怎么啦？"

杨月茹听罢，不由得倒抽了口凉气，迟疑片刻才说："老天爷！还真是他家的孩子啊？真让你爸说着、着了。"

"我爸？"赵丽莹奇怪地问道，"他说着什么了？和他有什么关系呀？"

杨月茹一时间心里很乱，不知道该怎么和她解释地迟疑着……赵丽莹又问："妈，这到底是怎么回事啊？我爸和他爸有什么关系呀？"

"这事……三句两句说不清楚。"月茹说罢又问道，"丽莹，妈再问你句话……你实话实说。"她迟疑一下接着说："你和那个……邢国庆就算现在没、没事，将来有一天，你俩会不会走、走到一起？"稍停，她又补充一句说："我是说……有没有可能走在一块？"

"这……"赵丽莹思索片刻，神情犹豫地说，"我可不敢保、保证。"

"那是绝对不行的！"杨月茹不无痛苦地说，"你爸肯定不会答应，非闹个鸡飞狗跳、亲戚朋友都不得安生！"

"那是为什么呀？"赵丽莹又问道，"你们那代人到底有什么爱恨情仇啊？"

"这事……你就要问了。"杨月茹摇着头说，"回头我和你爸商量商量再、再说吧。"

赵丽莹迟疑一下又说："妈，你也不用这么神经过敏，这本来就是没影子的事，同学们开玩笑都是胡说八道。你根本用不着听风就是雨地自寻烦恼。"

要说，想彻底改变国人数千年形成的传统观念，真是个艰难、长期的巨大工程。历朝历代都有痴情者为此付出血的代价，但至今仍没有真正唤醒国人。

就说新中国成立、婚姻法颁布后，为宣传"婚姻自主"，文人墨客杜撰了多少文艺作品？什么《刘巧儿》《小女婿》《小二黑结婚》等等不一而足，花了多少钱、传唱多少年起到了多大作用？到现在，哪个闺女找婆家、小子娶媳妇家长不干涉？有的甚至闹到拼死拼活、投河上吊、家破人亡，最后是一地鸡毛、无法收拾的地步。因此上，才使《梁山伯与祝英台》《刘巧儿》等剧目，成为传唱不衰的经典之作。

杨月茹和女儿的话是谈完了，该说的也都说了，可心里却更加不踏实。女儿去学校了，她一个人躺在床上，翻来覆去怎么也睡不着。她拿起手机想给丈夫打个电话，号码拨了一半就又停住手迟疑起来……一是天晚了，二是怕电话里说不清楚，更主要的是担心他听到这事睡不着觉影响休息。所以，第二天一大早她连饭都没吃，就坐上头班公交车去了市里。

前面说过，咱们国家大大小小的干部们一年四季都挺忙。赵孟海作为市委书记，不是谁想见就能见，就是老婆也不行。

当公交车快进市区的工夫，杨月茹先给丈夫打电话没开机，只得给他的秘书小李子打通后说了一声。小李子当然不敢怠慢，马上便告诉了自己的领导。赵孟海正在看什么材料，准备在九点召开的常委会上用。他听说媳妇要来，心里不由得"咯噔"了一下，因为这么多年来，月茹很少来找他，有事打个电话就行了。这次她亲自来，就意味着肯定有什么大事了。但是，再有什么事也不能耽误开常委会啊？他思索片刻，心里七上八下地命令小李子先把她安排在招待所里休息休息再说。

小李子让司机把领导夫人送到招待所里，并安排了房间和早餐。可她哪里吃得下呀？一颗心像被猫抓一样坐不稳立不安，在屋子里走来走去，走来走去……过了一会儿，她明白上午肯定是没戏了，想睡会儿可躺下怎么也睡不着。她心烦意乱，最后决定去逛商场，买不买东西没什么，散散心吧。

逛商场似乎是女人的天性，逛起来又顶吃又当喝，什么也不买逛一天也不觉累。在这方面，男士可就差远了。媳妇在里面眼花缭乱，流连忘返，丈夫坐在门口的马路牙子上摇头叹气，一根接一根地抽烟……恨不能一走了之又不敢。他并不一定是怕媳妇，而是担心她出来找不到人着急上火，万一病了还得花钱，还得自己伺候不是？

可怜天下父母心。杨月茹虽然恨闺女不争气，还是给她买了条夏天穿的花裙子。也是，人们都说石家庄市没春天，你看，大街两边梧桐树上的叶子还没完全展开，人们刚换上的秋裤没来得及脱，天气"咔嚓"一下子就热得该穿夏装了。正当她挑拣着想给丈夫买件衬衫时，李秘书的电话就打了过来。她把自己所处的位置告诉了他，便急忙结了账从商场里出来，站在显眼处东张西望……一对对红男绿女勾肩搭背从旁路过，不时地看她一眼。

有件事杨月茹怎么也想不明白，现在的闺女们这是咋了？一个个赶时髦连衣服也不会穿了。你瞅瞅，有的故意把很好的劳动布裤子从膝盖处撕开个大口子，露出并不白皙甚至有皱的膝头；有的裤脚下摆不签边，任丝丝缕缕像流苏一样拖在地上……她想起自己年轻的时候，衣服上哪怕有个指头那么小的窟窿，也要想办法打个补丁，生怕露出肉来让人笑话。正当她胡思乱想时，一辆奥迪停在了面前。

在赵孟海的办公室里，当送来饭菜的服务员退出去后，两口子准备吃饭时先说起了闺女。

杨月茹满腹愁绪，开口便说："这闺女我是管不了了，你得回去好好说说她。"

"莹儿怎么了？"赵孟海把拿起来的筷子又放下问道，"还值得你这么风急火燎地跑来？打个电话不就行了。"

"这、这事……忒大，"杨月茹说，"我怕电话里说不清楚。"

"是吗？"赵孟海不无意外地问，"一个孩子家家的，她能犯多大错误啊？"

"孩子？她都十七八了，明年就该考大学了。"月茹叹息着说，"真是人大心也大，听不进大人的话了。"稍停，她又不无埋怨地补充一句："还不都是你惯的呀！"

"这话怎么说的？"赵孟海笑着说，"怎么是我惯的呀？你不是她妈呀？再说了，我工作忙，一年回不了几次家，还是你守她时间长不是？"

"长不长顶嘛事？"月茹说，"她从小就不怕我，而且越大越不听话。"她说着，委屈的泪水开始在眼眶里打转转。赵孟海这才意识到问题的严重性，忙说："看你，话没说倒哭上了……快说说，莹儿到底怎么了？"

杨月茹这才擦了擦眼睛，把昨天发生的事从头到尾讲述了一遍。赵孟海听罢一时没开口，思索地点上根烟慢慢抽着……她不由得着急地说："如果同学们说的是真、真的，咱先不说她考不考大学，就说和邢文凯他们两口子做亲家，你愿意呀？"

"我当然不愿意了。"赵孟海说，"可是……她的同学们是不是真的在开玩笑呀？咱们可不能拿着棒槌当针纫，背着喇叭赶集——没事找事。"

"肯定不是那么回事。"月茹口气坚定地说，"他们一个个又不是吃屎的孩子，要没个……蛛丝马迹，谁敢拿这种事开玩笑啊？咱们宁可信其有，不可信其无，防患于未然嘛。"

赵孟海思索片刻，边拿起筷子边说："咱先吃饭吧，要不都凉了。"

"你吃吧，我可吃不下。"月茹说罢，就着脸盆里的水拧了块湿毛巾，一次次擦着自己的脸。赵孟海苦笑着说："你可真是……一辈子的老毛病了，有点儿事就急得吃不下睡不着。"

"那没办法。"月茹重新坐下来说，"生成的骨头长就的肉，俺从娘胎里出来就这样。"

"要不这样吧……"赵孟海认真地说，"目前千万不要把事情说破，要是那样咱们更被动。你暂时先认真观察一段时间，等我回去，咱们和她认真谈一谈。"稍停，他又信心满满地补充道："我还就不信了，这小鹰能把老鹰玩得团团转？嘿嘿……"

这家伙真是把话说大了，时代不同，老鹰真的就没玩过小鹰。当然，这是后话。

遍地黄金走，单等有福人，这是句讲古了的话。意思就是说：在日常生活中，时时处处都有商机，甚至一件微不足道的小事，就可能蕴藏着巨大的挣钱机会，就看你有没有这个眼力，能不能识别出来并紧紧抓住。因为这种机会往往是稍纵即逝，过去了或许永远不会再有。

社会上还流传着一种说法：小钱靠力，中钱靠智，大钱靠德。意思是说一个人没本事，只能靠卖苦力挣点儿小钱；谁要想多挣点儿，就必须动脑筋靠智慧了；但真正要能挣大钱，靠的是你的为人和德行。

人们不是常说：谁谁不行，德不配位，一辈子也挣不上大钱。意思是说，老天爷看着呢，一个人德行不好，再有本事再努力也不会让他挣上大钱。这话也许有一定道理，苍天有慧眼，人心有杆秤，公道自在人心嘛。

这天是"五一"劳动节，金丝儿夫妇应邀参加了一对年轻人的婚礼。而且她还被委托为主持人和总管，所以一大早就到现场了。

实际上，这时候的农村里已经有了承办"婚丧嫁娶"的专业公司，一般人家图省事，花点儿钱交给他们就行了。但今天这家的主人和金丝儿是多年的好朋友，觉得她能参加并主持孩子们的婚礼脸上有光。也是，毕竟现在的金丝儿已非同一般，全国人大代表不是谁想当就能当上的。地方名人嘛，能和她成为好朋友，当然是件值得自豪的事。

现在庄稼主子的日子好过了，农村的婚礼办得是越来越大，差不多提前十多天事主家就开始忙活了。当家的先是去赶集买肉买菜买豆腐，请把式在院子角落里垒长灶盘大锅，再去左邻右舍家去借桌椅板凳，头三天便熬肉菜蒸卷子，中午和晚上把本族当家的男女老少都请过来，热热闹闹地吃伙饭。

人多院子小，桌旁坐不下院子里转不开，年轻人一个个只能端着碗出去圪蹴在街边上吃。前面说过，按照当地的习俗，是"丧事赶着去，婚事请着来"。同样也有那些不开眼的家伙，趁乱不请自来，混在人群中吃蹭饭。主家看到了也不好说什么，饭菜有的是，多仨少俩也不差什么。脸皮子厚、吃个够；脸皮子薄、吃不着。这些家伙头一天吃个肚儿圆，第二天晌午还会来，哪怕是遭人白眼，眼皮子一耷拉就装看不见，大口马牙紧着吃。当然，这些人属于那种"姥姥不疼舅舅不爱"、一辈子娶不上媳妇耍光棍的二流子，差不多村村都有那么几个。

过事过事，除了娶媳妇就是埋人了。现在，日子好过家家发烧，连生孩子也成"过事"了，也得摆席请客折腾一天。当然，最热闹、最喜庆开心的就数娶媳妇那天了。

只见，院子里到处垂垂挂挂着彩绸彩吊，门扇和窗户上贴着大红"囍"字，二十多桌桌椅板凳从屋门口摆到大门口，上面已经摆好了瓜子花生和糖果什么的。十多位本族当家的男女，穿戴得像过年一样新鲜干净，满脸喜气地等待着去接亲的队伍……这支队伍天一扑明就出发了，许是新媳妇家距离较远，日上三竿了还没回来。

金丝儿这个主持人暂时没事，倒背着双手在院子里走来走去……突然，她的目光被什么东西吸引住了，不由得停住脚步仔细观察着——那是一篮子花花绿绿的东西，鲜艳夺目非常亮眼，谁看到了都会驻足观看。事主见状忙走过来解释道："没见过吧？这叫……'面花'，是一个亲戚送来的。"

"面、面花？"金丝儿眨巴着眼睛问，"这是用什么做的呀？我还真是头一回见。"

"就是咱们平常吃的麦子粉呗。"主人笑着说道，"人家就是在做的时候变了数不清的花样，咱就成洋鬼子看戏——傻眼了。"他说着，从篮子里拿出来一个掰开来……果然，就是人们每天都吃的面粉。主家的亲戚不过是捏成了各种花样——小兔子、小鸽子、小青蛙、小蝴蝶……染上颜色、点上眼睛，一个个活灵活现，栩栩如生像真的一样！

"真的是啊？"金丝儿惊讶地说，"是谁这么……巧哇？七仙女呀？"

"是孩子他姑家闺女。"主家说着，冲屋里喊道，"巧儿！巧儿！你出来一下。"

"舅舅，怎么了？"随着银铃般的回答声，一个二十来岁、机灵漂亮的女孩儿从新房里出来了。主家忙指着金丝儿解释道："这是我们村的书记，金丝儿。"

"我知道。"女孩儿高兴地笑着说，"金书记大名鼎鼎，十里八村的谁不认识啊？咯咯……"

"那倒是。"主家又指着女孩儿对金丝儿说，"我姐家的外甥女，杨七巧。"

"不是，舅舅，"女孩儿笑得更灿烂了，纠正道，"我不是你姐家的外甥女，是你的外甥女。哈哈……"随即，她礼貌地问候道："金书记好！"

"你好！你好！"金丝儿高兴地拉住她的小手说，"杨七巧，真的实至名归啊！你是……做什么的呀？一定学过美术吧？"

"金书记真好眼力。"杨七巧眨巴着好看的丹凤眼说，"我在西安美院上学，再过几个月就该毕业了。"

"怪不得呢。学专业的呀？"金丝儿还想说什么……接亲的队伍吹吹打打、浩浩荡荡地从村口拐了进来。院子里等待的男男女女"呼啦啦"迎过去……瞬间，好像整个村子都沸腾了！

人人都有一双手，只要勤动脑筋敢吃苦，就能在这个世界上立于不败之地。

邢文凯他们两口子开办的粉条厂，不到一年的工夫就已初具规模，而且把靠近滹沱河的十多个村庄都带动了起来。他也被评选为带领群众致富的"先进模范"，在县委召开的年终表彰会上和金丝儿坐在了一起。他不无尴尬地冲她笑了笑，刚想开口说几句感谢话，她却站起身，阴沉着脸走开了。他愣在那里，咧着嘴比哭还难看。这一切，被坐在主席台上的赵孟海都看在眼里。他皱了皱眉头，想找个机会把他俩叫到一起好好谈谈。

在这个世界上，谁能活得那么容易呀？这一年多，邢文凯和柳玉洁熬星星熬月亮、起早贪黑付出了多少辛苦，只有他们自己知道。

虽说当初金丝儿为他们派出技术人员，也无偿支援了部分设备，但"万事开头难"，该付出的辛苦是必须要付出的。在一般人看来，漏粉这活并没多少技术含量，只要敢下辛苦就行。实际上根本不是那么回事，各行各业、干什么都有窍门，掌握好了一顺百顺，掌握不好辛苦不说，还会赔得一塌糊涂。

那位技术员当然知道邢文凯和金丝儿的关系，从心里说并不想帮他们，既然领导派遣了，他不得不来。所以，他确实没尽心尽力，指挥着安置好设备后，手把手教文凯漏了两瓢粉浆就走了。文凯倒是信心满满，端起瓢来就开始漏粉……可好，因为他没掌握好粉浆的成分和稀稠度，结果漏了锅糨糊，一根粉条都没捞出来。

柳玉洁是负责往瓢里添粉浆的，也累得手腕子生疼，见状不由得撇着嘴连讽带刺地埋怨了几句。邢文凯的心里本来就不好受，手腕也疼得直哆嗦，听她埋怨生气地随手把漏瓢扔在了水泥地上……只听"咔吧"一声，漏瓢裂成了两半，眼瞅着就不能用了。

两口子愣了片刻，同时一屁股蹲在了地上……此时此刻，房间里的空气像是凝固了般静寂，只有捂着眼的毛驴拉磨那"嗒嗒"的蹄声。他们好半天谁都没开口说话，心里明白要是互相埋怨，非要吵架甚至打起来不可。

当天晚上，柳玉洁没心情做饭，文凯更没心情吃。他们连灯都懒得开，摸黑躺在炕上又睡不着，你一声我一声地出长气……静寂中，女的想什么咱不知道，男的却开始后悔，觉得千不该万不该，最不该从深圳跑回来。再怎么说，要留在那里凭自己的本事也能挣口饭吃，现在回到这兔子不拉屎的老家，又苦又累不说，眼看着快连饭也没的吃了！唉——

可惜，这个世界上千秋万代都没卖后悔药的，日子再苦再累，就是屎裹黄连你也得吞下去。一直到圈里的毛驴开始伸长脖子叫唤，天已到了半夜时分，他们两口子也不知道是谁主动地搂在一块，才开始无声地痛哭了起来。

自从那天为朋友的孩子主持婚礼后，金丝儿心里老有种感觉萦绕不去。她总想着那些漂亮的"面花"，觉得这里边似乎蕴藏着巨大的商机。所以，有一天她开车拉上那位朋友，去他姐家找到了那个外甥女。

这是个充满着艺术氛围的小厢房，墙上、窗上，连门后甚至炕头上都贴满着形形色色的世界和中国名画。什么凡·高的《向日葵》、达·芬奇的《蒙娜丽莎》、黄胄的《驴》、齐白石的《虾》等，还有几张中国古代《仕女图》。

金丝儿看直了眼，连连惊叹道："好家伙！这么多的世界名画，可得值多少钱呀？"

"一毛不值。"杨七巧"咯咯"笑着说，"都是我临摹的，喜欢就看着玩儿呗！"

"你这小小年纪，可真了不起！"金丝儿说着，又看到桌子上摆满了用橡皮泥捏的小猫小狗小兔子，而且一件件比"面花"更显得栩栩如生。她不由得问道："你怎么喜欢捏这些小东西呀？是你们的专业课吗？"

"这孩子从小就喜欢捏这些小玩意儿。"金丝儿的朋友抢着说，"记得不过五六岁时，家里擀面或是捏饺子，她总是哭着闹着要块面，自己钻进屋里捏啊捏，吃饭的工夫叫着都不出来。"

"天赋。"金丝儿连连点头说道，"每个孩子生下来都有自己的天赋，只要认识到了，还能不怕辛苦坚持十年二十年，肯定能干出一番成就来。"稍停，她又说："不是说：男怕干错行，女怕嫁错郎嘛。哈哈……"

"谢谢金书记夸奖！"杨七巧说，"我可没那么大的野心，就是闹着玩儿呗。"

"可不是那么回事。"金丝儿摇头说着，心里已经有了主意。她看看朋友又看看七巧问道："你毕业后打算干什么呀？自己有目标没有？"

"没、没想好呢。"杨七巧不无茫然地说，"干我们这行，就业机会不怎么好找，面忒窄。"

"那……我聘请你怎么样？"金丝儿说，"到我们那儿当教官，不会亏待你。"

"当教、教官？"朋友疑惑地问道，"咱们村的小学也不缺美术老师啊？"

"不是学校……"金丝儿摇着头说，"是咱们将来想干的大事业。"

"什么大事业呀？"杨七巧好奇地问。金丝儿迟疑片刻，笑着说："这个……暂时保密，天机不可泄露嘛。哈哈……"

"行。我相信您。"杨七巧说，"等我毕业后，马上去找您行不？"

"不用等毕业。"金丝儿说，"你现在实习可以不回学校吧？明天就可以去我们那儿上班呀，到时候去学校把毕业证拿回来不就行了？"

"可以。"杨七巧点点头，又问道，"我去你们那儿干什么呀？"

金丝儿指了指桌上的那些小东西，说道："就干你这老本行，不过不是你自己干，是……我们要办个学习班，你为我们教一批学生出来，大家一块干。"

"一块干？"杨七巧迟疑间，金丝儿的那位朋友笑着问道："金书记，你的葫芦里到底想卖什么药啊？"

"暂时保密。"金丝儿笑着说，"到时候你不就知道了？哈哈……"

赵孟海终于从百忙中抽出时间来，专门为女儿的事回了趟太极。但却事与愿违，他这次非但没起好作用，还把全家人一个个闹得都不高兴，甚至连饭也吃不成。

那是个星期六的傍晚，赵孟海自己开着车回到家里天已经快黑了，但女儿却没在家。原来是因为备战高考学习紧张，老师把学生们留在学校里就没让回家。按照月茹的意思，想让女儿马上回来，但打电话对方却已经关机。她推上电动自行车，急着去学校里找她一趟，刚要出门却被丈夫拦住说："算了，明天再说吧。"

"……"杨月茹迟疑地回转头，却看到他边点烟边冲她坏样地"嘿嘿"一笑。她马上明白了丈夫的意思，脸色不由得腾一下子就红了。这是他们两口子多年形成的习惯性暗号，什么也不用说便"心有灵犀一点通"，他是想床上那点儿事了。她心里飞快地计算了一下，可不是，丈夫都快一个月没回来了，他当然想，就是自己何尝不想啊？因此上，她就没说什么。

尽管赵孟海已经五十出头，月茹也四十多岁了，但他们原本就是聚少离多，每次见面夫妻间那点儿"正经事"是免不了的。而且，两口子因为感情好越老越亲，干起那件事来比年轻时更加深刻、浓烈，没一个钟头的工夫是尽不了兴也下不来的。

当天吃过晚饭，赵孟海打开电视看完《新闻联播》，两口子便上了床……等他们忙活完汗水淋淋、气喘吁吁地躺下去时，《海峡两岸》刚开始播出。他又打开电视继续观看……这是多年养成的习惯了，只要时间允许，《河北新闻》和上边的两个节目他是每天必看的。

趁这工夫，月茹沏上壶，又去洗漱间拧了块湿毛巾，边为丈夫擦脸擦身子，边又把学生们来家那天的情况仔细叙述了一遍，说着说着不由得又着急起来。赵孟海喝了口茶水，边点烟边信心满满地说："看你，像火上房似的，急什么呀？车到山前必有路，船到桥头自然直，天塌不下来。"

"我能不急吗？"月茹说，"你知道那个男孩子是谁不？上次我不是说了，他就是邢文凯和柳玉洁的儿子，多恶心人啊！"

"这事要是真成了是恶心人。"赵孟海点着头说，"可现在不是没成真的吗？所以，咱们该怎么劝闺女还得讲个策略。"稍停，他又接着说："头一条，就是不能把这事说破了，只能多讲讲大道理，像说闲话一样说说文凯两口子的为人，让莹儿自己去考虑。"

"你说得轻巧。"月茹说道，"十七八的大闺女，又当了这么多年的学校和班干部，大道理小道理她什么不懂啊？要真讲起来，你都不一定能说得过她。"

赵孟海"嘿嘿"一笑，说道："瞎子放鹰——不见起。明天再说吧。"

也就在那天晚上，金丝儿她们村里的"巧手学习班"正式开课了。

村委会的会议室里灯光明亮，十多位十七八岁的姑娘坐成两排，一个个身穿节日的盛装，静悄悄听杨七巧讲课，金丝儿当然也在场。为挑选这些学生，她是颇费了一番工夫的。

要是放在从前，在一个村里挑这么多姑娘并不难。因为那时候死巴庄稼主子们思想保守，认为闺女早晚都是人家的人，念不念书无所谓。老顽固们的口头语是——让她们上学念书，不如下地放猪，好挣钱给儿子盖房子娶媳妇啊。当然，这和那时候的贫穷有直接关系。

现在可是大不一样了。经过国家这么多年的宣传教育，家长们都认识到了让孩子读书的重要性，不管是男孩儿还是女孩儿，文盲在当今社会上是无法生活的。所以，天资再愚钝的女孩儿也要读到初中毕业。更有那些天资聪明的好学者，能考上清华、北大也不稀罕。

就是那些没考上大学的青年男女，也大都离开村庄，去县城甚至更大的城市打工挣钱，别的干不了，在饭店当服务员刷盘子洗碗干几年，也能挣出来自己的一份嫁妆，而且比在家里吃得好多了。所以，村里的年轻人就少了，金丝儿能挑选出来这十多个，真的是很不容易。

只见杨七巧从纸箱子里取出各种色彩的橡皮泥，边分发给各位学生边说："咱们现在开始上课……这橡皮泥看着亲切吧？小时候谁玩过呀？请举手。"

学生们"咯咯"笑着，都把手举了起来。金丝儿没举手，笑着说："这玩意我给孩子们买过，自己却没玩过。俺们小时候只玩过河滩里的胶泥，也玩过自家的尿泥。"

姑娘们一听，一个个笑得前仰后合。也是，金丝儿他们那一代人小时候村里还十分贫穷，国家也没提倡计划生育，穷生穷生，越穷越生，家家都养活三四五六个，谁家有钱给孩子们买这玩意啊？再说了，那工夫家家穷，谁露富就会遭人嫉妒，讲究的是"吃好点儿，穿破点儿，日子说得难过点儿"，谁敢花这份闲钱呀？

现在不一样了，生活富裕，国家又强调计划生育，开始宣传的是"一个少，三个多，俩正好"，后来又改成了"一孩化"。而且，采取的手段极其蛮横强硬，简直到了让人感到恐怖的程度。为了给育龄妇女做"结扎"，村干部们像狼驱赶羊群一样，黑价白日逼迫得她们到处躲藏。有躲藏不及的，被逮住了便被捆住手脚扔进拖拉机斗子里，直接拉到医院做手术，整个过程和杀猪没什么两样。

如果谁敢"超生"，甭管你是工作人员还是国家干部，都会被开除公职和党籍，灰溜溜回老家种地仍然被人瞧不起。如果你要是个庄稼主子，村干部更有办法对付，那就"罚款"呗，反正物价局也没定价，罚多少全凭支部书记一句话。有被罚得离家出走，多少年都不敢回来；更有甚者，被罚得实在活不下去了，全家人喝老鼠药集体自杀……那种悲惨、那种无奈、那种走投无路的绝望，让人现在想起来心都哆嗦！

唉——咱们把话扯远了，反回头来再看杨七巧怎么给姑娘们上课吧。只见她的小手非常灵活，边讲解边做示范，就在眨眼间，一个小兔子便活灵活现地摆在了大家面前。姑娘们看着，一个个眼都直了。也有小时候玩过的，没多会儿就把橡皮泥捏得像那么回事了。当然也有手笨者，鼓捣半天仍瞅着橡皮泥发呆……金丝儿便说："你们可一定要上点儿心，说不定，这是你一辈子的吃饭本事，艺不压身嘛。"

姑娘们一听，又"哈哈"笑了起来。她们七嘴八舌地抢着说："这算什么本事啊？""就是，我三岁上就会玩。""我五岁上就会捏小青蛙。"……金丝儿马上拉下脸来说："我说的是实话，你们别不当回事，谁要不好好学，有你后悔那一天。"

大家这才不笑了，一个个静下来，认真注视着杨七巧给小兔子安"黑豆"眼睛，画毛茸茸的尾巴、红色的爪子……

第二天吃过早饭，杨月茹打电话女儿仍然没开机，便推上电动自行车想去学校里找她。赵孟海忙说："还是我去吧。"

"你去？算了吧。"月茹说，"你要是去了，学校里还能上成课吗？"

她说得没错，因为赵孟海和校长任国强也是同学，两人的关系非常不错。他要是开着奥迪去了，还不把整个学校都轰动了？赵孟海想了想也是这么个道理，就没再坚持。

当杨月茹推上她的电动自行车正准备出门时，赵孟海的手机突然响起来。他低头看了一眼，笑着说："说曹操曹操到……"

"爸，你回来了？"电话里传出赵丽莹银铃般的声音，"怎么也不打电话告诉我一声啊？"

"没告诉你怎么就知道了？"赵孟海风趣地笑着问道，"是有'顺风耳'还是有'千里眼'？"

"是我们的任校长刚才告诉我的。"赵丽莹说，"他说昨天傍晚看到像是你开着车在我们学校门口过，又怀疑你那么大的领导怎么会自己开车呀？担心看错人了耽误我上晚自习，就没告诉我。所以，今天才让我打电话问问。"

"是啊？"赵孟海说，"那你告诉他，中午来家里我请他吃饭喝两盅。"

"知道了。"赵丽莹说，"我这就回去。"她说罢便挂了电话。月茹紧接着说："看看。我没说错吧？你要是去了学校里，还能不引起轰动？"

"就是。"赵孟海边点烟边说，"这官当大了也不是好事，走到哪儿都有人盯着。嘿嘿……"

也是，他现在是省委常委、石家庄市委书记，副部级干部还自己开车，全省能有几个？月茹边准备泡茶边说："闺女回来了，咱有话好好说，证据不足千万要瞎训她。"

"你就放心吧。"赵孟海边抽烟边说，"咱们都是从年轻时候过来的，像她此时的这种……朦胧心态，谁没有经历过？"

"人和人不一样，我就没经历过。"月茹说，"俺小时候家里穷，上不起大学……我去饭店当过服务员，后来，在小姐妹们的撺掇下又去了深圳。"

"我不信。"赵孟海含笑地看着她问道，"甭管在哪儿，你就从来没喜欢过哪个男孩子？"

"没有，"月茹思索地说，"真的没有过。那时候连饭都吃不饱，哪有那种闲情逸致啊！"

　　"你真是和人不一样。"赵孟海充满哲理地说，"初恋是深刻而浓烈的……按照人性来说，人这辈子不管早晚都会经历一次。"

　　"要非说有，那就是你了。"月茹说着，自己先笑了。赵孟海刚张嘴想说什么……就听到外面传来自行车进门的"咣当"声，紧接着就是赵丽莹高兴地叫道："爸，老爸——"

　　赵孟海稍愣神，忙起身迎了出去……女儿"咯咯"笑着放下车子，仍像小时候一样欢叫着扑进他的怀中。接下来，一家三口进行了一场还算和谐的谈话。

　　赵丽莹青春靓丽，欢蹦乱跳浑身充满着蓬勃朝气，属于那种心直口快的性格。只听，她开口便问道："老爸，你实话实说，是不是我妈请你回来的？"

　　"瞧这闺女说的……这是我的家。"赵孟海说，"她不请我就不能回来了？"

　　"我不是那个意思。"赵丽莹看了母亲一眼说，"因为她老是疑神疑鬼，担心我早、早恋……"

　　"那她猜得对不对呀？"赵孟海问道，"到底有没有这回事啊？"

　　"你借个胆子给我也不敢呀，"赵丽莹不无委屈地说，"我还担心你揍我的屁股呢！"

　　"你这闺女净瞎说，"赵孟海笑着说，"你长这么大，我什么时候揍过你呀？"

　　"没有吗？"赵丽莹瞪着好看的眼睛反问一句又说，"我十一岁那年，和几个孩子去河里耍水，因为打赌游到深水里被淹了……原本大家说好了，谁说出去谁是小狗子。后来，你不知道听谁说了，进家来一脚把我从门里踹到了门外。哼哼……还说没揍过我哩。"

　　"有这事？"赵孟海抹拉着脑袋询问地看看媳妇说，"我怎么不记得了？"

杨月茹光笑不吭声。赵丽莹又说:"这种事,搂人的记不住,挨挨的永远也忘不了。"

"你爸还不是为你好哇。"月茹说,"就那一回,你后来再也不敢去耍水了。再说,你长这么大,谁不知道他宠你呀?"少顷,她又补充道:"就那一回,还是因为他在工作中受了上级批评,回家来心情郁闷没好气呗。"

"那倒是。"赵丽莹诚恳地说,"老爸对我挺好的。这么多年来,我在学校里受到校长、老师和同学们的……另眼相看,自己争气是一方面,当然是沾他的光。"稍停,她边鞠躬边笑着说:"老爸,女儿谢谢您了!"

瞧着她那一本正经的样子,月茹被逗笑了。赵孟海也想笑,却故意阴沉着脸说:"别在这儿出洋相了,说正经事吧。"

"正经事不就是你们怕我早、早恋吗?"赵丽莹说,"真是舌头底下压死人。同学们瞎说八道开玩笑,我妈却当成真的了。"

"你嫑推得那么干净当没事人。"赵孟海说,"常言说:无风不起浪。这种事,往往先是开玩笑,但开着开着就成真的了。"

"别人是不是那样我不知道,"赵丽莹说,"反正我不是。"少顷,她又补充一句说:"最起码现在不是。"

"现在不是?"赵孟海不放心地追问道,"也就是说,将来有可能呗?"

"将来……"赵丽莹迟疑一下说,"现在这个社会像疯了似的,将来的事谁能说得清楚啊?"

"你说得也有点儿道理。"赵孟海点着头说,"这个社会是有点儿……不像样子。你看那些闺女穿的衣服,好像是越破越旧越脏越好,一个个袒着肩膀露着肚脐,恨不能把大腿全光着。真是世风日下啊!"他说罢,不无生气地连连摇头叹息起来。

"老爸,你可真是……"赵丽莹"咯咯"笑着说,"你管好自己闺女就行了,干吗那么咸吃萝卜淡操心的?人家又没惹你。"

"也是,哈。"赵孟海点着头说,"可我担心连你都管不好呢。你说将来有可能，也就是说……将来你也许会嫁给那个什么国、国庆呗？"

赵丽莹愣怔一下，说道："老爸，请你别逼得这么紧……我是说有可能是他，也有可能是别人。反正，男大当婚女大当嫁，我总得找一个吧？"

"那是，现在讲究婚姻自主。"赵孟海说，"你找谁都行，就是找那个邢国庆不行！"

"老爸，你真是……挂羊头卖狗肉哇？"赵丽莹抓住了他的小辫儿，仍然笑着说，"你先说婚姻自主，后又要横加干涉，这算哪门子道理？官大一级压死人呀？"

"……"赵孟海迟疑一下，态度强硬地说，"你甭管什么道理，反正不能找那个姓邢、邢的！"

"那是为什么呀？"赵丽莹反问道，"他是……阶级敌人还是反革命？"

"和阶级敌人差不多。"赵孟海蛮横地说，"我和他父母不对眼，有……仇！"

"是、是吗？"赵丽莹意外地说，"我怎么不知道呀？"

赵孟海和媳妇对视了一眼，干脆把过去邢文凯和金丝儿、自己和柳玉洁的爱恨情仇从头到尾讲述了一遍。赵丽莹听得眼睛都直了，好一会儿才淡淡地说："我知、知道了。"而后，她站起身又说："我还有事，先回学校了。"

赵孟海忙嘱咐道："别忘了告诉你们校长，让他中午来家里坐坐。"

赵丽莹答应一声，到院子里推上自行车，默默地出门去了……月茹目送女儿出门，回头对丈夫说："等任校长到了，你再跟他说说，不怕一万，就怕万一嘛。"

赵孟海"哼"了一声，点上根烟闷闷地抽着、抽着……月茹忙站起身说："我先去买点儿菜准备准备。"

头到中午，校长任国强应邀而至。老朋友多年来难得一见，自然是一番寒暄客气。

抽烟喝茶期间，赵孟海自然问起了那些昔日的同学和朋友。也是，他毕竟在这儿生活工作过好几年，又是个豪爽痛快、喜欢结交朋友的性格，认识的男女何止数百甚至上千个？随着他的询问，任国强说了几个当年最铁的朋友，并说："你问的这几个都退下来了。我顶多干到明年，也就该退二线了。"

"不对呀？"赵孟海意外地说，"他们和咱们岁数差不多，还不到退休的年龄啊？"

"县里的情况你还不知道啊？"任国强说，"5230嘛，年龄到五十二、工龄到三十年就退二线，差不多就不上班了。"

"就是。我把这茬儿忘了。"赵孟海说，"各县的情况不同，制定的政策也不一样。大同小异吧，我来之前就开始执行了，所以没有多问。"

这时候，杨月茹买菜回来了。她和任国强不怎么熟悉，礼节性地点头问候一声，便去厨房忙活了。剩下的两个人继续数念着那些老朋友和熟人。任国强突然说："咱们干吗不把他们也请过来，大家一块聚聚？"

赵孟海稍愣神，忙高兴地说："就是，我也想这几个老朋友了，请过来一块热闹热闹！"

"我给他们打电话。"任国强说罢，开始翻看着手机……这话被月茹听见了。她忙从厨房里出来说："要是那样，我买的菜少了，再出去买点儿。"她说着脱下刚穿上的围裙，推上电动自行车就往外走……任国强忙说："不用买菜了，咱们还是去饭店聚吧。"

赵孟海迟疑一下，说："去饭店影响忒大，还是在家里吧。"

"就是。"月茹边往外走边说，"在家里显得亲切呀，和在饭店里感觉不一样。"

"那倒也是。"任国强说，"那你也不用出去买菜，我有个学生就是开饭店的，打电话让他送几个菜就行了。"他这个人同样是豪爽大方喜欢交友，模样长得不怎么样却有一副薄嘴唇，说起话来头头是道，能言善辩，因当老师出身还特别较真，让人不得不服。他才高八斗、学富五车，满腹经纶却藏而不露，被人称为太极县的"老学究"。他先给饭店打了电话，又翻看着给几个朋友打了一遍。

在等待期间，赵孟海问了问女儿的学习和各方面的情况。任国强是赞不绝口地说："你的闺女，我自然是格外关注。她在学校里的确是一直比较活跃，当着学生会副主席和班长，学习也是名列前茅。就目前的情况看，她考上北大应该是没问题。"

"谢谢老朋友的格外关照！"赵孟海高兴地"哈哈"笑着说罢，又婉转地问起女儿早恋之事。任国强把脑袋摇得像拨浪鼓，说道："都是闲扯淡，怎么会有那种事？根本就不可能！"稍停，他又接着说："青春萌动、叛逆敏感，是这个年龄段青年的特点。咱们都是从那时候过来的，无风不起浪的情况，在学校里并不稀罕。总之有我看着哩，你就把心放肚里吧。"

他俩说话间，几个老朋友相约着一起到来了。其中一位个子较高的叫赵孟山，因为姓名相近，不了解情况的人认为他和赵孟海是亲弟兄哩。实际上他们俩年轻时相交甚厚，又在一块工作过，脾气秉性相投，感情真比亲弟兄还亲。尤其是赵孟山为人厚道实诚，说话风趣幽默，属于那种"只有天下人负我，我不负天下人"的性格，所以在县城里算是德高望重了。他是刚从县公安局政委的位子上退二线的，偶尔还要去工作单位转一圈，好在今天是星期日。

大家还没坐定，饭店的菜已经送来了，当然都是本地特色——葱爆羊肉、水氽丸子、糖醋里脊、熘鸡脑……最亮眼的是几根喷儿香焦黄的烤羊腿，让人看着止不住口水往外冒。

别的菜倒也平常，全国各地的饭店里都应该有。熘鸡脑这道菜绝对是太极特色，出了这个地方，到哪儿你都吃不上。据人介绍说是用鸡蛋黄、虾仁和香油煨制而成的，吃起来有点儿像鸡蛋羹，但又更香更爽口，有种入口即化的感觉。

"真馋啊！我可就不客气啦。"赵孟海说着，抓起一根羊腿就往嘴里送道，"我已经有……一年多没吃过这玩意儿了！"他说着，竟然不顾大家狼吞虎咽地吃了起来。

"有你这样做东的吗？"杨月茹笑着说，"客人还没动筷子，你倒先吃上了。"

"没事。"赵孟山忙说，"光着屁股串门儿——反正这儿没外人儿。他想吃就吃吧。哈哈……"

"来来来，咱们先喝几盅。"任国强说着，拿起瓶西凤往瓷盅里倒酒……真是物以类聚，人以群分啊。这一小群人机缘巧合、肝胆相照、谈天说地、豪吃猛喝，一直到了天近傍晚。

赵孟海猛然想起来什么事，低头看看手表惊讶地说："真操蛋！怎么已这么晚、晚了？"

"欢乐嫌夜短，寂寞恨更长嘛。"任国强边倒酒边说，"来吧，咱接着喝。"

"不、不行了。"赵孟海忙站起身说，"我晚上八点还有个会哩，立刻、马上就得走！"

"你喝了那么多酒，又没带司机，"赵孟山说，"怎么走、走哇？"

"没事。我送他。"月茹说着，手忙脚乱地洗脸洗手换衣服……任国强在旁边不尽兴地念闲杂道："真是……为人别当差，当差不自在，喝多了也得去，饿肚子也得来。"

大家"哈哈"笑着，忙站起身来为他们两口子送行……因为都喝高了，一个个身不做主，脚下没根，不得不扶着墙东倒西歪地往外相送。

十三

男怕干错行，女怕嫁错郎。前面一句话的含义就是说：一个人从娘肚子里爬出来，自然就带着各自不同的天分和脾气秉性。人们常说"生成的骨头长就的肉"，大概就是这意思。如果自己能早点儿悟到，并且使其得到尽情发挥，只要有毅力坚持数年甚至数十年，就一定会干出一番较辉煌的事业来。反之，如果自己没能尽早悟到，仅仅是由着命运随便干点儿什么，很可能是碌碌无为，一辈子像流水般飞逝而去，到老来细思极悔却已来不及了。

邢文凯经过事业上的失败，差点儿就没能再爬起来。是啊，钱花光了，不过支起来一个烂摊子，每天瞅着多闹心呀！再加上乡亲们冷嘲热讽，柳玉洁从旁埋怨责怪个没完没了，他简直想死的心都有了。那段时间，他们两口子已经分居，就差打官司闹离婚了。

也算是痛定思痛吧，邢文凯悔恨交加，开始思考自己到底错在哪里。一番思索之后，他终于明白自己根本就不是干实业的材料，长处应该是做生意搞外贸。可面对当前处境，又该怎么办呀？他苦思冥想，牙疼脸肿，头发都掉了一大把，最后决定聘请师傅，花钱雇两个会漏粉的把式。可钱从哪里来呀？他着急上火，牙疼得连饭都没法吃了。

真是，一分钱难死英雄汉啊！邢文凯下定了砸锅卖铁的决心，用自家的房子做抵押，从乡信用社贷了两万块钱，并且通过县电视台，招聘来了两位漏粉的老把式。俗话说：隔行如隔山。两位师傅来后不到一天，整个厂子里的生产便步入正规，第二天就晾晒出满院子粉条。

柳玉洁见状，阴了一个多月的脸终于见到阳光，当天晚上便钻进了丈夫的被窝。两口子一番温存之后，所有的积怨瞬间冰消雪融，一切和好如初了。真该感谢万能的造物主用心良苦，为男女之间设计了这种轻松而妙不可言的和解之术！

问题的症结得到解决，生产很快变得顺风顺水，眼瞅着晾干的粉条已经垛满了一炕。要按照文凯的意思，是想等攒够一定数量发到南方去。毕竟他还有朋友仍在做外贸生意，可以帮他们销到东南亚的一些国家，这样一来利润空间当然就大多了。但是，现在厂子里已经是捉襟见肘，流动资金十分拮据。在柳玉洁反复唠叨下，他只得拉着一小车粉条去赶太极大集，没想到却发生了件让人非常尴尬的事情。

此时的邢文凯，早已经不见了当年在深圳时的潇洒倜傥、玉树临风般的帅气了。他的衣服虽说倒还整洁干净，但却是满头白发满脸皱纹，已变成一个不折不扣的庄稼老头子了。只见，他拉着车子边叫卖边在熙攘的人群中挤来挤去，却没想到正好碰上来集上做宣传的儿子和他的几个同学。赵丽莹也在其中，正拉着个中年妇女在介绍什么……

原来，今天正好是星期日，孩子们受一家工厂的委托，有偿地来为他们推销产品。赵丽莹当然不是在乎那几个钱，只是觉得好玩儿，再加上邢国庆的一再相约，便跟着来了。

邢文凯觉得意外，不由得阴沉着脸问道："国庆，眼看就高考了……你们不在学校里学习，来这大集上干、干什么？"

"……"邢国庆稍愣神，同样意外地看了看他，张了张嘴没吭声，却下意识地扭转头装作没看见。文凯当时并没多想，又问道："是老师让你们来的吗？"

没想到，邢国庆却瞪着眼说："老人家对不起，你……看错人了吧？"

"……"这次轮到邢文凯吃惊了。他大张着嘴，尴尬得一时不知该说什么……片刻，他已经明白了儿子的意思，这是怕自己给他丢人啊！一瞬间，他恨不能找条地缝钻进去，少顷，忙拉着车子挤进了人群中。

赵丽莹应该是看出来什么，忙问国庆道："他是谁呀？"

"我、我不认识啊，"国庆回避着她的目光说，"他肯定是看、看错人了。"

赵丽莹迟疑片刻，虽然没再说什么，心里却打上了个小小的问号。

常言说得好：人和人就是不一样，不管干哪一行，头等人看看就会；二等人学学就会；三等人掰着手教也不会。

金丝儿她们的学习班办了二十多天，其中的六个女孩儿已经达到了杨七巧的水平；五个差点儿也还凑合；剩下的三个就彻底不行了，甭管老师怎么不厌其烦地言传身教，她们捏出来的小动物七扭八歪，谁看着都是"四不像"。实在没办法，金丝儿只能打发她们回家种地了。

也就在这期间，靳存根带领着两位把式，在村委会院子里垒起来长灶大锅，添置了七八层笼屉和一个丈多长的大案板。乡亲们路过，都会探头进来好奇地问："你们这是干吗？准备重开大食堂吃伙饭呀？"

靳存根却从不正面回答，只是说："咱是磨道里的驴——听吆喝，人家让干吗就干吗呗。"

越是这样，人们越是好奇，一传十、十传百……每天从早到晚都有好多男女赶来看热闹。孩子们更是络绎不绝，你刚赶跑了一群就会有另一群"呼啦啦"围进来，像苍蝇一样轰都轰不出去。靳存根也没辙了，心想只要不耽误干活，小家伙们愿意看就看吧。

一直到几天后，灶子晾干了，大铁锅也刷干净了，金丝儿又让丈夫买回来了一大卡车木头劈柴。这次，靳存根终于沉不住气，便问道："大仓库里不是堆着那么多煤炭吗？买这么多劈柴干吗呀？"

"这你就不懂了？"金丝儿皱着眉头问，"用劈柴和煤炭煮出来的肉，哪种好吃？"

靳存根想了想，恍然大悟地笑着说："就是，用劈柴煮出来的肉格外香！"他说得没错，但这其中的道理祖辈人都说不清楚，同样是煮肉或是蒸馒头，用劈柴火就是比煤炭火蒸煮出来的好吃。就是现在，城里人要想吃出小时候的味道，也必须回老家用土灶劈柴才行。有的人为了吃这一口，专门留着当年的土灶。结果可好，窗明几净、亮堂堂的新砖房配上土灶铁锅，怎么看也不像同一个时代。管他呢，只要做饭好吃就可以了。不是说"人生在世，吃穿二字"吗？民以食为天，"吃"永远是排在头一位的，没有吃就没有命，再好的衣服怎么穿？

这天，金沙湾的乡亲们还真要吃上伙饭了。一大早，金丝儿就在喇叭里说道："大家伙儿注意了！大家伙儿注意……今天中午咱们村里吃伙饭。不管男女老少，请在头晌午前赶到村委会里来。"

乡亲们听到她的喊声，一个个都蒙了，你看我我瞅你地互相问道："咱们书记这是咋了？怎么想起来吃伙饭呀？""就是。莫非上级又有指示，让咱们重新吃大食堂？""管他哩，到时候咱去不就得了？"……那一上午，闹得大家谁都没心思下地干活了，都在家里大眼瞪小眼地等待着。

忙日好过，闲饥难忍。就是说，要是有事干，一天忙忙碌碌很快就过去了；要是没事干，肚子里再没食，那种饥饿是最难忍耐的。真有些算小账的人家，听说中午有好饭吃，干脆早上就不做饭了，单等中午吃个大肚圆，晚饭也就省了。这样算下来，全家人能省好几斤粮食，值不少钱哩。大人孩子肚子里"咕咕"叫，一分一秒都那么难熬。

许是好奇，也许是饥饿，不少人围在村委会门口，像受惊的鹅一样伸脖子瞪眼地想看看里面到底在干什么。但是，大门紧闭着，连个小缝隙都没留，他们只能听见里面传出姑娘们的欢笑和代替风箱的吹风机的"轰隆"声，却什么都看不到。没办法，一个个只能圪蹴在村头路旁，边扯闲篇边一锅接一锅地抽烟。

一直到正午时分，大铁门"咣当当"拉开了，人们才一窝蜂似的挤了进去。可是，当他们看清楚院里的东西时，一个个却像洋鬼子看戏——傻眼了。大铁锅里的杂烩菜不用说，肉片、豆腐、冬瓜、粉条、蘑菇，谁家都吃过；主要是那几笼屉花花绿绿的小猫小狗小兔子，这辈子谁都没见过。金丝儿冲大家笑了笑，拿起个"小狗"说道："怎么样？

开眼了吧？这叫'面花'，就是咱们这顿饭的主食。"她说着，一口就把狗脑袋咬下去，边嚼边说："大家还等什么？快下手啊。这玩意儿不光好看，还又香又甜更好吃呢！"

人们这才恍然大悟，一个个小心翼翼拿起来，仔细瞅着一时不敢也不忍心往嘴里放……靳存根他们几个"哈哈"大笑着，三口两口一只小兔子就下了肚。大家这才回过神来，就着厨师送上的大锅菜，狼吞虎咽地吃上了……也有两个妇女瞅着舍不得下嘴，趁人不注意，把"面花"塞进了口袋里。金丝儿见状，忙阴沉着脸说："今天咱们管饱，撑死了也不负责任……但是，谁都不允许往家里拿，要不，别怪我逮住了给你弄难堪！"

金丝儿是谁？如今是一言九鼎、吐唾沫成钉的大人物！那俩妇女你看我我看你，忙红着脸把口袋里的东西又掏了出来。金丝儿接着说："趁大家吃饭，我讲几句话……这'面花'，就是咱们村进一步发家致富的……工具。从今天起，每家每天派个手巧的大闺女或是小媳妇过来，咱们办培训班，学习做这些小东西……谁家不派人学不会做，等大家都挣了钱你可甭怨我。"

转眼又到了秋收季节。砍棒子、摘棉花、刨山药……乡亲们全出动，快乐而辛苦地忙碌着。学校里也放了十来天假，让孩子们回家帮大人干活。多少年来，这种现象也仅仅局限在县城，大城市和大学里是从不放"秋假"的。

邢国庆骑着自行车回到家，正碰上父母拽着小拉车从大门口出来了。他们家还有秦素芬留下的两亩多地，种的全都是棒子。那时候的农村还没现在这么富裕，棒子糁饼子和山药骨碌菜饭老咸菜是一年到头的主要食物。他忙跳下车子说："爸，你们这是去收玉米吧？等等，我也跟你们一块去。"他一直上学，嫌叫"棒子"太土，早就把这种作物改称为"玉米"了。真正的农村人，到现在仍沿用着老祖宗留下的传统叫法——棒子。

"你刚到家，还是忙学习去吧。"柳玉洁说，"眼看就考大学了，学习才是头等大事。"她从小一直娇惯孩子，回家来从不让他干活。

"还是让他去吧，"邢文凯说，"吹吹风晒晒太阳也好，千万别养成肩不能担担手不能提篮的书呆子。"

"不去。"柳玉洁口气坚定地说，"'秋老虎'这么毒，万一晒中暑了还不影响学习？"

"真是……"邢文凯不高兴地问道，"千年万辈子，你听说谁是晒死的？就你家孩子娇气呀？"

柳玉洁还想说什么，看他那么不高兴就忍住了。实际上，文凯的心里仍然憋着太极大集上那口咽不下去的气。他回家来并没告诉老婆，因为理解儿子当时的心态，更何况自己年轻时也那样干过。因此，在去地里这一路上他几次张口想问却到底也没说出来。

他们家这三口人，现在最忙的就数柳玉洁了。她担任的是当年金丝儿的角色，负责去各村各户收购山药和订购山药干，这些漏粉用的原材料，是一刻也不能缺乏的。虽然现在厂子里是停工放假了，因为那些工人都是附近村里的农民，谁不得先回家忙秋收哇。但是，只要一开工，每天需要的山药不是数百斤呀，所以，收购这些东西是一刻也不能耽误的。

柳玉洁也就今天一天的工夫，从明天开始，她必须骑着电动自行车去走村串户了。要说，她也不容易，一个五十岁的人了，仍要在风里雨里跑来跑去，还不是全凭着现在生活好了些，人显得年轻？要是放在过去，像她这个岁数，早回家抱孙子去了。

这天的天气还真被玉洁说对了，虽然已经是仲秋，阳光仍那么毒辣，照射在人身上火烧火燎的，别说干活，空着手走一圈也得浑身冒汗。更何况空气像凝固了似的，干热干热没一点儿凉风。树上的叶子纹丝儿不动，不知道有多少只知了爬在枝头上，你起我伏地噪叫个不停。过了"白露节"，"知了"往下跌。它们的好日子眼看就到头了，这会儿是在末日的到来前做垂死的挣扎。连庄稼主子们都知道，它们留下的卵会被深埋在地下，多少年后才能化茧蜕变重新爬上枝头，再次向世界昭告它们的胜利归来。

收棒子这农活也不轻松，手上得有把子力气才行。这一带的人们，按照传统习惯是先把棒子棵用小镐头砍倒，再掰下上面的穗子拉回家去晾晒在房顶上。棒子秸一般都捆起来堆放在地头上，等晒干了再拉回家去当柴火烧。这种习惯，只有在抗日战争时期有所改变，那就是先把棒子穗掰下来拉回家，秸秆一直留到来年春天。那是因为百姓们响应共产党号召，留下这"青纱帐"好掩护"八路军"打鬼子。要让现在的小青年说起来，那就像是种神话传说了。

人们常说"知子莫过父"，实际上母亲对子女的了解应该是最深刻的。柳玉洁没说错，邢国庆砍棒子秸没多会儿，就觉得浑身难受，头蒙脑涨连站都不稳了。当娘的不必说，当爹的看着也心疼。文凯摇头叹气，只得皱着眉头说了声"你还是回家歇着吧"。

也是，如今的孩子们个个都娇气了。想当年金铁钢他们那一代，谁家两口子不养活个七郎八凤的？晚上躺满了一炕，连娘都分不清谁是老三哪个是老四。那时候条件也差，一个个连肚子都填不饱，穿的衣服也是从老大传到老么，不知道得修改多少遍。风里雨里、泥里水里、霜里雪里……连滚带爬互相拉扯着转眼也就长大了。

现在的孩子们能比吗？自从国家实行计划生育政策后，"一孩化""两孩化"，谁敢多养活呀？这么多年人们都习惯少生了，国家虽然放开了三胎，并没有几家想要的。这是由于眼下生活压力太沉重，一个孩子从小到大上学读书、结婚成家带找工作，没有两三百万下不来。你就算是"双职工"，去哪儿能掏这么多钱？在农村也是一样，现在有点儿模样的闺女，找婆家的首要条件就是必须在县城里有房有车。你想一个老农民，流多少汗卖多少粮食才能攒够这笔资金？所以，甭管国家怎么号召，人们实在是不敢再多生，也生不起了。

物以稀为贵，嘛多了也不值钱。庄稼主子老喜欢拧着脖子抬杠，在地里干活时一个说："你说那金子银子钻石什么的有嘛用？不能当饭吃顶饥，也不能当衣穿挡寒，除了看着好看，白屁用没有却他娘的挺贵！"

"就是。"另一个说，"那空气、水、土地，甭管谁一天也离不开，却他娘的分钱不值……跑遍全世界，你找谁说理去？"

"仔细想来，金铁钢那老爷子一辈子最讲直理了。"还有一个说，"他在的时候讲过个笑话，我到这会儿都记得清清楚楚。"接着，他擦了擦脸上的汗水，提着镐头边回忆边讲起了故事……旁边的两个人也停下手来，蹲下身点上锅子烟，边抽边认真听起来。

说是在早年间，山西汾河里发大水，把周围的村庄都淹了。人们都没思想准备，男男女女慌不择路地乱纷纷找地儿躲避。有一个老地主和一个扛长活的同时爬到了一棵树上……老地主背的是一口袋银锭子；扛长活的背上却背着一口袋窝窝头。一天一宿过去了，大水仍没有退的意思。两个人都饿得头昏眼花，连树杈都快抱不住了。扛长活的打开口袋，掏出个窝窝头大口马牙地吃起来。老地主肚子饿得"咕咕"叫，看他吃馋得够呛，便说："哥们儿，我用一块银子换你一个窝窝头行、行不？"

"不行。"扛长活的口气坚决地说，"谁知道这水能淹多少天呀，我可是怕饿死了。"

老地主迟疑片刻，又说："兄弟行行好呗……要不我用两块银子换你一个窝窝头行不？"

"不行。"扛长活的笑着说，"等着瞧吧，你那一口袋银子，迟早都是我的。哈哈……"他的话真没说错，几天之后水倒是退下去了，可老地主已经饿死了，那一口袋银子和他自己同时摔到了泥水中。

扛长活的把那一袋银子分给了全村的乡亲们，让大家都平安地度过了灾年。所以，这个村子里除了那个老地主，一个都没饿死……这个故事流传下来，久而久之便被人们编成了一条谚语：背着银元宝跳河——舍命不舍财。意思是笑话山西人会做生意却抠搜得厉害。

现在，孩子们少也就金贵了。谁家老人不是把他们当作宝贝疙瘩银子扣？那真是顶在头上怕摔了，噙在嘴里怕化了。因此上，有眼光的生意人会从孩子们身上挣钱，东西贵点儿贱点儿没人过分计较。

金丝儿就是看准了这个商机，才千方百计发动全村人做"面花"。有人不解地问道："做这么多小玩意儿，你卖给谁去呀？"

"这事不用你操心，"金丝儿笑着说，"到时候我自然有办法。"她说得没错。在接下来的日子里，乡亲们一家家每天上午都赶着做"面花"。然后，村子里派出好多个推销员，把东西装在保温桶中，或开车或骑摩托送到周围村庄，甚至外县的幼儿园和小学里。

孩子们看到多高兴啊！能吃一个的吃俩、能吃俩的吃仨……家长也欣慰呀，只要孩子高兴，多花几个钱算什么？到后来，不只是周围的村庄和外县，就是外地甚至外省，也通过各种方式联系订购了。再后来，金丝儿干脆找了几个高中毕业生，做起了"电商"，这样一来，有多少"产品"推销不出去呀？

有钱好办事，你看吧，整个金沙湾的家家户户连同集体，都像被气吹一样迅速富了起来。村委会统一规划新农村，重新翻盖了一排排的两层小楼。娶媳妇的、聘闺女的、买汽车的……村子里一年到头天天都有。过去讲农村妇女是灶火坑里游遍天下，现在可好，她们一个个都想开了，成群打伙地出去旅游，今天去北京，明天奔香港，后天又去东南亚，买不买东西开开眼呗，来这个世界上不容易，可不能白活了这一辈子。

当时，金丝儿这步棋在社会上引起了很大轰动，县里和市里先后在她们这儿召开了现场会。附近的袁流村、绿城道等，取经后立竿见影，急起直追。不到一年的工夫，生产"面花"便在太极北半个县形成了一条产业链，迅速带动了当地的经济发展。

人无远虑必有近忧。金丝儿春风得意之时，却偏偏碰上了件闹心事。

人多事多，断不了丢三落四，咱们竟然忘了讲赵小扔和邢佩哲的故事。实际上，他们俩也没什么故事，青梅竹马，一块上学，一帆风顺都考上了河北师范大学。这么多年，他们别说吵架，连脸都没红过。小扔儿是个乖乖女，在家听大人的，在外听佩哲哥的。

别说是身边的亲人，就连全村的乡亲们都在背后议论，说他们俩是"天生的一对，地配的一双"。金丝儿也是这样想的，而且和赵孟海私下商量过，意思是准备等他们师范毕业后就把喜事办了。赵孟海完全同意，"哈哈"笑得嘴角都快咧到耳朵根子上去了！所以，在金丝儿心里，早已经把扔儿当"准媳妇"了。

那年，全国闹"非典"，各城各县、各村各镇破路挖坑设障碍，像防日本鬼子一样防外人进入本地。赵小扔倒霉背兴，自己不知道怎么就染上了。按说，她有那么个有本事的老爹，应该很快就能治好。但是，老天爷偏偏喜欢搞恶作剧，小扔儿治是治好了，却留下来严重的后遗症。她实在没办法再上学，只得请了长假在家休息。而且，她整个人瘦了一圈，面色发青带黄，完全没有了这个年龄段女孩儿应该有的那种靓丽和神采飞扬。

赵孟海束手无策，月茹更是牛犊子赶兔子——有劲使不上。他思虑再三，趁一次开会的机会，抽空儿邀请金丝儿去办公室喝茶。这么多年来，他们之间从没有客套话，有什么事都是坦诚相见实话实说。这一次，赵孟海却一反常态，不光亲自给她倒茶递碗，还事先让公务员买了些水果和小零食什么的。

金丝儿多聪明，看着茶几上的那堆东西问道："今儿……怎么，日头从西边出来了？"

"这个……"赵孟海迟疑一下，勉强笑着说，"你不是头、头一回来吗？尽地主之谊呗。"

"行了吧。"金丝儿喝了口茶，也笑着说，"咱俩谁跟谁呀？你撅尾巴我就能猜到你拉什么粪。说吧，有什么事尽管开口！哈哈……"

赵孟海一时没吭声，只是避开她的目光点上了根烟，慢慢抽了两口才低声说："我是想……和你商量商量扔、扔儿的事。"他开了个头就又说不下去了，一个劲闷头抽烟……金丝儿本来就是个急脾气，不由得问道："扔儿怎么了？她不是正在恢复吗？"

"是在恢复。"赵孟海皱着眉头说，"谁知道能恢复成嘛样啊？"稍停，他接着说："这么多年了，我把她扔给你，添了多少麻烦呀？真是……"

"少说这些废话。"金丝儿打断他，也不高兴地说，"你心里是怎么想的？就实话实说呗！"

"我是想……"赵孟海迟疑片刻，终于抬眼看着她说道，"佩、佩哲他们的事就、就算了，到此为止吧。往后……"

"你想什么呀？"金丝儿和他对视着反问，"怎么了？我儿子配不上你家这千金小姐呀？"

"瞧你说的……"赵孟海提高声音说，"我姓赵的是那种人吗？现在的情况不是发生变化，小扔儿不是病、病了……"

"你的意思……我就是那种人呗？！"金丝儿根本不让他说下去，站起身就要往外走……赵孟海意外地稍愣神，忙一把拉住她赔着笑脸说："瞧你这'火镰苗子'脾气，怎么越老越像铁钢爷爷了？真、真是……点火就着。"

这人熟了就不讲礼。再怎么说人家赵孟海也是个副省级干部，要换成别人，谁敢冲他发这么大脾气呀？金丝儿却不管那么多，边执意要走边气呼呼地说："你真是门缝里瞧人——把人看扁了。我懒得理你！"

"好好好。"赵孟海忙笑着说，"算我没、没说。你想怎么办就怎么办还不行呀？"

"这还差不多。"金丝儿重新坐下来，喝了口茶才说道，"人吃五谷杂粮，还能不生病呀？孩子有病，该怎么治就怎么治呗。现在医疗技术这么发达，还有治不好的病呀？再说了，我家佩哲也不是那种人啊！"

知子莫过娘。金丝儿说得没错，邢佩哲也是个犟脾气、认死理、一条道走到黑的家伙。人们经常说隔代遗传，他也较多地遗传了老姥爷铁钢的基因。孙文娟在世时就经常说他："看小伙儿挺帅，一挺杠直四面见锯的，不知怎么就随他太姥爷了，脾气像是从死棉花桃里抠出来的，那真是把南墙碰个窟窿也得过去！"

邢佩哲比小扔儿大一岁多点儿，七八岁之前，两个人一直都在一个被窝里睡觉。他八岁上学时，小扔儿哭着闹着要和他一块去，而且谁劝也不听。金丝儿没办法，只得赶做了个小书包，装上几张报纸就让她跟去了。没想到这小丫头还真聪明，和哥哥看一套书竟然能跟上课，每次考试排名在全班还不是在最后面那个。老师也挺喜欢她，和校长商量商量就算她正式入学了。

自从他们上到高中以后，随着赵孟海的官越当越大，赵小扔在学校里的影响和地位也越来越高了。再加上她本人也很自律，从不把自己摆在高人一头大人一膀的位置上，而且学习非常刻苦用功，成绩在全年级一直是名列前茅。她还积极参加学校的各种活动，到高中时被选为学生会副主席，分管同学们的生活和饮食。因此上，她在学校和社会上的声望可是比邢佩哲高多了。有件事虽说没办法统计，但也有人背后掰着手指头算过，说是"暗恋"或是追求过她的男生不下几十个。

邢佩哲小时候宠她惯她，长大后又敬她爱她，到高中时担心被别人抢跑了，更是爱得死去活来。他对小扔儿的痴情，知道的都说比贾宝玉还呆还傻，那真是刻在骨子里、融化在了血液中。现在，虽说小扔儿因为生病不如以前漂亮了，但谁要想劝他放弃那就等于要他的命！

金丝儿从市里开会回来后，也曾试探性地开玩笑说："你孟海大伯的意思……是想把扔儿领回去。你看怎么样？"

"领回去？"佩哲愣了一下又问，"把她领回去是什么意思？"

"什么意思……"金丝儿迟疑片刻说，"他担心小扔儿的病看不好，怕耽误了你呗。"

没想到，佩哲愣怔一下说道："那你去告诉赵伯伯，让他拿刀把我的脑袋割下来吧！"

金丝儿一听便笑了，拍打着他的肩头说："行。像你老姥爷！"

好在老天还是有眼的，很看顾这个从小被扔了的孩子。赵小扔在家里养了几个月，吃下几十服中药之后，身上的病就痊愈了。也算是凤凰涅槃吧，她浑身脱了两层皮，虽然仍是很瘦，但更显得苗条细秆、白净细腻，出落得比原来更加精神、更加漂亮！有女同学来看望她，心里不无眼气地半开玩笑说："要知道这样，我当初也该'非典'一回！真是，找谁说理去？"

但是，赵小扔虽然身病好了，心病却没好。也不知道出于什么心态，她从此却再也不愿意去学校。金丝儿怎么劝说都不管用，只得打电话告诉了赵孟海。他专门请假回来了一天，和月茹一块做女儿的工作。没想到结果却适得其反，小扔儿连哭带闹，竟然把当年被扔掉的伤心事都说出来了。已经二十多年了，这始终是她的一块心病。尽管金丝儿一直把她像亲闺女对待，同学们没几个人知道，但她自己总摆脱不了这无形的阴影。

赵孟海这么大官，却被她数落得目瞪口呆，磕磕巴巴地连话都说不成句了。金丝儿担心再把她逼出病来，只得同意她继续休学，并把"面花电商"工作临时交给了她。没想到这闺女情商极高，只用了二十多天时间就把这块搞得风生水起，销售量翻倍增加，村子里没人不夸。

金丝儿意外而高兴，忙在电话中向赵孟海做了汇报。只听他叹息着无奈地说："天要下雨，娘要嫁人……但愿行行出状元，随她去吧。"

人的命，天注定，胡思乱想不顶用，这句话是时常被老人们挂在嘴上的。不管什么事，时机到了不用忙，时机不到跑断肠。

邢文凯两口子三起三落、几经折腾，终于等来了自家的黄金时代。那年，他们勒紧腰带咬牙发狠，把粉条攒够整整十吨，通过深圳的外贸公司一下子发到了东南亚。货款回来后，粉条厂彻底打了翻身仗，不但还完所有贷款借款，还添置了机械设备，使漏粉进入半自动化。

设备先进，产量增加，对原材料的需求当然越来越大。接下来的几年，沿滹沱河岸边人家出产的山药，除了留下来自己吃的，差不多都被他家收走了。

羊群效应，一个人带了头，不知道多少人跟着走。见文凯家发了财，太极南半个县的百姓们也纷纷开办粉条厂，不到一年的时间，如雨后春笋般冒出来十多家。反正干这个也没有多么高深的技术，只要有能力购置设备，比葫芦画瓢学学就会。

但是，这些人忘记了一点儿，那就是销路，没人能和邢文凯相比。他们生产的粉条只能卖给当地或是邻县的百姓，没多长时间便出现了供大于求，乱纷纷互相倾轧排挤的现象。有的人家开张没生产几天，眼看着就维持不下去了。"羊群效应"实际上不知害了多少人，不管哪朝哪代，这种现象是层出不穷。先干的挣个大肚圆，后干的赔成穷光蛋，连肚子都饿瘪了。

这些人家开办厂子的前期资金，原本就已经掏干了自己的家底，更有的是求爷爷告奶奶从亲戚那儿借来，或是抵押全部家产托人赖脸贷的款。眼瞅着赔了个精光，两口子为此吵架生气闹离婚，甚至跳井上吊也不稀罕。

这就应了那句话：遍地黄金走，单等有福人。邢文凯瞅准机会，找到那十多个厂子"磨扇子压着手"的负责人，几经交涉签订了代销合同。当然，代销也不可能是白帮忙，按照约定俗成，百分之十五的提成肯定是要拿的。也有实在干不下去的，提出来把厂子低价卖给他。邢文凯何等聪明，怎么会干那种糊涂事？几个回合下来，对方只能把厂子低价抵押给他代管，而且讲好条件，前期的投资款要等这个工厂挣钱后再慢慢还。嘿嘿……等挣了钱是多长时间？或许一年两年，也可能是三年五年，甚至十年八年。老天爷，这笔款要是存在银行里，那么长时间怕是连利息都超过本钱了！尽管条件这么苛刻，对方只能咬牙发狠点头认可。真是，马瘦毛长人穷志短，人在屋檐下，怎敢不低头啊？周瑜打黄盖，别人也说不出什么来。

实际上，邢文凯确实是个聪明能干的家伙。他成立了一个托拉斯式的联营公司，把这些厂子统一管理起来，生产销售一条龙，自己变成了南半个县里的"大拿"，那真是在当地跺一脚颤三颤，简直可以呼风唤雨、点石成金了！

不管怎么说吧，邢文凯确实也算为当地百姓办了件好事，带动着南半个县的经济发展。他华丽转身，被上级誉为带领群众致富的先进个人，还当上了县政协委员。

　　就这样，北有金丝儿，南有邢文凯，这两条经济带，再怎么说也为太极县的发展做出了一定贡献，为当地百姓脱贫致富创造了机会。

　　缘分这种东西看不见摸不着，但在现实生活中却真真实实地存在着，有的你想要，费尽九牛二虎之力得不到；有的你想躲，却是上天入地都逃不过。就好像每个人的命运一样，甭管你想得多么天花乱坠，设计得多么严丝合缝，但似乎在冥冥之中总有只大手在掌握着，使你的理想一次次逆转，甚至使自己完全不能操控地走向了反面。

　　比方说邢国庆和赵丽莹，他们刚开始接触时确实互相印象都不错。尤其是邢国庆，看赵丽莹头一眼就已经想入非非，下决心把她追到手了。赵丽莹却没有他那么丰富的想象力，就是看着小伙儿长得帅，又精明能干不反感而已。男孩儿喜欢漂亮姑娘，女孩儿不是同样喜欢帅气小伙吗？爱美之心人皆有之，人性使然原本就无可非议。

　　赵丽莹也确实是个出类拔萃的女孩儿，不光是聪明漂亮，而且心地善良，走到哪儿都像一团火似的温暖着身边的每个人。再加上她老爸的身份，那是想瞒也瞒不住人人皆知的事实。所以，不管出于什么目的，学校里暗恋甚至已明目张胆追求她的男孩儿少说也有一个排！

　　当然，有什么想法都是他们个人的事。赵丽莹心里到底是怎么想的，谁都揣测不到。她不管男女，对所有同学都是一团热情，浑然不觉般面对每个人，心里的真实想法，估计只有她自己知道。至于对邢国庆，她确实经历了一个再认识的过程。

　　那年，邢国庆在同学们面前不认爹，他自己过去或许就忘了。邢文凯却一直耿耿于怀，装在心里差点儿憋出病来，但他从没有说出口。等扬眉吐气之后，他专门开着刚买的奥迪来到了学校里捐款支教。他虽然只捐了几十万，当时在县城里也算是件大事，还引起了不小的轰动。

校长任国强组织全学校师生举行了一场捐赠仪式，并邀请县里的主管领导和教育局长等相关人员参加。县电视台、县报社的记者来了十多个，又采访又拍照录像地忙活个不停。

邢文凯应该是有意为之，做此事前并没告诉儿子。两口子商量时，柳玉洁曾提出来让儿子上台讲几句，却被丈夫一口拒绝了。要放在共同奋斗创业艰难时，她肯定会争取并唠叨个没完没了。现在人家成了"大拿"和先进人物，动不动就会发脾气，她再想说什么时不由得就要掂量掂量，只能多加小心了。

中国的家庭都差不多，日常生活中一般都是男的话少女的话多。尤其是碰上什么不顺心的事，她们总喜欢唠叨几句，甚至把责任推在丈夫身上，出言不逊地埋怨个没完没了。在这种情况下，男的大都是不吭声，忍一忍就过去了。他们并不一定是怕她，而是为了免生气吵架，传出去影响不好罢了。当然，也有的丈夫脾气暴躁，说几句狠话撑回去。到了这时候，妻子就抹不开脸，只剩下哭天抹泪、吵架闹离婚，甚至是"一哭二闹三上吊"的份儿了。

邢文凯他们的家庭，原来也是这种模式，不过是随着"经济基础"的变化，"上层建筑"也发生了变化而已。对于这种潜移默化的变化，邢国庆当然是看在了眼里。这小子背后不知多少次撇着嘴对柳玉洁小声念叨："真是应了那句话，子系中山狼，得志便猖狂。你看他那小样儿，尾巴翘到天上去，我都快不认识了。"

柳玉洁深有同感却有苦难言，只能摇头叹息着劝说儿子。每当丈夫夜不归家一个人寂寞时，她就会感慨万千：人怎么还会变成这样呢？有几个臭钱就高人一头大人一膀了？就骑在马上嫌街窄想横着走了？当然，她也只是想想，从不敢说出口。

今天的捐赠仪式，邢国庆并没想出头露面。但文凯不知怎么临时改变了主意，提出来让儿子上台讲几句表个态。任国强当时就觉得这样做不合适，但人家毕竟是来送钱的，当面拒绝会弄得大家都很难堪。他只得站起身大声问道："邢国庆……国庆同学来了没有？"

当现场者都在发愣、有的想站起身回答时，邢国庆却大声回答了一句"邢国庆他没在"，随后便站起身扬长而去……不认识他的人仍在发愣，坐在他身边的同学却爆发出一阵哄堂大笑。面对此情此景，看着迅速离去的儿子的身影，邢文凯像是一下子傻了、呆了，尴尬得脸色红一阵白一阵，干张嘴说不出话来。

年轻人一旦读到高中阶段，大都形成了自己的人生观，有头脑的一般不会再受父母的左右。不管碰上什么事，也不管父母怎么唠叨，好脾气的说说笑笑，这个耳朵进那个耳朵出或不吭声就过去了。要是脾气不好的，忍不住和大人顶撞几句，就会被人笑话不懂事了。

赵丽莹当然属于那种脾气好懂事的。她从小到大没跟父母顶撞过，但对于他们的话也不是百依百顺，心里到什么时候都有自己的主见。就比方说对邢国庆，尽管爸妈多次提醒她少接触少来往，但她并没真正往心里去。这一方面是因为她作为班长，不愿意让大家说是"香三臭四"的；另一方面，是国庆给她初见时留下的好印象，至今仍没有完全磨灭。

捐赠仪式结束后，赵丽莹找到邢国庆，首先对他的行为进行了批评。国庆却一句话也不解释，只是一个劲"嘿嘿"笑。她不由得好奇地问："那个人……到底是不是你爸呀？"

邢国庆迟疑了片刻，仍是笑着说："是、是也不是。"

赵丽莹看他那玩世不恭的样子，终于不高兴地拉下脸来说："邢国庆同学，我可是受咱们班主任的委托来和你谈话的，希望你认真对待。"

邢国庆不无意外地看看她，这才收起来那种怪异的笑容，但仍没吭声。赵丽莹缓和一下口气，又问道："怎么叫是也不是？这爸爸还有真有假呀？"

"从生命角度来说，他是我爸；"只听国庆解释道，"但从精神方面，他不配当我的爸爸。"接着，他把邢文凯从无到有、从穷到富，以及他对待母亲的态度和一阔就变脸的状态讲述了一遍。最后，他反问赵丽莹道："要换成你，还愿意叫他爸爸吗？"

赵丽莹迟疑一下，才意外地说："做人怎么可以这样啊？我可是头一回听说。"

"实际上也不稀罕。"国庆说，《红楼梦》中不是有句话吗？子系中山狼，得志便猖狂。他就属于这种人。"少顷，他又说道："你爸当那么大的领导，也不像他这样呀。"

"那倒是。"赵丽莹紧接着叹了口气说，"不过，百人百姓百脾气……在今天这种场合，你真不应该这么做，弄得他下不来台，咱们任校长也难堪不是？"

邢国庆思索着，一时没吭声。赵丽莹也停顿了片刻，柔声劝说道："俗话说：人生百态，千奇百怪。当老人什么样的没有哇？再怎么说，你今天这么做绝对是……不合适的。'百善孝为先'，咱们当晚辈的这么做，肯定会被人笑话不孝顺。你说是不？"

"天要下雨娘要嫁人，随他去吧。"国庆说罢，无奈地叹息着起身离去……赵丽莹注视着他那潇洒的背影，仍在思索他这样做到底对不对……良久，她又想起父母几次嘱咐的话，不知怎的有种莫名的惆怅涌上了心头。

纵观这人世间的千秋万代，无论是帝王将相还是平民百姓，谁这辈子能一帆风顺？哪个不是有高潮就有低潮，有山峰就有山谷？自然规律，概莫如此！

聪明者会走一步看十步，尽量让自己规避那些急流险滩、明枪暗箭，即便这样也不一定能全部躲过，只是受伤害大小而已。头脑发热的鲁莽或愚钝者却像盲人骑瞎马，随时都有可能掉进万丈悬崖被摔个粉身碎骨。

可惜的是，咱们的邢文凯就属于这种人。他的手中有了数百万之后，头脑便开始膨胀，不知道自己有多粗多长、能吃几碗干饭了。他瞅准了一个来钱更快、挣得更多的机会，那就是进城去搞房地产开发。实际上，他这些年来一直在村里经营粉条厂搞联营公司，对城市里的开发现状一无所知，是被人忽悠才上当受骗的。

这个人是邢文凯的本族当家，名字叫邢文厚，按辈分应该叫文凯"堂哥"。因为长得又瘦又矮，他一直被人称作"邢猴子"。这个"猴子"可不一般，从小就手脚灵活，上树爬墙、下河摸鱼无所不能。但人有所长必有所短，这家伙就是读书不行，光一年级就念了三年，勉强读到初中毕业，就跟着个盖房班进城去了。后来，乡亲们不知道他在干什么，反正看上去像是挣了大钱，几次骑着大摩托戴着蛤蟆镜、放着震耳欲聋的流行音乐回来，先满街筒子绕一圈，显摆够了才进家。

村里的老辈子们看不惯他那扬风多毛的样子，有的鼻子里"哼"一声，冲他的背影狠狠吐口唾沫扭头便走了。也有一两个实在忍不住，找到家里对他爹说："看你家那猴、猴子，出去个三天两后晌就不知道自个儿姓嘛了？你看不见他流氓式样的，也不管管啊？！"

没想到他爹也不是个清楚人，更不愿意人们把文厚叫"猴子"，便"嘿嘿"冷笑着反问道："我家孩子怎么样了？碍你蛋疼啊？看俺家挣了钱你们眼红了是不是？"

"就是。两个老……棺材瓤子，"他媳妇也跟着犯浑，鼻子不是鼻子脸不是脸地说，"喝着滹沱河水长大的呀？管得倒挺宽，哪儿凉快去哪儿趴着吧。哼哼……"

两个老家伙被噎得差点儿背过气去，边往外走边嘟囔："真是不是一家人不进一家门啊，咱怎么就碰上这俩混蛋？！"

其中一个回家就躺在炕上喝开了中药汤子，而且从此一病不起，不到俩月便撒手人寰了。他儿子气不过，发狠要去法院里告这两口子。他媳妇忙劝说道："宁和清楚人打顿架，不和混蛋说句话。我看还是算、算了吧。"

邢文厚眼瞅着文凯挣到大钱后，心里便一直琢磨着怎么才能弄他点儿。经过一番考虑，他骑着大摩托找到粉条联营公司里，神秘兮兮地对文凯说："哥，你这几年真是顺风顺水，连老天爷都跟你讨好啊……有个空手套白狼的机会，你愿不愿意去挣更多的钱？"

实际上，邢文凯心里对这个堂弟还是有防备的，并不会完全听他忽悠，便笑着说："你小子能有什么挣大钱的机会呀？就是有机会你还不去抢？蒙人吧？哈哈……"

"真是……"邢文厚急赤白脸、赌咒发誓地说，"你是我亲、亲哥，我蒙谁也不敢蒙你呀？"稍停，他又忙拍着胸脯补充道："我要是不能让你挣上大钱，天、天打五雷轰！"

邢文凯看他那信誓旦旦的样子，不由得便动了心。他点上根烟，慢悠悠问道："你小子说说看，怎么着才能挣大钱？"

"进城，搞房地产开、开发。"邢文厚激动地双手比画着说，"现在，有眼光和有一定实力的老板差不多都进城去了，搞房地产开发就像合着眼捡钱一样，一抓就一大把！"接下来，他便一直讲述着搞房地产挣钱是多么容易……当然，这小子说的也不全是瞎话。

刚开始那几年，在城市里搞房地产开发确实是很混乱也很能挣钱，只要你能有办法拿到土地交上出让金，就可以按片收买房人的定金。接下来的设计、开槽、施工等一系列工作，这些钱就已经足够了，根本不用自己再掏腰包。等把槽开出来，就可以拿着相关手续去银行贷款了。银行本来就是个帮富不帮穷、见钱眼开的部门，那几年又知道搞房地产挣钱，所以，都争着抢着给你贷款送钱。后来，国家出台了相关政策，一切才正规了起来。

邢文厚忽悠文凯的时候，这项工作基本上已步入了正轨。这家伙也许是还不知道，也许就是故意为之。那年，他跟着盖房班进了城，刚开始只能搬砖送土当小工。后来，他认识了个"官二代"，便自己成立了个公司，专门干搞绿化、修马路牙子、淘污水井等小活。对于房地产，他是一知半解却冒充行家。邢文凯当然是两眼一抹黑，根本不了解这方面的情况，在欲望驱使下，偏偏就相信了他的话，结果却是竹篮子打水——一场空。他被碰得鼻青脸肿，血本无归，还差点儿把老命搭进去，而且没多长时间，家里的公司也黄了。

真是福无双至祸不单行。邢文凯进城不久，家里便发生了一件好事和一件坏事。

好事是儿子考上大学了，而且还相当不错——北京师范大学。坏事是他家的粉条联营公司已是日薄西山，眼瞅着就经营不下去，已经到了倒闭停业的地步。原因很简单，当然是和他这个一家之主的离开有直接关系。

邢文凯下定决心进城前，两口子曾为此事闹得不可开交，就差点儿打架闹离婚了。究其原因也很简单，就是柳玉洁坚决反对他走，反复说过、劝过，也哭过闹过，但他却是王八吃秤砣——铁了心了。

咱们前面说过，这么多年来，粉条联营公司的所有权力，邢文凯是"一把全拿"。柳玉洁也就是东跑西颠，帮个忙打个杂什么的。用她自己的话说，就是丫鬟带钥匙——当家不做主。丈夫一下子把这么大摊子推过来，而且连个过渡都没有，换成谁不傻眼抓瞎呀？

实际上，邢文凯的心思更复杂，也可以说是有点儿小"阴谋"。因为他心里明白，大到人类社会的发展、小到一家一户的日子，任何事物都有起有落、有盛有衰，粉条联营公司经营这么多年，由于竞争激烈互相倾轧，已经开始走下坡路了。他心里早就有改行的打算，一直在为找不到门路而苦恼呢。真是想睡觉时有人送枕头，听邢文厚一忽悠，马上就像瞎子见到光明，飞蛾扑火般急不可待了。他怕公司倒闭担责任会受到其他股东的谴责甚至打官司，更烦媳妇又哭又闹又埋怨，所以才"三十六计，走为上"了。

嘿嘿……两口子混到这份儿上，再过下去有什么劲啊！当然也不能怪他们，谁家还不是一样？夫妻生活在一块年深日久，互相都麻木甚至反感了，为了孩子或是老人以及各方面的影响，能凑合着过下去已经就算不错了。要不你去民政部门问问，据说这些年办离婚手续的比办结婚手续的都多。

柳玉洁原本就是个智商低情商高的女人，接手公司后就连傻眼带蒙圈了。工作千头万绪，股东们一人一个心眼儿，她真不知道从何下手。好在这么多年公司各方面已经形成了惯例，不用她管业务也勉强支撑了一段时间。

山中无老虎，猴子称大王。有一位老谋深算的股东瞅准机会，暗中在柳玉洁的背后下手了。这么多年来，他一直负责销售，小恩小惠也罢、吃喝嫖赌也好，当然和外贸公司的业务员早已成为你我不分的"铁哥儿们"。在他的授意下，粉条的销路"咔嚓"一下子就中断了。

对于公司来说，这可是卡脖子的大事！柳玉洁不明就里着急上火，从早到晚给丈夫打了十多个电话，可怎么着也打不通。事出反常必有妖，那天邢文凯果然没干好事。

原来，那天在邢文厚引见下，文凯正通过"官二代"全力以赴招待一位要员。实际上，这小子就是个"混混"，成天价靠着他那个分管房地产的副市长老子蹭吃蹭喝坑蒙拐骗。当时，社会上的"洗浴中心"方兴未艾，里面是洗浴、吃喝、打麻将、按摩"一条龙"，个别地方还有小姐"特服"。人们托门子拉关系，一般都安排在这里。那会儿因为是刚开始，有关部门关于禁止国家干部去这种地方消费的规定还没出台，所以多大的官员也经常在此阴暗之处出入。

当天是个星期日，头中午邢文凯便将那位副市长请了出来。几个人来到"蓝天白云华清池"，吃饱喝足洗浴之后便找小姐分包间"按摩"……两个钟头之后又集合在一起打麻将，真是要得昏天黑地不亦乐乎！那位副市长喝了半斤茅台，找了个最漂亮的小姐，打麻将又"赢"了三万多，当然十分开心。不管文凯他们提什么要求，只要是在自己分管之内，他自然十分痛快，答应后还当场批了"条子"。

你想想，这么重要的场合，邢文凯当然怕别人打扰，一大早便把手机设置成了静音。甭管柳玉洁多么着急，再怎么打也就联系不上他了。

那位老谋深算的股东自然知道"机不可失、时不再来"的古训，当天上午便召集大家开了个"股东大会"，也不等细算账，差不多就把邢文凯家的股份踢了出来。柳玉洁本来就糊涂不了解情况，股东们异口同声说"亏损"得厉害，她干瞪眼什么也说不出来。回家后她仔细算了算账……竟然吓得目瞪口呆，老天爷，自家的前期投入基本上都赔进去了！

屋漏偏逢连阴雨，船破又遇顶头风。就在柳玉洁发呆的工夫，银行的工作人员又找上门来。原来是她家前期投入的、用房子做抵押的贷款已经逾期了。邢文凯在家时他们就来催过几趟，都被他花言巧语打发走了。这次人家可是不客气，直接通知她必须在半月内还清，否则就"法院里见"吧！

柳玉洁哪见过这阵势，当时被吓得够呛。她一次次拨打着电话，直到天色傍晚，才听到丈夫那含糊不清、好像不高兴的声音说："怎、怎么了？有事啊？"

"你干什么呢？"柳玉洁更不高兴，生气地说，"一整天都不接电话！"

"我有、有事呗。"邢文凯说，"万事开头难。这儿的事千头万绪的，我哪顾得上老接电话呀。"稍停，他又不耐烦地催促道："嘛事啊？快说！"

"公司散伙了，"柳玉洁说，"咱家没分到几个钱，还……"

"我早就估计到了。"邢文凯打断她说，"散就散吧，生意越来越难做，又挣不上几个钱。"

"更主要的是人家银行来人催咱家的那笔贷款了。"柳玉洁着急地说，"他们非常不客气，说要是再不还，就去法院告咱们哩！"

"别听他们胡说八道吓、吓唬人。"邢文凯明显是打着哈欠说，"要实在不沾，就让他们把那几间房子拆走吧。"

"你说得轻巧，"柳玉洁更加着急地说，"拆了俺娘儿俩在哪儿住哇？"

"这个……"邢文凯似乎迟疑了一下，说道，"到时候就有办、办法。"少顷，他又问道："国庆什么时候去上学呀？快走了吧？"

"还有……一个多月。"柳玉洁说罢，又突然想起地补充道："对了，他的学费还没凑够呢。"

"这事……"邢文凯像是思索了片刻，说，"你先找人借借吧。等我这儿缓过劲来，马上就还人家。"他说罢，"咔"一声挂断了电话。

"你……"柳玉洁还想说什么，电话中传出"嘟嘟"的忙音。她骂了声"这个王八蛋"，拿着手机久久地发呆、发呆……

邢国庆接到录取通知书时非常高兴，当着几个同学便眉飞色舞、手舞足蹈起来。

原因很简单，就是因为赵丽莹和他考上了同一所学校——北京师范大学。也许是命该如此，报志愿的时候，他们俩并没商量。不是他不想，而是她回避了。因为这闺女确实是听信了父母的话，拧着自己的欲望想能躲就躲远点儿吧，谁知道却落了个这样的结果。她意外之余，不知道该高兴还是该怎么办。他倒觉得这是老天爷给自个儿的机会，从初中就开始做的美梦，眼看就有可能成真了！是啊，在那段青涩的岁月中，谁没有憧憬着美丽的梦想？但能不能成真，就看自个儿的努力和运气了。

在这方面，好像女孩子们更现实一点儿。她们一般不会像小伙子们那么冲动——高兴劲儿一上来，似乎无所不能，好像整个世界都是属于自己的！

那天，当赵丽莹心情复杂地拿着录取通知书回到家里时，杨月茹当然很高兴，一张布满细碎皱纹的脸儿瞬间便怒放成了朵"九月菊"。当她问起还有谁考上了这所学校时，赵丽莹迟疑了一下，只能实话实说了。月茹听罢，"九月菊"马上就像是被霜打了……她犹豫片刻，像是怕吓着谁似的轻声问："你们俩……是、是商量好了的吧？"

赵丽莹稍愣神，不高兴地说："妈，你真是……我干吗和他商量呀？"

"是、是吗？"月茹仍有点儿不放心地又问，"你真的没和他商量？"

"真是……你还不相信你家闺女呀？"赵丽莹不高兴地说，"我真的没和他商量。"

"那就好。那就好。"月茹说着拿起菜篮子，边往外走边说，"咱也庆祝庆祝，中午吃饺子。我去买点儿韭菜和虾仁，回来再放上鸡蛋细粉儿。"

"好啊。我在家先把面和好。"赵丽莹说着，挽起袖子端盆去里屋盛面……

杨月茹走出大门，下意识地回头看了一眼，忙急不可待地掏出手机，想把情况向丈夫汇报一下……但对方却处于关机状态。她心神不宁、思思索索地往前走，不知不觉却走过了菜市场。邢国庆刚好骑着摩托车迎面而来……他看到月茹，急忙跳下车问道："婶儿，您这是想去哪儿啊？我送您去吧。"

杨月茹这才回过神来，稍愣一下忙说："没、没事，我去菜、菜市场。"

"菜市场在那边。"国庆用手指了指，笑着说，"婶儿，您走过了。"

杨月茹愣怔片刻，一时蒙了。她隐隐觉得对方好像是女儿的同学，但并没认出是谁、叫什么名字，忙自嘲地笑着说："是……你、你啊。你看我，真是老糊涂了。"

"婶儿可不显老，看上去顶多四十多岁。"国庆边推摩托陪她往回走边说，"我妈可比您差远了，而且还糊涂，经常丢三落四的。嘿嘿……"

人啊，许是天性如此，不管到什么岁数也喜欢被别人夸奖。月茹听了这番话，一时高兴，随口便说："走吧，跟婶儿回家，中午咱吃饺子！"

这邀请正中了国庆的下怀。为上学费用的事，他在家里和母亲吵了顿架，正没好气地琢磨着去哪儿弄钱呢。小时候不算，他长大后尤其是这几年，就因为看不上父亲那"得志便猖狂"的样子，两人不知"叮当"过多少次，但还是头一回跟母亲吵架生真气。因为她宠孩子，从来就是有求必应，再多的钱也没皱过眉头。

让邢国庆没想到的是，当他拿着录取通知书高兴地向母亲炫耀时，她却紧皱眉头哭丧着脸说："儿啊，这学……咱是上、上不起了！"

"啊？！"国庆一听大出意外，愣怔片刻瞪着眼问，"为、为什么呀？"

柳玉洁万般无奈地抱出堆单据和一些零钱，把家中所面临的现状一五一十说了个痛快。他当时就傻眼了，怔了好一会儿才想起来给父亲打电话，结果对方还关机。一气之下，他不顾母亲的劝阻、连饭都没吃便骑着摩托车冲出了家门。

邢国庆也没多说什么，耐心地陪着月茹买好了韭菜和虾仁……当两人快进家时，她才突然想起来对方是谁，瞬间便懊恼地后悔了。但是，此时后悔也没法说呀，总不能到了家门口，再把人家赶走吧？

杨月茹是小后悔，邢文凯却是大后悔。他后悔得肠子发青、想死的心都有了！

这次房地产开发确实像邢文厚说的，刚开始非常顺利。在那个副市长的授意下，邢文凯很快拿到了块能建筑十栋楼、不用拆迁的净地。邢文厚跑来跑去，帮他办完了前期的相关手续，并缴纳了出让金。当然，他从中也拿到了好处，高工资先不说，这其中的猫腻文凯是不知道的，他着急的是，走完这一步，手中的资金已经花得差不多了，心里不免有点儿发慌。

"哥，没事。"邢文厚却笑着说，"咱们下一步该卖地皮了。我在这儿朋友多，熟人更多……人多力量大嘛，我来想办法。"

真是猪往前拱，鸡往后刨，各有各自找食的道。这小子上学不识字儿，干活没有劲儿，但却真有点儿歪门邪道，鬼点子多办法也不少。在他和一帮子兄弟努力下，十多天的工夫就把四五十套单元房的图纸卖了出去，收回来的定金就有大几十万。

邢文凯高兴得屁颠屁颠的，在全市最好的燕春饭店摆了两大桌，专门宴请了文厚和他的那帮子狐朋狗友。他自己算了笔账，觉得接下来就是开槽打地基和施工，收到的定金足够支撑一阵子。

还有一件事，让邢文凯彻底相信了自己的这个堂弟的能力。这小子真没白在城市里待几年，虽然做的是小工程却混了个好人缘，而且对搞房地产门儿清。连施工队也是他找的，和人家订的协议是等所有的楼房封顶了再付钱。这样一来，资金的压力就更小了。

有这么好的帮手，邢文凯干脆当起了甩手掌柜，每天不是陪那些相关部门的头头脑脑吃吃喝喝，就是去洗浴中心打麻将泡小姐。他自己都觉得到了此生的黄金时代，过的是神仙般的日子。至于家里的那一摊子，甭管柳玉洁再怎么着急上火，一天能打数十个电话，他就装没事人，后来干脆连她的电话也不接了。直到有一天，银行通过法律程序，来人把她家的四间正房强力执行，并把相关手续扔在院子里。

你看这顿饭吃的，要多别扭有多别扭，要多难受有多难受，没话找话的现场有多尴尬啊！

正在洗手准备包饺子的赵丽莹，看到杨月茹领着邢国庆进家门，一下子就愣住了。她一时弄不明白，母亲为什么把他请来了。人家国庆却像毫无觉察，放下摩托便笑嘻嘻地说："小莹，咱们商量商量，看哪天一块去北京啊？"

赵丽莹张了张嘴，却不知该怎么回答。月茹尽管心里后悔，脸面还是要给的，忙说："真是……赶巧了。我去买韭菜，正好碰上国、国庆了。"

"阿姨，您说的也不是这么回事，"邢国庆笑着说，"我就是想来和丽莹商量商量，看怎么着去学校。"稍停，他又忙补充道："是坐高铁还是我开车去？"这小子并没完全说实话，他是想来丽莹家，目的是看能不能借点儿钱凑学费。当然，他也想看看情况，不会贸然提出来。

面对此情此景，赵丽莹能说什么？她只是淡淡地一笑，说："这事……等吃过饭再说吧。"

韭菜虾仁鸡蛋，再加上点儿粉丝包成的饺子，好吃好看做起来也不复杂。但事先要把粉丝泡好了，把鸡蛋炒成块。这些工作，月茹去买韭菜和虾仁时，赵丽莹早做完了。而且，她已经把粉丝切成了碎段，把面也和出来了。

调馅是个技术活，只能月茹亲自动手。这时候，邢国庆因为内急去厕所了。赵丽莹目送他进去后，忙压低声音问母亲道："你怎么……把他招家里来了？"

"不、不是。"杨月茹也尽量低声说，"我看着他像你的同学，一时想不起是谁。等到了家门口，一下子就想起来了……已经这样了，我总不能把人家再赶出去吧？"

"真是……背着喇叭赶集——没事找事。"赵丽莹嘟囔了一句，没再说什么。但是，等到包起饺子来，娘儿俩却对邢国庆有了种新的看法。因为在她们的心目中，这小子在家里肯定是个横草不拈、竖草不拿、油瓶倒了都不扶、什么活也不干的主儿，但事实并非如此。

干过的都知道，这种素馅饺子不如肉馅的好包，因为馅散，生手肯定包不进皮里去。让她们娘儿俩感到吃惊的是，国庆不但会包，而且还挺像那么回事。他边说着"薄皮大馅"，边努力多添馅，包出来的饺子圆滚滚像个金元宝。让她们更意外的是，他竟然还会擀皮儿！

杨月茹不由得问道："小邢啊，你怎么……手这么巧呀？我真没想到你什么都会干。"

"阿姨，我最喜欢吃饺子了。"国庆笑着说，"民以食为天嘛，我在家里经常干，白菜、芹菜、豆角……什么馅的都包过。"他停顿片刻，不知是有意还是无意，又补充道："艺不压身。迟早有一天独立了，总得想办法把自己喂饱啊！哈哈……"

接下来的这顿饭，大家吃得都很开心。尤其是月茹，心里还真有点儿喜欢这个活泼帅气的小伙子了。当然，因为有女儿在场和丈夫说过的原因，她什么也没说。

邢国庆到底没把想借钱的事说出口。他边吃饭边看着大门口的摩托车，心里灵机一动便有了主意。他是想把摩托车卖掉，就足够开学时的费用了，但转念间又有点儿心疼，因为这大摩托刚买不到半年，他挺喜欢的。但这么做却是明智的，要真把借钱的事说出来，估计以后就和赵丽莹没戏了。是啊，甭管他心里对将来怎么设计，现在八字连一撇都没有，怎么能张口就借钱呀？

说到底，杨月茹就是好心眼儿。当邢国庆推着摩托正要出门时，她不知想到什么说道:"你上学前不去看看你姐姐呀?听说她干得挺好的。"

对大人们历史上的恩怨情仇,邢国庆心里是清楚的,但他却从没当回事,毕竟自己和赵小扔是一奶同胞,血浓于水吧,以前接触过几次,感觉很亲切。

杨月茹说得没错,小扔儿这两三年确实干得非常好。金丝儿已把"面花"公司的全部权力交给她,自己当上了甩手掌柜。赵小扔也确实不负众望,把公司干得有声有色风生水起。当然,她们也是得益于互联网的飞速发展,把"电商"发挥到了极致,产品几乎覆盖整个华北地区,甚至连山东、河南、陕西等省也有打电话要求供货的。

在食品保鲜方面,赵小扔是下了一番功夫的。她多次去北京相关科研单位,请专家研究出一种对人体无害的"保鲜剂",再加上"塑封",能把"面花"保存个十天半月没问题。当然,她们主要还是挣孩子们的钱,把产品发往各地的幼儿园和小学校,一直很受欢迎。

同时,公司不断发展壮大,辐射到了"银沙湾""袁家沙湾""刘家沙湾"等本县和定州、新乐等十多个村庄。在华北平原一带,哪个女儿家不会做面食?擀面条蒸馒头什么的家常便饭,要不会做只怕连婆家都找不到。至于"面花"上那红红绿绿的色彩,都是用对人体无害的食材画上去的。哪村里没有一两个心灵的"巧手女"?画这些红花绿叶、兔耳朵狗鼻子什么的又不需要什么精深技术,头等人看看就能学会。

金丝儿审时度势,认为要想做大做强,有必要把所有做"面花"的村庄都聚合在一起,成立"联营公司",进一步扩大经营。她琢磨好之后,便把自己的想法在电话中汇报给已经调省政府、担任常务副省长的赵孟海,得到了他的肯定和大力支持。而且,他还在百忙中找了个星期日专门回来了一趟,并亲自主持召开了"联营公司"的成立仪式。

那是仲秋时节的一天,虽然是万里无云阳光灿烂,但炙热的天气已是强弩之末,西北风儿时而送来阵阵凉意。知了们也许是已经预感到末日将要来临,成群打伙、此起彼伏地噪叫个不停。但大家许是心情好,并没感觉到它们像酷暑时那么烦人了。

"面花联营公司"的成立仪式举办得非常成功,场面恢宏、红火热闹,附近和邻县邻村的百姓来了数百人。因为有赵孟海的参加并亲自主持,周边几个县的主要领导都来了,满满当当地坐了半个舞台。省市县三级的报社和电视台的男女记者来了数十人,满院子跑来跑去地找拍摄角度或采访对象。

领导们心里都明白,召开任何成立仪式实际上都是做广告,包括赵孟海在内,谁都没有长篇大论,不过是一个个简单而铿锵有力地表个态而已。虽然如此,现场仍是掌声不断、欢呼声此起彼伏。尤其是公司的总经理赵小扔讲话时,全场更是响起长时间的热烈掌声。因为参会的领导没人不知道,她是赵副省长的亲闺女。

赵孟海坐在一旁,看着女儿在金丝儿培养下成长这么迅速,心里除了感激之外,高兴当然也溢于言表。比他更高兴的是本村和邻村的乡亲们,因为村委会还请来个"草台班子",连续七天晚上唱坠子戏,什么《穆桂英挂帅》《大破天门阵》《杨家将》等。

你说这人老了也怪,家家都有的电视机,里面就每天晚上演播各种戏剧,什么京剧、越剧、评剧、梆子腔等。那上面演出的可都是国家级"名角",他们却偏偏更喜欢看"草台班子"演出的"高台戏"。你想想,在家里可以喝着茶水、嗑着瓜子,歪在沙发上随便看,要多舒服有多舒服;在露天地儿里,坐着硌屁股的大木头,甚至砖头土坯,那多难受啊!稍微坐时间长了,一个个累得腰疼腿酸,脖梗子都不能打弯了。要是碰上天气不好,他们更是刮风弄一身土,下雨淋个落汤鸡,真是,图嘛吧?有位老汉却笑呵呵地说:"图嘛?俺们图的是过瘾,看的是回忆,萝卜白菜,各有所爱嘛。"

这人老了就容易"怀旧",不管干什么总是喜欢找寻儿时的记忆,而且,老觉得现在吃什么都不如过去的味道。他们小时候,能吃几口香椿炒鸡蛋、白菜熬豆腐,都会高兴一整天;现在,哼哼,天天吃肉也不觉得香,你说这人不是"犯贱"吗?

没办法，这人上了岁数都一样，咱谁也甭笑话谁，也许因为来日不多，见面互相道个珍重吧！在生产队时期，下地干活差不多天天都在一起，自从"分田到户"之后，各种各的地，各忙各的活，老伙计们有时一年到头都难碰到一起，所以见面就觉得十分亲切，一个个好像有说不完的话。他们赞叹着今天的幸福生活，更多的是感慨过去的艰难和困苦，车轱辘话说了一遍又一遍，直到锣鼓响起来要开戏了。

乡亲们都说金丝儿家这段时间是走了红运，福无双至今日至，祸不单行昨日行。

就在"联营公司"成立仪式后没几天，她便让儿子邢佩哲和赵小拗举行了婚礼。女儿一辈子的大事，赵孟海再忙哪能不来呀？更何况，他从心里总感觉对不住这闺女，可不是，不到一岁就把人家扔了，如果这次再不来，那将是他一辈子的亏欠。所以，他对省委书记如实相告，一大早便带领着媳妇和赵丽莹赶来了。

按照他和金丝儿在电话中商量的，这场婚礼办得特别低调，就是把至亲好友请来，在自家院子里摆了两大桌，任何官方人员都没惊动。谁都没想到会这么巧，就在酒席刚开始的工夫，邢国庆骑着摩托车冒冒失失地冲了进来……这小子来得真不是时候，弄得整场婚礼都别别扭扭，冲淡了原本该有的喜庆和欢乐。他来这儿的目的，就是想看看能不能跟姐姐借点儿上学的钱。因为他实在喜欢那辆摩托车，能不卖更好，自己回来还能接着骑哩。他也没想到碰上了这种场面，心里就暗暗觉得肯定是没戏了。是啊，自己连上份子钱都没有，怎么能开口说借呀？

除了杨月茹娘儿俩和赵小拗，现场没人认识他是谁。正当大家愣神的时候，赵丽莹白了国庆一眼，只得站起身介绍道："这是我的同学，邢、邢国庆。"

金丝儿和靳存根虽然不认识他，但觉得来的都是客，忙含笑让他落了座。国庆也没料到赶上了这么个场面，想退出去又来不及，只得连连表示着感谢。

此时的赵孟海已经明白了邢国庆的身份，心里也有点儿不高兴，觉得他确实不该来这儿。但大人不计小人过吧，他这样想着，心里也就释然了，忙进一步介绍道："这小伙子也是个高才生，和我们小莹儿一样，考上了北京师范大学。"

"是啊？那可真不简单。"靳存根忙端起杯酒说道，"来，先为你祝贺祝贺！"

"谢谢！谢谢叔叔！"国庆说着，也忙端起杯来……这时候，心里最别扭的就数赵小扔了。她喜欢这个弟弟，也愿意认他。但是，因为明白这里面的各种关系，她就是在没人的场合和他见过两面，也从没跟金丝儿提起过。金丝儿心里好像有某种预感，想进一步问个明白时，却被存根打断了。只见，他端起酒杯说："今儿是个好日子，来的都是客，咱喝酒、喝酒！"

实际上，赵孟海已经看出来金丝儿的意思，忙端杯说："来，闲话少说，咱们喝酒喝酒！"

当大家响应着纷纷端杯时，他又话外有音地说："人啊，这辈子谁都不容易，该忘记的就得忘记，该扔的就扔掉，否则，那么多的陈年往事和恩恩怨怨，都背在背上累不累呀？"

大家纷纷附和着，现场的气氛才又活跃了起来。国庆当然没敢多说什么，祝福了两句便埋头吃饭。金丝儿却显得有点儿心不在焉，支应着客人很少开口说话……就在当天晚上，一对新人欢欢喜喜刚想上床的时候，金丝儿却连招呼都没打便闯了进来。小两口愣怔间，只见她阴沉着脸问小扔儿道："今儿那个小伙子是谁？他怎么叫你姐姐呀？"实际上，她从酒席散场到这会儿，心里一直在琢磨、在狐疑，实在睡不着觉才进来相问的。

面对此情此景，小扔儿能怎么办？她只能实话实说了。金丝儿听罢"嗯"了一声，倒也没说什么，就又阴沉着脸退了出去。她当天晚上有没有睡得着觉，连靳存根什么都不知道。因为他喝得有点儿多，脑袋刚挨枕头便鼾声如雷入梦了。

邢文凯的房地产行业进入了"瓶颈期",已经是举步维艰走不动了。

常言说人算不如天算,要是时运不济,放屁砸脚后跟喝口凉水都塞牙。文凯用卖地片的收入支付前期设计、开槽、施工等费用后已所剩无几。正好赶上市政府出台了新政策,为防止污染不允许再卖"毛坯房",必须等装修好了"拎包入住"。老天爷!这一下子就把他难住了,十栋楼三四百套单元房,装修的费用比"土建"还要多,到哪儿掏去?

面对这种情况,邢文凯是有心理准备的,按照他堂弟的意思,那就是找银行贷款。本来,因大家都知道房地产这个行业利润空间很大,不管哪家银行,都是争着抢着把贷款送上门。但让他们没想到的是,国家同样是刚出台了新政策,已不允许给此行业贷款。他们拿不到贷款就没办法装修,"毛坯房"有人想买政策也不允许,所以,那么多房子一套也卖不出去了。

面对此情此景,邢文凯当然着急上火、抓耳挠腮,在房间里转悠着一个劲拍屁股。他大喊大叫,命令手下人快去找邢文厚,没想到那小子见势不好,早已经脚底下抹油——溜走了。他被气得差点儿跳楼,把所有人都赶了出去,自己闷在屋里一天一宿没出来。

真是"树倒猢狲散",等他再开门出来,却谁都找不见了。就连他坐的奥迪车,也被司机开走了。他被气得差点儿背过气去,想发脾气都没人听,又是一天一宿没吃没喝,却抽了七八盒"荷花"烟。走投无路之时,他忽然意识到应该回老家去想想办法,哪怕是求爷爷告奶奶,借钱搞装修也必须把房子卖出去,否则,自己真的就死定了!

第二天一大早,邢文凯便坐公交车回到柳玉洁的老家——太极县北远村。当他神色疲惫、灰头土脸地进门时,媳妇却差点儿没认出他来。这些日子他被急得连饭都没吃多少,哪儿有心思收拾自己啊?只见他凌乱的头发已经全白了,脸没洗胡子也没刮,整个人都瘦了一圈,一身脏兮兮的西装晃晃荡荡,像是挂在了"打枣竿子"上。

结婚那么多年,柳玉洁还是头一回见丈夫如此狼狈,不由得扑过去紧紧抱住他号啕大哭了起来。文凯何尝不想哭？大嘴一咧便也鬼哭狼嚎开了。这动静，一时间差点儿把左邻右舍都吓着了。有几个孩子在门外伸头探脑往里看两眼，撒丫子便跑远了。

农村里祖祖辈辈流传着两句俗语：一句是"贫站街前无人问，富住深山有远亲"；另一句是"靠竹竿不靠井绳"。前一句的意思不必解释，后一句的意思就是说：当你有钱得势硬气的时候，谁都愿意往前靠依附你；当你落魄贫穷气短时，连亲戚朋友都怕沾上穷，早跑得远远的了。井绳是软的，根本就靠不住嘛。

为着借钱，邢文凯是豁出来连脸都不要了。可还是那句话，他借钱是为了救命，如果连命都没了，那脸还有什么用啊？他走东家串西家，把以前曾合作过的、大大小小的老板门挨门拜了个遍，结果却一毛钱都没借到手。他们还各有各的理由，有的说干赔了；有的说刚投入……反正是谁都像躲"瘟神"一样，瞄见他的影子就躲了。几天的时间，他跑遍了以前的亲朋好友家，本村的、外村的、远的、近的……就连八竿子打不着的，也觍着脸求到人家门上。他把腿跑细了，长期不怎么走路的脚上也打了好几个血泡，仍然是一无所获。

老天爷啊，怎么办？怎么办？邢文凯像是走进了死胡同，所有的路都被堵得结结实实，连一条缝隙都没给他留。他的精神彻底崩溃，身体也累到了极限，突袭的一场大病让他躺在炕上……也算是患难夫妻吧。柳玉洁伺候他吃药、打针、输液，想尽了办法也毫无效果。她也曾想过一走了之，但是，又觉得自己已不是年轻貌美的岁数，一个脏老婆子，能跑到哪里去？有哪个男人会收留她？实在没办法，她只能守在这两间破屋子里，没日没夜、汤啊水地照顾着丈夫。

城里有官司，家里有病人，这是人生的两大腻歪。柳玉洁手中仅有的一点儿钱眼看就要花光了，可文凯的病却毫无起色。她也是万般无奈，便像丈夫一样，觍着脸门挨门地去借钱。要说还是老乡亲，打断骨头连着筋哩。这次不管走到谁家，大伙儿知道她是为了救命，没多有少都尽力借给她。

就这样，邢文凯开发的那十栋商品楼，一下子"烂尾"了好多年。那些已交了定金的业主，串联在一起长期上访，市政府、省政府……他们打着"还我血汗钱""严惩黑心开发商"等横幅，在各级政府门前静坐示威，一次一次又一次，也曾多次受到公安机关的驱赶仍坚持不懈。好多人家都是卖了自家的房子交的定金，全家人租房住等待盼望着，每月掏着租金呢，除了割肉就属掏钱疼，换成谁能不着急上火呀？！

一直到多年之后，在市政府的协调下，让另一位有实力的开发商接了盘，此事才算做了个了断。那些已交定金的业主知道后奔走相告，庆幸这些年总算没白上访。也有细心人算了笔账，这些年掏的房租钱，足够再买套房子了，真让人唏嘘不已、有苦说不出啊！

十五

赵小㧟从小跟着金丝儿长大，天长日久耳濡目染，竟然也学到了她的精明强干，遇事喜欢动脑筋，也可以说是别出心裁。她有一个小小的心愿，已经在脑海中盘旋了许久许久，现在自认为时机成熟，就想付诸实践了。

按说，赵小㧟和丈夫的日子过得挺好。她在村里当着"联营公司"的总经理，威威赫赫，就是父亲赵孟海也得另眼相看。邢佩哲师范毕业后在县中学教书，每到星期天回来夫妻团聚，恩恩爱爱黏在一起让同龄人看着眼气又妒忌。可她自己并不满足，尤其是被那点儿小心愿折磨着，到后来已经有点儿急不可待、寝食不安了。

赵小㧟是个"纯"女孩儿，从小就不像别的孩子那样，成天价说说笑笑打打闹闹，而是喜欢一个人独处，拿着剪刀针线用牛皮纸做小裤小褂。老姥姥孙文娟在世的时候就非常喜欢小㧟儿，经常夸她"做什么都挺像那么回事"。

人谁不是因为自己喜欢而倾尽全力？赵小㧟就喜欢那种农家织的花格子"土布"，对整个过程从小就熟记在心了。她知道棉花摘下来需要先轧，然后经过几道工序才能用。就是由一个壮汉下面用脚蹬动着轧花机，上面的双手不停地往机器里添棉花瓣，才能把棉絮和棉籽分离开来。棉籽可用来榨油，棉絮还需要多少次的加工处理，才能够用来织布。

农村长大的庄稼孩子，小时候谁没吃过用棉籽油炒的菜？那真是喷喷香啊！就是在炒的过程中"咕嘟咕嘟"起黄沫，冒出的浓烟把衣服都熏得一股子油烟子味儿。在村子里没事，反正大家都是这股味儿，一窝狐子不嫌臊，谁也甭笑话谁。如果谁去稍微文明一点儿的地方，比如县里的商场、超市等，人家售货员肯定会捂鼻子、翻白眼，你买什么也占不了便宜。甚至有的人一闻这种味就想吐，只得赶紧跑远点儿。

棉絮还需要用另外一种机器"弹"成"蛛丝"状，才能正式投入使用。絮棉衣棉被自不必说，直接用就可以了。要想织成布，还需要好多次加工呢！

农村人把高粱秸结穗的一节叫作"格挡"，粗细和吃饭用的筷子差不多，非常光滑结实，用途也很广泛——扎盖帘、作扦子、算子等都用得着。织布时先要用"弹"好了的棉絮裹住它，搓成半尺长的空心"布节"，然后才能纺成线子。

这么多年都过去了，赵小扔依然清楚地记得，小时候和佩哲躺在被窝里，睡梦中也能听见娘和姥姥成宿成宿地用纺车纺线子。自己有时候想撒尿睁开眼，迷迷糊糊就能看到她们的身影，在豆油灯下不知放大了多少倍，抬胳膊举手地晃来晃去、晃来晃去……她的心里当时就很感慨：娘和姥姥太辛苦了，等自己长大后，一定好好孝顺她们！

用纺车把"布节"纺成孩子拳头般大小的"线穗子"后，还需要把它们团成"线蛋子"。赵小扔记得，这种事不累人，往往是老姥姥来做。那时候，老家院子里有棵枝繁叶茂的大柳树，老姥姥就坐在树凉里，一边看着阳光下晾晒的、刚收回家的棒子，一边缠"线蛋儿"。她把三个"线穗子"放在笸箩里，先找出线头，把三根线拧在一起，然后没完没了地缠啊缠，一直缠成茄子那么大的"线蛋子"。而且，她的手边老放着根柳条子，不时吆喝着驱赶偷吃棒子的鸡，还有从树上、房顶上飞下来的麻雀。

赵小扔现在想起来，仍在感慨着织布是真不容易。老姥姥把"穗子"缠成"蛋子"以后，还要和娘她们用拐子拐成一把攥不过来的"线绺子"，然后放进加上少许白面和各种颜色的染料水里浆煮一遍。煮好后挂在光滑的木杆子上晾晒，并及时掌握干湿度，多次拉拽线子让它们一根根清晰地分开来。小扔儿还记得，当时自己曾问姥姥道："染料是为上颜色，可为嘛还要加白面呀？"

"这你就不知道了吧？"姥姥笑着说，"加上白面煮出来，那线子更……不容易断，等'经布'的时候，一根根能分得更清楚。"

"经布"可是个大场面，最能吸引孩子们了。小扔儿和佩哲带着群小伙伴，多少次都看不够。但"经布"前还有"络线子"和"挂橛子"两道工序。"络线子"就是把浆好的线子缠绕在"络车"上，再从"络车"上转移到"卧子"上，就该"挂橛子"了。（"络车""卧子""拐子"包括后面的"圣子"等，都是木头制作的专用纺线织布工具，什么朝代、谁发明的不知道也无从考证，反正祖祖辈辈就这么流传了下来。）

"挂橛子"就是把丈八长的线子一次次挂在分开两端的、事先钉好的橛子上，老姥姥和姥姥中间隔着"甑"（一种用竹扦做成的、箅子般的专用工具）分坐两边。姥姥拿着竹子做的、小刀状的工具，把一根根线头从细密的竹扦中间送过去，让老姥姥缠绕在"圣子"上，接下来可以"经布"了。

她记得姥姥坐在树凉里，面前摆着架离地面的、有着四个"翅膀"、专门用来"经布"的木头"圣子"上，然后像拉网一样，把数不清多少根的线子抻开来老长老长，并把另一头固定在石头上。有时候为了增加分量，还会让小扔儿坐上去。

老姥姥和娘半蹲在日头地儿里，仍然用竹子做成的小刀把"线网"一根根挑匀实，随着姥姥慢慢转动"圣子"，那么多线便缠在"圣子"轴上了。直到这时候，繁琐的"织布"前期工作才算基本完成了。

"织布"这活，说起来并不怎么累，主要是要有耐力。姥姥坐在"织布机"上，双脚一上一下蹬动着"踏板"，一只手推动着安装着"甑"的挡板，另一只手飞快地把带着根线的"织布梭子"扔过来扔过去……在她的坚持下，"土布"便一毫、一分、一寸地慢慢增长着。据说，像姥姥这样的"快手"，从早起到黄昏一整天就能织成一匹丈八长、一尺二宽的土布。当然，人也会被累得够呛，腰酸背痛睡觉都不安生。

赵小扔同样是个犟脾气，自己想干的事，甭管谁说什么都听不进去。这天，金丝儿不知听哪个闺女传闲话，便找到"面花联营公司"，问小扔说："怎么着？听说你想把织'土布'重新恢复起来？是不是有这回事？"

"是。"赵小扔老老实实地点了点头说，"现在，'面花'生产已经普及，据说远远近近，有好多家也开始加工生产。我担心时间长了，竞争越来越厉害……"少顷，她又补充道："什么事业都一样，有起就有落，有高潮就有低潮，所以我想早点儿有所准备。"

"你考虑得很有道理，"金丝儿点着头说，"但是，怎么着想到要恢复'土布'生产呀？"

"是这么回事……"赵小扔稍停顿一下说道，"娘，你有没有看到或是听到过？现在有好多城里人都把老家的房子收拾或重新翻盖出来，星期天或是节假日，全家老少会躲开城市里的喧嚣，回来住上几天，享受这相对安静的田园风光呢？"

金丝儿思索地点点头，说："没错，我也注意到了。可那和'土布'有什么关系呀？"

"当然有关系。"赵小扔笑着说，"这叫作……返璞归真，也算是一种新时尚。他们愿意回来住老屋子老炕，自然会想起儿时的点点滴滴，会想起那暖暖和和的'土布'被窝。"少顷，她又补充道："尤其是那些老年人，谁不怀念少年时的青葱岁月？"

金丝儿被她说笑了，便说道："你说得也许有一定道理，但是，做生意不能靠想当然，必须脚踏实地，从实际出发。"

"没有，娘。"赵小扔说，"我们做过社会调查，访问过几十个老年人。他们一致认为，'土布'确实比现在的'的确良'什么的结实耐用，更主要的是'土布'被褥本身就发暖，不像那些'洋布'被窝，到冬天钻进去凉冰冰的半天暖和不上来。"稍停，她接着说："在一些贫困山区，好多老百姓一直都在坚持着织'土布'用'土布'，因为穷，再便宜他们也舍不得花钱去买'洋布'。"

"这我也听说过。"金丝儿似乎有点儿动摇，便又说道，"可是……要真的织'土布'，你们去哪儿找那么多专业工具呀？"

"这我们门挨门问过。"赵小扨说，"咱村里就有十多户人家，仍然保存着当年用过的'纺车'和'织布机'什么的。尤其是南头的靳老松家……至今保存着织布用的全部家当哩。"

"是吗？我怎么没听说过呀？"金丝儿意外地说，"他们保存这些东西做什么啊？"

"奶奶说，这些东西可是功、功臣，再怎么也不能扔。"赵小扨解释道，"她说想当年，全靠这些宝贝支撑着，全家几代人才度过了那艰苦的岁月。所以，老人家把那些工具都上了'大漆'，全部保存在储物间里，而且那钥匙一直挂在她的腰带上，担心孩子们进去给糟蹋了。"

"是、是啊？"金丝儿终于说道，"既然你想好了，你们就干吧。但一定要慎重，脚踏实地，一步一个脚印。"她说罢便往外走……到门口又回头问道："扨儿，你怎么还叫存根叔叔啊？"

"这个……"赵小扨的脸一下子就红了，忙解释道，"也许是先叫后不改吧，我试了好几试都叫不出爹来。嘻嘻……"

"那倒无所谓。"金丝儿说罢，笑笑地出大门开车驶去……

随着信息化越来越发展，一个县实际上就变成了一个大村庄。尤其是关于当时那些风云人物的消息，什么八卦乌龙、真的假的、虚的实的，便会迅速流传开来。

因此上，关于邢文凯两口子命运的跌跌撞撞、起起落落，金丝儿很快就听说了。要是换成别人，或许会幸灾乐祸，暗自高兴地到处宣扬。按说，金丝儿听到这消息应该高兴，毕竟文凯和柳玉洁算是她的"仇人"。但是，她真的没那么想，心里总觉得应该证实一下这些流言的真假，毕竟，赵小扨是柳玉洁的亲闺女。

当天晚上，一家人围着大方桌吃饭的工夫，金丝儿像是有意无意地问："扔儿，你听说了你娘他们的……消息没有？"

赵小扔迟疑了一下，说道："就在俺们结婚那天国庆不是也来了？我听他说了几句。"

金丝儿点点头说："你抽空儿过去看看吧，再怎么说她也是你亲娘啊。"稍停，她又补充道："历史上我们之间的恩恩怨怨，不管她怎么样，不应该影响你们这代人。"

"这事……"赵小扔迟疑地说，"看情况吧。等我忙过这阵子再说吧。"

邢文凯两口子当然不知道她们的议论，为挣口饭吃，正在老老实实经营着秦素芬留下的两亩地。真是贫贱夫妻百事哀、一夜急白头啊。这次变故，他们两口子像是一下子老了十岁，真变成白发苍苍的老头老太太了。

他们两口子从小上学，谁会种地呀，遭的那个难说都说不清楚。好在乡亲们不都是势利眼，见他们遭难，便有老人出来帮着指指点点。甭管怎么样，好死不如赖活着吧。

赵小扔虽然答应了金丝儿，但迟迟并没采取行动。她对柳玉洁的感情有点儿复杂，小时候是恨，恨她把自己扔了；如今长大懂事了，又听国庆说他们两口子目前的处境，她心里倒多少有点儿挂牵，这也许就叫作母女连心吧。但她又不敢表现得太明显，怕别人说自己是"白眼狼"。所以，她故意往后拖了一个多月，才拉着半车"面花"去看娘。

因为工作需要，尤其是现在又有了"村村通"，全县的村庄赵小扔基本上都到过。所以，她不用打听不用问，一个小时就快到北远村了。这时候，她忽然看见一个白发苍苍的"老太太"，背着牛腰粗的一捆柴火，正低头弯腰，艰难地走在田间小路上。

要是放在早年间，拾柴火这种现象并不稀罕，庄稼主子把棒子秸、棉花柴，甚至树叶子什么的都当宝贝。每年深秋，场光地净之后，大人孩子每天干的活基本上就是拾柴火搂树叶。那时候一年到头做饭、冬天烧炕都少不了这些"宝贝"。日子好过以后，家家都开始烧煤炭，甚至有的人家用上了天然气，早已经没人拾柴火了。

在赵小扔的记忆中，除了小时候，早已经没有了拾柴火的印象。她出于好奇，便把车停下来在路口上等待……没多会儿，"老太太"便上了公路。

赵小扔多年未见过柳玉洁，当然不认识她。"老太太"许是累了，把柴火捆放下来喘息擦汗，并打量了她两眼。她赶忙问道："奶奶……你怎么拾这么多柴火呀？"

"过冬呗。"老太太不无意外地看她一眼，似乎想说什么却没开口。少顷，她边喘息边擦抹着淋漓的汗水说："做饭烧炕呗。"稍停，她又补充道："这闺女，你不知道冬天多冷啊，做饭烀炕柴火少了可是没法过不是？"

"是、是啊？好吧。"赵小扔边拎起柴火捆往后备厢里装边说，"我正好也去你们村，送您回家吧。"

"这、这闺女不、不用。"柳玉洁忙阻拦道，"看把你的车弄、弄脏了。"

"没事。没事。"赵小扔坚持说，"您快上车吧。"她把柴火塞进后备厢，可因为捆太大，怎么也盖不上盖子，只能由它敞开着了。

柳玉洁千恩万谢地上了车，一个劲夸她心眼儿好。赵小扔忙打断她问道："这不是快进村了，您家住哪头啊？"

"俺家就住在村头上，"柳玉洁说，"只要进去拐弯就到了。"

"那倒也方便。"赵小扔说罢又问，"您知道柳玉洁家吗？她家住哪头？"

柳玉洁愣了一下，像是没听清楚般问道："闺女，你说谁家？"

"柳玉洁家呀。"赵小扔又说，"您老人家认识她不？"

"认识，认识。"柳玉洁看了她两眼，忙又问，"你……认识她、她不？"

"我不认识。"赵小扔边开车边说，"但我和她……沾点儿亲戚，想顺便来看看她。"

"是、是啊？"柳玉洁像是刨根问底般地问道，"你和她沾什么亲戚呀?"

赵小扔迟疑一下才说:"老、老亲,一时半会儿说不清楚。"

就在她们说话间,汽车已经拐进了村口。赵小扔突然就看到一个非常不和谐的场景——这是个经过新农村改造过的大村庄,所有的人家都是漂亮的两层小楼。但有一家却只有孤零零的两间秫秸棚顶的旧屋子,看上去不光扎眼还让人揪心。她正在纳闷间,柳玉洁却指着旧房子说:"闺女,这就是俺家。"

赵小扔"噢"了一声把车停住,忙跳下来想把那捆柴火捆卸下来……柳玉洁却拦住她问道:"闺女,你实话实说,柳玉洁到底是你的什么人?"

"是我娘。"赵小扔干脆地说,"从名义上说,她是我的亲生母亲。"

"那……"柳玉洁直眉愣眼地问道,"你叫什么名字啊?今年多大了?"

"我叫赵小扔。"赵小扔回答道,"柳玉洁是我娘,赵孟海是我爹。"

"这么说……"柳玉洁的泪水开始在眼眶里打转转,挓挲着双手说道,"你是俺闺女呀?"少顷,她又忙补充:"俺叫柳玉洁,就是你的亲娘啊!"

赵小扔瞅着她愣了好一会儿,才轻轻叫了一声"娘"。柳玉洁马上涕泪横流,大叫了一声"亲闺女",伸开双臂想扑过去……但她似乎觉得自己身上太脏,半路又停住了。赵小扔却一下子搂住她,也情不由己地哭了起来。

她们俩这么大的动静,当然惊动了正在屋里抽烟的邢文凯。他忙把烟灭掉,想出去看看是怎么回事……这里面有一个细节,明眼人一看就会明白——他得意时,抽的是"大前门""大境门",最低也是"荷花"烟,现在可好,因为买不起,只能用旱烟卷"喇叭筒"来抽。

当他出来时,看到娘儿俩正抱在一块大哭。他惊愣了一下,忙说:"你们这是怎么啦?快进屋吧,有话里边说。"

柳玉洁忙放开小扔,指着文凯说:"这是……你爹。"

赵小扔看了看文凯,忙说:"还是……叫叔叔吧。"

"对。"邢文凯也忙说，"叫叔叔好，叫叔叔好。"

说话间，三人相互客气着进到了屋里……可是，这算个什么家呀？屋子本来就不大，除了一条炕和一个灶台，剩下的屋地小得像个屁股蛋儿，三个人都有点儿转不开了。邢文凯忙拿了个"麦秸墩"坐在灶坑里。柳玉洁拉着赵小扔坐在了炕沿儿上……一时间，他们好像找不到什么话题，气氛显得有点儿尴尬。

过了一会儿赵小扔忙说："俺娘不知道听说了什、什么，非让我来看看你们。"

"你娘……"文凯迟疑地问道，"她、她还好、好吧？"

"她挺好的，"赵小扔说，"当着全国人大代表、一年到头没灾没病，到现在从没有去过医院。"稍停，她又补充："她的气色和精神，看上去比你们都……年轻。"

"是、是啊？"文凯叹息着问了一句。柳玉洁却问道："真是……金丝儿让你来看俺们的？"

"没错呀。"赵小扔说，"她要是不允许，我肯定不会偷着来。呵呵……对了，她还让我给你们拉了一车东西呢。"她说着，拿起门后的柴火筐出去了。柳玉洁见状忙跟了出去……邢文凯许是心情复杂，一直阴沉着脸坐在高麦秸墩上抽烟没动身。

赵小扔拉开车门，露出来后座上放着的好几塑料袋"面花"。柳玉洁奇怪地问："闺女。这是什么呀？还挺好看的。"

"这叫'面花'，我们工厂的产品，"赵小扔解释道，"专供幼儿园和小学的学生们吃的。"她边说边拿起塑料袋往筐里装……柳玉洁边帮忙边说："怎么拿这么多，还不放坏了哇？"

"坏不了。"赵小扔说，"都是经过特别处理的，放十天半月没问题。"

再说，邢文凯此时此刻确实是百感交集，当年自己出走时的情况历历在目，一下子浮现在眼前。当时的金丝儿病弱缠身，又弄着两个吃屎的孩子，真不知道她是怎么过来的？真是，往事不堪回首啊！他越想越觉得自己真不是东西，又悔又恨泪水都出来了。当小扔儿和老婆抬着柴火筐进门时，他忙擦了把眼睛，起身接过来。

柳玉洁倒不客气，急忙打开一袋说："确实挺好看，我尝尝好吃不。"她说着，掏出个"面花"便大口马牙吭地咬了一大口，而且边吃边说："还真挺好吃的！"

赵小扔忙递给文凯一个，说："叔，你也尝一个吧。"

邢文凯他们两口子，早上就喝了碗山药菜饭，现在快响午了，肚子早饿得"咕咕"叫唤，哪儿还顾得上客气呀？他忙从小扔儿手中接过来，也狼吞虎咽地吃开了……赵小扔往外看了一眼，问道："这个家……怎么就剩下两间东屋了？那新盖的楼房呢？"

"还不是因为他把买卖做赔了，"柳玉洁指着丈夫说，"欠人家银行的贷款，被法院强行拆掉顶账了呗。"

邢文凯当然听不上，不由得反驳道："你少说吧，是我一个人的事吗？"

柳玉洁还想说什么……赵小扔忙从中说："都是过去的事了，还说这些干、干吗？"

他们两口子这才没再说什么。柳玉洁因为吃得太急，被噎得一个劲打嗝。赵小扔忙把锅台上的暖壶拿起来想给她倒口水，没想到那壶却是空的……柳玉洁忙说："没事，没事。"她说着，拿碗从缸里舀了半碗凉水，"咚咚"地喝了下去。赵小扔忙阻拦道："娘，秋头子上喝凉水不好，容易闹肚子。"

"那是富人的讲究。俺们如今……"后面的话柳玉洁没有说出口，却"哇"地吐了一大口，紧接着便号啕大哭了起来……赵小扔和邢文凯愣了片刻，忙上前去想劝说，她却边哭边说："金丝儿好心眼……俺们俩从小长到大，我最了解她、她了。"她说得像真的一样，似乎把当年坑害金丝儿的所作所为都忘记了。

赵小扔到家的时候，天已经过午。靳存根坐在灶坑前抽烟，还在灶台的后锅里给她温着刚蒸的茴香肉馅包子呢。她也真饿了，坐在锅台旁一口气吃了四五个，还喝了碗绿豆汤。当睡完午觉的金丝儿进来时，她擦着嘴刚刚吃饱，忙站起身叫了声"娘"。

金丝儿笑了笑，问道："怎么样？见到他们了？是不是像社会上的传言说的那样？"

"差不多吧，"赵小扔说，"反正看样子混得够惨的。家里的新楼房被银行顶账拆没了，就给他们俩剩下了两间小东屋。"她打了个饱嗝，又接着说："我快进村时，正好碰上那个……她，背着一大捆柴火往家里走。您想想，现在一般家庭不烧煤就用液化气，谁家还拾柴火呀？"

"是、是啊？"金丝儿说，"你娘咱们不说，邢文凯挺精明个人，怎么能混成这样呀？"少顷，她又含笑说："怪不得你们中学里的任校长说：人精明是好事，但精明必须以实在为本，要不时间久了，就连身边的亲朋好友都会离开你。"

赵小扔思索着她的话，一时没吭声。这时候，靳存根进来想刷锅洗碗……金丝儿忙拦住他说："你快去歇着吧，我收拾就行了。"

赵小扔当然没让她动手，忙自己轻轻刷洗着碗筷……金丝儿也许是心情好，话也就多了。她干脆坐在门槛上，边看着扔儿干活边说："我活了五十多岁，总算明白了个道理……这世界上不管有多少人，实际上就分为两种，那就是好人和坏人，当然是好人多坏人少。"

赵小扔收拾好碗筷，坐在灶坑前的麦秸墩上听她讲话。金丝儿停顿片刻，又说："要想分辨出好人或坏人，我认为标准只有一条，就是看他有没有害人之心。"

"是吗？"赵小扔感兴趣地说，"这话我还是头一回听说，还真有点儿道理呢。"

"没道理我还不说哩。"金丝儿似乎有点儿自鸣得意，接着说，"甭管男人女人，只有没害人之心，本事大小、能力高低都不算嘛事；要是有害人之心，本事越大害人越多，这才是真正的坏人。"稍停，她看着扔儿的眼睛说："有句话我说出来你别嗔着，那就是……她柳玉洁就不算是好人。"

"我嗔着干吗？"赵小扔说，"在我的心目中，亲娘是您又不是她。"

"你这样认识也不对。"金丝儿又说，"毕竟，你是她生的……你是不知道，想当年，她害我害得好苦哇。要不是你爹说话，我有可能被她坑得倾家荡产哩。"

"这事我多少知道点儿。"赵小扔说，"我和佩哲小时候听老姥姥说过，但我并没有把那个人和她……姓柳的联系在一起。"

"当然，这都是陈芝麻烂谷子，"金丝儿笑着说，"过眼烟云而已。"她说着站起身想往外走，随口又说道："我记得哪个作家说过，如果没有了坏人，这个世界就不热闹了。呵呵……"

赵小扔也笑着，忙起身送她出了大门。金丝儿又忽然想起地说："晚上晚点儿你一定要和你爹通个电话，看他能不能想办法帮帮你娘他们？"

赵小扔迟疑片刻，连忙答应着关上厨房门出去了……当天晚上，她犹豫再三，还是打通了赵孟海的电话。对方显然存着她的手机号码，马上疑惑地问道："扔儿，天都这么晚了，你怎么还没睡？"

"睡不着，"赵小扔说，"想你了。我都快一年没看到你了，最近能回来不？"

"回不去。"赵孟海一直对这个女儿心存愧疚，说出话来很是温柔，"这段时间工作特别忙，估计要到春节放假才能回去。"稍停，他又问道："说吧，闺女，有什么事吗？"

"是……有点儿事。"赵小扔说，"俺娘让我给你打个电话……"接着，她把今天去看邢文凯两口子的所见所闻叙述了一遍，并强调他们现在连房子都没法住。赵孟海显然也有点儿意外，迟疑好一会儿才说："扔儿，这事你不用管了，回头我想想办法吧。"

甭管怎么说，赵小扔对生身母亲还是有一定亲情的，打完这个电话心里就觉得踏实多了。那天佩哲正好没回来，她躺下去，一觉睡到公司的会计陈翠钗把她喊醒了还不高兴地问："翠钗，怎么了？你有事啊？"

"总经理，"陈翠钗忙说，"咱们不是说好今天去山里赶集吗？你忘了？"

赵小扨这才清醒过来，连忙起身简单收拾了一下，边抓挠着头发开门出去了。

尽管都是农村，深山里的大集和平原比较起来，还是有很大差别的。

先说人们的穿衣打扮，就有着很明显的不同。因为穷，这里的男女老少大都仍穿着"土布"衣服，而且是又旧又破根本没人讲究。尤其是那些稍微上点儿岁数的大汉，差不多人人头上都戴着块脏乎乎的"羊肚子"毛巾。这在平原地区，早就淘汰多少年了，让人看着都觉得稀罕，忍不住想笑。

还有那些妇女同志，不管老少，仍然梳着"马尾辫"。年轻姑娘留这种发型，看上去确实朝气蓬勃，一个个让人亮眼动心。那些五六十岁的妇女，却让人看着像"老妖怪"似的恶心。笔者这样说好像有点儿缺德，但确实是真实感觉，恳请当事者多加原谅。

"山清水秀风光好，只见大哥不见嫂"，这是山里人世代流传的一句话。意思就是说，因为一个"穷"字，这里的姑娘们千方百计往山外嫁；外面的姑娘们却一个也不愿意嫁进来。久而久之，可不就是"只见大哥不见嫂"了。

再看集上卖东西的摊摊点点，同样和山外不一样。在平原大集上，卖杈把扫帚和犁耙等农具的能占半条街，这里却没有。这儿的土地都是梯田，一小块一小块的，那些农具根本就用不上，全靠人们用镐头一点点开垦出来。但是，卖土豆的却占了半条街，车拉人扛摆开一大片。据说这里的土豆特别好吃，又沙又甜又面，一年到头，人们的油盐酱醋、吃穿花费，主要靠它们了。

赵小扨她们对这些都不感兴趣，只是把目光都集中在那色彩斑斓的"土布"市场上了。真是"高山出俊鸟，小村有能人"。这里的"土布"不光花样多，而且质量非常好，放在车上、挂在杆子上、摆在地上……林林总总占满了一条街。那么多男男女女挤来夯去，有的挑挑拣拣，有的不住"啧啧"称赞，你想过去必须在人缝儿里慢慢移动。这里的"土布"品种多，横纹竖道色彩鲜艳，很容易让人挑花了眼。突然，陈翠钗惊讶地说："扔儿姐你看，那边还有两个外国人哩！"

赵小扔顺着她的手指看去——果然有一男一女两个高鼻梁、蓝眼睛的老外，正用蹩脚的中国话和卖主交流……她和翠钗忙挤了过去，听到那个女的口吃地说："你、你们这布好哇，铺盖起来发、发暖。尤其是在大冬天，睡着特别暖、暖和。我们那边的布不好、发冷，睡到半夜脚还是冰凉冰凉的，甚至早上起来也热、热不了。真是……"

"这位女士说得太对了，"赵小扔夸赞道，"'土布'最大的特点就是暖和舒服。我们中华的老祖宗发明出来，千秋万代都靠它穿戴铺盖。或许是因为生产起来比较复杂，这些年几乎都快没人做了。"

"可惜，可惜，"那位女士连连摇头道，"我们那里的人都喜欢这种布，你们应该想办法尽快恢复起来……我保证你们有多少能销售多少！"

"那可是太好了！"赵小扔说着，主动和她交换了名片——原来他们两口子是波兰人。这个女士的名字叫"卡佳"，丈夫叫"普洛斯"。

赵小扔想邀请他们去老家看看，人家却说时间紧迫来不及了。她只得不无遗憾地和两人握手道别。她当时就感觉到今后或许还能跟他们见面，但并没想到两年不到却靠这两口子打开了世界市场！

"北师大"开学之后不到半年，赵丽莹便面临着人生最艰难的一次抉择。

邢国庆靠着卖摩托的钱交了学杂费，又买了点儿饭票，也就差不多快花光了。他知道父母是指望不上了，但不急不慌，因为心里早有打算，那就是想办法打工挣钱，自己养活自己。他给家里写信报了个平安，多余的话一句也没说，让父母琢磨去吧。

柳玉洁拿着那封只有两句话的信，躺在炕上哭了半宿。她清楚儿子在用这种方式埋怨他们，但面对家里的现状，她又能说什么呢？邢文凯连信都没看，坐在灶火坑前闷着头抽"喇叭筒"，边唉声叹气抽了一支又一支，直到小鸡子叫。家里现在都快揭不开锅了，他们能有什么办法啊？

邢国庆原本就是个"乐天派"，由于和赵丽莹考上了同一所学校，他心里的乐"咕嘟咕嘟"往外冒，想掩饰都掩饰不住。他总觉得这是天赐良机，来日方长，自己的机会肯定有的是。刚开始，他只要课余有时间便去找她。赵丽莹却显得十分冷淡，直接问他有什么事，他张口结舌，心里的话也不能说出口啊。到后来，她干脆就回避不见他了。

邢国庆这小子从小就喜欢看书，不知道从哪本书中看到一句话：好女怕男缠，回避就意味着追求。他深信不疑，嬉皮笑脸地该去找还去找，弄得丽莹躲都躲不过来，想生气又担心让旁边的同学看出什么来，只得不冷不热地支应着他。

赵丽莹心里确实很纠结。从感情上说，她是真喜欢国庆。但从理智上，她却牢记着父母几次给自己的开导和提醒，知道大人们历史上的恩恩怨怨，更不想惹他们不高兴。因此上，她在好长一段时间里都摆脱不掉这种矛盾的心情，连老师都看出来，还专门找她谈了次话。

好在邢国庆后来又改变了战术，采取"欲擒故纵"，有半个多月没去找她。嘿嘿……要说这小子也是费尽心机，把三十六计都使出来了。赵丽莹刚开始暗自庆幸，几天后心里却又有某种说不清楚的惆怅和"失落感"，一天天地闷闷不乐起来。

邢国庆刚开始在学校的大食堂里帮忙，无非是在后厨刷盘子洗碗搞卫生什么的。人家也不给工资，就是可以让他随便吃还不用掏饭票。后来，他干脆在休息时间和星期天走出了学校，去给饭店帮忙或送外卖，当然，人家是给工资的。再后来，有当地的同学帮他找了份一个初中生的家教，收入就比较稳定了。而且，有一年多这小子连节假日都不休息也不回家，集中力量千方百计想办法挣钱，自己供自己上学便绰绰有余了。

邢国庆做的这一切，赵丽莹自然是看在了眼里。她表面看来对他仍十分冷淡，但也许是心不由己吧，总是时刻在暗中关注着他，要是有几天看不到人影，心里不由得就开始发慌，只得拐弯抹角向别人打听他的行踪。

　　赵丽莹上学走后，他们家从县城搬到了石家庄市，房子是省政府配给的四室两厅的"周转房"。这么大的屋子，赵孟海经常不回来，赵丽莹又在学校，就显得空荡荡少了"人气儿"。杨月茹也五十出头了，身体又不怎么好，一个人在房间里转来转去，光打扫卫生就累得够呛。还是丈夫心疼媳妇，不顾她反对专门请了个小保姆来伺候着她。

　　这年过春节后，赵孟海也休息了几天。因为他到了法定岁数，已经从一线退到二线，上班就不那么忙碌，没什么事就可以不去了。但就在前些日子，他犹豫再三，还是给省政府的有关部门和太极县的书记分别打了个电话，把邢文凯家的情况简单介绍了一下。虽然他说的时候尽量轻描淡写，对下边的领导就算是"指示"了。所以，没过多久便由民政部门拨出"救济款"，村里帮着把文凯家的四间正房重新盖了起来。他们两口子感动得感恩戴德相拥而泣，却不明白这种"老天爷开眼"的好事为什么会从天而降。

　　春节期间，赵丽莹也回到家里，刚开始高高兴兴，会同学见朋友，成天价忙得不亦乐乎。几天后却沉闷了下来，一个人钻在自己屋里不知道忙些什么，甚至连吃饭都得让人叫才出来。赵孟海两口子以为她是在用功学习，谁都没当一回事。但她连"春节晚会"都不想看，还是母亲催了好几遍，才懒洋洋地走出自己的"绣房"进了客厅。

　　杨月茹开始并没往心里去，认为女儿许是这几天"来事"了。赵孟海敏锐地感觉到不对头，但作为男老人有些事不便开口问，便暗中指示老伴问问她。月茹愣了片刻，才点了点头。当天晚上，等丈夫去洗澡后，她轻轻敲开了女儿的房门……赵丽莹正坐在台灯下埋头看书。她走过去拍打着女儿的后背问："莹儿，看你成天价心事重重的，怎么了？学习压力大呀？"

　　"没、没事啊。"赵丽莹抬起微微发红的眼睛说，"春节老师没留作业……这么多年，我什么时候被学习压住过呀？"

　　"不对呀，"月茹说，"连你爹都看出来了，你这次回家来一点儿都不高兴，心里到底有什么事啊？就不能跟娘说说？"

"没、没事。"赵丽莹有点儿不自然地笑着说，"娘，你们想多了，我真的没事。"

"没事才怪。"月茹说，"别忘了我是你娘，从小到大，你心里有事没事我能看不出来？"

赵丽莹张了张嘴，却什么话也没说出来。月茹干脆单刀直入地问道："那个……邢国庆回来没有？"

"邢国庆……"赵丽莹的身子微微颤动了一下，反问道，"你提人家干、干什么？"

"甭管我干吗。"月茹看着她的眼睛又问，"你就说他回来没回来吧？"

"他……好像没回来。"赵丽莹移开目光，回避地说，"人家忙着挣钱好继续上学呢。"少顷，她又说："听说他们家……做生意赔得很厉害，根本没能力供他上学。这一学期，他都是自己挣钱养活自己。"

"是啊？"月茹惊讶地说，"这孩子真够不容易的。可他家是怎么回事啊？"

"这我就不清楚了。"赵丽莹说罢，又把国庆白天黑夜到处打工的情况仔细讲了一遍。月茹什么也没说，迟疑片刻便回到了客厅里。赵孟海正在看春节晚会，不由得用询问的目光看着老伴。月茹长叹了口气，坐下来把女儿的话从头到尾叙述了一遍。赵孟海"噢"一声，点上根烟陷入了沉思……过了好一会儿，他缓缓地说："看来，这事咱们应该认真对待……或许，这就是莹儿不高兴的原因。"

"我看也……差不多。"杨月茹点点头说，"在高中阶段，尽管咱们把过去的那些事都告诉她了。但是，据说他们的关系一直不、不错。"稍停，她又说："你也知道，这县城就是个大村子，七大姑八大姨的牵扯着，闲话传得比风都快。关于他俩的闲话，我有一回去菜市场买菜，也听到过人们背后的风言风语，但又觉得咱莹儿是个听话的孩子，就没往心里去。"

赵孟海一时没吭声。沉默良久，他叹了口气，才说道："咱们都是从年轻时过来的，谁没经历过这种事啊？上高中时谈恋爱肯定不行。现在，他们都是成年人了，又不在咱们身边，如果还……硬掰肯定不行。"少顷，他又补充道："应该想想办法才对。"

"想什么办法呀？"月茹显得有点儿着急，皱着眉头说，"他们去上学了，一走好几百里地，咱们看不见摸不着，想管也没法管不是？"

赵孟海又沉默片刻，长叹了口气终于说道："管不了咱们就撒手吧。刚才说了，谁都是从年轻时过来的……这种事，如果已经发展到一定程度，老人越管越坏事，往往和自己的愿望适得其反，甚至发展到无法收拾的地步。"稍停，他又说："历朝历代，这种教训数不胜数。咱俩都不是糊涂老人，要不就按照婚姻法执行吧。"

"我看行，要不又有什么办法呀？"月茹点着头说，"听莹儿介绍，邢国庆应该是个有出息、有志气的孩子，对莹儿还是挺好的。"

"应该是。"赵孟海说，"穷人的孩子早当家。有志气的人不会被任何人任何事打倒，除非是自己打倒自己。我看这小子就挺有志气，现在是个人才，说不定将来是个人物哩。"

"人物不人物我不稀罕。"月茹说，"只要他将来对咱莹儿好，我看比什么都强。"

"那倒是。"赵孟海点点头说，"要不，明天你先和闺女谈谈？"

"这么大事，你让我一个人和她谈呀？"月茹惊讶地瞪着好看的眼睛说，"家有千口，主事一人。你这个当家的不出面怎么行、行啊！"

"这种事……"赵孟海笑着说，"一般不都是当娘的出面吗？"

"你心里是不是还有……疙瘩？"月茹问道，"不愿意提你们以前那些事，更担心金丝儿姐知道了不高兴啊？"

"那倒不是。"赵孟海说，"在这种事上，金丝儿比我看得开。你不是知道吗？她还曾让小扔儿专门去看过玉洁两口子呢。"

"我更无所谓了，"月茹说，"以前的事本来就和我没什么关系。但是，我还是愿意咱俩一块和莹儿谈谈。"

"那行、行吧。"赵孟海说，"也不用太正儿八经的，明天吃午饭的时候和她说吧。"

接下来，两口子又商量了办法和对策，怎么开头、怎么结尾，很是费了一番心机。但是，真谈起来根本就没那么复杂，赵孟海临时改变了主意，单刀直入几句话就把事情说定了。

正月初二中午，杨月茹特意蒸了锅大米饭，炒了几个好菜，把闺女从"绣房"里请了出来。

等饭菜端上桌，一家三口坐定之后，赵孟海却完全没按他和媳妇商量好的套路出牌，开口便说："莹儿，听说那个……邢国庆没回来，你不该去他家看看呀？"

赵丽莹听罢，迟疑片刻把筷子"啪"地放在桌上，然后阴沉着小脸说："吃饭就吃饭，你提人家干、干吗？"

杨月茹见状，也猛然愣住了。赵孟海却嬉笑着说："看你这闺女……同学之间互相关心有什么不好啊？你还算'大家闺秀'呢，连这点儿道理都不懂？"

这回轮到赵丽莹发愣了，张着嘴不知该怎么回答。月茹忙打圆场说："吃饭，吃饭。有什么事回头再、再说。"

"没事。"赵孟海仍是轻淡地说，"莹儿，我以前是跟你说过大人之间的……恩恩怨怨，也提醒过你，现在想想也不对。"他吃了口饭接着说："一代人有一代人的价值观，我不该把俺们这代人的对与错强加在你们头上。"

"是、是吗？"赵丽莹意外地问道，"你真是这么想、想的？"

"这闺女……我骗你干吗？"赵孟海看看媳妇说，"不信问问你娘，我们俩昨天晚上是不是这么商量的？"

"没、没错呀。"月茹忙说，"你爹俺们就是这样商量的……婚姻自主，俺们不横加干涉。"

赵丽莹大出意外地愣怔片刻，突然扔下筷子扑过去紧紧抱住赵孟海说："老爸，你太……伟大了！"

"看看，看看，快把我的饭碗碰翻了。"赵孟海"呵呵"笑着说，"这大过年的，你抽空儿去他们家看看，显得多懂事啊！"

"行。"赵丽莹放开他，开心地说，"我今天后晌儿就去！"

"这就对了。"赵孟海说，"估计他家这年不会……忒丰富，让你娘多收拾点儿年货带上。"少顷，他站起身，像是安慰自己又像是开导女儿，感慨地拍打着她的肩头说道："人这辈子，不知道会碰上多少……闹心事、麻烦事，所以，应该学会放下。要不，那么多陈芝麻烂谷子、垒垒块块都压在心上、背在背上，活得累不累呀？"

老人们常说：天下没有不倒的捻捻转儿（陀螺）。人生得意须尽欢，但不要忘乎所以，更应该注意到周围人们的处境和心态，否则，当你失意倒下那天，日子可就不好过了。

邢文凯何尝不是如此？当年暴富之时，他开着只有县委书记才能坐的奥迪，在村街上"轰隆隆"飞驰地招摇而过，旋起的灰尘扑进家家户户的院子里，呛得老人和孩子咳嗽打喷嚏，甚至喘不过气来，那是何等张扬和不可一世？

现在可好，尽管在赵孟海的授意下，政府出资把他家的正房盖上了，这个家才有了点儿家的样子。但是，日子是怎么过的，只有他两口子清楚。就说这过年吧，眼下日子比较富裕了，左邻右舍和乡亲们谁家不是做豆腐、蒸年糕，甚至杀口猪留半块卖半块？他家可好，除了自家种的白菜和麦子面，连油盐酱醋都没钱买全，更甭说豆腐、年糕和猪肉了。

要是放在他们两口子刚从深圳回来那年，乡亲们看他家日子艰难，肯定会出手相帮，送豆腐送年糕，甚至送肉的也不会是一家两家。但是世事沧桑，一切都是咎由自取，如今混成这种惨状，要怪只能怪他们自个儿了。

赵丽莹赶到他家时，天已经快黑了。在昏暗的油灯下，两口子正坐在灶坑前吃晚饭——炒白菜就卷子，连口粥都没熬，就喝开水。她不由得惊讶地问道："叔叔，你们家……怎么没用电呀？"

两口子看着这个打扮时髦的漂亮女子，一下子都愣住了。片刻，邢文凯才忙解释道："不、不是，电灯泡刚坏、坏了，家里没有，还没来得及换呢。"

赵丽莹当然不知道，他们家因为缴不起电费，村里的电工把电掐了。她忙自我介绍道："我是国庆的同学，叫赵丽莹。他不是没回来嘛，让我来看看你们。"

"是、是啊？"柳玉洁忙说，"那就快、快坐吧。"稍停，又解释道："那北屋刚盖上，还没干哩。"而后，她用目光搜寻着到处找能坐的东西，却一时没看到，不由得脸色有点儿尴尬。

"没事，没事，"赵丽莹说，"我爸让给你们带了些年货，我去拿进来。"她说着，扭头出去了。文凯忙呵斥媳妇说："你快去看看，傻坐着干、干吗？"

柳玉洁这才放下碗筷，随后跟了出去。邢文凯也忙站起身来……少顷，赵丽莹和柳玉洁抬着只沉甸甸的大篮子回来了。他看了一眼里面的东西，双眸马上瞪圆了——年糕、豆腐、馒头，还有几块煮熟了的猪肉方子。人馋到一定程度，就连脸都顾不上了。他拿起块年糕，不管凉硬，开口就咬……赵丽莹忙说："叔叔，热一热再吃吧。"

"没事。没事。"文凯边嚼边含混地说，"我从小就喜欢吃这凉年糕。嘿嘿……"

"看你，吃坏了肚子！"柳玉洁说着，把他手里的年糕夺过去。文凯显得也有点儿尴尬，忙含笑问道："闺女，你爸是谁、谁呀？"

"我爸是赵孟海，"赵丽莹说，"我妈是杨月茹。"

"孟海呀？"邢文凯一听，便大大咧咧地说，"老朋友了。我们上初中时就是同、同学……这么多年了，一直都是互相关、关照。呵呵……"

赵丽莹心里笑了笑，本想说"看把你家都关照成这样了"，但又觉得不妥，忙改变话题说："这半年多，国庆可是……下功夫了。他不但学习努力，还到处打工挣钱……连老师都夸他呢。"

"可不是。"柳玉洁的脸阴沉下来，说，"家里穷，一分钱也拿不出来供他，有什么办法啊！"

"没事。"邢文凯说，"人年轻时受点儿苦不算苦，等老来受苦才算真苦呢。"

"就像咱俩这样……"柳玉洁不由得挖苦地说道，"你说算苦不算？"

"这事啊……怎么说呢？"文凯感慨地说，"老天爷想让你背兴，那是放屁砸脚后跟，喝口凉水都塞牙。人的命，天注定，咱就是这个命，有什么办法呀？唉——"

"叔叔，婶儿，咱不说这些了。"赵丽莹笑着说，"要不，你们跟国庆通个电话吧。"

"好啊，好啊。"柳玉洁高兴地说，"那就麻烦您了。"

赵丽莹掏出手机，熟练地拨了一串数字……对方马上惊讶地问道："丽莹？你怎么想起给我打电话了？"

"我在你家里呢。"赵丽莹说，"叔叔和婶儿想和你说几句话。"

"怎、怎么？"国庆意外地问，"这大过年的，你去我们家了？"

"是啊。"赵丽莹故意问，"我爸让我来看看叔叔和婶儿，不可以呀？"

"可以，可以。感激不尽！感激不尽！"国庆说着，心里马上明白了，一是赵丽莹到了他家，二是她父母让她去的，这意思当然是不言而喻了，不由得高兴地说："那就谢谢爸爸和妈妈了！"他故意没说上"咱"也没说"你"，意思却十分明显。赵丽莹当然能理解，忙笑着说："瞧美得你！快和婶儿说几句话吧。"

柳玉洁接过手机，可就欲语泪先流了。丽莹忙打开免提，把手机交给她。她却显得语无伦次、反反复复地念叨："儿啊，是娘对不起你了！是俺们没本事，让你受苦了！儿啊，都怪俺们这当老人的……"

"没事，妈，"国庆忙说，"我挺好的。自己动手，丰衣足食嘛，我真的挺好的。不信，你问问丽莹，她最知道和理解我了。"

"真的，婶儿。"赵丽莹从旁劝解道，"国庆真是挺好的，比上学前还……精神哩。你们就放心吧。"稍停，她又补充道："同学们都挺佩服国庆的。他自己还说打工不只是为了挣钱，是想早点儿融入社会，为毕业后参加工作做准备。有几个同学还想着向他学习呢！"

"那就好，那就好。"柳玉洁擦了把眼泪说，"俺们就放心了。"她说着，欲把手机递给丈夫说："儿子，来，和你爸说几句话吧。"

邢文凯忙接过手机，刚叫了声"儿子"，对方"咔"一声便把电话挂了。他一下子愣住了，片刻，脸色讪讪地边把手机还给丽莹边骂了一句："这他妈小子……"

就为这件事，丽莹回学校后还和他吵了一架。谁不是娘生父母养的？没他们哪儿有你呀？老人再有过错，当儿女的也不该翻脸不认人啊！

前面说过，赵小拗由于从小受金丝儿熏陶和教育，养成了和她一样的性格，不管干什么事，都是一条道走到黑，开弓没有回头箭！

她们从山区大集回来后，不到一个月便把"土布"加工厂筹建了起来。你看吧，四五间通敞的大车间里，一头摆着六抬"织布机"，另一头摆着二十多辆"纺车"，二十多位小姑娘在两个老太太的指导下，正在学习"搓布节"、纺线子……那场面看上去多少有点儿滑稽。老太太不管干什么，都是轻车熟路像玩儿一样。姑娘们却显得笨手笨脚，一个个手足无措不断闹笑话。

赵小拗也强不到哪儿去，她摇动着"纺车"，却怎么也没办法把线子抽出来缠到"穗子"上去。金丝儿在旁边看着直生气，便说："瞧你，怎么手脚比猪还笨呀？起来，看我的！"

赵小拗不好意思地笑了笑，只得把位子让出来。金丝儿坐在麦秸墩上，轻车熟路地摇动着"纺车"……两位老太太高兴得直为她拍巴掌，咧着豁牙露齿的嘴说："瞧咱们的大书记，本事大着哩，真是三百六十行，干嘛像嘛。哈哈……"

"奶奶，"金丝儿也笑着说，"我七八岁上就会纺线子……不是说老太太纺线子——撂下多年的活了。哈哈……"

"那没办法。"小拗说，"娘，你是从小干过，我只是七八岁上看到过，哪儿敢和您比呀？"

"甭管你看过还是干过……"金丝儿说，"反正这'土布'生意我心里是没底。你作为总公司的经理，做出决定我当然支持。可干好干不好，就看你们的了。"

"这个……"赵小扔迟疑一下，说，"娘，你要是不放心，我可以签'军令状'！"

"行啊。"金丝儿说，"这事，毕竟涉及村里的集体经济，咱娘儿俩也应该公事公办。"

当天下午，金丝儿便带着村里的会计过来了。她把拟好的条文让会计念了一遍，娘儿俩又是签字又是画押，非常正规地签好了"军令状"，一式两份各自保存了起来。赵小扔还当着全体姑娘的面，把内容反复进行了宣读。她们同样是信心满满，一个个表决心发誓言，大有不获全胜决不收兵的气势。

十多天后，金丝儿再来视察，就彻底服气了。也是，庄稼活计没多么高深的技术含量，姑娘们一个个都是心灵手巧的"头等人"，看看很快就学会了。

正是秋高气爽的大好季节，车间里却显得热气腾腾。拐线子、浆线子、经布……姑娘们在两位"老顾问"的指导下，有条不紊地忙碌着。而且，有五六个"快手"，已经蹬着织布机"咔嚓咔嚓"开始织布了。

两位老奶奶捯动着小时候裹过的小脚，走来走去不住夸奖道："瞧这些妮子，一个比一个能干！"

"那是自然，她们都是咱村的'闺女尖'，哪个不是扔儿掰着手挑拣来的？"

作家柳青老师曾经说：恋爱中男女青年的肉体接触，会让他们的关系急转直下。

赵丽莹返校那天，邢国庆去火车站接她，而且当着那么多人给了个"熊抱"。她尽管不好意思地红了脸，但也感觉到两人的关系已经发生了质的变化。回到学校之后，他们便开始了恋爱中的"蜜月期"。这种变化之快，让丽莹心里几次狐疑：这是真的吗？

邢国庆却没想那么多，只是每天享受着这种"飘飘如仙"的感觉。他该上课上课，该打工打工，照样去饭店送"外卖"，或去学生家里当家教。不过，现在不是他一个人，丽莹只要有时间，会跟他一块去。当然，他们两个人挣的钱，丽莹一分不要。她也只是想早点儿接触社会，为毕业后参加工作"试试水"。

邢国庆几次笑她说："你还用下这么大功夫啊？有你爸那杆大旗在上面戳着，找什么工作还不是任你挑任你拣？"

"我可不想那么做。"赵丽莹摇着头说，"咱各方面的条件又不差，还用得着走他的后门？我可不想为此事让人们说三道四嚼舌头。"

"也是，哈。"国庆点头说着，对她的爱和尊敬更添了几分，并再次把她搂进怀中。这小子现在有点儿"独占花魁"的意思，引来了不少竞争者的嫉妒。赵丽莹是多么优秀的女子，明里暗里追求她的男生，不到一个排也少不到哪儿去。"一家女百家求"，这本来也没什么，她心里明镜似的，只是装作浑然不觉，和谁都是嘻嘻哈哈不远不近而已。如今，那些人有的望而却步了；有的却贼心不死，千方百计显示自己甚至明着和国庆"叫板"，希望重新拽回赵丽莹的目光。

那年冬天发生了件事，不知道是有人故意为之还是意外事故，反正公安干警都介入调查了，但到底也没说出个子丑寅卯来。

那是放年假的时候，邢国庆开着赵丽莹的北京现代拉着她一块回家。在平时，她不想招摇，一般都是坐火车来来去去。因为冬天太冷，月茹心疼闺女，硬是让她把车开去了北京。因为这车是孟海为月茹买的，她虽然有驾照但不经常开。而且，她听丈夫说过：车闲着倒坏得快，不如经常开一开。这车长时间放在地下车库里，浮上了一层厚厚的尘土，脏乎乎的让人看着心疼。

就在邢国庆把车开到北京市郊、准备拐弯冲上"京广公路"的时候，一辆大众突然从斜刺里冲出来，直接撑在了现代的驾驶座位车门处……因为大众车速非常快，少说也有一百三十多迈，所以撞击的力量特别大。现代的前车辕辘被撞歪了，门子瘪了，国庆"哎哟"大叫一声，一下子昏迷了过去。

赵丽莹被吓得够呛，愣了片刻才强忍着惊慌从车上跳下来……她的脑袋撞在车门框上，眼瞅着额头就暴起来个核桃那么大的疙瘩，而且还渗出了血丝丝。她顾不上这些，忙喊叫着"国庆！国庆！"，摇摇晃晃地冲过去想拉驾驶室的车门，但因车门已变形，再怎么用力也拽不开。她喊着叫着，又急又慌，眼泪都流了出来。

因为撞击力量太大，对方的车冲出路面，歪倒在一棵树上，车头也碰得乱七八糟的。少顷，一个年轻人艰难地开门下车，同样是歪歪扭扭地走过来……他急切地说："真、真不好意思……你们的人没受伤吧？"

赵丽莹看他一眼，却一下子愣住了。原来，这个人是他们的同学，名字叫陈志强，也是众多追求她的人之一。她心里瞬间闪过个狐疑的念头，但并没说出口。

陈志强也愣了一下，说道："真是……原来是你们呀？国庆没、没事吧？"

赵丽莹没理他，仍在边叫边用力拉车门……陈志强忙过来，帮着她终于把车门拉开了。这时，国庆已经清醒了过来。从表面看，他好像没什么事，但有没有内伤就不知道了。赵丽莹忙把他扶下车……陈志强想帮忙，却被他骂了声"肏你姥姥"，一拳打在胸口上，他却摇摇晃晃，差点儿摔倒。赵丽莹急忙把他抱住了。

陈志强"嘿嘿"笑着，一个劲说着道歉的话。赵丽莹掏出手机想要拨号……陈志强忙拦住她说："别报警了，找那麻烦干、干吗？修车花多少钱，我、我出。"

赵丽莹没理他，还是坚持打了报警电话。这时，国庆面色苍白，摸着胸口肋条处浑身无力地想往地上坐……她忙更紧地抱住他，关切地问："你怎么样？没伤到哪里吧？"

邢国庆有气无力地说："不知道，反正是这儿疼。"他说着想咳嗽，还没咳出来却倒吸了口凉气，痛苦地忍住了。

没多大工夫，一辆吉普便闪着警灯鸣着警笛冲了过来……陈志强忙迎上去说："警察同志……都是我不好，给你们添麻烦了。"

两名警察拿着"米尺"跳下车，其中一位看看国庆，对赵丽莹说："他看样子是受伤了。你留下联系方式，先送他去医院吧。"

赵丽莹答应着留下了自己的手机号码。吉普的司机忙把车开了过来，她忙扶着国庆上车离去……在路上，她给老爸赵孟海打电话说明了情况。

宝贝闺女遭遇了车祸，赵孟海当然是心急如焚。他当时正在保定高阳一带视察工作，思索着要不要回去把媳妇接上，又觉得那样太浪费时间，便驱车往现场赶，并给太极县委书记打了个电话，要求他们派车把月茹和邢文凯两口子送过去。他把自己媳妇的手机号告诉给对方，却不知怎么联系邢文凯，急切间大声说："他家就在北远村，你派人去找吧。越快越好！"

县委书记哪敢怠慢，自己直接带面包车去了北远。司机把车开进村委会，村支书却被吓了一跳，等问明来意，忙上车把他们带到了柳玉洁家。

邢文凯拉着风箱，柳玉洁正就着锅台做午饭——"拌疙瘩"。在当时的农村里，这也算一种"家常饭"，就是用加上少量咸盐的温水把面粉和成半稠不稀的粥状，等锅里的水烧开后，用筷子一块块挑进去。然后用炒菜锅熬点儿猪油，等里面的"蒜片"发焦发黄之后，倒进大锅里就可以吃了。

这种饭的做法还有好多种，比如"揪水片""抻面带""搓猫耳朵"等，吃着差不多的味道。因为放的是"明油"，吃起来格外香，更主要的是做着简单省事，十几分钟就能开饭。再就是顶时候，吃一顿一天不饿。庄稼主子在"三夏"和"三秋"时节，大多数人家除了"抻面带"也经常做这种饭。

柳玉洁刚把"疙瘩"捞进碗里要吃时，村支书就带人进来了。两口子被惊得够呛，等县委书记说明了情况，谁还有心情吃饭呀？柳玉洁手脚都开始哆嗦，一个劲地叫"老天爷！老天爷！"。书记忙说："把饭带上，路上边走边吃吧。"

赵孟海在给媳妇打电话时，虽然说得轻描淡写，但还是把月茹吓着了。她手脚发凉，直接打通了女儿的电话。赵丽莹也没多说，只是告诉她车撞坏了，人倒没事。人们常说"第六感应"的存在，看样子是真的。因为月茹这一上午毫无来由地心里阵阵发慌，左眼不跳右眼跳，左耳不鸣右耳鸣，干什么都静不下心来。天色眼瞅着都快晌午了，她连做饭的心情都没有。一直到丈夫打来电话，她才明白是怎么回事，就更坐不住了。她里走外转，捅捅这儿摸摸那儿，就是不知道该干什么，浑身都有种无所适从的感觉。

县委的"面包车"从北远出来，在村子里引起了好一阵轰动。乡亲们交头接耳，互相猜测着文凯两口子到底出了嘛事，还让县委书记亲自来接？那些以前曾经"得罪"或是"臭摆"过他们家的人，心里开始打小鼓：莫非邢文凯又要"咸鱼翻身"了？要真是那么回事自己该怎么办？有没有必要找人从中说说？临时抱佛脚顶事吗？

面包车过了郝庄村和滹沱河，从藁城北的沧石路便直接去了石家庄。县委书记知道赵孟海的家，车刚开到门口，月茹就出来了。她反身关上大门并上了锁，便急忙登上车。大家也没心情说客气话，一路沉闷着往北京方向驶去……公路上铺的小石子被车轧得纷纷迸溅开来，"啪啪"地打在车身和玻璃上，也好像是打在了人们的心上。大家就更不想或不愿意多说话了，一个个只能呆坐着各自想心事。

赵孟海赶到时，赵丽莹和邢国庆已经被交警送进了附近的一家县医院里。他看女儿没事，一颗心才落进了肚子里。经过各种检查，确诊国庆有两根肋条轻度"骨裂"，必须住院进行治疗。当他躺在病床上时，突然想起地对丽莹说："你说……这小子会不会是故意的？"

他的这句话，正好碰到赵丽莹刚开始狐疑的那点儿心事上。她忙轻声说："我也曾经这么想过……要不，咱们还是报警吧？"

赵孟海忙问道："报警？什么事啊？"少顷，他又说："我赶到现场时，看到交警正在用米尺丈量、分析着什么。"

"这事……"赵丽莹迟疑片刻，才说，"对方开车的那家伙是我们的同学。他和国庆……有矛盾。我们怀疑他是故意撞车的。"

"不会吧？"赵孟海疑惑地说，"现在的年轻人，能有那么阴暗的心理？"

"你不了解情况就别管了。"赵丽莹说罢，还是给现场的交警打了个电话，说明了他们的猜疑。交警倒是答应了，却并没把这事放在心上，事后也没给她回话。

当县委的面包车赶到时，天已经过午了。那么多人挤在病房里，连坐的地儿都没有。护士们不干了，一次次把他们往外撵……月茹见女儿没事就放心了，但仍是摸着她头上的那个大包，心疼不已地东问西问。柳玉洁就不行了，眼泪婆婆地拉着儿子的手询问个不停。

这时候，陈志强和他父亲拎着十多盒饭菜进屋来，边给大家分发边说着道歉的话。而且，他父亲还拿出来一万块钱，当场交在医院里作为国庆的治疗押金。大家看到他们态度这么诚恳，心里的气便消了多半。赵孟海当场表示不再深究，许是因为他的"官"最大，别人也就没再多说什么。

只有赵丽莹不服，张了张嘴还想说什么……赵孟海马上说："人年轻的时候谁不鲁莽？谁也断不了犯点儿错误，得饶人处且饶人吧，不应该斤斤计较才是。"

赵丽莹还是想反驳，却被月茹拉住了。这时，医生已经把国庆的伤处理好，胸部缠满绷带，他自己也感觉不怎么疼了。大家便把他扶上了赵孟海的车，由丽莹、月茹和柳玉洁跟着，直接往回驶去……别人都上了面包车，回到县里各回各家。

邢国庆被安排在省"医大"第三医院继续观察治疗。这是个骨科专科医院，医疗条件当然很好，文凯两口子也就放心了。说是"伤筋动骨一百天"，可年轻人有点儿小伤小病好得快。国庆只在床上躺了两三天，便好得差不多了。

前面说过，县城就是个大村庄，有什么消息像长了翅膀般传得飞快。

没两天，金丝儿便听说了国庆受伤之事，也知道是赵丽莹和柳玉洁在伺候他。她本想和赵小扔一块去看看，但她们的"土布"联营公司正闹得热火朝天，实在抽不出时间来。她只得和儿子邢佩哲一块去了。

真是"天有不测风云，人有旦夕祸福"。金丝儿和儿子刚到医院里，便接到小扔儿打来的电话。只听她着急地说："娘，你们快回来吧。我姥姥走、走了！"

"你说什么？"金丝儿吃惊而意外地问，"你姥姥怎、怎么啦？"

"我姥姥去、去世了。"小扔儿仍是着急地说，"就是刚才的事！"

"怎、怎么可能？"金丝儿又说，"她早起不是还打扫院子来着？怎么说死就死了？！"

"就是啊。"小扔儿说，"你们刚走，她就说想躺会儿。我也没当回事……等我回来拿东西，叫了几声听不见回答。这不，我进屋看了看，才发现她身子都、都凉了。"

真是，"阎王叫你午时走，没谁敢留到天黑"。李香改一辈子没灾没病，活到八十八就没进过医院，甚至连液都没输过，但这不是说走就走了？

金丝儿心里着急，在医院待了不过几分钟，就告辞出来了。看着儿子开车，她忆起娘这一辈子的不容易。当然，这其中有她的亲身经历，也有很大一部分是听老人们说的。

前面简单介绍过，金丝儿娘和爹是"娃娃亲"，两个人同年同月同日生，都属"小龙"。李香改是爷爷金铁钢生死战友的孩子，在抗日战争和朝鲜战场上，他们都是从枪林弹雨中滚过来的。尤其是在朝鲜战场上，姥爷是金铁钢这个"铁血"团长的参谋长。两个人可以说是胳膊不离大腿，白天黑夜都在一起。金丝儿曾听爷爷讲过一些故事，至今想起来仍历历在目。

那是在金刚川战役中，姥爷奉命带领一连人，去阻止敌人攻占一座山头。对方是以韩国部队和所谓的"联合国"部队组成的"混合体"，据侦察战斗力很一般。因为"铁血团"另有更艰巨的战斗任务，所以爷爷只派了一个连。但他并没想到，战场的情况瞬息万变。这场战役打得非常血腥、非常残酷，一个白天两个夜晚，枪炮就没有停止过。

敌人的炮火把整座山头都快炸平了，放眼望去，到处都是双方战士的尸体、乱石和烧焦的树木。我方的掩体，早被他们的炮火炸穿了。战斗间隙，便会有成群的乌鸦飞过来，乱哄哄啄食着死人的尸体，那情况真是惨不忍睹。敌我双方都有战士实在看不下去，纷纷开枪射击那些贪吃的乌鸦。

战争打到最后，敌人的尸体像麦个子，几乎铺满整个山坡。我方一个加强连，也就只剩下了十几个，而且人人都已"挂了彩"。

夜色降临时，敌人发动了第十四次冲锋，我方的伤员又牺牲了几个。千钧一发之际，身受重伤的姥爷灵机一动，忙命令同样受伤的司号员吹冲锋号。可那个小战士刚站起来，就被敌人的子弹击中了。姥爷当然急红了眼，跳起来吹响了冲锋号……冲在最前边的韩国部队，吓得乱哄哄扭头就往回跑，后面的美国部队想拦也拦不住。就在这千钧一发之际，爷爷带领增援的大部队赶来了……所以，这场战役以我方完胜宣告结束。

这个故事，金丝儿不知跟孩子们讲过多少遍。就连小扔儿，早就稔熟在胸，在学校里一次次讲给同学们听。而且，这孩子是个讲故事能手，讲起来声情并茂，有几次把自己都讲哭了，那些听众更是哭得稀里哗啦！

朝鲜战争结束后，金铁钢和姥爷都回到了国内。姥爷因为伤势太重，在医院进行了长期治疗，后来就退役休养了。就在此期间，两个人指腹为婚，给尚未见面的孩子定了"娃娃亲"。当时，他们是这么说的：要是两个女孩儿，就认"干姐妹"；要是两个男孩儿，就拜"干兄弟"；

要是一男一女，就结成"亲家"。结果，老天爷还真遂了他们的心愿。

当两个孩子都长到十八岁，按照爷爷的意思父亲要去当兵，入伍前便让俩孩子结了婚，第二年就有了金丝儿。越南战争那年，金丝儿刚满十岁，正在上小学四年级，父亲却在老山战役中牺牲了。爷爷和奶奶去了一趟，并没把尸体运回来，而是和他牺牲的战友们一起埋在边境的烈士公墓中。这也是爷爷的意思，说是让他和战友们在一块吧，永远都不会寂寞。后来的几年清明节，金丝儿还跟着娘去祭拜过几次。

当时，香改刚刚二十八岁。爷爷和奶奶都很开明，多次劝说让她"往前走一步"。但她却连连摇头什么也不说，一辈子就伺候着爷爷奶奶、拉扯着金丝儿过来了。她这一生从没得过什么大病，甭说是去医院，连吃药打针都很少，一年到头说不了多少句话，就只会像牛似的干活。这不，她老人家到死也没给家里人添麻烦，睡着睡着就"过去了"。

当然，娘也有……让人看不上的地方。比方说：她长得不怎么好看，眼小嘴大、五官像没长开似的挤在一起，什么时候看她都像是在发愁；她个头很高却身板平平，似乎看不出女人天生应有的曼妙，该凸的地方不凸、该凹的地方不凹；而且，她干活不会动脑筋，做家常饭菜和面食没问题，一改变花样就傻眼了，经常把肉炒煳了，把大米饭煮生了……爷爷有时候不高兴，背后咬牙发恨，说她是个"傻子"。当年，父亲是看不上她的，多次想"抗婚"却迫于爷爷的压力不得不就范。在这点儿上，乡亲们对他金铁钢是有非议的。所以，父亲当兵走后就回来过有数的几次，一直到一九七九年牺牲。

金丝儿当然知道娘身上这些不足，但她明白"金无足赤，人无完人"的道理，谁身上还没点儿毛病？从不多计较。她曾经听奶奶说过：孝子床前一杯水，强过坟前万担灰。她本来就很孝顺，更是心疼娘这辈子过来的不容易，所以就违反了上级的规定，给娘办了个风风光光的"葬礼"。赵孟海知道后辞掉了所有的工作和应酬，带着媳妇赶回来参加。县委书记和县长，以及县里的头头脑脑，"呼啦啦"来了上百人。亲朋好友送来的炮仗，整整拉了一拖拉机，三天没断过响声都没放完。

前面说过，庄稼主子讲究喜事请着来，丧事赶着去，所以，本村和周围村庄的乡亲们也来了好多。你看吧，送葬的队伍前头已到墓地了，后面的人群还没走出村口。老人们直到如今还断不了感慨地念叨：看人家这葬礼，真是……咱村里以前从没有过，今后估计也不会再有了！

辩证法说得好：任何事物有坏处就有好处，有所失就有所得。一场车祸，倒把邢国庆和赵丽莹的关系又往前推进了一步。

春节过后开学，邢国庆的胸部仍在疼，只好留在家里继续休养。赵丽莹回到学校，每到上课时便认真做好笔记，等晚上用手机再转述给他。因此上，国庆的功课从没被拉下过。

好在是这段时间里，他们的父子关系得到了很大改善。主要是邢文凯痛定思痛下了不少功夫。这人啊，不吃一堑就不会长一智，不跌跤就不知道摔得疼。

前面说过，邢文凯发迹之后，确实有点儿不知道自己多粗多长，头脑发热张扬而猖狂。儿子国庆就看不上他那双眼朝天、见凡人不说话的样子，从那时到后来再也没叫过他爹。大家还记得吧？父子俩在大集上面对面相遇，以及文凯去学校捐款，儿子给老子弄得多难堪？国庆就是回到家里，连吃饭都不肯和他坐在一起，大冬天都端着碗去门外吃。为此，赵丽莹不理解，在高中阶段曾故意不理他。当然，这和赵孟海两口子那时候的规劝也有关系。

为这事，邢文凯确实苦恼过很久，暗中也多次央求媳妇劝劝儿子。柳玉洁也确实从中做过工作，怎奈国庆根本听不进去，一说这事抬脚就走。文凯知道这个儿子是指不上了，也曾几次暗下决心，想和他断绝父子关系。他年轻时也看过《红楼梦》，记得"好了歌"中有句话：世人都晓神仙好，只有儿孙忘不了！痴心父母古来多，孝顺儿孙谁见了？他也看到过身边人家，做儿女的"活着不孝死了孝"的也不是少数。

常言说得好：孝顺儿子不如孝顺媳妇。如果儿子能拿起事来管住媳妇，老人的日子还能好过点儿；要是碰上个窝囊儿子，尤其是媳妇又是个不通情理不懂事的"泼妇"，看到父母就像见了仇人一样，怎么看怎么不顺眼，老人可就遭罪了。咱不说困难的岁月，就是现在生活富裕日子好过了，能让老人吃饱穿暖就应该算是孝顺了。人老了身体不好，灾呀病的就多，想要看病花钱，你看儿媳妇那样子，真像从她的肋条上割肉那么疼。等老人活到八九十岁，模样难看不讲卫生，身上还会有种"怪味"，住在谁家就成了大问题。庄稼主子碰上这种事，几个儿子往往是靠"抓阄"来解决问题。

也是，人生在世大都是"往下亲"，一辈辈的往往亲儿女不敬老人。父母亲就甭说了，就连当爷爷奶奶的，有多少人感叹：真是……等有了孙子就知道谁是"孙子"了。

这些事邢文凯虽然从"理"上是想明白了，但从"情"上却过不去。儿子毕竟是自己亲着抱着长大的，现在却成了陌生的路人，让谁心里也不好接受。他思虑再三，还是决定千方百计缓和父子关系，不说多么亲，只要正常便好。所以，儿子在家这段时间，文凯认为是天赐良机，便挖空心思千方百计讨好他。

刚开始那几天，邢国庆因为胸疼上厕所都困难，他便不厌其烦地一趟趟背着去，而且是小心翼翼，生怕弄疼了哪里。就连吃饭他都不让国庆下炕，而是端着碗一口口喂他。柳玉洁也明白他的心思，每到这种时候，就找个理由躲出去了。尤其是到晚上，只能由他陪在儿子身边伺候。他更显得殷勤，每晚都是和衣躺在儿子身旁，一会儿嘘寒一会儿问暖，一会儿盖被子……人心都是肉长的，就是抱着块冰也能化成水。几天之后的一个深夜，当文凯把儿子露在外面的胳膊轻轻送进被窝里时，他终于含含糊糊，梦呓般开口叫了声"爹"。

"嗯，嗯。"邢文凯连忙答应着，泪水"唰"一下子流了下来……之后的大半个夜晚，他再也睡不着，想自己前半辈子得意时的张狂，想这几年的艰难困苦和乡亲们那鄙视的目光……他边抽烟边哼呀唉呀地叹息，直到小鸡子叫。

接下来的整个寒假，这个家庭的氛围便正常了下来。一家三口该吃饭吃饭，该喝茶喝茶，还不时腾起欢乐的说笑声。尤其是当赵丽莹来探望国庆时，简直就成这家人的"狂欢节"了。她那银铃般的笑声，能把左邻右舍都吸引过来。

而且在这期间，赵孟海夫妻也来过两趟。他们尽管不怎么赞同这门亲事，但又拗不过女儿，就只能尽量想办法把关系搞得更融洽一些，不为别的，就为闺女一辈子的幸福吧。他尽管每次都是偷偷来，可怎么能瞒过那些"坐地虎"般的县委书记和县长？只要他一来，这些领导便带领着一帮子手下，"呼呼哈哈"打狼似的赶来了。

乡亲们看在眼里，都感慨着世事无常，邢文凯莫非真的是又要"翻身"了？！村里的支书"眼皮"更活套，等春节过后一上班，就找到他并委任他为村办粉条厂的销售经理。

阳光明媚，草长莺飞，又是一个朝气蓬勃、带给人们无限生机和期望的春天！

赵小扔她们的"土布"纺织厂，也像这春天一样花开烂漫，一天天蒸蒸日上了。她想扩大生产，首先必须解决"纺车"不够用的问题。她请来村里的木匠，但人家看了看便摇着脑袋说不会做这玩意。"纺车"看上去并不复杂，但上面的小零件也不少，年轻的木匠谁干过这个活呀？所以不会做也正常。小扔儿没办法，只能把厂里的所有姑娘都派出去，到县里县外各个村庄去寻找。她自己也没闲着，骑上摩托就出发了。

你还别说，这种办法还真管用。不少村子里的老太太，因为感念当年那困苦的日子"纺车"为家里立下的汗马功劳，还真舍不得把它砸烂当柴火烧掉。她们大都是用塑料布把它包裹起来，稳稳当当挂在自己住室的墙上，每当晚上睡不着的时候，看着它回忆自己年轻时那苦涩而又不失欢乐、流水般逝去的岁月，心里自然多了几分温馨和甜蜜，当然也少不了感叹的眼泪。

有种现象不知该怎么解释，就是一对老夫老妻共同走过了几十年的苦乐年华，到头来往往是老头先去了"那边"，老太太却还能活十几甚至几十年。一个人孤苦伶仃，看着过去的一切都倍感亲切，更甭说这被汗水浸透过的"纺车"了。

赵小扔骑着摩托转了定州、新乐县的十多个村庄，还真发现有几户保留着"纺车"。她提出来用钱买，老太太们却把脑袋摇得像拨浪鼓，贵贱不卖。她没辙了，想走时却灵机一动，心里便有了主意。她要是见老人六七十岁了，但身体还硬朗，便说："奶奶，是这么回事……俺们成立了一个加工厂，想把当年的'土布'恢复起来。我看你身子骨挺好的，能不能带上'纺车'去我们那儿当技术员？"稍停，她又补充一句道："管吃管住，按月开工资。"

老太太们忙活大半辈子，一听这话就来了精神，大都会高兴地答应下来。因为她们一年四季在家吃闲饭，实在觉得活着没意思。再加上儿媳妇横眉立目地嫌弃，她可能早就不想在这个家里待了，听说出去还能挣钱，何乐而不为呀？

咱也说不清为什么，这个世界上人与人的关系，"婆媳"之间应该是最难处的了。有人说是因为"妒忌"，老太太亲着抱着把儿子养大了，一结婚就成了媳妇的人，反倒不和自己亲了，她心里当然不舒服；也有人说是因为媳妇不通情理、不会来事，更不懂得哄老太太高兴，甚至嫌弃白吃饭不干活……真是清官难断家务事，包公在世也难断。

赵小扔给家里打了个电话，会计陈翠钗便派车过来了。一车拉着五架"纺车"和两个老太太，另外三架，是儿媳妇趁着老人出去串门儿，自作主张卖给她们的。至于等老太太回来后会不会和儿媳妇生气，她就不管那么多了。

就这样，通过赵小扔和大家的共同努力，厂子里买回了十三架纺车，还跟来了四位老太太。其实，她事先跟大家交代过，要想织好布，必须请几位"老技术员"，光靠她们这些年轻姑娘，没吃过猪肉也没见过猪走，怎么能把"土布"织好啊。

赵小扔这闺女多少有点儿……好大喜功。在纺织厂开工那天，她们还执意组织了一场庆祝活动，又是锣鼓又是鞭炮，吸引来全村的乡亲们看热闹。金丝儿虽然主持了仪式，但并不是没点儿担心，私下里几次拷逼过儿媳妇，问这织"土布"到底行不行。她却胸有成竹、信誓旦旦，再次把"军令状"拿出来做保证。

正当赵小扔她们要甩开膀子大干一场、金丝儿的一颗心还没落地的节骨眼上，靳存根却出事了。而且，他出的还不是一般的事，是出一次一辈子被人看不起、抬不起头来的"丑事"——搞破鞋。让本村外村、城里乡里所有认识他的人，都吃惊得差点儿把下巴掉下来。

按说，靳存根在大家眼里也算是个"名人"了。一是他当过多年的村支书，二来也是沾媳妇的光，反正认识金丝儿的都认识他。她在全县是多么大的"名人"啊！历任书记县长刚到任都要先来拜访她，这是乡亲们都知道的。

就在赵小扔她们搞庆祝仪式那天一擦黑儿，靳存根和公司的会计陈翠钗就脱光了衣服，正翻云覆雨干得热火朝天时，被她的丈夫抓了个正着。两个人一个劲赔礼道歉，甚至磕头下跪保证今后不再来往……那个男人叫靳庆满，在气头上当然暴跳如雷。可他知道自己有"短"处，更担心翠钗跟他闹离婚，所以就把这事压了下来。

实际上，他们俩"好上"已经不是一天两天了，村子里早就有风言风语。这种事，知道最晚的往往是最亲近的人，金丝儿就一直被蒙在鼓里，直到这次事发。

要说，丈夫出这种事，作为妻子也有一定责任。金丝儿自打和靳存根结婚后，两人的夫妻生活就不怎么和谐。她一是天生在这方面比较冷淡，二是工作忒忙心也累，一天下来浑身像要散了架，真没心情干那种事。偏偏靳存根在这方面要求又特别强烈，久而久之，危机便潜伏了下来，发生意外也就是迟早的事了。

在乡亲们眼里，靳存根是个老实人。但也有了解真实情况的却知道他是个"蔫淘"，做出的事往往在人们的意料之外。他十来岁上做的一件事，到现在老人们说起来还会笑个不停。

那时候，村子里家家还都是"连茅圈"，人在上边拉，猪在底下吃，所以并不怎么臭。茅子里会放上一堆土坷垃，是用来擦屁股的。家里要有岁数较大的老人，还会在墙上钉上个橛子，以备他蹲下或起来方便。靳存根小的时候，茅子里就是这样。因为他爷爷脾气不好，喜欢训人，有时候甚至能用长烟锅子把孩子的脑袋敲出包来。

靳存根因为下河玩水，就曾享受过这种待遇，便暗暗怀恨在心。有一天，家里的大人都下地干活了，就剩下他爷爷一个人在家。他在上学前去茅子里撒尿，突发奇想把橛子拔松动了。可好，他爷爷去拉屎的工夫，蹲下去时没拉橛子，起来时因为腿麻了，一拽橛子却掉了下来。这位老爷子一下子坐在茅坑上，屁股上沾了屎不说，还差点儿被猪蹿上来啃一口。可是把他吓得够呛，躺在炕上一个多月没起来。

这件事金丝儿早就听说过，只是觉得好玩笑笑罢了。更让她不喜欢的是存根不讲究卫生，夏天还好点儿，尤其是到冬天，几个月都不洗澡是常事，睡觉前让他洗洗脚都得磨叽半天，肚子上的一层皱，用手一搓"扑棱棱"往下掉。实际上，在那个年代，村里的大老爷们儿像他这样的并不是少数。金丝儿毕竟受过高等教育，对个人卫生是很讲究的，要不是念及小时候存根曾救过自己的命，她绝对不会嫁给他。后来她不是没想过离婚，但又觉得人家是实心实意对自己好，也就是凑合着过，对夫妻之间那点儿事当然更提不起兴趣来。这回碰上这种事，估计这婚应该是离定了。

再说，陈翠钗前半生的命运更悲催，因为太复杂，咱们只能另起一章仔细讲讲。

陈翠钗属于那种不丑不俊的中等人，个头不高，眉眼虽然一般，但皮肤白净倒也挺受看。可她的命运却有点儿……八卦，说出来不禁让人感慨万千，怒其不争更叹其不幸。

她十八岁那年高中毕业就辍学了，因为家里穷便去城里当小保姆，一年多之后，经人介绍嫁给了丈夫齐横。两口子刚开始还算说得来，又过了一年，就生下了儿子齐山林。

齐横是省警校毕业，在当地公安局刑警队工作。他个头不高，却身材横宽，脖子似乎和脑袋同粗，从背影来看，长得和靳存根倒有一比。他也没别的嗜好，就是喜欢喝两口，工作之余经常和对眼的同事坐在大排档，十几块钱的羊肉串一箱子啤酒，边喝边唠能从傍晚喝到深夜十一二点。

等孩子上了小学，陈翠钗就没什么事可干了。她从小干活习惯了，闲下来就会觉得浑身难受，便通过丈夫办了张营业执照，专门经营油漆。她人很勤快，头脑灵活又能说会道，一年没干下来，便成了两个油漆厂子的"专营商"。生意做得越来越大，人也越来越精神。有一段时间，因为忙回家少，齐横曾怀疑过她有了外遇，也暗中跟踪过几次，并没有发现什么就算过去了。

几年之后，陈翠钗确实是挣了大钱，买了两套房子和一个"门市部"。人们都说，她家的日子就像气吹的一样，眼瞅着就鼓了起来。就在这时候，她丈夫齐横却出轨惹大事了。

老人们说：人要学坏，三十开外。齐横却在二十九岁便有了"外遇"，而且是死心塌地不顾一切。那是个到处"放鹰"的女人，名字叫郑彦欣，小模样长得确实漂亮。她原来是东北某县"二人转"剧团的名角，年轻时也曾名噪一时。后来随着戏曲的衰落，剧团解散了，演员们各奔东西，自谋生路。她便到城市里打拼，想为自己闯出一方天下来。实际上，她比齐横还大四五岁，但由于保养得好，再加上涂脂抹粉，看上去仍然年轻漂亮。她当年因心气太高，一般人看不上，所以就一直没结婚，但身边从不缺少形形色色的男人。

城市里的日子远没有郑彦欣想象的那么好混。她小学没毕业就开始学戏，基本上算是个"半文盲"，能找到什么好工作？她改变了思路，凭着姿色混迹于那些大款和所谓的名人之间，吃饭、喝酒、唱歌……到深更半夜跟谁走，那就看哪个男人出手大方了。

齐横是在一场应酬中认识她的，第一眼就看上了这个绝色女子。郑彦欣本来就是风月场中的老手，不用说多少话，凭感觉就知道这一屋子人谁上钩了。她实际上根本看不上齐横，只是觉得他的警察身份，说不定自己有什么事需要他帮忙呢。但她何等聪明，对他频频投过来的热辣辣的目光却装得浑然不觉，也许这就叫"欲擒故纵"吧。

从那以后，齐横就像是着了魔，一天不知给那个女人打几个电话说想请她吃饭。但对方却总是说忙、没时间，并信誓旦旦地保证说有机会一定请他。齐横心里那个痒啊，白天黑夜老琢磨人家，想极了就弄醒"呼呼"大睡的媳妇泄泄火。但陈翠钗忙了一天，真是连眼都睁不开，尽管一百个不情愿，也得无奈地配合。但是，她属于那种体味重的女人，口气中的腐臭味道特别浓，一口气喷出来，齐横马上就没了情绪，往往是三下五除二拔枪就走，觉得半点儿都没尽兴。陈翠钗的那种欲望刚刚被唤醒便又戛然而止，就有了一种被欺骗的感觉。如果谁家两口子的关系不怎么和谐或默契，这应该就是主要原因了。

终于有一天，郑彦欣给齐横打来电话，说是晚上一块吃饭，可把这小子高兴坏了。他下午便去了"洗浴中心"，洗澡理发好好捯饬了一番，临出门照镜子，发现自己的一根鼻毛伸了出来，忙小心翼翼地拔掉，才满意地赴约而去。

一男一女去了个高级饭店的包间里，自然就有了种暧昧的氛围。郑彦欣谈笑风生，并不时碰碰他的手，拍拍他的肩，用尽了"交际花"的手段，把个齐横迷得晕晕乎乎，连自己姓什么都忘记了。这小子开始做白日梦，自认为今晚可以抱着美女睡觉了。至于不回家怎么跟老婆交代，他有的是办法，就说有任务出警，十天半月不回去，她连屁都不敢放一个。

但是，人家郑彦欣却根本没那种想法，请他吃饭是为了"对缝"挣钱。酒过三巡菜过五味，她便凑到齐横耳边神秘地说："齐哥，有个轻松挣钱的好机会，咱俩一块干、干呗。"

齐横正想能长期和她腻在一起，有这种机会岂可放弃？他连忙说道："什么机会呀？只要你说干咱就下家伙呗！"

郑彦欣拍拍他的肩头说："我的好闺密成立了一个'小贷公司'，咱们只要把钱放在她那儿，就可以稳赚不赔，躺着就能挣大钱！"

当时，所谓的"小贷公司"刚刚开始兴起，齐横并不了解这方面的情况。更因为他家有棵"摇钱树"，从来就不缺钱，便说："我相信你。只要能经常看到你，咋着干都行。"

"那我也得跟你说清楚啊。"郑彦欣在他的耳旁叨唠了好一会儿，最后说，"细账我早就算好了，就是说……比方咱们投入一百万，在她那儿放一年，就能拿回来一百三十万，还不是躺着就能挣大钱？多好的机会啊！"少顷，她又说："要不这样吧……咱俩每人凑五十万交给我那个闺密，剩下的你就甭管了。"

"你说好咱就干！"齐横赶紧说，"我想办法凑五十万行了吧？"

"行行行……"郑彦欣攥住他的手，乖巧地连连说，"我早就听说齐哥是个吐唾沫就成钉的痛快人，果然是名不虚传啊！"

当天晚上，齐横边吃饭边对媳妇说："我们局长说家里有点儿事，想跟咱借五十万……咱总不能饿他的面子吧？"

陈翠钗想了想，说道："可咱家没那么多呀？刚买了门市部……我顶多能凑二十万。"

"那就二十万吧。"齐横说，"我再和咱爸妈商量一下，看他们能不能凑点儿。"这家伙可是为此竭尽全力，最后在父母那儿拿了他们为养老存的五万块钱，又从几个朋友手中借了二十五万，总算是凑够了五十万。

实际上，过来人都明白，当时国家是根据经济的发展需要，号召社会人员开办"小贷公司"。有些人却趁机钻了空子，打着"小贷公司"的名义，空手套白狼非法集资。结果是你骗我我骗你，形成了"罗圈账"，谁倒霉背兴就成了"替罪羊"。

郑彦欣那个闺密，自己也没什么"小贷公司"，她也是中间人，同样是想从中"对缝"挣点儿利差。所以，到齐横他们这儿已经是"三倒手"了。当他把钱交给郑彦欣、每天做着美梦想什么时候能和她"滚床单"时，却再也打不通她的电话，人家已经把他"拉黑"了。原来，这两个女人都是"放鹰"的，专门骗那些为色着迷的傻蛋。她们骗了几个男人的二百多万，拿着钱便跑路了。

当齐横终于明白时，她们已经改换了手机号，去更大的城市"发展"了。他真是应了农村人说的那句话：蝎子蜇了尻——有苦说不得。时间过去了几个月，他无论如何也联系不上郑彦欣，急得吃不下睡不着，牙疼得半边脸肿得像个馒头。按说，他是干刑侦的，在网上追查一个人应该有办法。但是，想这么做必须有正当理由，还要经领导批准，可这么窝囊的事，他怎么好意思说出口啊？

每当陈翠钗问起钱的事，他就翻脸发脾气，甚至拳头巴掌都上了。但朋友们却不管你碰上了什么情况，纷纷拿着他给打的欠条找上门来。家里已经没有多少钱，翠钗想帮他还也没办法。朋友们都是工薪阶层，谁手里又能有多少钱？他们忍耐着等了几个月，终于把齐横告上了法庭。事情明摆着，人家手里有他签字画押的欠条，他自己也承认。法庭很快就做出了判决，让齐横尽快还钱。他实在拿不出来，执行庭便强力执行，把他们家里的一套房子卖掉还了朋友们的部分欠款，因为不够，就强制他从工资中扣除大部分，按月陆续还上。

陈翠钗忍无可忍，便起诉和他离了婚。因为她家的一套房子被执行走了，另一套判给了齐横，她便搬到"门市部"去住。齐横的父母也非常生气，几次把儿子叫过去，抠鼻子挖脸地进行训斥。老爷子本来身体就不好，这一气便撒手人寰，去"那院儿"报到了。

齐横本来就是内向的性格，又碰上这种说不出道不明的窝囊事，着急上火闷着头，那天刚推车子要去上班，脚下突然趔趄两步，一下子便摔倒在地上昏迷不醒。有人发现忙给陈翠钗打了个电话。她虽然吃惊却一时没想管，本来两个人已经离婚，对方是死是活和她没关系。但又想他毕竟是儿子的父亲，出于好心眼儿犹豫片刻便赶了过去……

陈翠钗赶到现场时，已经有路人在一旁看热闹并互相询问着什么。她愣一下，惊叫一声"老天爷"，忙冲过去呼唤着他的名字，并蹲下身想把他扶起来……一个好心的旁观者却连忙制止道："你最好别动他，还是先送医院吧。"

陈翠钗想想也是这么个道理，连忙拨打了120。在等待期间，不管她怎么用力呼唤，齐横也没能醒过来。十多分钟后，120急救车就鸣着笛赶到了。送到医院医生护士抢救了半天，齐横仍没醒过来，经过专家详细诊断，才确定他患上了脑溢血。她原来想告诉老太太一声，但又考虑到她那么大岁数了，除了着急能帮什么忙？她迟疑片刻，忙办理了一切手续，安排他住院治疗。

医生又喂药又输液，折腾了一天一宿，人倒是醒过来了，但却只能含含糊糊地说话，手脚一点儿也动不了。翠钗虽万般无奈，还得给他倒水喂饭、端屎接尿……医生经过反复研究，最后通知家属，说他今后只能瘫在床上，很可能再也起不来。这样一来，问题又不好办了，往后让谁来伺候他啊？老娘岁数大不可能，他有个姐姐又远嫁他乡，孩子一大群没办法回来。翠钗他们已经离了婚，也没有伺候他的义务……这时候，齐横十岁住校读书的孩子齐山林回来了，当场表示不再去上学，回家来伺候爸爸。

陈翠钗一听就哭了，再怎么着也不能耽误儿子一辈子啊！她着急上火，吃不下睡不着，左思右想只能委曲求全，自己再憋屈再无奈也只得去伺候那个"花心萝卜负心汉"。

这人要是走火入魔真是无药可救。齐横虽然已经这样了，仍然放不下那个绝色女子郑彦欣。他白天想夜里梦，而且一做梦就是和人家做爱，结果基本上是一做梦就"跑马"（遗精）。就他现在这小身子骨，怎么能经得起这么折腾，不到一个月便精竭命殒"驾鹤西游"了。

陈翠钗心里虽然是百感交集，却终于长出了一口气。她忙忙活活为前夫办理了人生的最后一件大事，才觉得浑身轻松，似乎想飞的欲望都有了。

常言说：树挪死人挪活。陈翠钗动了这种心思，想永远离开这块伤心地了。因为人言可畏，尽管她目前是这么难过憋屈，是有人表示同情，但也有好多人并不了解真实情况，在她背后兀兀点点，说三道四。但让她最放心不下的，就是老婆婆怎么办？她老人家已经七十多了，身子骨又不怎么好，应该说是已到了风烛残年，身边没人怎么行啊？

　　也有好朋友劝说道："你不是和齐横离婚了吗？那他娘和你还有什么关系？想走就走呗。"

　　陈翠钗思虑再三，总觉得这些年老太太对自己不错，怎么能不管不顾一走了之呢？正当她委决不下时，齐横的姐姐从外地回来了。老骡子老马回老家，这位大姑姐也是五十多岁的人了，孩子们都已长大成人，该娶该嫁都有了自己的小家庭。她想家、想自己的老母亲了，便回来计划伺候亲娘一段时间。

　　陈翠钗如释重负，瞬间便有了主意。她也没和任何人商量，很快处理掉自己的全部家产，把其中一部分留给大姑姐作为老太太的养老钱，趁儿子齐山林放假的工夫带着他回了趟老家——河北保定市。她跪在爹娘面前，流着眼泪把自己这两年的痛苦遭遇讲了一个遍。也就在这时候，翠钗小时候的一个好朋友来看她，知道情况后便想给她介绍个对象，就是金沙湾的靳庆满。老姑娘也不能长期在家里住着啊，爹娘不嫌，还有哥哥嫂子弟弟和弟媳们呢。人多嘴杂，做糖不甜做醋准酸，天下人概莫如此。

　　在那位好朋友的撺掇下，陈翠钗和靳庆满在定县大集上见了一面，感觉还差不多就算定了下来。她最担心的是儿子上学怎么办，朋友却说包在她身上。

　　原来，这位好朋友就是靳存根的堂妹子。她也是太极中学的学生，当年曾是任国强校长的得意门生，现在就在县教育局当办公室副主任，安排个转学生还不是举手之劳？

　　还是老人们常说的那句话：人的命，天注定，胡思乱想不顶用。陈翠钗也许就是命不好，新婚之夜才知道靳庆满那"家伙什"个头小得可怜，而且是个"银样镴枪头，中看不中用"。按说，旷男怨女钻进被窝还不得弄他个天翻地覆、昏天黑地？可他却不行，刚开始是该硬的地方不起来，不该硬的地方却紧张得梆梆硬，怎么努力都弄不进去。在陈翠钗安慰劝抚下，它好不容易硬起来了，可又像老头子扛布袋——刚"进门"就倒了。他原来有过媳妇，就是因为这个才离婚的，所以四十多的人了，仍然是光棍一根。

陈翠钗好不丧气，可生米已煮成了熟饭，换成谁能有什么办法呀？她心灰意冷，什么也不再期望，就想剩下的只有凑合着瞎过了，总不可能再离婚吧？真要那么做，还不被人们的唾沫星子淹死？就在这个时候，她认识了差不多也算是旷男的靳存根。

真是老祖宗说得对：食色性也。陈翠钗这前半辈子，就从没觉得干那种事有什么好过，更多的都是失望、沮丧和被欺骗的感觉。就在她彻底心灰意冷的节骨眼上，靳存根却给了她似梦似幻、欲死欲仙的惊喜。

他们俩初识是在闹新媳妇的夜晚，但也不能算一见钟情。按乡亲辈分来说，靳存根应该叫靳庆满远房堂叔。两个人平时交往并不多，碰上了点头打个招呼就是了。靳存根已经到了这把年纪，当然不再像年轻时那么喜欢凑热闹。但因为在家里总受冷落，他觉得没意思，吃过晚饭就转出来想去看新媳妇过过干巴瘾。

在农村里，人们祖辈流传的是"玩婶子、闹奶奶、拿着嫂子做买卖"。新婚三天没大小，尤其是小叔子，就是把嫂子的裤子脱下来也不算过分。而且，闹成什么样新媳妇不能翻脸，新郎也不能生气发脾气，要不会被人笑话不懂事。

靳存根到洞房的时候，一群"儿马蛋子"（农村人对年轻人的戏称）正对陈翠钗动手动脚。他看着打扮得漂漂亮亮的新媳妇，心里便有点儿发痒，但并没上前去，而是坐在桌子旁，叼着烟袋默默地抽烟。一直到那几个家伙想要脱陈翠钗的衣服、她开始剧烈挣扎时，他才过去似乎是解救般把她抱进怀里，没想到他这一抱却坏事了。刚接触她那酥软的肉体，他两腿间那个命根子便一下子直立了起来，好巧不巧，正好顶在她的两腿间。他一阵慌乱，脸红脖子粗地"呼呼"喘息着忙又把她放开了。

陈翠钗当时也感觉到了，不由得回头看了他一眼，一颗心像撞鹿般"咚咚"狂跳着想：这人是谁呀？这么大岁数了还老不正经啊！

但是，等到夜深人散，靳庆满回来要脱衣服睡觉时，她那颗心才在期待中平静了许多。等两口子钻进被窝，没想到他摸索了半天仍是硬不起来……她便又想起来那狂跳的瞬间，想起那根硬邦邦的东西，也想起来那个叫靳存根的汉子，直到鸡叫了也没睡着。

有句话叫作不怕贼偷，就怕贼惦记。用在这儿也许不怎么合适，但自从新婚之夜后，陈翠钗就断不了琢磨靳存根，还老想和他认识。

常言说：男想女隔座山，女想男隔层衣。不管是什么事，只要用了心，机会总是有的。靳存根当然什么也不敢想，因为担心老婆知道了肯定不会轻饶他，甚至让他连死都找不到坟头哭了。此时的陈翠钗却有点儿走火入魔，心想自己这辈子从没有像闺密说的两口子在一起时那种要死要活的感觉，是不是白活了？

农村人搞破鞋，谁都不会傻乎乎地在家里干，因为在那莽莽大平原上好地方有的是。春天的杨树林、夏秋的青纱帐、冬天的机井房，都是可以藏身之处。

也许是缘分到了，陈翠钗和靳存根命该如此，连老天爷都成全。几个月后的一个大歇晌儿，存根扛着铁锨去换班浇地时正好在翠钗家门口碰上了她。这时的两个人在她用心下多次"碰面"，已经是很熟悉了。只见她满面含春笑嘻嘻地问："存根，你这是去……换班呀？"

靳存根原本就是绕着道从她家门口过，目的当然是想看她一眼，没想到还真碰上了。他窃喜在心，努力装作平静地说："是啊。你这是去干、干吗呀？"

"我刚吃过饭，"陈翠钗说，"正想去地里砍点儿猪草哩。"稍停，她又急忙说："你等等，我回家拿上草筐。"她说着反身回去，少顷便背着只草筐出来，颠儿颠儿地跟在他身后。

靳存根四顾没人注意，便问道："庆满叔没在家呀？"

"他去定县城里赶集，"陈翠钗说，"肯定又去喝酒了。他啊……酒量不大却好喝，不到天黑、不醉不回来。唉——真拿他没办法。"

夏天的大歇晌儿，原野上静悄悄杳无人影，正在疯长的秋庄稼一眼望不到边。大片的棒子地，在微风的摇曳下像绿色的海洋般波涛汹涌。灿烂的阳光蒸发出地下的水分，形成一层淡淡的雾霭，在轻风中慢慢浮移、浮移……知了们许是热得难受，成千上万只此起彼伏在大柳树上噪叫个没完没了。

四顾无人，陈翠钗和靳存根胆子更大了，毫无顾忌地边走边说笑。实际上，他们用嘴说的都是废话，真正想说的心照不宣，全靠眼睛了。靳存根再次四顾无人，什么也没说就钻进了茫茫的棒子地。陈翠钗也四下打量片刻，紧跟着他钻了进去……他们没有进行任何语言交流，便飞快地脱光了各自的衣服，搂抱着倒在地上。

旷男怨女，水到渠成。大汗淋漓，"呼呼"喘息……在靳存根长时间的冲撞下，陈翠钗终于明白了做女人是怎么回事，平生头一次有了那种要死要活的感觉。她抱住他的腰扭动着躯体，情不自禁地"啊啊"叫着……在最后的"冲刺"阶段，她"啊——"地大叫了一声，闭着双眸，稍稍痉挛般地瘫在地上，一时间似乎连呼吸都停止了。她的灵魂好像已经出窍，正在渺渺地向蓝天白云和看不见的"银河"飘去、飘去……

靳存根也是筋疲力尽地躺在她旁边，喘息片刻似乎觉得有什么不对头，便翻转身轻轻拍打着她的脸轻唤道："翠钗，翠钗，你……没事吧？"

陈翠钗并没回答，只是闭着眼抱住他的脑袋，用自己滚烫的双唇堵住了他的嘴。

一瞬间，蓝天白云没有了、大地庄稼没有了、灿烂的阳光没有了……整个天地间，就剩下两颗急剧跳动的心，世界上又一个真正的女人诞生了！

金丝儿万万没想到，赵小扔她们的"土布"纺织旗开得胜，和唱戏一样来了个"碰头彩"。

在几位老奶奶的指点甚至亲自操刀下，纺织的整个过程像行云流水，也就是半月二十天，各种花色的"土布"便堆了半仓库。而且，这些"土布"上色还不是去市场上买的颜料，却是用的最原始的传统办法——纯植物的红花绿叶印染，泥土、草木灰、锅底黑等都用上了。这种办法在冀中一带农村已经传承数千年了，老祖宗们染布时市场上根本没卖颜料的，后来有了，但那不是得花钱吗？庄稼主子们的钱都是串在肋条上，花一个子儿都心疼。而且，这样印染办法永不褪色且还环保，有关部门的领导来视察时，高兴得竖起大拇指连连夸奖。

厂子里的织布机是经过改造的，由原来的纯木结构改成了钢木结构。这办法还是靳存根琢磨出来的，织成的"土布"比原来更光滑、更瓷实，懂眼的人一看就明白。

当时，"土布"在平原地区早就绝迹，但有些人从"环保"角度已经认识到它的好处，却苦于没地儿去买。所以，"土布"的生产和销售主要集中在"只见大哥不见嫂"的穷山沟沟里。

这天，赵小扔和陈翠钗开着面包车，拉了十多匹"土布"去阜平一带山里赶集，刚把布卸下车便被人们围了个水泄不通。因为这些山里人祖祖辈辈都是织"土布"用"土布"，每个人都是行家里手，扫一眼就知道布的好坏。尤其是那些妇女，摸索着她们的"土布"一个劲夸奖，并连声相问："老天爷！你们的布是怎么织出来的呀？真是又光滑又瓷实！"

"我们有独门绝技。"赵小扔调侃地笑着说，"你想要学习，我们肯定不会保守。"

那天，赵小扔她们拉去的一车"土布"，还不到晌午就卖光了。她开着车往回走时，一个想法突然涌上了心头。她扭头看看翠钗，说道："我有个……想法不知有没道理，你也帮着琢磨琢磨。"

"你的想法天天有，"陈翠钗笑着说，"而且都很有道理。哈哈……"

"少拍马屁，不会给你涨工资。"小扔儿同样笑着，边顺着自己的思路边说，"任何事情都一样，只有做大做强，才能引起人们和各级领导的重视。所以我就想……"她迟疑片刻接着说："如果咱们能把山里这些纺织户组织起来，帮她们改进设备，制定统一规划，形成一个'土布'托拉斯……或许能做大。"

"把这些人组织起来……"陈翠钗思索着说，"咱们又不认识，怎么能组织人家呀？"

"瞧你说的，"小扔儿笑着说，"谁跟钱有仇啊？帮着她们挣钱，哪个能不高兴呀？再说了，头回生，二回熟，三回赛如老住户，打几次交道不就熟了？"

"也是这么个道理。哈。"翠钗说，"要不咱们去找她们试试？"

她们俩都是痛快脾气，说干就干，当即便找到集市上所有卖"土布"的妇女，把自己的想法说了出来。这些人原本眼气她们的布织得好、卖得快，是抢了自己的生意，一个个正羡慕嫉妒恨呢，听两人这么说，一下子都释然地笑了起来。

赵小扔是个有心人，就在这短暂的十多分钟里，已经把组合的方式、利润的分配等都考虑差不多了。大体意思就是她们负责改造这些人家的织布机、供应原材料、收购成品并负责销售，对方回款后按一定比例分成。

山里人嘛，头脑相对简单些，听她说得头头是道，一个个提不出什么意见，互相观望着就算同意了。小扔儿却笑着说："咱们可以先不定，你们回去和当家的商量商量，千万别为这事生气吵包子（吵架）。"

"不会的。"一个年岁较大的妇女笑着说，"自从织上'土布'后，咱妇女的地位可是又提高了一大截，老汉们捧着敬着，光怕俺们撂挑子不干哩。嘿嘿……"

她说的是实话。这些上了岁数的妇女，自从分地后就不怎么干活了，除了看看外孙或是抱抱孙子孙女，有空儿就聚在一起打麻将玩牌。老汉们下地干了半天活，有的回家来连口热乎饭都吃不到嘴里，能不生气吵架呀？自从她们织"土布"挣钱后，没时间打麻将了，也能在家按时做饭，别说是老汉，就连孩子们也都高兴。所以，从一定意义上说，织"土布"确实提高了她们的家庭地位，村子里的社会风气和治安也好了许多。

不管在城市还是农村，男女之间搞破鞋到什么时候都是被人们嗤之以鼻的。

但是，纵观历朝历代，这种风流事总是层出不穷。为情所困的男男女女们，就像是被鬼赶着似的，冒死也要去约会，去寻找那种"性冲顶"时的极致快乐！这也许是动物的本能，也许是人类的悲剧。但女娲造人的时候就是这么设计的，如今谁又能改变呢？

是谁说过，这种事只有有和没有，有了一次就等于一百次，只要是开了头，便会像小孩子吃糖一样，哭着喊着还要、还要……陈翠钗和靳存根如今就陷入了这种境地。他们自从在棒子地里开了头之后，便一发不可收了。

据专家考证，男人和女人在性方面是有区别的。男人天生就有"性快感"，少年时代，两腿间的那玩意儿便会毫无来由地蠢蠢欲动，一碰就心荡神迷，自然而然就知道手淫，而后伴随着强烈的快感一泻而出。女人就不一样，如果不接触男人，她们的"性快感"几乎不可能觉醒，只有在自己心仪男人的耐心刺激下，才有可能达到高潮。

而且，那欲死欲仙的瞬间过去后，丈夫的表现也决定着夫妻关系默不默契。男人的这个瞬间很短暂，也就是十秒八秒就过去了。女人却不行，这种震颤能持续十多分钟，甚至更久一些。如果丈夫满足后便扔下妻子去喝茶抽烟，她会产生一种失落感，久而久之，便对这种事越来越冷淡了。聪明的丈夫，会在这种时候陪在妻子身边，爱抚也好亲吻也好，帮她渐渐平静下来。笔者曾亲耳听一个媳妇在农村的同事说过：一个月没回家，等回去后，恨不能立刻把媳妇拽进屋子去干那种事，等干完后，又恨不能一脚把她踹到炕底下去！

据说，美国的科学家曾做过一个试验，就是把一只发情的母猴和一只公猴关在铁笼子里。公猴会激情澎湃，一次次和母猴交配。等母猴的发情期过去之后，公猴会变得无精打采，连吃东西都打不起精神了。当人们把另一只发情的母猴放进笼子里之后，公猴又会变得激情澎湃起来……也就证明所有的雄性动物都是"喜新厌旧"，包括人类。既然是天性如此，历朝历代的风流种们搞破鞋也似乎可以理解了。当然，女人也有"喜新厌旧"的时候，那主要表现在买衣服方面。她们会长时间不厌其烦地逛商场，挑拣衣服时总觉得新买的比旧有的好看。

在农村，夫妻二人生了五六个孩子，女人或许还不知道"性高潮"是怎么一回事。那些一辈子不结婚的老处女，想知道冲顶的快感几乎没可能。当然，她们也知道手淫，或许也有轻度的快感，但那只是"花蕾"带来的，真正像大潮般汹涌的冲顶快感，必须是"花蕾"和"花茎"同时起作用才有可能产生。

人说搞破鞋必须有钱有权有时间，干这种事也是客观条件造成的。靳庆满在外打工，除了节假日一般不回来。靳存根有钱有时间，因为他和金丝儿早就分居了。或者说她已经完全不拿他当回事，除了吃饭，他白天黑夜去哪里都不会过问。更何况，存根又喜欢打麻将，有时候打个通宵也是经常事。

自从那次棒子地里野合之后，靳存根几乎每天晚上深更半夜去庆满家和翠钗寻欢作乐。天下没有不透风的墙，这么个小村子，有只苍蝇飞过人人都能看得见，更别说两个大人的经常活动了。时间过去没多久，村里的流言蜚语便开始满天飞，他们走到哪里都有人在背后乱乱点点。

这种丑事知道最晚的往往是受害者，又过了些日子，靳庆满终于听说了。他并没有暴跳如雷地去问媳妇，而是留了一条心。中秋节单位里放了几天假，过后他告诉翠钗说是去上班了，其实并没走，而是躲在庄稼地里等天黑。

几天没见面，存根和翠钗早就互相思念忍不住了。当天晚上他也没去打麻将，吃过晚饭去野外溜达了一会儿就去了庆满家……她欢叫一声，一下子就把他抱住了。两人急不可待地关灯、脱衣、上炕，撕搂着正要"入港"时，屋门被人"哐当"一声踹开了。

靳庆满冲进屋，先是拉了电灯，又把存根他们的衣服抱在怀里便又冲出屋去了。存根和翠钗大眼瞪小眼，干着急不知怎么办时，就听到庆满在大街上喊道："乡亲们快来呀，比耍猴的好看多了！乡亲们快来看啊……"要说这小子也是个二百五，你又不想离婚，这么折腾家还能保得住吗？

那天晚上，村子里是人声鼎沸，除了孩子，大人们没几个能睡着的。当然，也有几个"事后诸葛亮"抽着烟扬扬自得地说："这事，嘿嘿……瞒山瞒水瞒不住老乡亲。我早就预料到了，迟早会有这一天。"

这件事的最后结果，是翠钗闹着要离婚，庆满却死乞白赖不离。其实，她是虚张声势，色厉内荏，因为要真离了婚，自己连个能去的地儿都没有。

金丝儿的眼里岂能插"棒槌"？知道后毫不犹豫，拽着存根要去民政局办理离婚。他耷拉着脑袋无话可说，乖乖地跟着去了……他被扫地出门没处可去，只能求小扔儿在公司的仓库里支了张床，当上了"保安"。

要说这个世界上，什么奇葩事都有。过了一段时间，靳庆满却几次找上门来，非要拉存根去家里住。他大出意外，臊得满面通红不好意思去。还是等翠钗亲自来了一趟，他才跟着去了。更让乡亲们惊掉下巴的是，他们三个人竟然就这样惊世骇俗地"搭帮"过开了。

又过了半年多，随着事情的发展，终于让大家明白了过来。原来，靳庆满已检查出得了胰腺癌，而且还是晚期非常凶险。他心疼媳妇忒孤单，临去世前把她交代给了靳存根。

乡亲们知道后无不连连感叹：真没看出来，闹了半天，这傻小子倒是好心眼儿啊！

陈翠钗当然是感激涕零，后来的日子便汤啊水地精心伺候丈夫。靳庆满去世后出殡那天，村子里不论辈大辈小，还真来了好多人。靳存根和陈翠钗披麻戴孝，把他送去火葬场火化，又抱着骨灰盒，回村里的墓地入土为安了。他们也没脸去办结婚手续，就这么不明不白地凑合着过了起来，至于幸福不幸福，只有两人自个儿知道。

　　这种事在农村并不稀罕。有的两口子在一起生活好多年、孩子都快要该说媳妇了，他们却因为闹矛盾去公社里办离婚……秘书查来查去，却怎么也找不到当年结婚证的存根。原来，这么多年夫妻竟然是"无证经营"，所以，想办离婚必须先结婚才行。这事传出去并不光彩，她们大都就不再折腾，无可奈何地凑合着继续瞎过吧。

　　金丝儿是何等人物，岂能留下陈翠钗这种不要脸的女人？为此，她和儿媳妇"破天荒"地翻脸吵了一架。赵小扔毫不让步，坚持要把"陈会计"留下来，因为她确实很能干，赶走了再找一个不容易。金丝儿说："道德败坏，再能干也必须辞掉！"

　　赵小扔却争辩道："娘，你是从工作出发还是计较个人恩怨？"

　　"我当然是从……坏影响出发。"金丝儿说，"把这种人留下来，咱们村在别人眼里会留下什么印象？还不是无论走到哪儿都被人背后乩乩点点？"

　　"添了言添不了钱。"赵小扔说，"只要咱们一心为公，帮群众脱贫致富，谁爱嚼舌头随他去吧。"稍停，她又补充一句："莫非听蝼蛄叫咱还不种谷子了？"

　　也是，陈翠钗初中毕业就当保姆，后来又开始做生意，卖冰棍、开饭馆、推销保健品，再后来才代理厂家卖油漆开门市部。二十来年的时光，她练就了精明的头脑，像计算机一样准确的计算功能，更学会了眼观六路耳听八方、见人说人话、见鬼说鬼话的随机应变。她这样的阅历，并不是每个人都具备的。

　　生成的骨头长就的肉，每个人的性格，多数是先天从娘胎里带来的，但浑身的本事，却是后天学来的。陈翠钗是女人中之凤，并不是每个人都能锤炼成她如此地步。赵小扔用着得心应手，两个人在工作中配合默契，所以，她当然不肯轻易放弃了。

金丝儿见她态度这么坚决，也就没再说什么。因为她从心里赞赏这个儿媳妇，觉得小扔儿像自己年轻时那么强势，那么有主意，将来的前途说不定能超过自个儿。农村人讲"男人没主意受一辈子穷，女人没主意落一肚子屎"。这本是汉子们群里常说的话，金丝儿小时候就在人背后听见过，当时觉得好玩但不明白是什么意思，等长大后明白了，觉得真是话糙理不糙，很有道理。

还有一点金丝儿也是心领神会，县里和乡里的领导，也曾流露出想提拔让赵小扔当村主任的意思，但又觉得婆媳俩不应该安排在同一个班子里，只能等以后有机会再说。而且，邢佩哲夫妻生的一对龙凤胎已经两岁多了。小扔儿工作忙顾不上管，尽管有保姆照顾着，但金丝儿仍然放不下，饮食起居都要操心。所以，陈翠钗之事她就没再坚持。

赵小扔和翠钗风风火火，开着车用一个多月的时间跑遍了平山、灵寿、阜平等几个县里的小山村，把所有能织"土布"的人家都走了个遍。靳存根也在车上，主要负责对织布机的改造。小扔儿同情他们，也为了不遭人非议，干脆对谁都介绍他们俩是夫妻，并且晚上睡觉也安排在一个屋里。这俩人非常感谢，心里美滋滋的，工作也格外卖力气。

因为环境所限，和平原上相比，山里妇女们的见识确实是短浅了些。赵小扔她们开出的条件——无偿改造织布机；负责供应原材料；收购成品和销售；回款后按六四分成。当然是公司六、个人四……这些妇女连想都没想就同意了。也是，省心又省劲，谁和挣钱有仇啊？她们大都是"灶火坑里游遍天下"，一辈子都是在山沟沟里转悠，只要出了山口就分不清东西南北，现在有了这种机会，傻子才会放过！

制式的合同书是小扔儿他们带来的，既然同意了大家就签字印戳吧。这一来，那些人又傻眼了。大山里的女人，谁有手戳啊？成天价出了炕台就是锅台，除了丈夫就是孩子，要那玩意干吗呀？更有的从小就没上过学，连自己的名字都不会写。没办法，那就摁手印儿吧。她们知道手印儿就管用，当年的杨白劳，不就是一个手印儿把闺女喜儿给卖了吗？

等赵小扔和翠钗回到家里，仔细算账就有点儿发蒙了。可不是，现在"土布"联营总公司算正式成立了，共拥有一千多架纺车、五百台织布机，这可不是小数目。她们负责供应原材料，就是棉絮，一次性就需要上千斤。如果像自己原来的公司，只有上百架纺车，需要的数量小在市场上还能买到，现在这么多纺车和织布机，市场上能买到的棉絮可就差老鼻子了。

早年间，冀中平原一带的人们也种棉花，自从有了"洋布"，需求量小多了，人们逐渐就不种了。因为这种作物不比小麦和棒子，种好后只要别忘了锄草浇水，等着夏秋收割就行了。种棉花可就费老劲了，锄草浇水当然必不可少，更主要的是打杈和除虫，稍有疏忽就有可能颗粒无收。而且，这两种活都是在暑期最热的那些天进行，要多遭罪有多遭罪。男男女女蹲在密不透风的棉田中，头顶着火辣辣炙烤的大太阳，什么也不干便会大汗淋漓，裤子褂子都能拧出水来。要是工夫一长，一个个累得腰酸腿疼，站起来蒙头转向，摔倒了也不稀罕。

要是放在合作化时期，上级安排任务，你不想种也得种。自从分田到户，没人强迫命令，庄稼主子就很少种棉花了。小扔儿她们现在唯一的办法，就是从新疆那边去采购，这样一来，成本可就高多了。但公司已经和那些织布户签了合同，再贵也得去买呀，否则，撕毁协议是要赔偿"违约金"的。没办法，她们只得立即派人去新疆采购。

吃晚饭的时候，赵小扔对金丝儿说："娘，明年咱们能不能发动群众多种棉花呀？"

"种棉花？"金丝儿不解地眨巴着眼睛问，"那么费劲的活，谁愿意种啊？"

"俺们可以高价收购啊。"赵小扔说，"谁也不会和钱有仇吧？"接下来，她把公司目前的处境讲了一遍，最后说："再贵，总比去新疆采购便宜吧？"

金丝儿思索片刻，便迟疑地点了点头。她琢磨着乡亲们种什么也是种，种棉花虽然苦点儿累点儿，但解决了公司的难题，每个家庭还能增加收入，何乐而不为呢？当天晚上，她打通了赵孟海的电话，寒暄几句又让小㧑儿把公司目前的处境讲了一遍，他当即便答应了。也是，种棉花既能解决女儿公司的困难，又能让那么多的家庭增加收入脱贫致富，这是好事啊。

他觉得自己已经是半退休状态，召集县市领导开会显然不大合适，便想了个办法。几天后，他找了个省里开会的机会，把相关领导请了出来，趁大家喝茶的工夫介绍了种棉花之事，并说："目前，帮助群众脱贫致富是最大的政治任务，也是中央领导对咱们的期望。大家都在农村工作多年，当然知道棉花是经济作物，收入肯定比种别的作物强多了。不用我说，大家肯定会全力以赴是吧？哈哈……"

老领导说了话，这些县市长都很积极，回去便在不同场合布置了明年多种棉花的"政治"任务。

邢文凯和柳玉洁在村子里又成了"头等人"，再一次扬眉吐气了。两口子闲来没事，就琢磨着想让儿子和赵丽莹早点儿结婚。但两个年轻人却不这么想，他们虽然已经大学毕业了，但又都在攻读研究生。现在的形势和过去不一样，你拿着大学文凭回去，连份比较好的工作都找不到。

两个人都老大不小了，要是在农村里，估计孩子都快上学了。他们虽然还没结婚，但并不影响干那种"好事"。因为国庆这小子有的是办法，连哄带骗便让丽莹失了身。

实际上，人这辈子到什么年龄办什么事，都是老祖宗根据人性立下的规矩。现在，尽管国家政策有所改变，提倡晚婚晚育等，但基本上还是按老规矩办事。但年轻人赶时尚，也可以说是人性使然，没结婚就上床并不少见。

赵丽莹原本是个比较本分的女孩儿，但仍没经住国庆的花言巧语。那是一年的国庆节，他们相邀去北京的西山玩耍，说好了晚上就回学校。谁知道事到临头国庆动了歪心眼儿，竟然有办法让丽莹心甘情愿地留下来和他共度良宵。

西山的深秋景色确实漂亮！只见徐徐的微风中，满山遍野、层层叠叠的红叶在太阳下流光溢彩，朵朵灿烂的黄花点缀其间，平添了些许温馨平和的暖意。多少红男绿女流连忘返，眼瞅着日已西斜仍在徘徊谈笑，不想回那嘈杂忙乱、让人喘气都觉得憋闷的城市里去。

赵丽莹急着往回赶，几次催促国庆下山。他却指着那些仍在大声说笑的人们说："急什么呀？看人家玩得多开心？听人说夕阳辉映下的西山更漂亮，咱们等会儿再看看就下山。"

赵丽莹思索片刻，当然想不到这是他的计谋，就没再坚持。实际上，通过这几年的交往接触，她已经完全信任和深深爱上了眼前这位恋人。在高中时期，由于受父母的限制和劝慰，她也曾经犹豫彷徨过，也曾尽量减少和他来往。就是上大学离开了父母，她心里的这份警惕仍没放松过。但是，随着岁月的流逝，尤其是国庆表现出来的那种自己挣钱养活自己、不屈不挠的奋斗精神，确实是深深地感动了她。这些事她也曾给父母讲过，他们也很佩服赞扬。

还有一条，也让丽莹感觉到国庆是真喜欢自己。那就是不管在高中还是上了大学，她眼瞅着就有好多女生追求国庆，一个个明里暗里贱兮兮地往他跟前凑。他却佯装浑然不觉，说说笑笑几句就把她们打发了。甚至有个女生像是得了"失心疯"，不管在什么场合，只要看到国庆，就会往他身上贴，有时候竟然抱住就不撒手。那次国庆实在没忍住，顺手就给了她一巴掌。为这事，班主任还把他叫去批评了一顿。

不管男女老少，人和人交往第一印象非常重要，印象好，可能成为一辈子的朋友；印象不好，也许不会再有第二次握手。当然，由于自己看走了眼，后来上当受骗的事例也不少。

赵丽莹深信国庆刚转学到太极中学时，自己对他的第一印象和感觉是准确的。当然，这其中他的帅气、风度翩翩和能言善辩起到了关键作用。等上了大学，国庆的所作所为深深感动着丽莹。她对他就不再是浅层次的喜欢，而是刻骨铭心的真爱了。

今天，邢国庆欲设计和心爱的女孩儿共度良宵……咱们背后不说人坏话，都是大男大女了，谁不是"食色性也"？莫非你赵丽莹和别人不一样？装什么"假正经"啊！

眼瞅着天就快黑了，邢国庆才和丽莹互相搀扶着下山来。可是，回市里的末班车已经开走了，他们想回去只能靠两条腿。老天爷！丽莹一听就瘫在了地上。这一整天在山上，中午就吃了点儿随身带来的面包香肠，喝了一袋奶，她早已是饥肠辘辘了。而且，因为很少走这么多的山路，她的脚上打出来好几个血泡，有的已经出血流汤，踩在地上钻心般疼痛，真是一步也不想走了。

邢国庆忙把她扶了起来，连连道歉地说："怨我，都怨我。如果你不能走，咱们不如就找一家民宿旅店住下来，明天一早再回去。"稍停，他又补充道："反正后天才上学呢，不急。"

事到如今，赵丽莹还能说什么？她生气地甩开他的手，挣扎着往前走去……

自从改革开放国家政策放宽后，西山脚下的村庄里有不少人家开办了民宿旅店，而且连吃带住，条件还挺好。邢国庆扶着丽莹，没走多远就看到了好几家。他们问了几家，人家告诉说房间都已经住满了。二人很无奈，只得又往前走到另一个小村子里，才找到了一家民宿旅店。这一路走来，赵丽莹绷着脸一句话都没说，而且总是气冲冲一瘸一拐地走在前面。国庆看着她窈窕的背影，不由得心中暗暗发笑。

当旅店主人打开房间时，邢国庆连连表示不错。这儿的民房里没床，只有一条土炕，上面摆着整整齐齐的被褥，到处收拾得也算干净。

赵丽莹却冷着脸问："你家还有别的房间吗？"

主人稍愣了一下，说："没有了，就剩这一间了。"稍停，他又不无奇怪地问："怎么着，你们俩不在一块住啊？"

赵丽莹没回答，扭头便往外走……国庆忙拉着她说："别耍小孩子脾气了，就一块住吧。"

"就是啊。"房主也说，"村子里就我这一家小旅店，姑娘您能去哪儿住呀？如今又不讲封建了，你们就在一块住呗。实在不行，炕那么大，一人住一头还不行？"

"行，就这么住吧。"邢国庆说着，忙把丽莹背着的书包提下来，并将自己背后的大旅行袋也卸了下来，问道，"你们家还有饭不？"

"有，有。"店主人忙说，"都做好了，在锅里温着哩，我马上去给你们端过来。"

邢国庆忙又拉着他问道："有酒不？累了一天，想喝几口解解乏。"

"有。"店主人问道，"北京二锅头行不？"见国庆点了点头，他忙转身出去了。国庆这才不顾赵丽莹挣扎，把她抱进怀中劝慰道："行了，你就大人不计小人过吧。我还不是因为爱你，不愿意和你分开，才不想这么早回学校嘛，你就凑合一宿吧。"

赵丽莹张嘴想说什么，却被他用双唇紧紧堵了回去。他的这种"热吻"，有哪个女孩儿能无动于衷？片刻之后，她便有了反应，撒娇般轻轻咬住他的舌头……这时，店主人端着饭菜和一瓶酒进来了。两人都显得有点儿不好意思，这才急忙分开来。

店主人见多不怪，边把饭菜往桌子上摆边说："你们先吃着，缺什么少什么就吆喝我一声。"他把已经开了口的二锅头倒上了两杯，点头哈腰地退出去。

邢国庆端起一杯对丽莹说："来，累了一整天，喝几口解解乏。"

赵丽莹也端起杯，和他碰了一下仰头一饮而尽。她能喝点儿，都是父亲赵孟海从小惯出来的。那时候他已经是不大不小的领导干部，酒场本来就多。而且，只要方便，他每次都会带上女儿，席间用筷子沾上酒往她的嘴里塞。久而久之，她也锻炼出来了，喝个半斤六两玩儿似的。

邢国庆更是个酒篓子，随父亲邢文凯，能喝个一斤开外。两个人推杯换盏，一瓶酒很快就见底了。是谁说过？喝了酒想谁就是心里有谁；反过来说，心里有谁喝了酒就想谁。当店主人把杯盏撤下去后，国庆便把丽莹抱进了被窝里，并摸索着想把她的衣服脱掉。

赵丽莹象征性地挣扎片刻，便随他去了。二十四五的大闺女，又喝了好多酒，神志模糊浑身发热，身体里面那种邪劲确实需要找个突破口发泄出去。

邢国庆终于把她脱了个精光，自己也已经是赤条条了。他先是亲嘴，又亲耳朵脖子和肩膀腋下，最后才像孩子吃奶一样，先轻后重地吮吸着她那红樱桃般的乳头……丽莹开始一动不动，这时候终于有了反应。她"啊啊"地轻声呻吟着，曼妙的躯体微微扭动、扭动……

邢国庆把手探下去，分开她两腿间的毛从中找到了女人那个"电门"，用手指轻轻地揉搓拨弄……没多大会儿，她那个神秘的小洞洞中便像发水一样沸腾了。他自己更是血脉偾张、激情难按，身下那条"大虫子"早已像铁棍一样梆梆硬了。他翻身上马，顺利地让"虫子"进入了它该去的地方。

到底是年轻没经验更不知道控制，邢国庆冲撞、抽插了不过几分钟，便"一泻千里"败下阵来。赵丽莹不知是没尽兴还是后悔了，竟然"啪"一巴掌重重地打在他的脸上，随即，热泪如雨般无声地流了下来。国庆愣了片刻，忙紧紧地把她抱在怀中……她像是余韵未尽，身子轻轻颤动着把脸贴在他肌肉块垒坚实的胸口处。

这一个夜晚，两个年轻人不知道做了多少次，而且是越做越有经验、坚持的时间也越来越长。赵丽莹时而呻吟时而大叫，死去活来自己都数不清有多少回了。

赵小拗她们的生意做得十分顺利，一天能织出上百匹"土布"，但销售却出了问题。

也是，农村人算小账，多一分钱都心疼。她们的布做工细质量好，当然是比山里人的布价格要稍高一点儿。这样一来，买的人相对就少了。产品销不出去，最着急的当然是小扔儿了。有病乱投医吧，也许是因为命好，就在她忆起那两个波兰人，想给他们打电话却找不到名片时，那一男一女却找上门来了。

原来，卡佳和普洛斯来中国是想大量采购"土布"的，因为这种布在欧洲那边很受欢迎。原因是"土布"穿着舒服，不会产生"静电"，不像有的布，穿脱都会"啪啪"地冒火花，让人担心会不会燃烧起来。还有就是这种布吸水性强，摸着挺薄却很瓷实，不管你出多少汗它都会吸收进去，身体永远是干干净净、清清爽爽很舒服，就连西方人身上那种经常有的臭胳肢窝味也冲淡了许多。这点儿，他们自己也能嗅出来，所以才争抢着买这种布。

卡佳和普洛斯是先去的山村大集，却没看到有多少"土布"。他们问了好几个人，才知道了小扔儿她们的联营公司，便租了辆车赶过来。

真是想睡觉有人送枕头，赵小扔能不高兴？她急忙请来金丝儿和村委会全体干部，大摆宴席招待这两位"财神爷"。而且，她还发现卡佳的中文水平也提高了许多，交流起来比上次见面容易多了。她的感觉不错，因为卡佳为来中国做生意，专门去一个培训机构进修了大半年。现在和她谈生意，和国人没什么不同，而且还要更痛快，很少磨磨唧唧。

或许是与种族和成长的环境有关，这些外国人都比较敞亮和坦诚，心里怎么想嘴里就怎么说，没咱中国人那么多心眼子，更不会"弯弯绕"。

这两人当然急于挣钱，采购的数量很大，基本上把公司的库存一次性买光了，而且还签订了一份长期供货合同。今后再要货，他们就不用亲自过来了，小扔儿她们会直接发过去。这样一来，双方都省了好多钱，大家都高兴，何乐而不为呢？

所以，整个宴会很是热烈轻松，大家说说笑笑都喝了一箱子老白干，主人客人差不多都醉了。眼瞅着天色已经不早，小扔儿便派司机把普洛斯他们送到县城的"如港"酒店，自己和公司的秘书也住下来陪同。第二天，她们陪两位客人吃过早饭，又把他们送到石家庄机场，目送两人登上了飞机……

人心换人心，八两换半斤。赵小扔她们的热情和真诚，深深感动着卡佳和普洛斯。双方的生意更是一帆风顺，越做越大。这两位外国朋友还把"联营公司"介绍给别的客户，两年间，中国的"土布"基本上覆盖了整个欧洲市场。再后来，太极县的百姓们都响应号召，家家户户全都开始种棉，原材料的供应也迎刃而解了。

大山里的那些"联营公司"成员，一家家也都发展了起来，而且还有许多新户参加。整个公司已经达到三万多人，为这一带百姓的"脱贫致富"起到了关键作用。当然，这是后话。

酒是色媒人，这话半点儿不假。不管男人还是女人，喝多了就想干那种好事。

陈翠钗之所以没跟着去县城，是因为她喝高了。在整个酒场上，她的酒量最大，一次次替小扔儿喝，所以数她喝得最多。等散场的时候，她已经脸红、脖子红，连眼睛都是红的，走路脚下没根，摇摇晃晃老往墙上撞。小扔儿只得派了个小姑娘，扶着她回家了。

天已近傍晚，靳存根自己吃了点儿饭，正坐在客厅里看电视。翠钗冲他勉强笑了笑，一头扑在炕上"哈哧哈哧"喘粗气。等送她的小姑娘告辞出去后，存根忙俯下身问道："你……这是喝了多少哇？怎么成这样了？"

陈翠钗没回答，"嘿嘿"笑着就亲了他一口，并顺手把他的脑袋搂在了自己怀里。靳存根稍愣神，忙说："我给你熬点儿绿豆汤吧？解酒。"

"没、没事。"翠钗放开他说，"去把、把大门和屋里门都、都插上。"

靳存根不由得又愣了一下，说："天这么早，插门干吗？"

陈翠钗立马就不高兴了，说道："叫你插你就插，费、费什么话呀？"

靳存根这才出去左右看了看，"哐哐当当"地先把大门插上了。等他回到房间里，却看到媳妇已经把自己脱得光溜溜，摆好一种不怎么雅观的诱惑姿势仰躺在炕上。他见状马上也就起了性，急忙插上屋门，脱光了衣服扑了上去……接下来的这场恶战咱就不多描述了。

陈翠钗不知多少次想过，自己的前半辈子真是白活了，结婚十多年，竟然不知道什么样才算真正的女人。先是齐横，刚结婚那几年对她也算亲热，每天晚上记不清干多少回。可自己那时候还小放不开，干多少次都没有那种痛快淋漓的感觉。等她稍微有了点儿意思，人家却在外面有了人，连碰都懒得再碰她。等那件丢八辈子祖宗脸的事情发生后，她才明白了是怎么回事。当她改嫁给靳庆满时，却又摊上个"银样镴枪头"，再次失望了。

　　准确地说，让翠钗真正体会到做女人的终极快乐，就是和存根在棒子地里那一次才开了头。后来，他俩偷情被庆满捉奸，并弄得沸沸扬扬，她一点儿也没后悔，干脆就明铺暗盖了。一直到庆满因病去世，他们才光明正大地生活在一起。后来这一年多，她和存根虽然没有明媒正娶，却生活得如鱼得水，在所有的方面都非常和谐。尤其是炕上那件"正经事"，她每次都能冲顶进入高潮，体会到那种似梦似幻、像神像仙的美妙感觉。所以她才一次次感慨：自己的前半辈子真算是白活了！

　　曾听有人说过：别看男人在炕上表面气势汹汹，实际上就是女人的性奴隶。这话很耐人寻味，仔细琢磨琢磨，似乎……好像是那么回事。

　　在夫妻生活当中，看起来男人是长驱直入的"侵入者"，女人是被"侵"者。但是，只要一投入战斗，没多大工夫，男人就会被累得大汗淋漓、"呼呼"喘息，到最后冲顶的快感却不过持续几秒钟，就和打了个"闪"差不多；女人却不一样，一个个付出的辛苦很少，得到的快乐余韵却能持续几分钟或许更长。而且，在这种时候，男人想离开会儿抽烟喝茶都不行，因为她们需要你爱抚安慰，离开了就不高兴。仔细想想，还不就是她们的"性奴隶"吗？

　　民间流传：做爱是男人的健身房，是女人的美容院。是不是男人的健身房说不清楚，说是女人的美容院确实不假。女人有了男人的滋润，会活得更加精彩、更加漂亮。翠钗自从跟了存根后，精神状态发生了明显改变，一天到晚说笑不断，连走路都带着风，而且，皮肤没有了以前的晦暗，变得更加白净细腻，整个人像一下子年轻了十岁。别说身边的同事，就连不怎么熟悉的乡亲，看见她会愣怔着不敢说话，怕自己认错人闹笑话。

反正，天下的男人都犯贱，喜欢一个女人就甘心情愿为她花钱、为她付出一切甚至生命。雄性动物还不是一样？冒着生死辛辛苦苦捕捉来的食物，大都送到雌性面前让它先享受，就为了进行交配繁衍种族。没办法，造物主当初就是这样设计的，谁都改变不了。

这天，赵小扔她们的织布厂里来了一男一女两位客人，看了身份证明后才知道，男的是人民日报社驻省记者站站长，女的是省电视台的外采记者。他们是慕名而来，专门采访"土布"的生产销售情况，以及对这一带百姓"脱贫致富"所做出的贡献。

赵小扔是个埋头苦干的实干家，从不喜欢夸夸其谈。她本来不想接待，翠钗却着了急，连忙把金丝儿请来了。两位记者一见金丝儿，非常热情地和她握手寒暄，一口一个"金书记"地叫着。金丝儿这个"大名人"，认识她的人不知道有多少，听说过的就更多了。

赵总经理当然不敢怠慢，和娘一起领着两位记者在厂子里、村子里转了个遍。金丝儿也很坦率，把开始织"土布"时自己反对的态度、组建厂子的艰难，以及挣钱后捐款为村里修路、改造学校所做出的贡献讲述了一遍。

赵小扔的心态平和了下来，也把"土布"的销售情况连同辐射全市五六个山区县的数万"联营者"不同程度地带领群众致富的事迹简单介绍了一下。两位记者听着，吃惊得一愣一愣的。他们真想不到一个农村企业竟然做得这么大，尤其是对当地百姓"脱贫致富"所做出的贡献，怎么估计也不会过高。

中午，金丝儿设宴招待两位记者，小扔和翠钗作陪。他们也不客气，边吃边继续聊，下午又深入到村民家中，不厌其烦地进行了采访。尤其是那位男记者，随后几天还去了几个山区县的农村，专门采访十多个"联营"户和妇女们进行了深谈。

几天后，那位女记者在省电视台的"脱贫致富"专栏详细介绍了小扔儿她们的事迹。男记者写了篇"大内参"，直接报送国家有关部门和领导人。一位国家级的大领导看到"内参"后，很是赞赏她们的创业精神和带领群众致富的情怀。几天后，他亲自来到金沙湾进行视察，当面对金丝儿和小扔儿她们给予肯定并大加赞扬。

紧接着，全国多家报社和电视台都转载了赵小扔她们的事迹。轰动效应太了不起了，使她自己和"联营公司"连同金银湾村一夜成名！

后来的一年多，全国各地来这儿参观学习的大小干部和群众络绎不绝。赵小扔她们又是接待又是介绍经验，一天天手忙脚乱，连正常生产都受到了影响。她本来就是喜欢埋头苦干、不愿意夸夸其谈的性格，却被烦得头都大了。后来，她干脆把这摊子交给翠钗去支应，自己好静下心来抓生产。

是金子总会发光的。再后来，赵小扔被命名为国家级非物质文化遗产代表性传承人，并报请联合国相关部门进行了认证。这样一来，她成了世界级的名人，省和全国政协的人多次来人找上门来邀请她参加会议，却都被她拒绝了。就连金丝儿和她老子赵孟海亲自来做工作，她也没给面子，甚至连个出门话都没说。

赵孟海出门便唉声叹气，深深后悔当年不该把闺女扔给金丝儿。金丝儿笑他心眼儿小，说道："你就是不把她扔给我，如今不也进了俺金家门了？"

你说这闺女有多倔？背后有年轻人说这是隔代遗传，她的脾气像爷爷金铁钢。这当然是胡扯淡，小扔儿和金铁钢没一毛钱的血缘关系，隔几代也遗传不到她这儿啊！

这事传出去，赵小扔的名声更大了。她自己不管怎么样，千方百计保持着"联营公司"的事业蒸蒸日上，一直是"土布"行业的龙头老大。她被人称为"土布王"，到现在仍活跃在世界这个大舞台上。如今来这儿参观和购布的不光是中国人，连高鼻子蓝眼睛的老外也一拨拨络绎不绝。这一摊子仍由陈翠钗负责，她不得不下定决心，在网上自学了两年英语，现在不用翻译已经能和他们对答如流了。

赵丽莹读研不到两年就坚持不下去，因为她意外怀孕了。所以，她对国内的读研一直耿耿于怀，为什么需要三年的时间呀？在国外，读研不就是一年的工夫吗？当然这是国家制定的政策，要改变也不是哪个人说了算。她便把一肚子气撒在了丈夫脑袋上，足有半个月没跟他说过一句话。

邢国庆只能赔着笑，没日没夜地伺候她。可他心里明白，这事不能全怨他，因为两人在一起寻欢作乐的日子是丽莹计算好了的。她说是按例假来的时间，那天应该是安全期，不会出什么事。没想到现在真出事了，但国庆也不敢埋怨她呀？只能忍气吞声，默默地端水做饭、蒸馒头烙饼包饺子地照顾着她。

知道赵丽莹有了后，国庆原想打电话把母亲叫来一块伺候她，但却被她一口回绝说道："未婚先孕，还不嫌丢人啊？你还想闹得满城风雨，往后还有脸出门不？！"

邢国庆没办法，只能一声不吭地紧忙活呗。年轻人贪欢也好理解，但闹出事来就不好办了。他们平时还是比较注意，做那种事尽量安排在安全期，但这次却没计算准，说怨谁都不管用，只能面对现实。他等丽莹的脸上终于有了笑模样，便试探地说："要不……咱们去医院做了吧？"

赵丽莹马上拉下脸来，说道："怎么着，你想逃避责任呀？做了？我早就听人说过，做那种手术有风险，弄不好会一辈子就不能再生了。"

邢国庆张了张嘴，没敢再说什么。但是，眼瞅着丽莹的肚子一天比一天明显，他们住在北京租住的地下室里就更担心了。这屋子又小又潮，住久了还怕染上风湿病哩。所以，他就一次次好说好商量，想动员丽莹回家去养着。她却怕丢人，磨磨唧唧下不了决心。国庆说："在自家老人面前，有什么丢人不丢人呀？还是以你和孩子的安全为主吧。"

赵丽莹想了想，觉得也是这么个道理，但她仍坚持要回自己家。国庆耐心劝说道："按照农村风俗，哪有在娘家生孩子的？传出去影响不好，还是回我家吧。"

"不去！"赵丽莹态度十分坚决地说，"你家在农村，人们见过什么？未婚先孕，还不让人吐唾沫星子？在城市里就好多了。不是说鸡犬声相闻，老死不相往来吗？还是回我家吧，不会有谁说三道四。"

邢国庆虽然不高兴，但也只能随她去了。他找导师为她请了一个月的假，开着北京现代便往回驶去……车是丽莹家的，这两年，他们来去都开着它。邢文凯去年也买了辆奥拓，国庆从来就不开，说是像屎壳郎一样，开着穷气丢人。

正值阳春三月艳阳天，大平原已经退去了严冬的寒冷和荒凉，到处是莺歌燕舞，一片朝气蓬勃的美丽景象。原野间马走牛哞，到处闪现着农民们辛勤劳作的身影……年轻的姑娘们已经急不可待地穿上了短裙，雪白的两条腿晃来晃去，把那些色鬼狼一样的目光都闪花了。

赵丽莹看着车窗外的风光，心情豁亮了许多。她一路上回忆着这几年和国庆交往的全过程，虽然也有不尽如人意之处，但基本上是满意的。"天有不测风云，人有旦夕祸福，此事古难全"，世界上从没有完人，知足常乐吧。

从北京到丽莹家的石家庄市，因公路畅通，也就是三四个钟头的路程。细心的国庆还准备了牛奶香肠和面包什么的。他担心服务区的饭菜不好吃，更何况丽莹正在"闹口"，只要闻到点儿油腥味就想呕吐，根本就吃不下什么饭。

他们出发前，丽莹就吃了袋方便面，原计划三个多小时就到家了，没想到路上堵车，等到家已经是傍晚时分了。

杨月茹刚打开炉子想做饭，听到汽车声忙从厨房里出来了。

汽车直接开进院子里。邢国庆叫了声"妈"，忙跳下来开车门搀扶丽莹下车……月茹稍愣了一下，本来很高兴地想说什么……突然发现女儿萎靡不振、神色疲惫，急忙惊讶地问道："老天爷！这是怎么了？"

"没、没事啊。"丽莹勉强笑着说，"只是……有了点儿小、小情况。

嘿嘿……"

邢国庆边扶她下车边低声说："妈，莹儿她……怀、怀孕了，'闹口'闹得很厉害。"

"啊?!"杨月茹显然没心理准备，又惊愣了片刻才变脸变色地看着国庆质问道："你们这是怎么搞、搞的? 为什么还没结婚就……"

"妈，"赵丽莹忙改变话题打断她问道，"我爸呢，不在家呀?"

"你爸现在可是个大忙人，"月茹显然已经明白了女儿的意思，就没再追问，说道，"每天撂下饭碗就出去了，天不黑不进家，狗不叫不回来。"

"他还忙什么呀?"赵丽莹说，"不是早就退下来了?"

"忙着打门球哩。"月茹说，"他成天价和一班子老头老太太们摽在一块，赢了就能挣输家一根烟。"稍停，她又补充道："你爸已经输了好几条烟了。"

"是啊?"赵丽莹笑着说，"我爸那么没出息呀? 怎么老输啊?"

"我估计他是被人算计了，"月茹也笑着说，"因为就他抽'大中华'。别人的退休金都比他少，一般都抽'绿石''红石'和'玉兰'什么的。"

"怎么会呀?"赵丽莹笑得更开心，说道，"我爸心眼实诚又不是傻子，怎么会……"

正在这时，赵孟海回来了，没进门就大声说："老婆，你猜猜，今儿我赢了他们几盒烟?"说话间，他提着"门球杆"、擦摸着脸上的汗水进门来。

赵丽莹忙扑上，抱住他的胳膊问道："爸，你今天真赢了? 我妈刚才还说你输了好几条'大中华'呢。"

"是吗?"赵孟海笑着说，"你妈老污蔑我。"稍停，他看着国庆客气地问："国庆也来了? 这又不年不节的，你们怎么回来了?"

"我们是有点儿……事。"邢国庆说罢忙又问道，"爸，你的身体挺好的吧?"

"挺好！"赵孟海笑着说，"吃得饱睡得着，比上班时强多了！"片刻，他又问道："你们有什么事啊？怎么这会儿回来了？"

邢国庆被问得迟疑着想说什么……杨月茹却打断他说："先吃饭再说吧。国庆你开了一路的车，洗洗手洗洗脸，喝点儿茶休息会儿。"

邢国庆忙答应着，犹豫一下又说："我想先回家看看，因为前两天我爸还打电话，说我妈感冒发烧，吃好几天药了。"实际上，这小子是动了歪心眼儿，害怕把丽莹怀孕的事说出来自己肯定很难堪，不如"三十六计走为上"。

赵丽莹马上明白了他的心思，忙帮着说："就是，阿姨的身体要紧，你先回去看看吧。"

赵孟海和媳妇交流一下目光，也没再阻拦。他放下"门球杆"，客气地送国庆出门上车……

当天晚上，赵孟海一家三口为丽莹怀孕的事讨论了很久很久，直到快鸡叫才有了定论。

本来，国庆刚走时丽莹就想说，几次都被母亲打岔拦住了。她是担心丈夫听到了会生气吃不下饭，才一次次打断女儿的话头。三口人坐下来吃饭，孟海不时询问着女儿学校的情况，丽莹像是明白妈的意思，边吃边笑嘻嘻回答着。直到孟海撂下饭碗、擦擦嘴点上根烟时，月茹才说："她爹啊，莹儿有点儿……事，说出来你千万别生气。"

赵孟海稍愣了一下，笑着说道："有事就说呗，我又不是林黛玉，生哪门子气呀？"

赵丽莹却沉下脸来，看着他认真地说："就是，老爸。这事可是……有点儿大。你要夯住了，我说出来不能生气发火。"实际上，因为孟海从小惯她宠她，所以她不怎么怕他。

赵孟海听她们娘儿俩都这么说，似乎意识到事情非同小可。但他无论如何都不会想到是女儿怀孕的事，因为在他的心目中，丽莹一直是个懂事的乖乖女，从没有闯祸惹过事。他不露声色，仍是轻松地说："说吧，什么事？天塌下来老爸也替你顶着哩。"

赵丽莹却迟疑了片刻，转脸看着月茹说："妈，还是你、你说吧。"

"怎么着，你现在怕丢人了？"月茹白了她一眼，对丈夫说，"你这宝贝女儿怀、怀孕了。"

"啊？！"赵孟海确实是大出意外，张着嘴一时好像不知该说什么……丽莹的眼圈马上红了，忙疚愧地自责道："老爸，都是我不好，你打我吧。"她说着，竟然低头"嘤嘤"地哭起来。

"你还有脸哭啊？"月茹边说边收拾碗筷，故意弄出来很大响声，好像是想打破这个家里的尴尬局面。赵孟海愣了一会儿，才轻声问道："这是……多长时间的事了？"

赵丽莹想了想，才低着头说："从过年后去学校……到现在也就两个多月吧。"稍停，她又补充道："这会儿，'闹口'挺厉害，看见饭就恶心，吃什么都想吐。"

"可不是。正难受的工夫哩。"杨月茹边在水池子里洗碗边埋怨道，"一个闺女家，怎么就这么不、不注意呀？还没结婚就腆着个大肚子，衣服穿不烂也会被人乩烂了。"

赵丽莹用双手捂着脸，哭声更高了。一直沉闷的赵孟海忙拍了拍她的后背，呵斥老伴说："你现在说这个管用啊？车到山前必有路，船到桥头自然直……咱想办法呗。"

"你有什么好办法？"月茹反问道，"带她去医院里拿下来？"

"那肯定不行。"赵孟海摇着脑袋说，"做那种手术有风险，万一落下后遗症后悔就晚了。"

"就是，"赵丽莹也跟着说，"听说做那种手术挺疼的。再说，我二十好几，也应该有自己的孩子了。"稍停，她又补充道："我的初中同学钱明莉，孩子都上幼儿园了。"

"有道理。有道理。"赵孟海连连点头说，"我现在不是官，也想当姥爷了……咱们为什么不顺水推舟，就事把小莹他们的婚事办啰？"

杨月茹和女儿一听，互相观望思索着一时都没吭声。赵孟海接着说："这样一来，不显山不露水、车也过船也过，看哪个敢嚼舌头？"

赵丽莹和母亲瞬间都笑了……片刻之后，月茹又不无担心地说："可这急手下霜的，怎么通知大家呀？"

"找那么多人干吗？"赵孟海说，"咱们简单点儿，亲戚朋友顶多摆两三桌，这样还不违犯组织纪律，谁都说不出什么来。"稍停，他又补充道："办婚礼不就是做广告吗？通知大家我闺女结婚了，外人知不知道都扯淡。"

赵丽莹和母亲都高兴地笑了。后来，一家人又商量着应该都请谁。首先，邢文凯两口子是必须到场的，亲家嘛，不请他们这婚礼肯定不好办。赵孟海嘴里这么说着，心里却有十二个不乐意。他当干部这么多年，做别人的工作可以讲得头头是道，现在轮到自己头上，心里实在腻歪着不愿意看到柳玉洁那副嘴脸。但这种话他还不能说出来，怕女儿不高兴。

除了文凯他们两口子，金丝儿也是必须要请的。她是赵孟海这辈子最好的朋友，也是他和月茹的大媒人，更是国庆姐姐小扔儿的婆婆。缺了她，整个婚礼像是塌了半边。赵孟海当然知道她的拧脾气，更知道她不愿意见前夫邢文凯。所以，要换成别的朋友，临到婚礼前打电话通知一声就行了。对金丝儿他却不敢这么做，心里思索着必须当面去和她好好谈谈。可不是，万一她要是犯倔不来，小扔儿和邢佩哲也没办法参加。这仨人要是都不参加，那这婚礼干脆就不办了。他口问心心问口：这婚礼不办行不行？当然不行！要是不办，自家闺女现在这种情况，怎么才能堵住别人的嘴呀？

一家三口商量来商量去，最后决定把婚礼拉到太极县城去办。一是赵丽莹的闺密和好朋友大都在县里。赵孟海也是一样，想请的故交和好友也都在那里。二来这些人并不是家家都有车，就是有车也不一定人人都会开，到时候你接谁不接谁呀？

他们商量好后，已经快半夜了。赵孟海当即便给金丝儿打了个电话，意思是告诉她闺女的婚礼在县城办，让她帮着张罗张罗。金丝儿睡得迷迷糊糊仍觉得责无旁贷，也没多想就答应了下来。等第二天早起醒过来，她就疑惑着是真有此事还是自己做了个梦？她拿不准，便又把电话打了回去。等得到赵孟海的回答，她才信誓旦旦地表示一定会尽全力办好。就在这时候，她仍然没想到自己要面对的是邢文凯这个"负心汉"。

这人只有"老谋"才会"深算"。赵孟海在官场混迹这么多年，已经是料事如神了。他担心金丝儿明白过来会反悔，所以提前两天便开车带着闺女和媳妇去了太极县。

这人啊，年轻时不管对自己的身体作下什么"孽"，比如极冷极热、出力太大、用脑过度等，到老来肯定是要还账的。经常参加"挖井"的人，因为在冷水中浸泡时间过长，老来一般都会浑身疼痛，尤其是腿肚子上的静脉曲张，像大虫子一样爬来爬去，看上去挺吓人的。那些举重运动员，由于经常出力超极限，老来很少有活过五十岁的。

金丝儿就是这样，年轻时用力用脑都过度，这时候身体开始跟她要账了。按说她还不到七老八十，可已经像人们经常说的那样：现在的事记不住，过去的事忘不了；坐着打瞌睡，躺倒了睡不着。所以，一直到赵孟海一家三口进了门，她才想起婚礼的事，才意识到要面对邢文凯这个在自己走投无路时狠心跑得没影了的混蛋。因此上，她真的就反悔了，不管杨月茹两口子说什么也一口回绝，坚决表示不参加丽莹她们的婚礼。

好在赵孟海早有思想准备，提前打了几个电话进行嘱托。就在他们刚进门的时候，几个老朋友也一块赶到了。其中当然少不了赵孟山、任国强和李永祥等。大家将今比古，还说到了年轻时那场"文化大革命"，闹派性搞武斗不知伤了多少人，现在不是都烟消云散了？

毕竟都是一辈子的老朋友，什么话也能说。大家你一言我一语进行劝慰，但一直保持着嘻嘻哈哈的友好气氛。金丝儿觉得再坚持下去会伤大家的面子，让谁都下不了台，最后虽说态度仍有点儿勉强，但总算点了点头。

　　杨月茹和女儿没参加他们的谈话，出去买东西准备午饭了。她们计划让大家吃饺子，两种馅，韭菜鸡蛋虾仁和茴香肉，当然，下酒菜是少不了的，无非是心尖儿肚把儿舌头根儿，再加上盘拍黄瓜和西红柿炒鸡蛋什么的。

　　这些年来，人人都夸大棚菜就是好，一年四季，想吃什么菜有什么菜。也有人念闲杂：大棚菜搞乱了季节，分不清春夏秋冬；歌舞厅搞乱了辈分，爷爷抱着孙女唱"驼铃"。也是，不管这社会发展到什么程度，谁都堵不住人们的嘴，说好的占多数，说坏的也不少。当然，甭管你说什么，人类社会总是按照自己的规律滚滚向前，这是谁都阻挡不了的。

　　婚礼就安排在太极县城最好的"如港"酒店。前面说过，这里的人们讲究的是"丧事赶着来，婚事请着来"。可到了那天，赶着来的熟人却比请着来的都多。也难怪，赵孟海毕竟在太极根基深厚，也是县的光荣，虽说现在退休了，人们想捧场也在情理之中。

　　结婚仪式本来就安排了三桌，现在来的人六桌也盛不下。他们一个个都是来给面子的，而且又不顾赵孟海的反对都交了"份子钱"，你能赶谁走哇？没办法，赵孟海只得和金丝儿商量着又增加了三桌，这才算挤着坐下来。

　　天到头午的时候，邢文凯才开着奥拓拉着自家的媳妇和儿子赶来了。就在大家寒暄时，赵孟海拉住了柳玉洁的手；邢文凯也硬是拽过去金丝儿的手……"哗啦啦"的掌声响起来。历史沉重的一页终于翻了过去，真是，相逢一笑泯恩仇吧。

　　赵丽莹和邢国庆说不出口的尴尬，就这样不显山不露水地过去了。

　　赵丽莹因为这事没读完研究生，只能算是大学毕业，所以在市里不容易找工作。

　　赵孟海便又去了趟太极县城，找到几个老朋友，专门请新校长邢志生吃了顿饭，当然酒也没少喝。这几个老家伙在县里也算是德高望重，只要他们出面，别说一个小校长，就是县长县委书记，也得让三分。

赵丽莹的工作很快就得到解决，在县中学高中班当上了一位语文老师。邢国庆研究生毕业后也回来了，安排在县教育局教研室工作。

赵孟海又出钱为他们买了套两室一厅的房子，装修的费用却是让邢文凯出的。等小外孙已到两岁多了、正是累人的时候，他原本想为他们请个保姆。但月茹不同意，说是让外人领着不放心，坚持要亲自看护。这样一来，赵孟海不可能一个人在市里住，也只能搬了回来。但这样一来两室一厅的房子就显得窄巴了，他只得又把这套卖掉，重新买了套三室一厅的。好在县城里房子便宜，折腾半天也没花多少钱。

这样一来，邢文凯两口子却轻松了。他自得其乐，逢人便说："这叫闺女生，姥姥养，爷爷奶奶来欣赏。哈哈……"现在，他也成了老家伙，因儿子给他长了脸，整天提着个鸟笼子，人模狗样地在村子里转悠，要不就拿上鱼竿去滹沱河滩上钓鱼。也是，一个庄稼孩子能考上北师大、又娶了个大官家的闺女当媳妇，在三里五乡都是独一份。

自从回到县城以后，赵孟海如鱼得水，比在省城里潇洒多了。他和当年的金铁钢认识是一致的，总觉得城市里人情淡薄，农村里的人们讲亲情。前面说过，县城实际上就是个大村庄，人人都是见面熟，而且七大姑八大姨的，亲戚串亲戚关系和谐多了。

只要天气晴和，他便和那班子老朋友相聚，一般都是上午十点集合到赵孟山家，喝茶聊天侃大山。因为他们都是有头有脸的人物，老百姓过日子没用铁箍子箍着脑袋，谁家也断不了有个大事小情的，所以，中午大都有人想请其中的一位吃饭。人们又都知道他们几个是胳膊不离腿，干脆就一块请去了。

这样一来，他们几个很少在家吃午饭，三百六十天有三百天都在饭店里吃。但毕竟都上了岁数，喝酒绝对没有当年的那种豪气，所以一瓶茅台就把他们打发了。

酒足饭饱之后，他们会回到赵孟山家里，开始坐在麻将桌旁"垒长城"。大家都是靠退休金过日子，谁也不主张玩多么大，五十一百、放炮包庄顶天了。好朋友在一起就是这样，打麻将不为输赢，而是为了能在一块多玩会儿、多守会儿，和人家大老板"顶骨牌"几十万、上百万的赌博性质不同。当然，也有小人出于某种目的，去派出所告他们赌博的。但他却忘了赵孟山是从公安局政委的位置上退下来的，有哪个二百五敢去他家抓赌啊？

他们几个也不多玩儿，八圈四个钟头、输赢五百封顶，然后便各回各家吃晚饭休息了。一年三百六十五天，这几个老家伙也算活得滋润潇洒，人人都说他们过的是神仙般的日子。有位姓田的老家伙自恃有才，写了几句顺口溜送给他们：

> 一年四季皆似春，
> 阳光和煦照诸君。
> 管他昏天与黑地，
> 麻将声声小酒醇。

当然，路是自己走出来的，并不是每个退下来的干部都能享受这种待遇。也有位姓孙的老干部，是和他们一起退下来的。因为他在位时牛烘烘的不和凡人说话、更不帮人办事，所以退下来之后自然就没人缘了。他贪杯好喝却从没人请，只能在家里一个人喝闷酒。一天、两天、三天……日子长了老伴便没了好气，抢白道："喝！喝！哪天把这个家喝成穷光蛋你才甘心是吧？"

偏偏这老家伙又"惧内"惹不起老伴，无奈之下便靦着脸跑到赵孟山家里说："咱们是同学，又是老弟兄……你们什么时候有酒场，千万别忘了叫上我。"

他的这做法和这句话，曾被太极人传为笑谈。就是到现在，他虽然人已经没了，但此话却流传了下来，至今断不了有人念叨念叨，每次都惹得在场者撇着嘴"哈哈"大笑。

公平地说，这几位老干部也不是常年无所事事，为了家乡的发展，也算立下过汗马功劳。

有一位曾在太极当过县委书记的干部，多少年之后担任了国家领导人。因为这里是他仕途起步的地方，本人又实在憨厚，非常念旧，所以对这片土地感情特别深。这么多年过去了，他和这几位老干部从没断过联系并保持着密切来往。

要想富，多修路。在华北平原上，太极县所处位置应该说是比较偏僻的地方，境内没有铁路，公路也就有去市里的一条，交通不便，严重影响着这里的经济发展。

那年，国家计划修一条从雄安到石家庄市的城际铁路，有关部门规划出来东西两条路线。西线是走山区，经过阜平、灵寿、行唐等县到石家庄；东线是走平原，经过保定、蠡县、安国、太极等县到石家庄。对于哪个县来说，这也是个千载难逢的好机会，对县里的经济发展，肯定会起到至关重要的作用。这点儿，每个县委书记县长心里都很明白，所以，他们都行动了起来，走门子托关系，千方百计想让铁路从自己县里经过并设下一个站口。

太极县的书记县长也不例外，他们几经商量找到这几个老干部，以几个人的名义给大领导写了封信，并派其中的一个送了上去。那位领导也很关心这件事，当即分析道："修铁路自然是为了方便群众，支援地方经济发展……西线几个县是山区，总人口不过五六百万；而东线那几个县的总人口超过了一千万，所以铁路当然应该走东线。"

这位大领导是怎么斡旋的咱们不清楚，反正国家和省里的主管部门经过协商，把这条铁路的走向定在了东线。这样当然就经过太极，并确定在县境偏北处建设一座火车站。此消息传出来，无论是县领导还是普通干部，连老百姓也是欢呼雀跃奔走相告！

作为一个偏僻封闭的县，此事确实关系重大，不只是对当前的经济发展，就连以后的万代子孙，也跟着沾光受惠。还有几件关乎县里经济发展的大事，也是通过这种方法得到了很好的解决。

尤其是疫情那年，这个县里的干部群众和全国一样，时时受着死神的威胁。但县医院却无能无力，因为这座医院始建于解放初期，规格小不说，设备也不齐全，一栋两层小楼已经十分破旧，容纳不下几十个病人。

当时，受感染的男女老少又非常多，就是多危重的病人，也只能挤在楼道里等待救治。医生护士日夜连轴转，一个个忙得像陀螺一样打转转。院长束手无策，急得在县委书记面前掉眼泪。书记意识到情况的严重性，也是急得直吧嗒嘴。他连夜请来了那几位老干部，大家一块商量对策……最后决定按惯例进行，又让这几个老家伙以他们几个人的名义给大领导写了封求助信，并让那个姓田的所谓"才子"送了上去。

那位大领导看后百感交集，一是惊讶县医院怎么是这种样子；二是心疼太极的百姓受苦受难。他马上就给省委书记和省长打了电话，和他们交流了县里的情况并委托他们尽快想办法解决。

书记和省长当然不敢怠慢，马上召集有关部门和市里的领导开会协商……最后的结果是，省市县三级筹集了八个多亿，由县长亲自监工督战，用了不到一年的时间建起来一座现代化的医院，规模和设备都属于目前县级医院的第一流。

此医院的建成，不只是太极县的百姓看病疗伤方便，就是相邻的藁城、新乐、深泽、定州等县，也有许多人赶来看病。医生护士救死扶伤，该忙还是忙。院长却笑了，整天端着个保温杯，不是接见来访的朋友，就是去各科室转悠。

所以说，这几位"麻将声声小酒醇"的老干部，虽然没费什么周折，确实为太极县目前的经济发展和子孙万代立下了功劳。他们也因此声名鹊起，想请吃请喝的经常有人找上门来排队等候。

那位只能在家里喝酒的老干部听说后，被气得眼睛冒绿光，恨不能拿菜刀把那几个老家伙的脑袋割下来。连生气带郁闷，不到半年他便卧床不起了。又过了半年多，他悄悄走过忘川，登上望乡台，过了奈何桥，去阎王爷那里报到了。那位自恃有才、姓田的老家伙真够尖刻缺德，为此也胡编了几句顺口溜：

气是索命钢刀，
妒是惹祸根苗。
自己折腾自己，
请君早赴阴曹。

2023 年 10 月草于北京
2024 年 5 月二稿于石家庄

图书在版编目（CIP）数据

故乡的呼唤／章云天著．--北京：作家出版社，2024.11.
-- ISBN 978 - 7 - 5212 - 3035 - 2

Ⅰ.I247.5

中国国家版本馆 CIP 数据核字第 2024B3W802 号

故乡的呼唤

作　　者：章云天
责任编辑：李亚梓
装帧设计：琥珀视觉
出版发行：作家出版社有限公司
社　　址：北京农展馆南里 10 号　　　邮　　编：100125
电话传真：86 - 10 - 65067186（发行中心）
　　　　　86 - 10 - 65004079（总编室）
E - mail: zuojia@zuojia. net. cn
http: // www. zuojiachubanshe.com
印　　刷：唐山玺诚印务有限公司
成品尺寸：152 × 230
字　　数：314 千
印　　张：23
版　　次：2024 年 11 月第 1 版
印　　次：2024 年 11 月第 1 次印刷
ISBN 978 - 7 - 5212 - 3035 - 2
定　　价：58.00 元